Mil novecientos ochenta y cuatro

George Orwell

Mil novecientos ochenta y cuatro

Nueva traducción al español

traducido del inglés por Guillermo Tirelli

ROSETTA EDU

Título original: *Nineteen Eighty-Four*

Primera publicación: 1949

Primera edición: Octubre 2021

Publicado por Rosetta Edu
Londres, Octubre 2021
www.rosettaedu.com

ISBN: 978-1-916939-28-8

CLÁSICOS EN ESPAÑOL

Rosetta Edu presenta en esta colección libros clásicos de la literatura universal en nuevas traducciones al español, con un lenguaje actual, comprensible y fiel al original.

Las ediciones consisten en textos íntegros y las traducciones prestan especial atención al vocabulario, dado que es el mismo contenido que ofrecemos en nuestras célebres ediciones bilingües utilizadas por estudiantes avanzados de lengua extranjera o de literatura moderna.

Acompañando la calidad del texto, los libros están impresos sobre papel de calidad, en formato de bolsillo o tapa dura, y con letra legible y de buen tamaño para dar un acceso más amplio a estas obras.

Rosetta Edu
Londres
www.rosettaedu.com

INDICE

PRIMERA PARTE

Capítulo 1

Era un brillante y frío día de abril, y los relojes marcaban las trece horas. Winston Smith, con el mentón hundido en su pecho en un esfuerzo por escapar del horrible viento, se deslizó rápidamente a través de las puertas de cristal de las Mansiones Victoria, aunque no lo suficientemente rápido como para evitar que un remolino de polvo arenoso entrara con él.

El pasillo olía a coles hervidas y a trapos viejos. En uno de los extremos había un póster a color, demasiado grande como para ser exhibido en el interior, pegado a la pared. Representaba simplemente una cara enorme, de más de un metro de ancho: la cara de un hombre de unos cuarenta y cinco años, con un grueso bigote negro y rasgos escabrosos. Winston se dirigió a las escaleras. Era inútil intentar el ascensor. Incluso en las mejores épocas rara vez funcionaba, y en ese momento la corriente eléctrica estaba cortada durante el día. Era parte de la campaña de ahorro para prepararse para la Semana del Odio. El departamento estaba a siete pisos de altura, y Winston, que tenía treinta y nueve años y una úlcera varicosa sobre el tobillo derecho, subió lentamente, descansando varias veces en el camino. En cada rellano, frente al hueco del ascensor, el póster con la cara enorme miraba desde la pared. Era uno de esos cuadros tan artificiosos que los ojos te siguen cuando te mueves. EL GRAN HERMANO TE ESTÁ OBSERVANDO, decía la leyenda que aparecía debajo.

En el interior del departamento, una voz afrutada leía en voz alta una lista de cifras que tenían que ver con la producción de arrabio. La voz procedía de una placa metálica oblonga, como un espejo apagado, que formaba parte de la superficie de la pared derecha. Winston giró un interruptor y la voz se apagó un poco, aunque las palabras seguían siendo distinguibles. El instrumento (la telepantalla, se llamaba) podía atenuarse, pero no había forma de apagarlo por completo. Se acercó a la ventana: una figura pequeña y frágil, cuya escasez se veía acentuada por el mono azul que era el uniforme del partido. Su cabello era muy rubio, su rostro naturalmente optimista, su piel rugosa por el jabón áspero y las hojas de afeitar sin filo y el frío del invierno que acababa de terminar.

Fuera, incluso a través del cristal de la ventana cerrada, el mundo parecía frío. En la calle, pequeños remolinos de viento hacían girar el polvo y los papeles rotos en espiral, y aunque el sol brillaba y el cielo era de un azul intenso, no parecía haber color en nada, excepto en los carteles pegados por todas partes. El rostro con bigotes negros miraba desde todos los rincones. Había uno en la fachada de la casa de enfrente. EL GRAN HERMANO TE ESTÁ OBSERVANDO, decía la leyenda, mientras los ojos oscuros miraban profundamente a los de Winston. Abajo, a nivel de la calle, otro cartel, rasgado en una esquina, se agitaba de forma irregular en el viento, cubriendo y descubriendo alternativamente la única palabra INGSOC. A lo lejos, un helicóptero descendió entre los tejados, planeó durante un instante como una botella azul y se alejó de nuevo con un vuelo curvo. Era la patrulla de la policía, fisgoneando en las ventanas de la gente. Pero las patrullas no importaban. Sólo importaba la Policía del Pensamiento.

A espaldas de Winston, la voz de la telepantalla seguía parloteando sobre el arrabio y el exceso de cumplimiento del Noveno Plan Trienal. La telepantalla recibía y transmitía simultáneamente. Cualquier sonido que Winston hiciera, por encima del nivel de un susurro muy bajo, sería captado por ella; además, mientras permaneciera dentro del campo de visión que dominaba la placa metálica, podía ser visto además de oído. Por supuesto, no había forma de saber si le estaban observando en un momento dado. Con qué frecuencia, o en qué sistema, la Policía del Pensamiento se conectaba a cualquier cable individual era una conjetura. Incluso era concebible que vigilaran a todo el mundo todo el tiempo. Pero, en cualquier caso, podían conectar tu cable cuando quisieran. Tenías que vivir — vivías, por la costumbre que se convertía en instinto — en la suposición de que cada sonido que hacías era escuchado y, excepto en la oscuridad, cada movimiento era escudriñado.

Winston se mantuvo de espaldas a la telepantalla. Era más seguro; aunque, como bien sabía, incluso la espalda puede ser reveladora. A un kilómetro de distancia, el Ministerio de la Verdad, su lugar de trabajo, se alzaba vasto y blanco sobre el mugriento paisaje. Esto, pensó con una especie de vago desagrado, era Londres, ciudad principal de la Ruta Aérea Uno, la tercera más poblada de las provincias de Oceanía. Intentó extraer algún recuerdo de su infancia que le dijera si Londres había sido siempre así. ¿Siempre existieron esas vistas de casas del siglo XIX en ruinas, con los laterales apuntalados con tablones de madera, las ventanas parcheadas con cartón y los tejados de chapa ondulada, y los absurdos muros de los jardines inclinados en todas direcciones? ¿Y los lugares bombardeados en los que el polvo de yeso se arremolinaba en el aire y el sauce se arrastraba sobre los montones de escombros; y los lugares en los que las bombas habían despejado un terreno más grande y habían surgido sórdidas colonias de viviendas de madera como gallineros? Pero era inútil, no podía recordar: no quedaba nada de su infancia, salvo una serie de cuadros iluminados que no tenían ningún fondo y que eran en su mayoría ininteligibles.

El Ministerio de la Verdad — Miniverdad, en Neolengua [La Neolengua era la lengua oficial de Oceanía. Para una explicación de su estructura y etimología, véase el Apéndice], era asombrosamente diferente de cualquier otro objeto a la vista. Era una enorme estructura piramidal de reluciente hormigón blanco que se elevaba, terraza tras terraza, 300 metros en el aire. Desde la posición donde se encontraba Winston apenas era posible leer, en su fachada blanca y con elegantes letras, los tres eslóganes del Partido:

LA GUERRA ES LA PAZ
LA LIBERTAD ES LA ESCLAVITUD
LA IGNORANCIA ES LA FUERZA

Se decía que el Ministerio de la Verdad contenía tres mil habitaciones por encima del nivel del suelo y las correspondientes ramificaciones por debajo. Esparcidos por Londres había otros tres edificios de aspecto y tamaño similares. Eran tan grandes que desde el tejado de las Mansiones Victoria se podían ver los cuatro al mismo tiempo. Eran las casas de los cuatro Ministerios entre los que se dividía todo el aparato de gobierno. El Ministerio de la Verdad, que se ocupaba de las noticias, el entretenimiento, la educación y las bellas artes. El Ministerio de la Paz, que se ocupaba de la guerra. El Ministerio del Amor, que mantenía la ley y el orden. Y el Ministerio de la Abundancia, responsable de los asuntos económicos. Sus nombres, en Neolengua: Miniverdad, Minipax, Miniamor y Miniabundancia.

El Ministerio del Amor era el que realmente provocaba miedo. No tenía ninguna ventana. Winston nunca había estado dentro del Ministerio del Amor, ni a menos de medio kilómetro de él. Era un lugar en el que era imposible entrar, salvo en misión oficial, y en ese caso sólo se podía penetrar a través de un laberinto de enredos de alambre de púas, puertas de acero y nidos de ametralladoras ocultas. Incluso las calles que conducían a sus barreras exteriores estaban vigiladas por guardias con cara de gorila y uniformes negros, armados con cachiporras articuladas.

Winston giró bruscamente. Tenía una expresión de tranquilo optimismo que era aconsejable llevar cuando se enfrentaba la telepantalla. Cruzó la habitación y se dirigió a la cocina diminuta. Para salir del Ministerio a esa hora había sacrificado su almuerzo en la cantina, y era consciente de que no había comida en la cocina, salvo un trozo de pan de color oscuro que había que guardar para el desayuno de mañana. Bajó de la estantería una botella de líquido incoloro con una etiqueta blanca y sencilla que decía GINEBRA VICTORIA. Desprendía un olor enfermizo y aceitoso, como de aguardiente de arroz chino. Winston se sirvió casi una taza de té, se preparó para un choque y lo engulló como una dosis de medicina.

Al instante, su cara se volvió escarlata y el agua salió de sus ojos. La sustancia era parecida al ácido nítrico y, además, al tragarla uno tenía la sensación de ser golpeado en la nuca con un palo de goma. Al momento siguiente, sin embargo, el ardor de su vientre se apagó y el mundo empezó a parecer más alegre. Tomó un cigarrillo de un paquete arrugado que decía CIGARRILLOS VICTORIA y lo sostuvo inadvertidamente en posición vertical, con lo que el tabaco cayó al suelo. Con el siguiente tuvo más éxito. Volvió al salón y se sentó en una mesita que estaba a la izquierda de la telepantalla. Del cajón de la mesa sacó un bolígrafo, un frasco de tinta y un grueso libro en blanco de tamaño in-quarto, con el lomo rojo y la cubierta jaspeada.

Por alguna razón, la telepantalla del salón estaba en una posición inusual. En lugar de estar colocada, como era normal, en la pared del fondo, donde podía dominar toda la habitación, estaba en la pared más larga, frente a la ventana. A un lado había una alcoba poco profunda en la que Winston estaba ahora sentado, y que, cuando se construyeron los departamentos, probablemente se había destinado a albergar estanterías. Al sentarse en la alcoba, y mantenerse bien alejado, Winston pudo permanecer fuera del alcance de la telepantalla, hasta donde alcanzaba la vista. Se le podía oír, por supuesto, pero mientras se mantuviera en la posición en la que estaba, no se le podría ver. Fue en parte la inusual configuración de la sala lo que le sugirió lo que estaba a punto de hacer.

Pero también se lo había sugerido el libro que acababa de sacar del cajón. Era un libro peculiarmente bello. Su papel suave y color crema, un poco amarillento por la edad, era de un tipo que no se había fabricado desde hacía al menos cuarenta años. Sin embargo, podía adivinar que el libro era mucho más antiguo que eso. Lo había visto en el escaparate de una pequeña tienda de chatarra en un barrio de mala muerte de la ciudad (no recordaba qué barrio) y le había invadido inmediatamente un deseo irrefrenable de poseerlo. Se suponía que los miembros del partido no debían entrar en las tiendas ordinarias («negociar en el mercado libre», se decía), pero la regla no se cumplía estrictamente, porque había varias cosas, como cordones de zapatos y hojas de afeitar, que era imposible conseguir de otra manera. Había echado un rápido vistazo a la calle y luego se había escabullido dentro y había comprado el libro por dos dólares con cincuenta. En aquel momento no era consciente de quererlo para ningún fin concreto. Lo había llevado a su casa en su maletín, sintiéndose culpable. Incluso sin nada escrito en él, era una posesión comprometedora.

Lo que iba a hacer era escribir un diario. Esto no era ilegal (nada era ilegal, puesto que ya no había leyes), pero si lo detectaban era prácticamente seguro que sería castigado con pena de muerte, o al menos con veinticinco años en un campo de trabajos forzados. Winston introdujo una pluma en el portaplumas y la chupó para quitarle la grasa. La pluma era un instrumento arcaico, que rara vez se utilizaba incluso para firmar, y él se había procurado una, furtivamente y con cierta dificultad, simplemente por la sensación de que el hermoso papel crema merecía ser escrito con una pluma de verdad en lugar de ser rayado con una lapicera de tinta. En realidad, no estaba acostumbrado a escribir a mano. Aparte de las notas muy cortas, era habitual dictar todo en la máquina de hablar y escribir, lo cual era, por supuesto, imposible para su propósito actual. Sumergió la pluma en la tinta y vaciló un segundo. Un temblor le recorrió las entrañas. Marcar el papel era el acto decisivo. Con letra pequeña y torpe, escribió:

4 de abril de 1984.

Se sentó de nuevo. Una sensación de completa impotencia se apoderó de él. Para empezar, no sabía con ninguna certeza que se trataba de 1984. Debía ser alrededor de esa fecha, ya que estaba bastante seguro de que su edad era treinta y nueve años, y creía que había nacido en 1944 o 1945; pero hoy en día nunca era posible precisar una fecha con una precisión de uno o dos años.

¿Para quién, se le ocurrió de repente preguntarse, estaba escribiendo este diario? Para el futuro, para los no nacidos. Su mente rondó por un momento la dudosa fecha de la página, y luego se topó con la palabra neolingüística DOBLEPENSAR. Por primera vez se dio cuenta de la magnitud de lo que había emprendido. ¿Cómo podía uno comunicarse con el futuro? Era, por naturaleza, imposible. O bien el futuro se asemejaría al presente, en cuyo caso no le escucharía: o bien sería diferente de él, y su predicamento no tendría sentido.

Durante algún tiempo estuvo sentado mirando estúpidamente el papel. La telepantalla había cambiado a una estridente música militar. Era curioso que no sólo parecía haber perdido la capacidad de expresarse, sino que incluso había olvidado qué era lo que pretendía decir en un principio. Llevaba semanas preparándose para ese momento, y nunca se le había pasado por la cabeza que fuera a necesitar nada más que coraje. La escritura en sí sería fácil. Todo lo que tenía que hacer era trasladar al papel el interminable e incansable monólogo que había estado circulando dentro de su cabeza, literalmente, durante años. Sin embargo, en ese momento, incluso el monólogo se había evaporado. Además, su úlcera varicosa había empezado a picarle insoportablemente. No se atrevía a rascarla, porque si lo hacía siempre se inflamaba. Los segundos pasaban. No era consciente de nada más que de la página en blanco que tenía delante, el picor de la piel por encima del tobillo, el estruendo de la música y una ligera embriaguez provocada por la ginebra.

De repente, empezó a escribir en pánico, sólo de forma imperfecta consciente de lo que estaba escribiendo. Su letra, pequeña pero infantil, se tambaleaba de un lado a otro de la página, desprendiéndose primero de las mayúsculas y finalmente incluso de los puntos:

4 de abril de 1984. *La última noche al cine. Todas películas de guerra. Una muy buena sobre un barco lleno de refugiados que es bombardeado en algún lugar del Mediterráneo. El público se divirtió mucho con las tomas de un enorme hombre gordo que intentaba huir nadando con un helicóptero tras él, primero se le veía revolcarse en el agua como una marsopa, luego se le veía a través de las miras de los helicópteros, luego estaba lleno de agujeros y el mar a su alrededor se volvía rosa y se hundía tan repentinamente como si los agujeros hubieran dejado entrar el agua, el público gritaba de risa cuando se hundía. luego se veía un bote salvavidas lleno de niños con un helicóptero sobrevolándolo. el niño gritaba de miedo y escondía la cabeza entre los pechos de la mujer, como si quisiera meterse dentro de ella, y la mujer lo abrazaba y lo consolaba a pesar de que ella misma estaba azul de miedo, tapándolo todo lo posible, como si pensara que*

sus brazos podrían evitar las balas. entonces el helicóptero colocó una bomba de 20 kilos entre ellos, y el barco se convirtió en un fósforo. entonces hubo una maravillosa toma del brazo de un niño subiendo subiendo subiendo por el aire un helicóptero con una cámara en su nariz debió seguirlo y hubo muchos aplausos desde los asientos del partido pero una mujer abajo en la parte prole de la sala de repente empezó a dar patadas no debieron mostrarlo, no delante de los niños, no es correcto, no delante de los niños, no lo es hasta que la policía la sacó, no creo que le haya pasado nada, a nadie le importa lo que digan los proles, típica reacción prole, nunca——

Winston dejó de escribir, en parte porque estaba sufriendo un calambre. No sabía qué le había hecho verter ese torrente de basura. Pero lo más curioso era que, mientras lo hacía, un recuerdo totalmente diferente se había aclarado en su mente, hasta el punto de que casi se sintió capaz de escribirlo. Ahora se daba cuenta de que era por este otro incidente que había decidido repentinamente volver a casa y empezar el diario hoy.

Había sucedido esa mañana en el Ministerio, si es que se puede decir que algo tan nebuloso sucedió.

Eran casi las mil cien, y en el Departamento de Registros, donde trabajaba Winston, estaban sacando las sillas de los cubículos y agrupándolas en el centro de la sala, frente a la gran telepantalla, para preparar los Dos Minutos de Odio. Winston estaba ocupando su lugar en una de las filas centrales cuando dos personas a las que conocía de vista, pero con las que nunca había hablado, entraron inesperadamente en la sala. Una de ellas era una chica con la que se cruzaba a menudo en los pasillos. No conocía su nombre, pero sabía que trabajaba en el Departamento de Ficción. Probablemente — ya que a veces la había visto con las manos aceitadas y llevando una llave inglesa — tenía algún trabajo mecánico en una de las máquinas de escribir novelas. Era una muchacha de aspecto audaz, de unos veintisiete años, con pelo grueso, cara pecosa y movimientos rápidos y atléticos. Una estrecha faja escarlata, emblema de la Liga Juvenil Anti-Sexual, se enrollaba varias veces alrededor de la cintura de su mono, lo suficientemente apretada como para resaltar la forma de sus caderas. A Winston le había desagradado desde el primer momento en que la vio. Sabía la razón. Era por la atmósfera de campos de hockey y baños fríos y excursiones comunitarias y la limpieza en general que ella lograba llevar consigo. Le disgustaban casi todas las mujeres, y especialmente las jóvenes y bonitas. Siempre eran las mujeres, y sobre todo las jóvenes, las más fanáticas del Partido, las que se tragaban los eslóganes, las espías aficionadas y las entrometidas de la falta de ortodoxia. Pero esta chica en particular le dio la impresión de ser más peligrosa que la mayoría. Una vez, cuando se cruzaron en el pasillo, ella le dirigió una rápida mirada de reojo que pareció clavarse en él y que por un momento lo llenó de un terror mortal. Incluso se le había pasado por la cabeza la idea de que podría ser una agente de la Policía del Pensamiento. Eso, era cierto, era muy improbable. Sin embargo, seguía sintiendo un malestar peculiar, en el que se mezclaban el miedo y la hostilidad, cada vez que ella estaba cerca de él.

La otra persona era un hombre llamado O'Brien, miembro del Partido Interior y titular de un puesto tan importante y remoto que Winston sólo tenía una vaga idea de su naturaleza. Un silencio momentáneo invadió al grupo de personas alrededor de las sillas cuando vieron acercarse el mono negro de un miembro del Partido Interior. O'Brien era un hombre grande y corpulento, con un cuello grueso y un rostro tosco, humorístico y brutal. A pesar de su formidable aspecto, tenía un cierto encanto en sus modales. Tenía un truco para colocarse las gafas en la nariz que resultaba curiosamente desarmante y, de alguna manera indefinida, curiosamente civilizado. Era un gesto que, si alguien hubiera pensado todavía en esos términos, podría haber recordado a un noble del siglo XVIII ofreciendo su tabaquera. Winston había visto a O'Brien tal vez una docena de veces en casi otros tantos años. Se sintió profundamente atraído por él, y no sólo porque le intrigara el contraste entre los modales urbanos de O'Brien y su físico de boxeador. Más bien se debía a una creencia secreta —o quizás ni siquiera una creencia, sino simplemente una esperanza— de que la ortodoxia política de O'Brien no era perfecta. Algo en su rostro lo sugería irresistiblemente. Y de nuevo, tal vez ni siquiera era la falta de ortodoxia lo que estaba escrito en su rostro, sino simplemente la inteligencia. Pero, en cualquier caso, tenía la apariencia de ser una persona con la que se podía hablar si de alguna manera se podía engañar a la telepantalla y quedarse a solas con él. Winston nunca había hecho el menor esfuerzo por verificar esta suposición: de hecho, no había manera de hacerlo. En ese momento O'Brien miró su reloj de pulsera, vio que eran casi las mil cien, y evidentemente decidió quedarse en el Departamento de Registros hasta que terminaran los Dos Minutos de Odio. Tomó una silla en la misma fila que Winston, a un par de sitios de distancia. Entre ellos se encontraba una mujer pequeña de pelo color arena que trabajaba en el cubículo contiguo al de Winston. La chica de pelo oscuro estaba sentada inmediatamente detrás.

Al momento siguiente, un discurso horrible y chirriante, como el de una máquina monstruosa que funciona sin aceite, irrumpió en la gran telepantalla situada al final de la sala. Era un ruido que ponía los dientes de punta y erizaba el vello de la nuca. El Odio había comenzado.

Como de costumbre, el rostro de Emmanuel Goldstein, el Enemigo del Pueblo, había aparecido en la pantalla. Hubo silbidos aquí y allá entre el público. La pequeña mujer de cabello arenoso emitió un chillido de miedo y asco mezclados. Goldstein era el renegado y reincidente que una vez, hace mucho tiempo (cuánto tiempo, nadie lo recordaba), había sido una de las figuras principales del Partido, casi al nivel del propio Gran Hermano, y luego se había dedicado a actividades contrarrevolucionarias, había sido condenado a muerte, y había escapado y desaparecido misteriosamente. Los programas de los Dos Minutos de Odio variaban de un día a otro, pero no había ninguno en el que Goldstein no fuera la figura principal. Era el traidor primigenio, el primer profanador de la pureza del Partido. Todos los crímenes posteriores contra el Partido, todas las traiciones, los actos de sabotaje, las herejías, las desviaciones, surgieron directamente de sus enseñanzas. En algún lugar seguía vivo y tramando sus conspiraciones: quizás en algún lugar más allá del mar, bajo la protección de sus patrocinadores extranjeros, quizás incluso —como se rumoreaba ocasionalmente— en algún escondite de la propia Oceanía.

Winston tenía el diafragma oprimido. Nunca podía ver la cara de Goldstein sin una dolorosa mezcla de emociones. Era un rostro judío y delgado, con una gran aureola de pelo blanco y una pequeña barba de chivo; un rostro inteligente y, sin embargo, intrínsecamente despreciable, con una especie de estulticia senil en la larga y delgada nariz, cerca de cuyo extremo se posaban un par de gafas. Parecía la cara de una oveja, y la voz también tenía una cualidad ovina. Goldstein estaba lanzando su habitual ataque venenoso contra las doctrinas del Partido, un ataque tan exagerado y perverso que un niño habría sido capaz de entenderlo y, sin embargo, lo suficientemente plausible como para que uno se sintiera alarmado de que otras personas, menos inteligentes que uno mismo, pudieran dejarse engañar por él. Abusaba del Gran Hermano, denunciaba la dictadura del Partido, exigía la conclusión inmediata de la paz con Eurasia, abogaba por la libertad de expresión, la libertad de prensa, la libertad de reunión, la libertad de pensamiento, gritaba histéricamente que la revolución había sido traicionada... y todo ello con un discurso rápido y polisilábico que era una especie de parodia del estilo habitual de los oradores del Partido, y que incluso contenía palabras neolingüísticas: más palabras neolingüísticas, de hecho, que las que cualquier miembro del Partido usaría normalmente en la vida real. Y mientras tanto, para que no quedara ninguna duda sobre la realidad que cubría la engañosa cháchara de Goldstein, detrás de su cabeza, en la telepantalla, desfilaban las interminables columnas del ejército euroasiático: una fila tras otra de hombres de aspecto sólido con rostros asiáticos inexpresivos, que afloraban a la superficie de la pantalla y desaparecían, para ser sustituidos por otros exactamente iguales. El sordo y rítmico ruido de las botas de los soldados constituía el fondo de la voz de Goldstein.

Antes de que el Odio hubiera procedido durante treinta segundos, exclamaciones incontrolables de rabia brotaban de la mitad de los presentes en la sala. La cara de oveja autocomplaciente en la pantalla, y el poder aterrador del ejército euroasiático detrás de ella, eran demasiado para ser soportados: además, la vista o incluso el pensamiento de Goldstein producía miedo y rabia automáticamente. Era un objeto de odio más constante que Eurasia o Esteasia, ya que cuando Oceanía estaba en guerra con una de estas Potencias, generalmente estaba en paz con la otra. Pero lo extraño era que, aunque Goldstein era odiado y despreciado por todo el mundo, aunque todos los días y mil veces al día, en las plataformas, en la telepantalla, en los periódicos, en los libros, sus teorías eran refutadas, destrozadas, ridiculizadas, expuestas a la mirada general como la lamentable basura que eran, a pesar de todo esto, su influencia nunca parecía disminuir. Siempre había nuevos incautos esperando ser seducidos por él. No pasaba un día sin que los espías y saboteadores que actuaban bajo sus órdenes fueran desenmascarados por la Policía del Pensamiento. Era el comandante de un vasto ejército en la sombra, una red clandestina de conspiradores dedicada al derrocamiento del Estado. La Hermandad, se suponía que era su nombre. También se hablaba en voz baja de un libro terrible, un compendio de todas las herejías, del que Goldstein era autor y que circulaba clandestinamente aquí y allá. Era un libro sin título. La gente se refería a él, si acaso, simplemente como EL LIBRO. Pero sólo se sabían esas cosas a través de vagos rumores. Ni la Hermandad ni EL LIBRO eran temas que ningún miembro ordinario del Partido mencionara si había una forma de evitarlo.

En su segundo minuto, el Odio alcanzó el frenesí. La gente saltaba en sus puestos y gritaba a pleno pulmón para ahogar la enloquecida voz que salía de la pantalla. La pequeña mujer de pelo color arena se había puesto de color rosa brillante, y su boca se abría y cerraba como la de un pez en tierra. Incluso el pesado rostro de O'Brien estaba sonrojado. Estaba sentado muy erguido en su silla, con su poderoso pecho hinchado y tembloroso como si estuviera resistiendo el asalto de una ola. La muchacha de pelo oscuro que estaba detrás de Winston había empezado a gritar «¡Cerdo! ¡Cerdo! ¡Cerdo!" y de repente cogió un pesado diccionario de Neolengua y lo lanzó contra la pantalla. Golpeó la nariz de Goldstein y rebotó; la voz continuó inexorablemente. En un momento de lucidez, Winston se dio cuenta de que estaba gritando con los demás y pateando violentamente su taco contra el travesaño de su silla. Lo horrible de los Dos Minutos de Odio no era que uno estuviera obligado a representar un papel, sino, por el contrario, que era imposible evitar unirse a él. A los treinta segundos, cualquier pretensión era siempre innecesaria. Un espantoso éxtasis de miedo y venganza, un deseo de matar, de torturar, de aplastar caras con un mazo, parecía fluir por todo el grupo de personas como una corriente eléctrica, convirtiendo a uno, incluso contra su voluntad, en un lunático que hacía muecas y gritaba. Y, sin embargo, la rabia que uno sentía era una emoción abstracta, no dirigida, que podía pasar de un objeto a otro como la llama de un soplete. Así, en un momento dado, el odio de Winston no se dirigía en absoluto contra Goldstein, sino, por el contrario, contra el Gran Hermano, el Partido y la Policía del Pensamiento; y en esos momentos su corazón se dirigía al solitario y ridiculizado hereje de la pantalla, único guardián de la verdad y la cordura en un mundo de mentiras. Sin embargo, al instante siguiente se sentía unido a la gente que le rodeaba, y todo lo que se decía de Goldstein le parecía cierto. En esos momentos, su odio secreto hacia el Gran Hermano se convertía en adoración, y el Gran Hermano parecía alzarse como un protector invencible e intrépido, erguido como una roca contra las hordas de Asia, y Goldstein, a pesar de su aislamiento, su impotencia y la duda que se cernía sobre su propia existencia, parecía un encantador siniestro, capaz, con el mero poder de su voz, de destruir la estructura de la civilización.

Incluso era posible, por momentos, cambiar el odio de una manera u otra mediante un acto voluntario. De repente, con un violento esfuerzo como el que se hace para separar la cabeza de la almohada en una pesadilla, Winston consiguió transferir su odio de la cara de la pantalla a la chica de pelo oscuro que tenía detrás. Alucinaciones vívidas y hermosas pasaron por su mente. La azotaría hasta la muerte con una porra de goma. La ataría desnuda a una estaca y la llenaría de flechas como a San Sebastián. La violaría y la degollaría en el momento del clímax. Mejor que antes, además, se dio cuenta de POR QUÉ la odiaba. La odiaba porque era joven y bonita y sin sexo, porque quería ir a la cama con ella y nunca lo haría, porque alrededor de su suave y flexible cintura, que parecía pedirte que la rodearas con el brazo, sólo estaba la odiosa faja escarlata, símbolo agresivo de la castidad.

El odio llegó a su punto culminante. La voz de Goldstein se había convertido en un auténtico balido de oveja, y por un instante el rostro se transformó en el de una oveja. Luego la cara de oveja se fundió en la figura de un soldado euroasiático que parecía avanzar, enorme y terrible, con su subfusil rugiendo, y que parecía brotar de la superficie de la pantalla, de modo que algunas de las personas de la primera fila se echaron hacia atrás en sus asientos. Pero en el mismo momento, provocando un profundo suspiro de alivio por parte de todos, la figura hostil se fundió en el rostro del Gran Hermano, de pelo negro, bigote negro, lleno de poder y calma misteriosa, y tan vasto que casi llenaba la pantalla. Nadie oyó lo que decía el Gran Hermano. Eran simplemente unas palabras de ánimo, el tipo de palabras que se pronuncian en el fragor de la batalla, que no se distinguen individualmente pero que devuelven la confianza por el hecho de ser pronunciadas. Entonces, el rostro del Gran Hermano se desvaneció de nuevo y, en su lugar, los tres eslóganes del Partido se destacaron en letras mayúsculas:

LA GUERRA ES LA PAZ
LA LIBERTAD ES LA ESCLAVITUD
LA IGNORANCIA ES LA FUERZA

Pero la cara del Gran Hermano pareció persistir durante varios segundos en la pantalla, como si el impacto que había causado en los globos oculares de todos fuera demasiado vívido para desaparecer inmediatamente. La pequeña mujer de pelo color arena se había echado hacia delante sobre el respaldo de la silla que tenía delante. Con un murmullo trémulo que sonaba como «¡Mi Salvador!", extendió los brazos hacia la pantalla. Luego enterró la cara entre las manos. Era evidente que estaba pronunciando una oración.

En ese momento, todo el grupo de personas prorrumpió en un canto profundo, lento y rítmico de «¡B-B!...¡B-B!" — una y otra vez, muy lentamente, con una larga pausa entre la primera «B" y la segunda—, un sonido pesado y murmurante, de alguna manera curiosamente salvaje, en cuyo fondo parecía oírse el pisar de pies desnudos y el palpitar de los tom-toms. Durante quizás unos treinta segundos lo mantuvieron. Era un estribillo que se escuchaba a menudo en los momentos de emoción desbordante. En parte era una especie de himno a la sabiduría y la majestad del Gran Hermano, pero sobre todo era un acto de autohipnosis, un ahogo deliberado de la conciencia por medio del ruido rítmico. Las entrañas de Winston parecían enfriarse. En los Dos Minutos de Odio no podía evitar participar en el delirio general, pero este cántico infrahumano de «¡B-B!...¡B-B!" siempre le llenaba de horror. Por supuesto que coreaba con el resto: era imposible actuar de otro modo. Disimular tus sentimientos, controlar tu rostro, hacer lo que todo el mundo hacía, era una reacción instintiva. Pero hubo un espacio de un par de segundos durante el cual la expresión de sus ojos podría haberle traicionado. Y fue exactamente en ese momento cuando ocurrió lo más importante — si es que realmente ocurrió.

Por un momento captó la mirada de O'Brien. O'Brien se había levantado. Se había quitado las gafas y se las estaba colocando en la nariz con su gesto característico. Pero hubo una fracción de segundo en que sus ojos se encontraron, y durante el tiempo que tardó en ocurrir Winston supo —sí, lo supo— que O'Brien estaba pensando lo mismo que él. Se había transmitido un mensaje inconfundible. Era como si sus dos mentes se hubieran abierto y los pensamientos fluyeran del uno al otro a través de sus ojos.

«Estoy contigo", parecía decirle O'Brien. «Sé exactamente lo que sientes. Sé todo sobre tu desprecio, tu odio, tu asco. Pero no te preocupes, estoy de tu lado". Y entonces el destello de inteligencia desapareció, y el rostro de O'Brien fue tan inescrutable como el de todos los demás.

Eso era todo, y ya ni siquiera estaba seguro de que hubiera sucedido. Tales incidentes nunca tenían alguna consecuencia. Lo único que hacían era mantener viva en él la creencia, o la esperanza, de que otros, además de él, eran enemigos del Partido. Tal vez los rumores de vastas conspiraciones subterráneas eran ciertos después de todo; ¡tal vez la Hermandad existía realmente! Era imposible, a pesar de las interminables detenciones, confesiones y ejecuciones, estar seguro de que la Hermandad no era simplemente un mito. Algunos días creía en ella, otros no. No había pruebas, sólo destellos fugaces que podían significar algo o nada: fragmentos de conversaciones escuchadas, débiles garabatos en las paredes de los lavabos; incluso una vez, cuando dos desconocidos se encontraron, un pequeño movimiento de la mano que parecía ser una señal de reconocimiento. Todo eran conjeturas: muy probablemente lo había imaginado todo. Había vuelto a su cubículo sin mirar de nuevo a O'Brien. Apenas si se le pasó por la cabeza la idea de seguir con su contacto momentáneo. Habría sido inconcebiblemente peligroso incluso si hubiera sabido cómo hacerlo. Durante un segundo, dos segundos, habían intercambiado una mirada equívoca, y ese era el final de la historia. Pero incluso eso fue un acontecimiento memorable, en la soledad cerrada en la que había que vivir.

Winston se despertó y se sentó más erguido. Dejó escapar un eructo. La ginebra le subía por el estómago.

Sus ojos volvieron a centrarse en la página. Descubrió que mientras estaba sentado meditando sin ayuda, también había estado escribiendo, como si fuera una acción automática. Y ya no era la misma letra apretada y torpe de antes. Su pluma se había deslizado voluptuosamente sobre el papel liso, imprimiendo en mayúsculas grandes y limpias...

ABAJO CON EL GRAN HERMANO
ABAJO CON EL GRAN HERMANO
ABAJO CON EL GRAN HERMANO
ABAJO CON EL GRAN HERMANO
ABAJO CON EL GRAN HERMANO

una y otra vez, llenando media página.

No pudo evitar sentir una punzada de pánico. Era absurdo, ya que la escritura de esas palabras en particular no era más peligrosa que el acto inicial de abrir el diario, pero por un momento estuvo tentado de arrancar las páginas usadas y abandonar la empresa por completo.

Sin embargo, no lo hizo porque sabía que era inútil. Que escribiera ABAJO CON EL GRAN HERMANO, o que se abstuviera de escribirlo, daba igual. Que siguiera con el diario, o que no lo hiciera, daba igual. La Policía del Pensamiento lo atraparía igualmente. Había cometido -seguiría cometiendo, aunque nunca hubiera puesto la pluma sobre el papel- el crimen esencial que contenía todos los demás en sí mismo. Lo llamaban crimen del pensamiento. El crimen del pensamiento no era algo que pudiera ocultarse para siempre. Podías escapar con éxito durante un tiempo, incluso durante años, pero tarde o temprano te atraparían.

Siempre era de noche, los arrestos ocurrían invariablemente de noche. La repentina sacudida del sueño, la mano áspera sacudiendo tu hombro, las luces brillando en tus ojos, el anillo de caras duras alrededor de la cama. En la inmensa mayoría de los casos no se celebraba ningún juicio ni se informaba de la detención. La gente simplemente desaparecía, siempre durante la noche. Tu nombre era retirado de los registros, se borraba todo registro de todo lo que habías hecho, se negaba tu existencia inicial y luego se olvidaba. Fuiste abolido, aniquilado: VAPORIZADO era la palabra habitual.

Por un momento le invadió una especie de histeria. Comenzó a escribir en un garabato apresurado y desordenado:

me dispararan no me importa me dispararan en la nuca no me importa abajo con el gran hermano siempre te disparan en la nuca no me importa abajo con el gran hermano—

Se arrellanó en su silla, ligeramente avergonzado de sí mismo, y dejó la pluma. Al momento siguiente se sobresaltó violentamente. Llamaron a la puerta.

¡Ya! Se quedó quieto como un ratón, con la vana esperanza de que quienquiera que fuera se fuera tras un solo intento. Pero no, los golpes se repitieron. Lo peor de todo sería demorarse. Su corazón latía como un tambor, pero su rostro, por la larga costumbre, estaba probablemente inexpresivo. Se levantó y se dirigió pesadamente hacia la puerta.

Capítulo 2

Al poner la mano en el pomo de la puerta, Winston vio que había dejado el diario abierto sobre la mesa. ABAJO CON EL GRAN HERMANO estaba escrito por todas partes, en letras lo suficientemente grandes como para ser legibles en toda la habitación. Había sido una estupidez inconcebible. Pero, se dio cuenta, incluso en su pánico no había querido manchar el papel cremoso cerrando el libro mientras la tinta estaba húmeda.

Respiró y abrió la puerta. Al instante, una cálida oleada de alivio le recorrió. Una mujer incolora, de aspecto aplastado, con el pelo alborotado y el rostro delineado, estaba fuera.

Oh, camarada —comenzó con una voz lúgubre y quejumbrosa—, me pareció oírte entrar. ¿Cree que podría pasar y echar un vistazo a nuestro fregadero? Se ha atascado y...

Se trataba de la señora Parsons, la esposa de un vecino del mismo piso («señora» era una palabra un tanto rechazada por el Partido —se suponía que había que llamar a todo el mundo «camarada"—, pero con algunas mujeres uno la utilizaba instintivamente). Era una mujer de unos treinta años, pero parecía mucho mayor. Uno tenía la impresión de que había polvo en los pliegues de su cara. Winston la siguió por el pasillo. Estos trabajos de reparación amateur eran una irritación casi diaria. Las Mansiones Victoria eran departamentos viejos, construidos en 1930 o más o menos, y se estaban cayendo a pedazos. El plástico se desconchaba constantemente de los techos y las paredes, las tuberías estallaban con cada helada fuerte, el tejado goteaba cada vez que nevaba, el sistema de calefacción solía funcionar a medio gas cuando no se cerraba del todo por motivos de economía. Las reparaciones, salvo las que uno podía hacer por sí mismo, tenían que ser aprobadas por comités remotos que podían retrasar hasta el arreglo de un cristal de ventana durante dos años.

«Por supuesto, es sólo porque Tom no está en casa", dijo la señora Parsons vagamente.

El departamento de los Parsons era más grande que el de Winston, y sucio de manera diferente. Todo tenía un aspecto maltrecho y pisoteado, como si el lugar hubiera sido recién visitado por algún animal grande y violento. En el suelo había elementos de juego —palos de hockey, guantes de boxeo, un balón de fútbol reventado, un par de pantalones cortos sudados al revés—, y sobre la mesa había un montón de platos sucios y cuadernos de ejercicios con los bordes doblados. En las paredes había pancartas escarlatas de la Liga Juvenil y de los Espías, y un póster de tamaño natural del Gran Hermano. Había el habitual olor a col hervida, común a todo el edificio, pero estaba atravesado por un olor más intenso a sudor, que —se sabía al primer olfato, aunque era difícil decir cómo— era el sudor de alguna persona que no estaba presente en ese momento. En otra habitación, alguien con un peine y un trozo de papel higiénico intentaba seguir el ritmo de la música militar que seguía emitiendo la telepantalla.

«Son los niños", dijo la señora Parsons, echando una mirada medio aprensiva a la puerta. «No han salido hoy. Y por supuesto..."

Tenía la costumbre de interrumpir sus frases a la mitad. El fregadero de la cocina estaba lleno casi hasta el borde de agua sucia y verdosa que olía peor que nunca a col. Winston se arrodilló y examinó el ángulo de la tubería. Odiaba usar las manos, y odiaba agacharse, ya que eso siempre le hacía toser. La señora Parsons miraba impotente.

«Por supuesto que si Tom estuviera en casa lo arreglaría en un momento», dijo ella. «Le encanta cualquier cosa. Es muy bueno con sus manos, así es Tom».

Parsons era el compañero de trabajo de Winston en el Ministerio de la Verdad. Era un hombre gordo, pero activo, de una estupidez paralizante, una masa de entusiasmos imbéciles, uno de esos zánganos completamente incuestionables y devotos de los que dependía la estabilidad del Partido, incluso más que de la Policía del Pensamiento. A los treinta y cinco años acababa de ser desalojado a regañadientes de la Liga de la Juventud, y antes de graduarse en la Liga de la Juventud se las había arreglado para permanecer en los Espías durante un año más allá de la edad reglamentaria. En el Ministerio estaba empleado en algún puesto subalterno para el que no se requería inteligencia, pero por otro lado era una figura destacada en el Comité de Deportes y en todos los demás comités que se dedicaban a organizar excursiones comunitarias, manifestaciones espontáneas, campañas de ahorro y actividades de voluntariado en general. Entre bocanadas de su pipa, te informaba con orgullo de que había acudido al Centro Comunitario todas las noches durante los últimos cuatro años. Un olor a sudor abrumador, una especie de testimonio inconsciente de lo extenuante de su vida, le seguía a todas partes, e incluso se quedaba detrás de él cuando se iba.

«¿Tienes una llave inglesa?», dijo Winston, tocando la tuerca de la junta acodada.

«Una llave inglesa», dijo la señora Parsons, volviéndose inmediatamente invertebrada. «No lo sé, estoy segura. Tal vez los niños...»

Se oyó un pisotón de botas y otro golpe de peine cuando los niños entraron en el salón. La señora Parsons trajo la llave inglesa. Winston dejó salir el agua y retiró con asco el manojo de pelo humano que había obstruido la tubería. Se limpió los dedos como pudo en el agua fría del grifo y volvió a la otra habitación.

«¡Arriba las manos!», gritó una voz salvaje.

Un niño de nueve años, guapo y de aspecto rudo, había salido de detrás de la mesa y le amenazaba con una pistola automática de juguete, mientras su hermana pequeña, unos dos años menor, hacía el mismo gesto con un fragmento de madera. Ambos iban vestidos con los pantalones cortos azules, las camisas grises y los pañuelos rojos que constituían el uniforme de los Espías. Winston levantó las manos por encima de la cabeza, pero con una sensación de inquietud, ya que el comportamiento del niño era tan vicioso que no se trataba del todo de un juego.

«¡Eres un traidor!», gritó el chico. «¡Eres un criminal del pensamiento! ¡Eres un espía euroasiático! Te dispararé, te vaporizaré, te enviaré a las minas de sal».

De repente, los dos saltaron a su alrededor, gritando «¡Traidor!" y «¡Criminal del pensamiento!", la niña imitando a su hermano en cada movimiento. En cierto modo, era un poco aterrador, como los gritos de los cachorros de tigre que pronto se convertirán en devoradores de hombres. Había una especie de ferocidad calculadora en la mirada del niño, un deseo bastante evidente de golpear o patear a Winston y la conciencia de ser casi lo suficientemente grande para hacerlo. Menos mal que no era una pistola de verdad lo que sostenía, pensó Winston.

Los ojos de la señora Parsons pasaban nerviosamente de Winston a los niños y viceversa. Con la mejor luz del salón, notó con interés que efectivamente había polvo en los pliegues de su cara.

«Se ponen tan ruidosos», dijo. «Están decepcionados porque no han podido ir a ver el ahorcamiento, eso es lo que pasa. Estoy demasiado ocupada como para llevarlos y Tom no volverá del trabajo a tiempo».

«¿Por qué no podemos ir a ver el ahorcamiento?», rugió el niño con su enorme voz.

«¡Quiero ver el ahorcamiento! ¡Quiero ver el ahorcamiento!», cantó la niña, que seguía haciendo cabriolas.

Algunos prisioneros euroasiáticos, culpables de crímenes de guerra, iban a ser colgados en el Parque esa noche, recordó Winston. Esto ocurría aproximadamente una vez al mes, y era un espectáculo popular. Los niños siempre clamaban por ser llevados a verlo. Se despidió de la señora Parsons y se dirigió a la puerta. Pero no había dado ni seis pasos por el pasillo cuando algo le golpeó la nuca con un dolor agonizante. Fue como si le hubieran clavado un alambre al rojo vivo. Se volvió justo a tiempo para ver a la señora Parsons arrastrando a su hijo hacia la puerta mientras el chico se embolsaba una honda.

«¡Goldstein!", gritó el muchacho cuando la puerta se cerró detrás de él. Pero lo que más le llamó la atención a Winston fue la expresión de miedo impotente en el rostro grisáceo de la mujer.

De vuelta al departamento, pasó rápidamente por delante de la telepantalla y se sentó de nuevo a la mesa, todavía frotándose el cuello. La música de la telepantalla había cesado. En su lugar, una voz militar entrecortada leía en voz alta, con una especie de gusto brutal, una descripción del armamento de la nueva Fortaleza Flotante que acababa de ser anclada entre Islandia y las Islas Feroe.

Con esos niños, pensó, esa desdichada mujer debe llevar una vida de terror. Un año más, dos años, y la vigilarían día y noche en busca de síntomas de falta de ortodoxia. Casi todos los niños de hoy en día eran horribles. Lo peor de todo era que, por medio de organizaciones como los Espías, se les convertía sistemáticamente en pequeños salvajes ingobernables, y sin embargo esto no producía en ellos ninguna tendencia a rebelarse contra la disciplina del Partido. Al contrario, adoraban el Partido y todo lo relacionado con él. Los cantos, las procesiones, los estandartes, las caminatas, los ejercicios con rifles de juguete, los gritos de las consignas, el culto al Gran Hermano, todo era para ellos una especie de juego glorioso. Toda su ferocidad se dirigía hacia el exterior, contra los enemigos del Estado, contra los extranjeros, los traidores, los saboteadores, los criminales del pensamiento. Era casi normal que los mayores de treinta años tuvieran miedo de sus propios hijos. Y con razón, ya que apenas pasaba una semana en la que «The Times" no publicara un párrafo describiendo cómo algún pequeño fisgón —«niño héroe" era la frase generalmente utilizada— había escuchado algún comentario comprometedor y denunciado a sus padres a la Policía del Pensamiento.

El escozor de la bala de la honda había desaparecido. Cogió la pluma con poco entusiasmo, preguntándose si podría hallar algo más que escribir en el diario. De repente, empezó a pensar de nuevo en O'Brien.

Hace años —¿cuánto tiempo pasó? Siete años debe ser— había soñado que caminaba por una habitación muy oscura. Y alguien sentado a un lado de él había dicho al pasar: «Nos encontraremos en el lugar donde no hay oscuridad". Lo dijo en voz muy baja, casi casualmente, una declaración, no una orden. Siguió caminando sin detenerse. Lo curioso era que en aquel momento, en el sueño, las palabras no le habían causado mucha impresión. Sólo más tarde, y de forma gradual, parecieron cobrar importancia. Ahora no podía recordar si fue antes o después de tener el sueño que había visto a O'Brien por primera vez, ni podía recordar cuándo había identificado por primera vez la voz como la de O'Brien. Pero en cualquier caso la identificación existía. Era O'Brien quien le había hablado desde la oscuridad.

Winston nunca había podido estar seguro; incluso después del destello de los ojos de esta mañana seguía siendo imposible estar seguro de si O'Brien era un amigo o un enemigo. Ni siquiera parecía importar mucho. Había un vínculo de entendimiento entre ellos, más importante que el afecto o el partidismo. «Nos encontraremos en el lugar donde no hay oscuridad", había dicho. Winston no sabía lo que significaba, sólo que de un modo u otro se haría realidad.

La voz de la telepantalla se detuvo. Un toque de trompeta, claro y hermoso, flotó en el aire estancado. La voz continuó roncamente:

«¡Atención! ¡Su atención, por favor! Una noticia ha llegado en este momento desde el frente de Malabar. Nuestras fuerzas en el sur de la India han obtenido una gloriosa victoria. Estoy autorizado a decir que la acción de la que informamos ahora bien puede llevar la guerra a una distancia mensurable de su fin. Aquí está la noticia..."

Se avecinan malas noticias, pensó Winston. Y, efectivamente, tras una sangrienta descripción de la aniquilación de un ejército euroasiático, con estupendas cifras de muertos y prisioneros, llegó el anuncio de que, a partir de la próxima semana, la ración de chocolate se reduciría de treinta gramos a veinte.

Winston volvió a eructar. El efecto de la ginebra se estaba agotando, dejando una sensación de desinflado. La telepantalla —tal vez para celebrar la victoria, tal vez para ahogar el recuerdo del chocolate perdido— se estrelló con «Oceanía, es para ti". Se suponía que debía ponerse de pie para prestar atención. Sin embargo, en su posición actual era invisible.

«Oceanía, es para ti" dio paso a una música más ligera. Winston se acercó a la ventana, manteniéndose de espaldas a la telepantalla. El día seguía siendo frío y claro. En algún lugar lejano, un cohete bomba estalló con un rugido sordo y reverberante. En estos momentos caían sobre Londres unos veinte o treinta por semana.

En la calle, el viento agitaba el cartel roto de un lado a otro, y la palabra INGSOC aparecía y desaparecía de forma irregular. Ingsoc. Los principios sagrados de Ingsoc. Neolengua, doble pensamiento, la mutabilidad del pasado. Se sentía como si vagara por los bosques del fondo del mar, perdido en un mundo monstruoso donde él mismo era el monstruo. Estaba solo. El pasado estaba muerto, el futuro era inimaginable. ¿Qué certeza tenía de que una sola criatura humana de las que ahora viven estaba de su lado? ¿Y qué manera de saber que el dominio del Partido no perduraría PARA SIEMPRE? Como una respuesta, los tres lemas de la fachada blanca del Ministerio de la Verdad volvieron a él:

LA GUERRA ES LA PAZ
LA LIBERTAD ES LA ESCLAVITUD
LA IGNORANCIA ES LA FUERZA

Sacó del bolsillo una moneda de veinticinco céntimos. También allí, en letra diminuta y clara, estaban inscritos los mismos lemas, y en la otra cara de la moneda la imagen del Gran Hermano. Incluso desde la moneda los ojos le perseguían. En las monedas, en los sellos, en las portadas de los libros, en las pancartas, en los carteles, en los envoltorios de los paquetes de cigarrillos... en todas partes. Siempre los ojos mirándote y la voz envolviéndote. Dormido o despierto, trabajando o comiendo, dentro o fuera de casa, en la bañera o en la cama, no había escapatoria. Nada era tuyo, excepto los pocos centímetros cúbicos dentro de tu cráneo.

El sol había dado la vuelta, y las innumerables ventanas del Ministerio de la Verdad, con la luz que ya no las iluminaba, parecían sombrías como las mirillas de una fortaleza. Su corazón se estremeció ante la enorme forma piramidal. Era demasiado fuerte, no podía ser asaltada. Ni un millar de cohetes bomba la derribarían. Se preguntó de nuevo para quién estaba escribiendo el diario. Para el futuro, para el pasado, para una época que podría ser imaginaria. Y frente a él no estaba la muerte, sino la aniquilación. El diario quedaría reducido a cenizas y él mismo a vapor. Sólo la Policía del Pensamiento leería lo que había escrito, antes de borrarlo de la existencia y de la memoria.

¿Cómo podía apelar al futuro cuando no podía sobrevivir físicamente ni siquiera una palabra anónima garabateada en un papel?

La telepantalla marcó las catorce horas. Debía salir en diez minutos. Tenía que estar de vuelta en el trabajo a las catorce y treinta.

Curiosamente, el tañido de la hora parecía haberle devuelto el ánimo. Era un fantasma solitario que pronunciaba una verdad que nadie escucharía jamás. Pero mientras él la pronunciaba, de alguna oscura manera la continuidad no se rompía. No era haciéndose oír, sino manteniéndose cuerdo, que continuaba la herencia humana. Volvió a la mesa, mojó la pluma y escribió:

Al futuro o al pasado, a un tiempo en el que el pensamiento es libre, en el que los hombres son diferentes entre sí y no viven solos, a un tiempo en el que la verdad existe y lo que está hecho no puede ser deshecho:

Desde la época de la uniformidad, desde la época de la soledad, desde la época del Gran Hermano, desde la época del doble pensamiento – ¡saludos!

Ya estaba muerto, reflexionó. Le parecía que sólo ahora, cuando había empezado a formular sus pensamientos, había dado el paso decisivo. Las consecuencias de cada acto están incluidas en el propio acto. Escribió:

El crimen del pensamiento no implica la muerte: el crimen del pensamiento ES la muerte.

Ahora que se había reconocido como un hombre muerto, era importante mantenerse vivo el mayor tiempo posible. Dos dedos de su mano derecha estaban manchados de tinta. Era exactamente el tipo de detalle que podría traicionarle. Algún fanático entrometido del Ministerio (una mujer, probablemente: alguien como la mujercita de pelo color arena o la chica de pelo oscuro del Departamento de Ficción) podría empezar a preguntarse por qué él había estado escribiendo durante la pausa del almuerzo, por qué había usado una pluma anticuada, QUÉ había estado escribiendo... y luego soltar una indirecta en el sector apropiado. Fue al cuarto de baño y limpió cuidadosamente la tinta con el jabón marrón oscuro que raspaba la piel como una lija y que, por tanto, era muy adecuado para este propósito.

Guardó el diario en el cajón. Era inútil pensar en esconderlo, pero al menos podía estar seguro de si su existencia había sido descubierta o no. Un pelo colocado en los extremos de las páginas era demasiado evidente. Con la punta del dedo recogió un grano identificable de polvo blanquecino y lo depositó en una esquina de la tapa, de donde seguro se desprendería si se movía el libro.

Capítulo 3

Winston soñaba con su madre.

Creía que debía tener diez u once años cuando su madre había desaparecido. Ella era una mujer alta, escultural, más bien silenciosa, con movimientos lentos y un magnífico cabello rubio. A su padre lo recordaba más vagamente, como un hombre moreno y delgado, vestido siempre con ropa oscura y pulcra (Winston recordaba especialmente las finísimas suelas de los zapatos de su padre) y con gafas. Evidentemente, los dos deben haber sido engullidos en una de las primeras grandes purgas de los años cincuenta.

En ese momento, su madre estaba sentada en algún lugar muy abajo, con su joven hermana en brazos. No recordaba a su hermana en absoluto, salvo como un bebé pequeño y débil, siempre silencioso, con ojos grandes y vigilantes. Ambos le miraban. Estaban en algún lugar subterráneo —el fondo de un pozo, por ejemplo, o una tumba muy profunda—, pero era un lugar que, ya muy por debajo de él, se movía aún más hacia abajo. Estaban en el salón de un barco que se hundía, mirándolo a través del agua que se oscurecía. Todavía había aire en el salón, todavía podían verle a él y él a ellas, pero todo el tiempo se estaban hundiendo hacia abajo, hacia las aguas verdes que en otro momento las ocultarían de la vista para siempre. Él estaba fuera, en la luz y el aire, mientras ellas eran succionadas hacia la muerte, y ellas estaban allí abajo porque él estaba aquí arriba. Él lo sabía y ellas lo sabían, y podía ver el conocimiento en sus rostros. No había ningún reproche ni en sus rostros ni en sus corazones, sólo el conocimiento de que debían morir para que él pudiera seguir vivo, y que esto formaba parte del orden inevitable de las cosas.

No podía recordar lo que había sucedido, pero sabía en su sueño que, de alguna manera, las vidas de su madre y su hermana habían sido sacrificadas por la suya. Era uno de esos sueños que, conservando el característico escenario onírico, son una continuación de la vida intelectual de uno mismo, y en los que uno se da cuenta de hechos e ideas que siguen pareciendo nuevos y valiosos después de haber despertado. Lo que ahora le llamó la atención a Winston fue que la muerte de su madre, casi treinta años atrás, había sido trágica y triste de una manera que ya no era posible. La tragedia, percibió, pertenecía a los tiempos antiguos, a una época en la que todavía existía la intimidad, el amor y la amistad, y en la que los miembros de una familia se apoyaban unos a otros sin necesidad de conocer el motivo. El recuerdo de su madre le desgarraba el corazón porque había muerto amándole, cuando él era demasiado joven y egoísta para amarla a su vez, y porque de alguna manera, no recordaba cómo, se había sacrificado por una concepción de la lealtad que era privada e inalterable. Tales cosas, observó, no podían ocurrir hoy en día. Actualmente había miedo, odio y dolor, pero no había dignidad en las emociones, ni penas profundas o complejas. Todo esto le pareció ver en los grandes ojos de su madre y de su hermana, que le miraban a través del agua verde, a cientos de brazas de profundidad y que seguían hundiéndose.

De repente, se encontraba de pie sobre un césped corto y elástico, en una tarde de verano en la que los rayos del sol doraban el suelo. El paisaje que contemplaba se repetía con tanta frecuencia en sus sueños que nunca estaba del todo seguro de haberlo visto o no en el mundo real. En sus pensamientos de vigilia lo llamaba el País Dorado. Era un viejo pastizal mordido por los conejos, con un sendero que lo atravesaba y una topera aquí y allá. En el seto desgarrado del lado opuesto del campo, las ramas de los olmos se mecían muy débilmente con la brisa, sus hojas apenas se agitaban en densas masas como cabellos de mujer. En algún lugar cercano, aunque fuera de la vista, había un arroyo claro y de movimiento lento en el que nadaban los peces en los charcos bajo los sauces.

La chica de pelo oscuro se acercaba a ellos a través del campo. Con lo que parecía un simple movimiento se quitó la ropa y la arrojó con desdén a un lado. Su cuerpo era blanco y terso, pero no despertó ningún deseo en él, es más, apenas la miró. Lo que le sobrecogió en ese instante fue la admiración por el gesto con el que ella había arrojado su ropa a un lado. Con su gracia y despreocupación parecía aniquilar toda una cultura, todo un sistema de pensamiento, como si el Gran Hermano y el Partido y la Policía del Pensamiento pudieran ser barridos en la nada con un solo movimiento espléndido del brazo. Eso también era un gesto que pertenecía a la época antigua. Winston se despertó con la palabra «Shakespeare" en los labios.

La telepantalla emitía un pitido que cortaba los oídos y que continuaba con la misma nota durante treinta segundos. Eran las siete y cuarto, la hora de levantarse para los oficinistas. Winston sacó su cuerpo de la cama -desnudo, ya que un miembro del Partido Exterior sólo recibía 3.000 cupones de ropa al año, y un pijama costaba 600- y cogió una sucia camiseta y unos pantalones cortos que estaban tirados en una silla. Las Sacudidas Físicas comenzarían en tres minutos. Al instante siguiente se vio doblado por un violento ataque de tos que casi siempre le atacaba poco después de despertarse. Le vaciaba los pulmones tan completamente que sólo podía volver a respirar tumbándose de espaldas y dando una serie de profundas bocanadas. Sus venas se habían hinchado con el esfuerzo de la tos, y la úlcera varicosa había empezado a picar.

«¡Grupo de treinta a cuarenta!", gritó una voz femenina penetrante. «¡Grupo de treinta a cuarenta! Ocupen sus puestos, por favor. Grupo de treinta a cuarenta".

Winston se puso en guardia frente a la telepantalla, en

la que ya había aparecido la imagen de una mujer joven, escuálida pero musculosa, vestida con túnica y zapatillas de gimnasia.

«¡Dobla Los brazos y estíralos!», gritó. «Tómate tu tiempo junto a mí. ¡UNO, dos, tres, cuatro! ¡UNO, dos, tres, cuatro! Vamos, camaradas, ¡ponedle un poco de vida! ¡UNO, dos, tres, cuatro! ¡UNO, dos, tres, cuatro!...»

El dolor del ataque de tos no había eliminado del todo de la mente de Winston la impresión causada por su sueño, y los movimientos rítmicos del ejercicio la restauraron un poco. Mientras movía mecánicamente los brazos hacia adelante y hacia atrás, con la expresión de sombrío placer que se consideraba apropiada durante las Sacudidas Físicas, se esforzaba por pensar en el período oscuro de su primera infancia. Era extraordinariamente difícil. Más allá de los años cincuenta todo se desvanecía. Cuando no había registros externos a los que uno pudiera referirse, incluso el contorno de su propia vida perdía su nitidez. Se recordaban grandes acontecimientos que probablemente no habían sucedido, se recordaban los detalles de los incidentes sin poder recapturar su atmósfera, y había largos períodos en blanco a los que no se podía asignar nada. Todo había sido diferente entonces. Incluso los nombres de los países, y sus formas en el mapa, habían sido diferentes. La Ruta Aérea Uno, por ejemplo, no se había llamado así en aquellos días: se había llamado Inglaterra o Gran Bretaña, aunque Londres, estaba bastante seguro, siempre se había llamado Londres.

Winston no podía recordar con seguridad una época en la que su país no hubiera estado en guerra, pero era evidente que había habido un intervalo de paz bastante largo durante su infancia, porque uno de sus primeros recuerdos era el de un ataque aéreo que parecía tomar a todos por sorpresa. Tal vez fuera el momento en que la bomba atómica cayó sobre Colchester. No recordaba el bombardeo en sí, pero sí la mano de su padre agarrada a la suya mientras bajaban a toda prisa, bajando, bajando a algún lugar de las profundidades de la tierra, dando vueltas y vueltas a una escalera de caracol que sonaba bajo sus pies y que al final le cansó tanto las piernas que empezó a gemir y tuvieron que parar a descansar. Su madre, con su estilo lento y soñador, les seguía de lejos. Llevaba a su hermanita, o tal vez sólo un fardo de mantas: no sabía si su hermana había nacido entonces. Finalmente, llegaron a un lugar ruidoso y atestado de gente que, como comprendió, era una estación de metro.

Había gente sentada por todo el suelo empedrado, y otras personas, apiñadas, estaban sentadas en literas de metal, una encima de otra. Winston, su madre y su padre encontraron un lugar en el suelo, y cerca de ellos un anciano y una anciana estaban sentados uno al lado del otro en una litera. El anciano llevaba un decente traje oscuro y una gorra de tela negra echada hacia atrás por un pelo muy blanco: su cara era escarlata y sus ojos azules y llenos de lágrimas. Apestaba a ginebra. Parecía salir de su piel en lugar de sudor, y uno podría haber creído que las lágrimas que brotaban de sus ojos eran pura ginebra. Pero, aunque estaba ligeramente borracho, también sufría una pena auténtica e insoportable. A su manera infantil, Winston comprendía que acababa de suceder algo terrible, algo que no tenía perdón y que no podía ser remediado. También le pareció que sabía lo que era. Alguien a quien el anciano quería —una pequeña nieta, quizás— había muerto. Cada pocos minutos el anciano repetía:

«No deberíamos haber confiado en ellos. Ya lo dije, mamá, ¿no? Eso es lo que pasa por confiar en ellos. Lo dije todo el tiempo. No deberíamos haber confiado en esos cabrones».

Pero en qué cabrones no debían confiar Winston no podía recordar ahora.

Desde esa época, la guerra había sido literalmente continua, aunque en sentido estricto no había sido siempre la misma guerra. Durante varios meses de su infancia se habían producido confusos combates callejeros en el propio Londres, algunos de los cuales recordaba vívidamente. Pero trazar la historia de todo el período, para decir quién luchaba contra quién en cada momento, habría sido totalmente imposible, ya que ningún registro escrito, y ninguna palabra hablada, hacía mención de otra alineación que la existente. En este momento, por ejemplo, en 1984 (si es que fue 1984), Oceanía estaba en guerra con Eurasia y en alianza con Esteasia. En ninguna declaración pública o privada se admitió que las tres potencias se hubieran agrupado en algún momento en líneas diferentes. En realidad, como bien sabía Winston, hacía sólo cuatro años que Oceanía estaba en guerra con Esteasia y en alianza con Eurasia. Pero eso no era más que un dato furtivo que poseía porque su memoria no estaba satisfactoriamente controlada. Oficialmente, el cambio de alianzas nunca se había producido. Oceanía estaba en guerra con Eurasia: por tanto, Oceanía siempre había estado en guerra con Eurasia. El enemigo del momento siempre representaba el mal absoluto, y de ello se deducía que cualquier acuerdo pasado o futuro con él era imposible.

Lo aterrador, reflexionó por décima milésima vez mientras forzaba los hombros dolorosamente hacia atrás (con las manos en las caderas, estaban girando sus cuerpos desde la cintura, un ejercicio que se suponía era bueno para los músculos de la espalda), lo aterrador era que todo podría ser cierto. Si el Partido podía poner la mano en el pasado y decir de tal o cual acontecimiento que NUNCA OCURRIÓ, eso, seguramente, era más aterrador que la mera tortura y la muerte.

El Partido dijo que Oceanía nunca había estado en alianza con Eurasia. Él, Winston Smith, sabía que Oceanía había estado en alianza con Eurasia hace tan sólo cuatro años. Pero, ¿dónde estaba ese conocimiento? Sólo en su propia conciencia, que en cualquier caso pronto sería aniquilada. Y si todos los demás aceptaban la mentira que el Partido imponía —si todos los registros contaban la misma historia— entonces la mentira pasaba a la historia y se convertía en verdad. «Quien controla el pasado», decía el eslogan del Partido, «controla el futuro: quien controla el presente controla el pasado». Y, sin embargo, el pasado, aunque por su naturaleza es alterable, nunca ha sido alterado. Lo que era cierto ahora era cierto desde siempre y para siempre. Era muy sencillo. Todo lo que se necesitaba era una serie interminable de victorias sobre tu propia memoria. Lo llamaban «control de la realidad»: en Neolengua, «doblepensamiento».

«¡Párese tranquilo!», ladró la instructora, un poco más gentilmente.

Winston hundió los brazos a los lados y volvió a llenar lentamente sus pulmones de aire. Su mente se deslizó hacia el laberíntico mundo del doble pensamiento. Saber y no saber, ser consciente de una completa veracidad mientras se dicen mentiras cuidadosamente construidas, sostener simultáneamente dos opiniones que se anulan, sabiendo que son contradictorias y creyendo en ambas, utilizar la lógica contra la lógica, repudiar la moralidad mientras se reivindica, creer que la democracia era imposible y que el Partido era el guardián de la democracia, olvidar todo lo que era necesario olvidar, para luego volver a traerlo a la memoria en el momento en que era necesario, y luego volver a olvidarlo rápidamente: y sobre todo, aplicar el mismo proceso al proceso mismo. Esa era la máxima sutileza: inducir conscientemente la inconsciencia, y luego, una vez más, volverse inconsciente del acto de hipnosis que se acababa de realizar. Incluso entender la palabra «doble pensamiento» implicaba el uso del doble pensamiento.

La instructora les había llamado la atención de nuevo. «Y ahora veamos quién de nosotros puede tocarse los dedos de los pies», dijo con entusiasmo. «Desde las caderas, por favor, camaradas. ¡UNO-dos! UNO-dos!...»

Winston detestaba este ejercicio, que le producía dolores punzantes desde los talones hasta las nalgas y a menudo terminaba provocando otro ataque de tos. La cualidad semi-agradable desapareció de sus meditaciones. El pasado, reflexionó, no sólo había sido alterado, sino que había sido realmente destruido. Porque, ¿cómo podía establecer incluso el hecho más obvio cuando no existía ningún registro fuera de su propia memoria? Intentó recordar en qué año había oído hablar por primera vez del Gran Hermano. Pensó que debía ser en algún momento de los años sesenta, pero era imposible estar seguro. En las historias del Partido, por supuesto, el Gran Hermano figuraba como líder y guardián de la Revolución desde sus primeros días. Sus hazañas habían sido gradualmente empujadas hacia atrás en el tiempo hasta que ya se extendían al fabuloso mundo de los años cuarenta y treinta, cuando los capitalistas con sus extraños sombreros cilíndricos todavía recorrían las calles de Londres en grandes y relucientes coches de motor o carros de caballos con lados de cristal. No se sabía cuánto de esta leyenda era cierto y cuánto inventado. Winston ni siquiera recordaba en qué fecha había surgido el propio Partido. No creía haber oído nunca la palabra «Ingsoc» antes de 1960, pero era posible que en su forma oldspeak —«socialismo inglés», es decir— hubiera sido corriente antes. Todo se fundía en la niebla. A veces, de hecho, se podía poner el dedo en una mentira definitiva. No era cierto, por ejemplo, como se afirmaba en los libros de historia del Partido, que éste hubiera inventado los aviones. Recordaba los aviones desde su más tierna infancia. Pero nunca se podía probar nada. Nunca hubo pruebas. Sólo una vez en toda su vida había tenido en sus manos una prueba documental inequívoca de la falsificación de un hecho histórico. Y en esa ocasión...

«¡Smith!», gritó la voz de la telepantalla. «¡6079 Smith W.! Sí, ¡TÚ! Agáchate, por favor. Puedes hacerlo mejor que eso. No lo estás intentando. ¡Más bajo, por favor! ASÍ está mejor, camarada. Ahora, todo el escuadrón, pónganse cómodos y obsérvenme».

Un repentino sudor caliente se había extendido por todo el cuerpo de Winston. Su rostro permanecía completamente inescrutable. ¡Nunca muestres consternación! ¡Nunca muestres resentimiento! Un simple parpadeo de los ojos podría delatarte. Se quedó mirando mientras la instructora levantaba los brazos por encima de la cabeza y —no podría decirse que con gracia, pero sí con notable pulcritud y eficacia— se inclinaba y metía la primera articulación de los dedos de las manos bajo los pies.

«¡ALLÍ, camaradas! ASÍ es como quiero verlos hacerlo. Mírenme de nuevo. Tengo treinta y nueve años y he tenido cuatro hijos. Ahora mirad». Se inclinó de nuevo. «Ves que MIS rodillas no están dobladas. Todos podéis hacerlo si queréis», añadió mientras se enderezaba. «Cualquiera que tenga menos de cuarenta y cinco años es perfectamente capaz de tocarse los dedos de los pies. No todos tenemos el privilegio de luchar en el frente, pero al menos podemos mantenernos en forma. ¡Recuerden a nuestros muchachos en el frente de Malabar! ¡Y a los marineros en las Fortalezas Flotantes! Piensen en lo que ellos tienen que soportar. «Ahora inténtelo de nuevo. Así está mejor, camarada, así está MUCHO mejor,» añadió animada mientras Winston, con una violenta embestida, lograba tocarse los dedos de los pies con las rodillas sin doblar, por primera vez en varios años.

Capítulo 4

Con el profundo e inconsciente suspiro que ni siquiera la cercanía de la telepantalla le impedía emitir cuando empezaba su jornada de trabajo, Winston acercó el hablescribe hacia él, sopló el polvo de su boquilla y se puso las gafas. A continuación, desenrolló y juntó cuatro pequeños cilindros de papel que ya habían salido del tubo neumático situado en el lado derecho de su escritorio.

En las paredes del cubículo había tres orificios. A la derecha del hablescribe, un pequeño tubo neumático para los mensajes escritos; a la izquierda, uno más grande para los periódicos; y en la pared lateral, al alcance del brazo de Winston, una gran rendija oblonga protegida por una rejilla de alambre. Esta última estaba destinada a la eliminación del papel usado. Había miles o decenas de miles de rendijas similares en todo el edificio, no sólo en todas las habitaciones, sino a intervalos cortos en todos los pasillos. Por alguna razón se les apodó «agujeros de la memoria». Cuando uno sabía que un documento debía ser destruido, o incluso cuando veía un trozo de papel tirado por ahí, era una acción automática levantar la tapa del agujero de la memoria más cercano y dejarlo caer dentro, tras lo cual era arrastrado por una corriente de aire caliente hasta los enormes hornos que estaban escondidos en algún lugar de los recovecos del edificio.

Winston examinó los cuatro trozos de papel que había desenrollado. Cada uno de ellos contenía un mensaje de sólo una o dos líneas, en la jerga abreviada —no realmente Neolengua, pero compuesta en gran parte por palabras neolingüísticas— que se utilizaba en el Ministerio para fines internos. Decían:

times 17.3.84 bb discurso mal informado africa rectificar

times 19.12.83 previsiones plan trienal 4º trimestre 83

erratas verificar edición actual

veces 14.2.84 miniabundancia de chocolate mal cotizado rectificar

times 3.12.83 reportando gh orden del día doublemásbueno refs nopersonas reescribir completo someter antearchivo

Con un leve sentimiento de satisfacción, Winston dejó de lado el cuarto mensaje. Se trataba de un trabajo intrincado y de gran responsabilidad, y era mejor ocuparse de él en último lugar. Los otros tres eran asuntos rutinarios, aunque el segundo probablemente implicaría un tedioso trabajo de revisión de listas de cifras.

Winston marcó «números atrasados» en la telepantalla y pidió los números correspondientes de «The Times», que se deslizaron fuera del tubo neumático después de sólo unos minutos de retraso. Los mensajes que había recibido se referían a artículos o noticias que, por una u otra razón, se consideraba necesario modificar o, como decía la frase oficial, rectificar. Por ejemplo, en «The Times» del diecisiete de marzo aparecía que el Gran Hermano, en su discurso del día anterior, había predicho que el frente del sur de la India permanecería tranquilo, pero que en breve se lanzaría una ofensiva euroasiática en el norte de África. En efecto, el Alto Mando euroasiático había lanzado su ofensiva en el sur de la India y había dejado solo el norte de África. Por lo tanto, era necesario reescribir un párrafo del discurso del Gran Hermano, de tal manera que se predijera lo que realmente había sucedido. Asimismo, «The Times» del diecinueve de diciembre había publicado las previsiones oficiales de la producción de diversas clases de bienes de consumo en el cuarto trimestre de 1983, que era también el sexto trimestre del Noveno Plan Trienal. La edición de hoy contenía una declaración de la producción real, de la que se desprendía que las previsiones eran en todos los casos manifiestamente erróneas. El trabajo de Winston era rectificar las cifras originales haciéndolas coincidir con las posteriores. En cuanto al tercer mensaje, se refería a un error muy simple que podía corregirse en un par de minutos. Tan sólo en febrero, el Ministerio de la Abundancia había prometido (una «promesa categórica» eran las palabras oficiales) que no se reduciría la ración de chocolate durante 1984. En realidad, como sabía Winston, la ración de chocolate iba a reducirse de treinta gramos a veinte al final de la presente semana. Lo único que había que hacer era sustituir la promesa original por una advertencia de que probablemente sería necesario reducir la ración en algún momento de abril.

Tan pronto como Winston hubo tratado cada uno de los mensajes, recortó sus correcciones hablaescritas en voz alta en el ejemplar correspondiente de «The Times» y las introdujo en el tubo neumático. Luego, con un movimiento que era casi inconsciente, arrugó el mensaje original y las notas que él mismo había hecho, y los arrojó al agujero de la memoria para que fueran devorados por las llamas.

Lo que ocurría en el laberinto invisible al que conducían los tubos neumáticos, no lo sabía en detalle, pero sí en términos generales. En cuanto se reunían y cotejaban todas las correcciones necesarias en un número concreto de «The Times», se reimprimía ese número, se destruía el ejemplar original y se colocaba en su lugar la copia corregida en los archivos. Este proceso de alteración continua se aplicaba no sólo a los periódicos, sino también a los libros, las publicaciones periódicas, los panfletos, los carteles, los folletos, las películas, las bandas sonoras, las caricaturas, las fotografías, y a todo tipo de literatura o documentación que pudiera tener algún significado político o ideológico. Día a día y casi minuto a minuto, el pasado se actualizaba. De este modo, cada predicción hecha por el Partido podía demostrarse con pruebas documentales como correcta, y no se permitía que ninguna noticia o expresión de opinión que entrara en conflicto con las necesidades del momento quedara registrada. Toda la historia era un palimpsesto, que se raspaba y se volvía a inscribir exactamente las veces que fuera necesario. En ningún caso habría sido posible, una vez hecho el acto, demostrar que se había producido alguna falsificación. La sección más grande del Departamento de Registros, mucho mayor que aquella en la que trabajaba Winston, consistía simplemente en personas cuyo deber era rastrear y recoger todos los ejemplares de libros, periódicos y otros documentos que habían sido sustituidos y debían ser destruidos. Un número de «The Times» que, debido a los cambios de alineación política o a las profecías erróneas pronunciadas por el Gran Hermano, podría haber sido reescrito una docena de veces, seguía en los archivos con su fecha original, y no existía ninguna otra copia que lo contradijera. Los libros, además, se retiraban y reescribían una y otra vez, y se reeditaban invariablemente sin admitir que se hubiera hecho ninguna alteración. Incluso las instrucciones escritas que Winston recibía, y de las que se deshacía invariablemente tan pronto como las resolvía, nunca indicaban o daban a entender que se iba a cometer un acto de falsificación: siempre se hacía referencia a deslices, errores, erratas o citas erróneas que era necesario corregir por motivos de exactitud.

Pero en realidad, pensó mientras reajustaba las cifras del Ministerio de la Abundancia, ni siquiera era una falsificación. Era simplemente la sustitución de una tontería por otra. La mayor parte del material con el que estaba tratando no tenía ninguna relación con nada del mundo real, ni siquiera el tipo de relación que contiene una mentira directa. Las estadísticas eran tan fantasiosas en su versión original como en su versión rectificada. La mayor parte del tiempo se esperaba que uno las inventara de la nada. Por ejemplo, la previsión del Ministerio de la Abundancia había estimado la producción de botas para el trimestre en 145 millones de pares. La producción real fue de 62 millones. Sin embargo, Winston, al reescribir la previsión, rebajó la cifra a 57 millones, para dar cabida a la habitual reclamación de que la cuota se había sobrepasado. En cualquier caso, 62 millones no estaban más cerca de la verdad que 57 millones o que 145 millones. Es muy probable que no se hayan producido botas en absoluto. Más aún, nadie sabía cuántas se habían fabricado, y mucho menos le importaba. Todo lo que se sabía era que cada trimestre se producía un número astronómico de botas en el papel, mientras que quizás la mitad de la población de Oceanía iba descalza. Y así sucedía con toda clase de hechos registrados, grandes o pequeños. Todo se desvanecía en un mundo de sombras en el que, finalmente, hasta el año actual se había vuelto incierto.

Winston miró al otro lado del pasillo. En el cubículo correspondiente, al otro lado, un hombre pequeño, de aspecto preciso y de tez oscura, llamado Tillotson, trabajaba sin descanso, con un periódico doblado sobre la rodilla y la boca muy cerca de la boquilla del hablescribe. Tenía el aire de intentar mantener en secreto lo que estaba diciendo entre él y la telepantalla. Levantó la vista y sus gafas lanzaron un destello hostil en dirección a Winston.

Winston apenas conocía a Tillotson y no tenía ni idea del trabajo que realizaba. La gente del Departamento de Registros no hablaba fácilmente de su trabajo. En el largo vestíbulo sin ventanas, con su doble fila de cubículos y su interminable susurro de papeles y zumbido de voces que murmuraban en los hablescribe, había una docena de personas a las que Winston ni siquiera conocía por su nombre, aunque diariamente las veía ir de un lado a otro en los pasillos o gesticular en los Dos Minutos de Odio. Sabía que en el cubículo contiguo a él, la mujercita de pelo color arena se afanaba día tras día en rastrear y borrar de la prensa los nombres de personas que habían sido vaporizadas y que, por tanto, se consideraba que nunca habían existido. Había una cierta idoneidad en esto, ya que su propio marido había sido vaporizado un par de años antes. Y a unos cuantos cubículos de distancia, una criatura apacible, ineficaz y soñadora llamada Ampleforth, con las orejas muy peludas y un sorprendente talento para hacer malabarismos con las rimas y las métricas, se dedicaba a producir versiones confusas —textos definitivos, los llamaban— de poemas que se habían vuelto ideológicamente ofensivos, pero que por una u otra razón debían conservarse en las antologías. Y esta sala, con sus cincuenta trabajadores, más o menos, no era más que una subsección, una sola célula, por así decirlo, en la enorme complejidad del Departamento de Registros. Más allá, por encima, por debajo, había otros enjambres de trabajadores dedicados a una multitud inimaginable de trabajos. Estaban las enormes imprentas con sus subeditores, sus expertos en tipografía y sus estudios elaboradamente equipados para la falsificación de fotografías. Estaba la sección de programas de televisión con sus ingenieros, sus productores y sus equipos de actores especialmente elegidos por su habilidad para imitar voces. Había ejércitos de empleados de referencia cuyo trabajo consistía simplemente en elaborar listas de libros y publicaciones periódicas que debían ser retiradas. Estaban los vastos depósitos donde se almacenaban los documentos corregidos y los hornos ocultos donde se destruían las copias originales. Y en algún lugar, bastante anónimo, estaban los cerebros directores que coordinaban todo el esfuerzo y establecían las líneas políticas que hacían necesario que este fragmento del pasado fuera preservado, que uno fuera falsificado y que el otro fuera borrado de la existencia.

Y el Departamento de Registros, después de todo, no era

más que una rama del Ministerio de la Verdad, cuyo trabajo principal no era reconstruir el pasado, sino suministrar a los ciudadanos de Oceanía periódicos, películas, libros de texto, programas de telepantalla, obras de teatro, novelas, con todo tipo de información, instrucción o entretenimiento concebible, desde una estatua hasta un eslogan, desde un poema lírico hasta un tratado biológico, y desde un libro de ortografía para niños hasta un diccionario de Neolengua. Y el Ministerio no sólo tenía que satisfacer las múltiples necesidades del partido, sino también repetir toda la operación a un nivel inferior en beneficio del proletariado. Había toda una cadena de departamentos separados que se ocupaban de la literatura proletaria, la música, el teatro y el entretenimiento en general. Aquí se producían periódicos de pacotilla que no contenían casi nada más que deportes, crímenes y astrología, novelas sensacionales de cinco centavos, películas que rezumaban sexo y canciones sentimentales que se componían totalmente por medios mecánicos en un tipo especial de caleidoscopio conocido como versificador. Había incluso toda una sub-sección -Pornosec, se llamaba en Neolengua- dedicada a producir el tipo más bajo de pornografía, que se enviaba en paquetes sellados y que ningún miembro del Partido, salvo los que trabajaban en ella, podía mirar.

Tres mensajes se habían deslizado por el tubo neumático mientras Winston trabajaba, pero eran asuntos sencillos, y se había deshecho de ellos antes de que los Dos Minutos de Odio le interrumpieran. Cuando el Odio terminó, volvió a su cubículo, cogió el diccionario de Neolengua de la estantería, apartó el hablescribe, se limpió las gafas y se dedicó a su trabajo principal de la mañana.

El mayor placer de Winston en la vida era su trabajo. La mayor parte era una rutina tediosa, pero también había trabajos tan difíciles e intrincados que podías perderte en ellos como en las profundidades de un problema matemático: delicadas piezas de falsificación en las que no tenías nada para guiarte excepto tu conocimiento de los principios de Ingsoc y tu estimación de lo que el Partido quería que dijeras. Winston era bueno para este tipo de cosas. En ocasiones se le había encomendado incluso la rectificación de los artículos principales de «The Times», que estaban escritos íntegramente en Neolengua. Desenrolló el mensaje que había apartado antes. Decía:

times 3.12.83 reportando gh orden del día doublemásbueno refs nopersonas reescribir completo someter antearchivo

En Viejalengua (o en el inglés estándar) esto podría ser traducido:

El informe de la Orden del Día del Gran Hermano en «The Times» del 3 de diciembre de 1983 es extremadamente insatisfactorio y hace referencias a personas inexistentes. Vuelva a escribirla en su totalidad y presente su borrador a una autoridad superior antes de archivarla.

Winston leyó el artículo ofensivo. La Orden del Día del Gran Hermano, al parecer, se había dedicado principalmente a elogiar la labor de una organización conocida como FFCC, que suministraba cigarrillos y otras comodidades a los marineros de las Fortalezas Flotantes. Un tal camarada Withers, miembro destacado del Partido Interior, había sido señalado para una mención especial y se le había concedido una condecoración, la Orden del Mérito Conspicuo de Segunda Clase.

Tres meses más tarde, la FFCC se había disuelto repentinamente sin que se dieran razones para ello. Se podía suponer que Withers y sus socios habían caído en desgracia, pero no se había informado del asunto en la prensa ni en la telepantalla. Era de esperar, ya que no es habitual que los delincuentes políticos sean juzgados o incluso denunciados públicamente. Las grandes purgas en las que participaban miles de personas, con juicios públicos a traidores y criminales del pensamiento que confesaban abyectamente sus crímenes y eran posteriormente ejecutados, eran espectáculos especiales que no se producían más que una vez cada dos años. Lo más habitual era que las personas que habían provocado el descontento del Partido simplemente desaparecieran y nunca más se supiera de ellas. Nunca se tenía la menor idea de lo que les había ocurrido. En algunos casos ni siquiera estaban muertos. Tal vez treinta personas conocidas personalmente por Winston, sin contar a sus padres, habían desaparecido en algún momento.

Winston se acarició suavemente la nariz con un clip. En el cubículo de enfrente, el camarada Tillotson seguía agazapado en secreto sobre su hablescribe. Levantó la cabeza un momento: de nuevo el espectáculo hostil. Winston se preguntó si el camarada Tillotson estaba ocupado en el mismo trabajo que él. Era perfectamente posible. Un trabajo tan delicado nunca se confiaría a una sola persona: por otra parte, entregarlo a un comité sería admitir abiertamente que se estaba produciendo un acto de fabricación. Es muy probable que hasta una docena de personas estuvieran trabajando en versiones rivales de lo que el Gran Hermano había dicho realmente. Y en ese momento, algún cerebro maestro del Partido Interior seleccionaría una u otra versión, la reeditaría y pondría en marcha los complejos procesos de referencias cruzadas que serían necesarios, y entonces la mentira elegida pasaría a los registros permanentes y se convertiría en verdad.

Winston no sabía por qué Withers había caído en desgracia. Quizá fuera por corrupción o incompetencia. Tal vez el Gran Hermano sólo se estaba deshaciendo de un subordinado demasiado popular. Tal vez Withers o alguien cercano a él había sido sospechoso de tendencias heréticas. O tal vez -lo más probable de todo- la cosa había ocurrido simplemente porque las purgas y vaporizaciones eran una parte necesaria de la mecánica del gobierno. La única pista real estaba en las palabras «refs unpersons», que indicaban que Withers ya estaba muerto. No se podía suponer invariablemente que fuera así cuando se arrestaba a la gente. A veces eran liberados y se les permitía permanecer en libertad hasta un año o dos antes de ser ejecutados. Muy de vez en cuando, alguna persona a la que se creía muerta desde hacía mucho tiempo, reaparecía fantasmagóricamente en algún juicio público en el que implicaba a cientos de personas con su testimonio antes de desaparecer, esta vez para siempre. Sin embargo, Withers ya era una NOPERSONA. No existía: nunca había existido. Winston decidió que no bastaría con invertir la tendencia del discurso del Gran Hermano. Era mejor hacer que se ocupara de algo totalmente ajeno a su tema original.

Podría convertir el discurso en la habitual denuncia de los traidores y criminales del pensamiento, pero eso era demasiado obvio, mientras que inventar una victoria en el frente, o algún triunfo de la sobreproducción en el Noveno Plan Trienal, podría complicar demasiado los registros. Lo que se necesitaba era una pieza de pura fantasía. De repente le vino a la mente, ya hecha, la imagen de un tal camarada Ogilvy, que había muerto recientemente en combate, en circunstancias heroicas. Había ocasiones en que el Gran Hermano dedicaba su Orden del Día a conmemorar a algún humilde miembro de base del Partido cuya vida y muerte ponía como ejemplo digno de ser seguido. Hoy debería conmemorar al camarada Ogilvy. Era cierto que no existía el camarada Ogilvy, pero unas pocas líneas de prensa y un par de fotografías falsas pronto lo harían aparecer.

Winston pensó un momento, luego acercó el hablescribe hacia él y comenzó a dictar en el estilo familiar del Gran Hermano: un estilo a la vez militar y pedante, y, debido a un artificio de formular preguntas y luego responderlas rápidamente («¿Qué lecciones aprendemos de este hecho, camaradas? La lección —que también es uno de los principios fundamentales de Ingsoc— que...», etc., etc.), fácil de imitar.

A los tres años, el camarada Ogilvy había rechazado todos los juguetes, excepto un tambor, un subfusil y un modelo de helicóptero. A los seis -un año antes, por una relajación especial de las reglas- se había unido a los Espías, a los nueve había sido jefe de tropa. A los once años había denunciado a su tío a la Policía del Pensamiento tras escuchar una conversación que le pareció que tenía tendencias criminales. A los diecisiete años había sido organizador de distrito de la Liga Juvenil Anti-Sexo. A los diecinueve había diseñado una granada de mano que había sido adoptada por el Ministerio de la Paz y que, en su primera prueba, había matado a treinta y un prisioneros euroasiáticos de una sola explosión. A los veintitrés pereció en combate. Perseguido por aviones enemigos mientras sobrevolaba el Océano Índico con importantes despachos, había cargado su cuerpo con su ametralladora y saltado del helicóptero a aguas profundas, con despachos y todo, un final, dijo el Gran Hermano, que era imposible contemplar sin sentir envidia. El Gran Hermano añadió algunos comentarios sobre la pureza y la determinación de la vida del camarada Ogilvy. Era un abstemio total y no fumaba, no tenía ninguna recreación excepto una hora diaria en el gimnasio, y había hecho voto de celibato, creyendo que el matrimonio y el cuidado de una familia eran incompatibles con una devoción al deber de veinticuatro horas al día. No tenía más temas de conversación que los principios de Ingsoc, y no tenía más objetivo en la vida que la derrota del enemigo euroasiático y la caza de espías, saboteadores, criminales del pensamiento y traidores en general.

Winston debatió consigo mismo si conceder al camarada Ogilvy la Orden del Mérito Conspicuo: al final decidió no hacerlo por las innecesarias referencias cruzadas que supondría.

Una vez más miró a su rival en el cubículo de enfrente. Algo parecía decirle con certeza que Tillotson estaba ocupado en el mismo trabajo que él. No había forma de saber de quién sería finalmente el trabajo adoptado, pero sintió una profunda convicción de que sería el suyo. El camarada Ogilvy, no imaginado hace una hora, era ahora un hecho. Le pareció curioso que se pudieran crear hombres muertos pero no vivos. El camarada Ogilvy, que nunca había existido en el presente, existía ahora en el pasado, y cuando se olvidara el acto de falsificación, existiría con la misma autenticidad, y con las mismas pruebas, que Carlomagno o Julio César.

Capítulo 5

En la cantina de techo bajo, en el subsuelo, la cola del almuerzo avanzaba lentamente. La sala estaba ya muy llena y era ensordecedoramente ruidosa. De la rejilla del mostrador salía el vapor del guiso, con un olor metálico agrio que no superaba los vapores de la Ginebra Victoria. En el otro extremo de la sala había un pequeño bar, un mero agujero en la pared, donde se podía comprar ginebra a diez céntimos el trago grande.

«Justo el hombre que estaba buscando», dijo una voz a espaldas de Winston.

Se dio la vuelta. Era su amigo Syme, que trabajaba en el Departamento de Investigación. Tal vez «amigo» no fuera exactamente la palabra adecuada. Hoy en día no se tienen amigos, se tienen camaradas, pero hay algunos camaradas cuya sociedad es más agradable que la de otros. Syme era un filólogo, un especialista en Neolengua. De hecho, formaba parte del enorme equipo de expertos que se dedicaba a recopilar la undécima edición del Diccionario de Neolengua. Era una criatura diminuta, más pequeña que Winston, con el pelo oscuro y unos ojos grandes y protuberantes, a la vez lúgubres y burlones, que parecían escudriñar tu rostro de cerca mientras te hablaba.

«Quería preguntarle si tenías alguna hoja de afeitar», dijo.

«¡No, ni una!», dijo Winston con una especie de prisa culpable. «Lo he intentado por todas partes. Ya no existen».

Todo el mundo te pedía hojas de afeitar. En realidad, tenía dos sin usar que estaba atesorando. Hacía meses que había escasez de ellas. En cualquier momento había algún artículo necesario que las tiendas del Partido no podían suministrar. A veces se trataba de botones, a veces de lana para zurcir, a veces de cordones de zapatos; en este momento eran hojas de afeitar. Sólo se podía conseguir, si acaso, husmeando más o menos furtivamente en el mercado «libre».

«Llevo seis semanas usando la misma hoja», añadió sin tapujos.

La cola dio otro tirón hacia delante. Cuando se detuvieron, se giró y volvió a mirar a Syme. Cada uno de ellos cogió una bandeja de metal grasiento de una pila situada al final del mostrador.

«¿Fuiste a ver a los prisioneros ahorcados ayer?», dijo Syme.

«Estaba trabajando», dijo Winston con indiferencia. «Supongo que lo veré en las películas».

«Un sustituto muy inadecuado», dijo Syme.

Sus ojos burlones recorrieron el rostro de Winston. «Te conozco», parecían decir los ojos, «veo a través de ti. Sé muy bien por qué no fuiste a ver a esos prisioneros ahorcados». En el plano intelectual, Syme era venenosamente ortodoxo. Hablaba con una desagradable satisfacción de regodeo de las incursiones en helicóptero en las aldeas enemigas, y de los juicios y confesiones de los criminales del pensamiento, de las ejecuciones en los sótanos del Ministerio del Amor. Hablar con él era, en gran medida, alejarle de esos temas y enredarle, si era posible, en los tecnicismos de la Neolengua, en los que era un experto e interesante. Winston apartó un poco la cabeza para evitar el escrutinio de los grandes ojos oscuros.

«Fue un buen ahorcamiento», dijo Syme recordando. «Creo que se estropea cuando les atan los pies juntos. Me gusta verlos patear. Y sobre todo, al final, la lengua que sobresale, y azul — un azul bastante brillante. Ese es el detalle que me atrae».

«¡Próximo, por favor!», gritó el proletario de delantal blanco con el cucharón.

Winston y Syme pasaron sus bandejas por debajo de la rejilla. En cada una de ellas se vertió rápidamente el almuerzo reglamentario: una bandeja metálica de estofado gris rosado, un trozo de pan, un cubo de queso, una taza de Café Victoria sin leche y una pastilla de sacarina.

«Hay una mesa allí, bajo esa telepantalla», dijo Syme. «Recojamos una ginebra por el camino".

La ginebra se servía en tazas de porcelana sin asas. Atravesaron la abarrotada sala y depositaron sus bandejas en la mesa metálica, en uno de cuyos rincones alguien había dejado un charco de guiso, una suciedad líquida que parecía un vómito. Winston cogió su taza de ginebra, se detuvo un instante para recobrar los nervios y engulló el líquido de sabor aceitoso. Una vez que se le quitaron las lágrimas de los ojos, descubrió de repente que tenía hambre. Comenzó a tragar cucharadas del guiso, que, entre su desaliño general, tenía cubos de materia esponjosa y rosada que probablemente era un preparado de carne. Ninguno de los dos volvió a hablar hasta que se vaciaron las cazuelas. Desde la mesa situada a la izquierda de Winston, un poco a sus espaldas, alguien hablaba rápida y continuamente, con un áspero parloteo casi como el graznido de un pato, el cual atravesaba el alboroto general de la sala.

«¿Cómo va el Diccionario?», dijo Winston, alzando la voz para superar el ruido.

«Despacio», dijo Syme. «Estoy con los adjetivos. Es fascinante».

He had brightened up immediately at the mention of Newspeak. He pushed his pannikin aside, took up his hunk of bread in one delicate hand and his cheese in the other, and leaned across the table so as to be able to speak without shouting.

«La undécima edición es la definitiva», dijo. «Estamos dando a la lengua su forma definitiva, la que tendrá cuando nadie hable otra cosa. Cuando hayamos terminado con ella, la gente como tú tendrá que aprenderla de nuevo. Me atrevo a decir que piensas que nuestro principal trabajo es inventar nuevas palabras. ¡Pero no es así! Estamos destruyendo palabras, decenas de ellas, cientos de ellas, cada día. Estamos reduciendo el lenguaje hasta el hueso. La undécima edición no contendrá ni una sola palabra que quede obsoleta antes del año 2050».

Mordió con avidez su pan y tragó un par de bocados, luego continuó hablando, con una especie de pasión pedante. Su delgado y oscuro rostro se había animado, sus ojos habían perdido su expresión burlona y se habían vuelto casi soñadores.

«Es una cosa hermosa, la destrucción de las palabras. Por supuesto, el gran despilfarro está en los verbos y adjetivos, pero hay cientos de sustantivos de los que también se puede prescindir. No son sólo los sinónimos; también están los antónimos. Al fin y al cabo, ¿qué justificación tiene una palabra que es simplemente lo contrario de otra? Una palabra contiene su opuesto en sí misma. Por ejemplo, "bueno". Si tenemos una palabra como "bueno", ¿qué necesidad hay de una palabra como "malo"? "No bueno" sirve igual de bien, mejor, porque es un opuesto exacto, que el otro no es. O bien, si quieres una versión más fuerte de "bueno", ¿qué sentido tiene tener toda una serie de palabras vagas e inútiles como "excelente" y "espléndido" y todas las demás? "Más bueno" cubre el significado, o "Doble más bueno" si quieres algo más fuerte todavía. Por supuesto, ya utilizamos esas formas, pero en la versión final de Neolengua no habrá nada más. Al final, toda la noción de bondad y maldad estará cubierta por sólo seis palabras; en realidad, sólo una. ¿No ves la belleza de eso, Winston? La idea original fue de G.H., por supuesto», añadió como una idea tardía.

Una especie de insípido afán se reflejó en el rostro de Winston al mencionar el Gran Hermano. Sin embargo, Syme detectó inmediatamente una cierta falta de entusiasmo.

«No tienes una verdadera apreciación de la Neolengua,

Winston», dijo casi con tristeza. «Incluso cuando lo escribes sigues pensando en Viejalengua. He leído algunos de esos artículos que escribes en "The Times" de vez en cuando. Son bastante buenos, pero son traducciones. En el fondo prefieres quedarte con la Viejalengua, con todas sus vaguedades y sus inútiles matices. No comprendes la belleza de la destrucción de las palabras. ¿Sabes que la Neolengua es la única lengua del mundo cuyo vocabulario se reduce cada año?»

Winston lo sabía, por supuesto. Sonrió, con simpatía, esperaba, sin confiarse en hablar. Syme mordió otro fragmento de pan de color oscuro, lo masticó brevemente y continuó:

«¿No ves que todo el objetivo de Neolengua es reducir el rango de pensamiento? Al final haremos que el crimen del pensamiento sea literalmente imposible, porque no habrá palabras para expresarlo. Cada concepto que pueda ser necesario, será expresado por exactamente una palabra, con su significado rígidamente definido y todos sus significados subsidiarios borrados y olvidados. Ya, en la undécima edición, no estamos lejos de ese punto. Pero el proceso continuará mucho después de que tú y yo hayamos muerto. Cada año menos palabras, y el rango de conciencia siempre un poco más pequeño. Incluso ahora, por supuesto, no hay razón ni excusa para cometer un crimen del pensamiento. Es simplemente una cuestión de autodisciplina, de control de la realidad. Pero al final no será necesario ni siquiera eso. La revolución será completa cuando el lenguaje sea perfecto. Neolengua es Ingsoc e Ingsoc es Neolengua», añadió con una especie de satisfacción mística. «¿No se te ha ocurrido, Winston, que para el año 2050, a más tardar, no habrá un solo ser humano vivo que pueda entender una conversación como la que estamos teniendo ahora?»

«Excepto...», comenzó Winston con dudas, y se detuvo.

Había tenido en la punta de la lengua decir «Excepto los proles», pero se contuvo, pues no estaba seguro de que ese comentario no fuera poco ortodoxo. Sin embargo, Syme había adivinado lo que iba a decir.

«Los proles no son seres humanos», dijo sin cuidado. «En 2050 —antes, probablemente— todo conocimiento real de la Viejalengua habrá desaparecido. Toda la literatura del pasado habrá sido destruida. Chaucer, Shakespeare, Milton, Byron... sólo existirán en versiones de Neolengua, no sólo cambiados en algo diferente, sino realmente cambiados en algo contradictorio de lo que solían ser. Incluso la literatura del Partido cambiará. Incluso los eslóganes cambiarán. ¿Cómo se puede tener un eslogan como "la libertad es esclavitud" cuando el concepto de libertad ha sido abolido? Todo el ámbito del pensamiento será diferente. De hecho, no habrá pensamiento, tal y como lo entendemos ahora. La ortodoxia significa no pensar, no necesitar pensar. La ortodoxia es la inconsciencia».

Uno de estos días, pensó Winston con profunda convicción repentina, Syme será vaporizado. Es demasiado inteligente. Ve con demasiada claridad y habla con demasiada claridad. Al Partido no le gustan esas personas. Un día desaparecerá. Está escrito en su cara.

Winston había terminado su pan y queso. Se giró un poco de lado en su silla para beber su taza de café. En la mesa de su izquierda, el hombre de la voz estridente seguía hablando sin descanso. Una joven que quizá fuera su secretaria, y que estaba sentada de espaldas a Winston, le escuchaba y parecía estar de acuerdo con todo lo que decía. De vez en cuando, Winston captó algún comentario como «Creo que tienes mucha razón, estoy muy de acuerdo contigo», pronunciado con una voz femenina juvenil y bastante tonta. Pero la otra voz no se detenía ni un instante, ni siquiera cuando la chica hablaba. Winston conocía al hombre de vista, aunque no sabía más de él que el hecho de que ocupaba algún puesto importante en el Departamento de Ficción. Era un hombre de unos treinta años, con una garganta musculosa y una boca grande y móvil. Tenía la cabeza un poco echada hacia atrás y, debido al ángulo en el que estaba sentado, sus gafas captaban la luz y presentaban a Winston dos discos en blanco en lugar de ojos. Lo que resultaba un poco horrible era que, entre el torrente de sonidos que salían de su boca, era casi imposible distinguir una sola palabra. Sólo una vez Winston captó una frase —«eliminación completa y definitiva del goldsteinismo»— emitida muy rápidamente y, al parecer, de una sola pieza, como una línea de tipo fundido. Por lo demás, era sólo un ruido, un cuac-cuac-cuac. Y sin embargo, aunque no se podía oír lo que el hombre decía, no cabía duda de su naturaleza general. Podía estar denunciando a Goldstein y exigiendo medidas más severas contra los criminales del pensamiento y los saboteadores, podía estar fulminando contra las atrocidades del ejército euroasiático, podía estar alabando al Gran Hermano o a los héroes del frente de Malabar; daba igual. Fuera lo que fuera, podía estar seguro de que cada palabra era pura ortodoxia, puro Ingsoc. Mientras observaba el rostro sin ojos, con la mandíbula moviéndose rápidamente hacia arriba y hacia abajo, Winston tuvo la curiosa sensación de que no se trataba de un ser humano real, sino de una especie de maniquí. No era el cerebro del hombre el que hablaba, sino su laringe. Lo que salía de él consistía en palabras, pero no era un discurso en el verdadero sentido: era un ruido emitido en la inconsciencia, como el graznido de un pato.

Syme se había callado un momento, y con el mango de su cuchara estaba trazando patrones en el charco de guiso. La voz de la otra mesa graznó con rapidez, fácilmente audible a pesar del barullo circundante.

«Hay una palabra en Neolengua», dijo Syme, «no sé si la conoces: PATOHABLA, graznar como un pato. Es una de esas palabras interesantes que tienen dos significados contradictorios. Aplicada a un oponente, es un abuso, aplicada a alguien con quien estás de acuerdo, es un elogio».

Indudablemente, Syme será vaporizado, pensó de nuevo Winston. Lo pensó con una especie de tristeza, aunque sabía muy bien que Syme lo despreciaba y le caía ligeramente mal, y era plenamente capaz de denunciarlo como criminal del pensamiento si veía alguna razón para hacerlo. Había algo sutilmente malo en Syme. Había algo que le faltaba: discreción, distanciamiento, una especie de estupidez salvadora. No se puede decir que fuera heterodoxo. Creía en los principios de Ingsoc, veneraba al Gran Hermano, se alegraba de las victorias, odiaba a los herejes, no sólo con sinceridad, sino con una especie de celo inquieto, una información actualizada, a la que el miembro ordinario del Partido no se acercaba. Sin embargo, siempre le acompañaba un ligero aire de descrédito. Decía cosas que hubiera sido mejor no decir, había leído demasiados libros, frecuentaba el Café del Castaño, guarida de pintores y músicos. No había ninguna ley, ni siquiera una ley no escrita, que prohibiera frecuentar el Café del Castaño, y sin embargo, el lugar tenía algún tipo de mala fama. Los viejos y desacreditados líderes del Partido solían reunirse allí antes de ser finalmente purgados. Se decía que el propio Goldstein había sido visto allí en ocasiones, años y décadas atrás. El destino de Syme no era difícil de prever. Y, sin embargo, era un hecho que si Syme captaba, aunque fuera durante tres segundos, la naturaleza de sus opiniones secretas, las de Winston, lo delataría al instante a la Policía del Pensamiento. Lo mismo haría cualquier otra persona, de hecho, pero Syme más que la mayoría. El celo no era suficiente. La ortodoxia era la inconsciencia.

Syme levantó la vista. «Aquí viene Parsons», dijo.

Algo en el tono de su voz parecía añadir: «ese maldito idiota». Parsons, el compañero de Winston en las Mansiones Victoria, estaba cruzando la habitación: un hombre rechoncho, de mediana estatura, con pelo rubio y cara de rana. A los treinta y cinco años ya estaba engordando en el cuello y la cintura, pero sus movimientos eran enérgicos y juveniles. Todo su aspecto era el de un niño pequeño crecido, hasta el punto de que, aunque llevaba el mono reglamentario, era casi imposible no pensar en él como si estuviera vestido con los pantalones cortos azules, la camisa gris y el pañuelo rojo de los Espías. Al visualizarlo, uno siempre veía una imagen de rodillas con hoyuelos y mangas remangadas de los antebrazos regordetes. En efecto, Parsons volvía invariablemente a ponerse los pantalones cortos cuando una excursión comunitaria o cualquier otra actividad física le daba una excusa para hacerlo. Saludó a ambos con un alegre «¡Hola, hola!» y se sentó a la mesa, desprendiendo un intenso olor a sudor. Las gotas de humedad se destacaban por toda su rosada cara. Su capacidad para sudar era extraordinaria. En el Centro Comunitario siempre se podía saber si había estado jugando al tenis de mesa por la humedad del mango del bate. Syme había sacado una tira de papel en la que había una larga columna de palabras, y la estaba estudiando con un lápiz de tinta entre los dedos.

«Míralo trabajando en la hora del almuerzo», dijo Parsons, dando un codazo a Winston. «Entusiasmo, ¿eh? ¿Qué es lo que tienes ahí, viejo amigo? Algo demasiado inteligente para mí, supongo. Smith, viejo amigo, te diré por qué te estoy persiguiendo. Es por ese sub que te olvidaste de pagarme".

«¿Qué sub es ésa?», dijo Winston, buscando automáticamente el dinero. Había que destinar aproximadamente una cuarta parte del sueldo a las suscripciones voluntarias, que eran tan numerosas que resultaba difícil llevar la cuenta.

«Para la Semana del Odio. Ya sabes, el fondo casa por

casa. Soy el tesorero de nuestro bloque. Estamos haciendo un gran esfuerzo, vamos a montar un tremendo espectáculo. Te digo que no será mi culpa si las Mansiones Victoria no tienen el mayor despliegue de banderas de toda la calle. Me prometiste dos dólares».

Winston encontró y entregó dos notas arrugadas y sucias, que Parsons registró en un pequeño cuaderno, con la pulcra letra del analfabeto.

«Por cierto, viejo amigo», dijo. «He oído que ese pequeño mendigo mío se lanzó ayer contra ti con su honda. Le di una buena reprimenda por ello. De hecho, le dije que le quitaría la honda si volvía a hacerlo».

«Creo que estaba un poco molesto por no poder ir a la ejecución», dijo Winston.

«Ah, bueno, lo que quiero decir, muestra el espíritu correcto, ¿no es así? Pequeños mendigos traviesos son, ambos, pero ¡hablando de agudeza! Sólo piensan en los Espías, y en la guerra, por supuesto. ¿Sabes lo que hizo esa niña mía el sábado pasado, cuando su tropa estaba de excursión por el camino de Berkhamsted? Consiguió que otras dos niñas la acompañaran, se escabulleron de la excursión y pasaron toda la tarde siguiendo a un hombre extraño. Le siguieron la pista durante dos horas, por todo el bosque, y luego, cuando llegaron a Amersham, lo entregaron a las patrullas».

«¿Por qué hicieron eso?', dijo Winston, algo sorprendido. Parsons continuó triunfante:

«Mi hija se aseguró de que era algún tipo de agente enemigo; podría haber sido lanzado en paracaídas, por ejemplo. Pero este es el punto, viejo amigo. ¿Qué crees que la llevó a él en primer lugar? Se dio cuenta de que llevaba un tipo de calzado extraño, dijo que nunca había visto a nadie con ese tipo de calzado. Así que lo más probable es que fuera un extranjero. Muy inteligente para un niño de siete años, ¿eh?»

«¿Qué le pasó al hombre?», dijo Winston.

«Ah, eso no podría decirlo, por supuesto. Pero no me sorprendería del todo que...» Parsons hizo el gesto de apuntar con un rifle y chasqueó la lengua como en una explosión.

«Bien», dijo Syme abstraído, sin levantar la vista de su tira de papel.

«Por supuesto, no podemos permitirnos el lujo de correr riesgos», aceptó Winston obedientemente.

«Lo que quiero decir es... hay una guerra», dijo Parsons.

Como si se tratara de una confirmación, un toque de trompeta flotó desde la telepantalla justo por encima de sus cabezas. Sin embargo, esta vez no era la proclamación de una victoria militar, sino simplemente un anuncio del Ministerio de la Abundancia.

«¡Camaradas!», gritó una voz joven y ansiosa. «¡Atención, camaradas! Tenemos una gloriosa noticia para ustedes. ¡Hemos ganado la batalla de la producción! Los resultados de la producción de todo tipo de bienes de consumo muestran que el nivel de vida ha aumentado nada menos que un 20 por ciento en el último año. En toda Oceanía se han producido esta mañana incontenibles manifestaciones espontáneas en las que los trabajadores han salido de las fábricas y oficinas y han desfilado por las calles con pancartas en las que expresaban su gratitud al Gran Hermano por la nueva y feliz vida que su sabia dirección nos ha otorgado. He aquí algunas de las cifras completadas. Productos alimenticios...»

La frase «nuestra nueva y feliz vida» se repitió varias veces. Últimamente era una de las favoritas del Ministerio de la Abundancia. Parsons, cuya atención fue captada por el toque de trompeta, se sentó a escuchar con una especie de solemnidad boquiabierta, una especie de aburrimiento edificado. No podía seguir las cifras, pero era consciente de que en cierto modo eran motivo de satisfacción. Había sacado una pipa enorme y mugrienta que ya estaba medio llena de tabaco carbonizado. Con la ración de tabaco de 100 gramos a la semana, rara vez era posible llenar una pipa hasta arriba. Winston fumaba un cigarrillo Victoria que mantenía cuidadosamente en posición horizontal. La nueva ración no empezaba hasta mañana y sólo le quedaban cuatro cigarrillos. Por el momento había cerrado los oídos a los ruidos más lejanos y estaba escuchando lo que salía de la telepantalla. Al parecer, incluso había habido manifestaciones para agradecer al Gran Hermano el aumento de la ración de chocolate a veinte gramos semanales. Y ayer mismo, reflexionó, se había anunciado que la ración se iba a REDUCIR a veinte gramos semanales. ¿Era posible que se tragaran eso, después de sólo veinticuatro horas? Sí, se lo tragaron. Parsons se lo tragó fácilmente, con la estupidez de un animal. La criatura sin ojos de la otra mesa se lo tragó fanáticamente, apasionadamente, con un furioso deseo de localizar, denunciar y vaporizar a cualquiera que sugiriera que la semana pasada la ración había sido de treinta gramos. Syme también se lo tragó, de una manera más compleja, que implicaba doble pensamiento. ¿Era él, entonces, el ÚNICO poseedor de una memoria?

Las fabulosas estadísticas seguían brotando de la telepantalla. En comparación con el año anterior, había más comida, más ropa, más casas, más muebles, más ollas, más combustible, más barcos, más helicópteros, más libros, más bebés, más de todo excepto enfermedad, crimen y locura. Año tras año y minuto tras minuto, todo y todos ascendían rápidamente. Como Syme había hecho antes, Winston había cogido su cuchara y estaba mojando la salsa de color pálido que goteaba por la mesa, dibujando un largo reguero de ella en un patrón. Meditó con resentimiento sobre la textura física de la vida. ¿Siempre había sido así? ¿La comida siempre había tenido este sabor? Miró alrededor de la cantina. Una sala de techo bajo y abarrotada, con las paredes mugrientas por el contacto de innumerables cuerpos; mesas y sillas metálicas maltrechas, colocadas tan juntas que uno se sentaba con los codos tocándose; cucharas dobladas, bandejas abolladas, tazas blancas y toscas; todas las superficies grasientas, mugre en cada grieta; y un olor agrio y compuesto de ginebra mala y café malo y guiso metálico y ropa sucia. Siempre en tu estómago y en tu piel había una especie de protesta, una sensación de que te habían engañado de algo a lo que tenías derecho. Era cierto que no tenía recuerdos de nada muy diferente. En cualquier época que pudiera recordar con exactitud, nunca había habido suficiente comida, nunca se habían tenido calcetines o ropa interior que no estuvieran llenos de agujeros, los muebles siempre habían estado maltrechos y desvencijados, las habitaciones con poca calefacción, los trenes subterráneos abarrotados, las casas que se caían a pedazos, el pan de color oscuro, el té era una rareza, el café tenía un sabor asqueroso, los cigarrillos eran insuficientes, nada era barato y abundante, excepto la ginebra sintética. Y aunque, por supuesto, todo empeoraba a medida que el cuerpo envejecía, ¿no era una señal de que esto NO era el orden natural de las cosas, si el corazón se enfermaba ante la incomodidad y la suciedad y la escasez, los interminables inviernos, la pegajosidad de los calcetines, los ascensores que nunca funcionaban, el agua fría, el jabón arenoso, los cigarrillos que se hacían pedazos, la comida con sus extraños sabores malignos? ¿Por qué iba uno a sentir que era intolerable, a no ser que tuviera algún tipo de recuerdo ancestral de que las cosas habían sido diferentes en otro tiempo?

Volvió a echar un vistazo a la cantina. Casi todo el mundo era feo, y seguiría siéndolo aunque estuviera vestido de otra manera que no fuera con el mono azul del uniforme. En el otro extremo de la sala, sentado en una mesa solo, un hombre pequeño y curiosamente parecido a un escarabajo bebía una taza de café, con sus ojitos que lanzaban miradas sospechosas de un lado a otro. Qué fácil era, pensó Winston, si uno no miraba a su alrededor, creer que la tipología física establecida por el Partido como ideal —jóvenes altos y musculosos y doncellas de pechos profundos, rubios, vitales, quemados por el sol, despreocupados— existía e incluso predominaba. En realidad, por lo que él podía juzgar, la mayoría de la gente de la Ruta Aérea Uno era pequeña, morena y poco agraciada. Era curioso cómo proliferaba ese tipo de escarabajo en los Ministerios: hombres pequeños y rechonchos, que crecían muy pronto en la vida, con piernas cortas, movimientos rápidos y rostros gordos e inescrutables con ojos muy pequeños. Era el tipo que parecía florecer mejor bajo el dominio del Partido.

El anuncio del Ministerio de la Abundancia terminó con otro toque de trompeta y dio paso a una música metálica. Parsons, entusiasmado por el bombardeo de cifras, se sacó la pipa de la boca.

«El Ministerio de la Abundancia ha hecho un buen trabajo este año», dijo con un movimiento de cabeza. «Por cierto, Smith, supongo que no tienes cuchillas de afeitar que puedas darme».

«Ni una», dijo Winston. «Yo mismo he estado usando la misma hoja durante seis semanas».

«Ah, bueno, sólo pensé en preguntarte, viejo amigo.»

«Lo siento», dijo Winston.

La voz graznante de la mesa de al lado, silenciada temporalmente durante el anuncio del Ministerio, había vuelto a sonar, tan fuerte como siempre. Por alguna razón, Winston se encontró de repente pensando en la señora Parsons, con su pelo alborotado y el polvo en los pliegues de su cara. Dentro de dos años esos niños la denunciarían a la Policía del Pensamiento. La señora Parsons sería vaporizada. Syme sería vaporizada. Winston sería vaporizado. O'Brien sería vaporizado. Parsons, por otro lado, nunca sería vaporizado. La criatura sin ojos con la voz graznante nunca sería vaporizada. Los pequeños escarabajos que se mueven ágilmente por los laberínticos pasillos de los Ministerios tampoco serían vaporizados. Y la chica de pelo oscuro, la chica del Departamento de Ficción, tampoco sería vaporizada. Le parecía que sabía instintivamente quiénes sobrevivirían y quiénes perecerían: aunque no era fácil decir qué era lo que permitía sobrevivir.

En ese momento fue sacado de su ensoñación con una violenta sacudida. La chica de la mesa de al lado se había dado la vuelta parcialmente y le estaba mirando. Era la chica del pelo oscuro. Le miraba de reojo, pero con curiosa intensidad. En el momento en que captó su atención, volvió a apartar la mirada.

El sudor comenzó a brotar en la espalda de Winston. Una horrible punzada de terror le recorrió. Desapareció casi de inmediato, pero dejó una especie de inquietud persistente. ¿Por qué le observaba? ¿Por qué le seguía? Desgraciadamente, no recordaba si ella ya estaba en la mesa cuando él llegó, o si había llegado después. Pero ayer, en todo caso, durante los Dos Minutos de Odio, ella se había sentado inmediatamente detrás de él cuando no había necesidad aparente de hacerlo. Probablemente su verdadero objetivo era escucharle y asegurarse de que gritaba lo suficiente.

Su pensamiento anterior volvió a él: probablemente ella no era realmente un miembro de la Policía del Pensamiento, pero en ese caso era precisamente el espía aficionado el mayor peligro de todos. No sabía cuánto tiempo había estado mirándolo, pero tal vez hasta cinco minutos, y era posible que sus rasgos no estuvieran perfectamente controlados. Era terriblemente peligroso dejar vagar los pensamientos cuando se estaba en cualquier lugar público o al alcance de una telepantalla. La más mínima cosa podía delatarte. Un tic nervioso, una mirada inconsciente de ansiedad, el hábito de murmurar para sí mismo... cualquier cosa que llevara consigo la sugerencia de anormalidad, de tener algo que ocultar. En cualquier caso, llevar una expresión inadecuada en el rostro (poner cara de incredulidad cuando se anunciaba una victoria, por ejemplo) era en sí mismo un delito punible. Incluso había una palabra neolingüística para ello: ROSTROCRIMEN, se llamaba.

La chica le había vuelto a dar la espalda. Tal vez, después de todo, no le estaba siguiendo realmente, tal vez era una coincidencia que se hubiera sentado tan cerca de él dos días seguidos. Su cigarrillo se había apagado y lo dejó con cuidado en el borde de la mesa. Terminaría de fumarlo después del trabajo, si podía conservar el tabaco en él. Era muy probable que la persona que estaba en la mesa de al lado fuera un espía de la Policía del Pensamiento, y muy probablemente estaría en los sótanos del Ministerio del Amor dentro de tres días, pero una colilla no debía desperdiciarse. Syme había doblado su tira de papel y la había guardado en el bolsillo. Parsons había empezado a hablar de nuevo.

«¿Te he contado alguna vez, viejo amigo», dijo, con su risa cerca del cuerpo de su pipa, «la vez en que esos dos chiquillos míos prendieron fuego a la falda de la vieja mujer del mercado porque la vieron envolviendo salchichas en un póster de G.H.? Se escabulleron detrás de ella y le prendieron fuego con una caja de cerillas. La quemaron bastante, creo. Pequeños mendigos, ¿eh? ¡Pero son tan agudos como la mostaza! Es un entrenamiento de primera clase el que les dan a los Espías hoy en día, mejor que en mis días, incluso. ¿Qué crees que es lo último que les han dado? ¡Trompetas de oído para escuchar a través de las cerraduras! Mi hija trajo una a casa la otra noche; la probó en la puerta de nuestro salón y calculó que podía oír el doble que con la oreja en el agujero. Por supuesto, es sólo un juguete. Sin embargo, les da la idea correcta, ¿eh?»

En ese momento, la telepantalla emitió un silbido penetrante. Era la señal para volver al trabajo. Los tres hombres se levantaron de un salto para unirse a la lucha por los ascensores, y el tabaco que quedaba se cayó del cigarrillo de Winston.

Capítulo 6

Winston estaba escribiendo en su diario:

Fue hace tres años. Fue en una noche oscura, en una estrecha calle lateral cerca de una de las grandes estaciones de tren. Ella estaba de pie cerca de una puerta en la pared, bajo una farola que apenas daba luz. Tenía una cara joven, pintada muy gruesamente. Lo que me atrajo fue la pintura, la blancura de la misma, como una máscara, y los labios de color rojo brillante. Las mujeres fiesteras nunca se pintan la cara. No había nadie más en la calle, ni telepantallas. Ella dijo dos dólares. Yo...

Por el momento era demasiado difícil seguir adelante. Cerró los ojos y apretó los dedos contra ellos, tratando de exprimir la visión que se repetía. Tuvo una tentación casi abrumadora de gritar una serie de palabras obscenas a voz en cuello. O de golpear la cabeza contra la pared, de dar una patada a la mesa y lanzar el tintero por la ventana, de hacer cualquier cosa violenta, ruidosa o dolorosa que pudiera borrar el recuerdo que le atormentaba.

Tu peor enemigo, reflexionó, era tu propio sistema nervioso. En cualquier momento, la tensión interior podía traducirse en algún síntoma visible. Pensó en un hombre con el que se había cruzado por la calle hacía unas semanas; un hombre de aspecto bastante corriente, miembro del Partido, de entre treinta y cinco y cuarenta años, alto y delgado, que llevaba un maletín. Estaban a pocos metros de distancia cuando el lado izquierdo de la cara del hombre se contorsionó repentinamente con una especie de espasmo. Volvió a ocurrir justo cuando pasaban uno al lado del otro: era sólo un tic, un temblor, rápido como el chasquido de un obturador de cámara, pero evidentemente habitual. Recordó haber pensado en ese momento: Ese pobre diablo está acabado. Y lo más aterrador era que la acción era muy posiblemente inconsciente. El peligro más mortal de todos era hablar en sueños. No había forma de protegerse contra eso, hasta donde él podía ver.

Tomó aire y siguió escribiendo:

La acompañé a través de la puerta y atravesé el patio trasero hasta la cocina del sótano. Había una cama contra la pared y una lámpara sobre la mesa, muy baja. Ella...

Tenía la dentadura en vilo. Le hubiera gustado escupir. Simultáneamente a la mujer en la cocina del sótano, pensó en Katharine, su esposa. Winston estaba casado; en todo caso, había estado casado; probablemente seguía casado, por lo que sabía su esposa no estaba muerta. Le pareció respirar de nuevo el olor cálido y sofocante de la cocina del sótano, un olor compuesto por bichos y ropa sucia y un perfume barato y vil, pero que, sin embargo, resultaba seductor, porque ninguna mujer del Partido usaba perfume, o podía imaginarse haciéndolo. Sólo los proletarios usaban perfume. En su mente el olor se mezclaba inextricablemente con la fornicación.

Cuando se fue con aquella mujer, fue su primer desliz en dos años, más o menos. La relación con prostitutas estaba prohibida, por supuesto, pero era una de esas reglas que de vez en cuando uno se atreve a romper. Era peligroso, pero no era una cuestión de vida o muerte. Que te pillaran con una prostituta podía significar cinco años en un campo de trabajos forzados: no más, si no habías cometido ningún otro delito. Y era bastante fácil, siempre que se pudiera evitar que te pillaran en el acto. Los barrios más pobres estaban repletos de mujeres dispuestas a venderse. Algunas incluso podían ser compradas por una botella de ginebra, que los proles no se supone que beban. Tácitamente, el Partido se inclinaba incluso a fomentar la prostitución, como una salida para los instintos que no se podían reprimir del todo. El mero libertinaje no importaba mucho, siempre que fuera furtivo y sin alegría y sólo implicara a las mujeres de una clase sumergida y despreciada. El crimen imperdonable era la promiscuidad entre miembros del Partido. Pero —aunque éste era uno de los delitos que los acusados en las grandes purgas confesaban invariablemente— era difícil imaginar que tal cosa ocurriera realmente.

El objetivo del Partido no era simplemente evitar que los hombres y las mujeres formaran lealtades que no pudiera controlar. Su propósito real, no declarado, era eliminar todo el placer del acto sexual. El enemigo no era el amor sino el erotismo, tanto dentro como fuera del matrimonio. Todos los matrimonios entre miembros del Partido debían ser aprobados por un comité designado a tal efecto, y —aunque el principio nunca fuera claramente enunciado— siempre se denegaba la autorización si la pareja en cuestión daba la impresión de sentirse físicamente atraída. La única finalidad reconocida del matrimonio era la de engendrar hijos para el servicio del Partido. Las relaciones sexuales debían considerarse como una operación menor ligeramente repugnante, como un enema. Esto, de nuevo, nunca se expresaba con claridad, pero de forma indirecta se inculcaba a todos los miembros del Partido desde la infancia. Incluso había organizaciones como la Liga Juvenil Anti-Sexo, que abogaba por el celibato total para ambos sexos. Todos los niños debían ser engendrados por inseminación artificial (ARTSEM, se decía en Neolengua) y criados en instituciones públicas. Winston era consciente de que esto no iba en serio, pero de alguna manera encajaba con la ideología general del Partido. El Partido intentaba matar el instinto sexual o, si no podía matarlo, distorsionarlo y ensuciarlo. No sabía por qué era así, pero le parecía natural que fuera así. Y en lo que respecta a las mujeres, los esfuerzos del Partido tenían mucho éxito.

Volvió a pensar en Katharine. Debían de ser nueve, diez, casi once años desde que se separaron. Era curioso lo poco que pensaba en ella. Durante días era capaz de olvidar que había estado casado. Sólo habían estado juntos unos quince meses. El Partido no permitía el divorcio, pero más bien promovía la separación en los casos en que no había hijos.

Katharine era una chica alta, de pelo rubio, muy erguida, con espléndidos movimientos. Tenía un rostro audaz y aguileño, un rostro que uno podría haber calificado de noble hasta que descubriera que detrás de él no había casi nada. Desde muy temprano en su vida de casado, él había decidido —aunque tal vez sólo fuera porque la conocía más íntimamente que a la mayoría de la gente— que ella tenía, sin excepción, la mente más estúpida, vulgar y vacía que jamás había encontrado. No tenía un pensamiento en su cabeza que no fuera un eslogan, y no había ninguna imbecilidad, absolutamente ninguna, que no fuera capaz de tragar si el Partido se la entregaba. «La banda sonora humana» la apodó en su propia mente. Sin embargo, podría haber soportado vivir con ella si no hubiera sido por una sola cosa: el sexo.

En cuanto la tocaba, ella parecía estremecerse y ponerse rígida. Abrazarla era como abrazar una imagen de madera articulada. Y lo más extraño era que, incluso cuando ella lo estrechaba contra sí, él tenía la sensación de que, al mismo tiempo, lo alejaba con todas sus fuerzas. La rigidez de sus músculos lograba transmitir esa impresión. Ella permanecía con los ojos cerrados, sin resistirse ni cooperar, sino SOMETIÉNDOSE. Era extraordinariamente embarazoso y, después de un tiempo, horrible. Pero incluso entonces él habría podido soportar vivir con ella si se hubiera acordado que debían permanecer célibes. Pero curiosamente fue Katharine quien se negó a ello. Debían, dijo, producir un hijo si podían. Así que la representación continuó, una vez a la semana con bastante regularidad, siempre que no fuera imposible. Incluso solía recordárselo por la mañana, como algo que debía hacerse esa noche y que no debía olvidarse. Tenía dos nombres para ello. Uno era «hacer un bebé», y el otro era «nuestro deber para con el Partido» (sí, ella había utilizado realmente esa frase). Muy pronto él llegó a tener un sentimiento de verdadero temor cuando llegaba el día señalado. Pero afortunadamente no apareció ningún niño, y al final ella aceptó dejar de intentarlo, y poco después se separaron.

Winston suspiró de manera inaudible. Volvió a coger la pluma y escribió:

Se tiró en la cama, y de inmediato, sin ningún tipo de preliminares de la manera más burda y horrible que se pueda imaginar, se subió la falda. Yo...

Se vio a sí mismo de pie en la tenue luz de la lámpara, con el olor a chinches y a perfume barato en sus fosas nasales, y en su corazón un sentimiento de derrota y resentimiento que incluso en ese momento se mezclaba con el pensamiento del cuerpo blanco de Katharine, congelado para siempre por el poder hipnótico del Partido. ¿Por qué tenía que ser siempre así? ¿Por qué no podía tener una mujer propia en lugar de estas sucias escaramuzas en intervalos de años? Pero una verdadera relación amorosa era un hecho casi impensable. Las mujeres del Partido eran todas iguales. La castidad estaba tan arraigada en ellas como la lealtad al Partido. Por medio de un cuidadoso condicionamiento temprano, por medio de juegos y agua fría, por la basura que se les enseñaba en la escuela y en los Espías y la Liga Juvenil, por medio de conferencias, desfiles, canciones, consignas y música marcial, el sentimiento natural había sido expulsado de ellas. Su razón le decía que debía haber excepciones, pero su corazón no lo creía. Todos eran inexpugnables, como el Partido pretendía que fueran. Y lo que deseaba, más incluso que ser amado, era derribar ese muro de la virtud, aunque fuera una sola vez en toda su vida. El acto sexual, realizado con éxito, era una rebelión. El deseo era un crimen del pensamiento. Incluso haber despabilado a Katharine, si lo hubiera conseguido, habría sido como una seducción, aunque fuera su esposa.

Pero el resto de la historia tenía que ser escrita. Escribió:

Encendí la lámpara. Cuando la vi a la luz...

Después de la oscuridad, la débil luz de la lámpara de parafina le pareció muy brillante. Por primera vez pudo ver bien a la mujer. Dio un paso hacia ella y se detuvo, lleno de lujuria y terror. Era dolorosamente consciente del riesgo que había corrido al venir aquí. Era perfectamente posible que las patrullas lo atraparan al salir: de hecho, podrían estar esperando frente a la puerta en este momento. ¡Si se iba sin hacer siquiera lo que había venido a hacer...!

Había que escribirlo, había que confesarlo. Lo que había visto de repente a la luz de la lámpara era que la mujer era VIEJA. La pintura era tan gruesa en su rostro que parecía que iba a romperse como una máscara de cartón. Tenía mechones blancos en el pelo, pero el detalle más espantoso era que su boca se había abierto un poco, dejando al descubierto nada más que una negrura cavernosa. No tenía ningún diente.

Escribió apresuradamente, con una caligrafía rasposa:

Cuando la vi a la luz era una mujer bastante mayor, cincuenta años por lo menos. Pero seguí adelante y lo hice igualmente.

Volvió a apretar los dedos contra los párpados. Por fin lo había escrito, pero no había cambiado nada. La terapia no había funcionado. Las ganas de gritar palabras soeces a voz en cuello eran más fuertes que nunca.

Capítulo 7

«Si hay esperanza», escribió Winston, *«está en los proles»*.

Si había esperanza, DEBÍA estar en los proles, porque sólo allí, en esas masas despreciadas que pululan, el 85% de la población de Oceanía, podría generarse la fuerza para destruir al Partido. El Partido no podía ser derrocado desde dentro. Sus enemigos, si es que tenía enemigos, no tenían forma de reunirse ni siquiera de identificarse. Incluso si la legendaria Hermandad existiera, como es posible, era inconcebible que sus miembros pudieran reunirse en mayor número que dos o tres. La rebelión significaba una mirada a los ojos, una inflexión de la voz, a lo sumo, una palabra ocasional susurrada. Pero los proletarios, si de alguna manera fueran conscientes de su propia fuerza, no tendrían necesidad de conspirar. Sólo tendrían que levantarse y sacudirse como un caballo que se sacude las moscas. Si quisieran, podrían hacer volar el Partido en pedazos mañana por la mañana. Seguramente, tarde o temprano, se les ocurriría hacerlo. ¡Y sin embargo...!

Recordó cómo una vez había estado caminando por una calle atestada de gente cuando un tremendo grito de cientos de voces —voces de mujeres— había irrumpido desde una calle lateral un poco más adelante. Era un gran grito formidable de ira y desesperación, un profundo y fuerte «¡Oh-o-o-oh!» que seguía zumbando como la reverberación de una campana. Su corazón había dado un salto. ¡Ha empezado! había pensado. ¡Una revuelta! ¡Los proletarios se están desatando por fin! Cuando llegó al lugar, vio a una muchedumbre de doscientas o trescientas mujeres que se agolpaban alrededor de los puestos de un mercado callejero, con rostros tan trágicos como si fueran los pasajeros condenados de un barco que se hunde. Pero en ese momento la desesperación general se descompuso en una multitud de peleas individuales. Al parecer, en uno de los puestos se vendían cacerolas de hojalata. Eran cosas miserables y endebles, pero las ollas de cualquier tipo eran siempre difíciles de conseguir. Ahora el suministro se había agotado inesperadamente. Las mujeres que habían tenido éxito, golpeadas y empujadas por el resto, trataban de llevarse sus cacerolas mientras docenas de otras se agolpaban alrededor del puesto, acusando a la propietaria de favoritismo y de tener más cacerolas en algún lugar de reserva. Hubo un nuevo estallido de gritos. Dos mujeres obesas, una de ellas con el pelo suelto, se habían apoderado de la misma cacerola y trataban de arrancársela de las manos la una a la otra. Por un momento las dos tiraron, y luego el asa se soltó. Winston los observó con asco. Y sin embargo, sólo por un momento, ¡qué poder casi aterrador había sonado en aquel grito de sólo unos cientos de gargantas! ¿Por qué nunca podían gritar así por nada que fuera importante?

Escribió:

Hasta que no sean conscientes nunca se rebelarán, y hasta después de haberse rebelado no podrán ser conscientes.

Eso, reflexionó, casi podría haber sido una transcripción de uno de los libros de texto del Partido. El Partido afirmaba, por supuesto, que había liberado a los proles de la esclavitud. Antes de la Revolución habían sido terriblemente oprimidos por los capitalistas, habían pasado hambre y habían sido azotados, las mujeres habían sido obligadas a trabajar en las minas de carbón (las mujeres todavía trabajaban en las minas de carbón, de hecho), los niños habían sido vendidos en las fábricas a la edad de seis años. Pero al mismo tiempo, fiel a los principios del doblepensamiento, el Partido enseñaba que los proles eran inferiores por naturaleza y que había que mantenerlos sometidos, como a los animales, mediante la aplicación de unas sencillas reglas. En realidad, se sabía muy poco sobre los proles. No era necesario saber mucho. Mientras siguieran trabajando y criando, sus otras actividades carecían de importancia. Abandonados a su suerte, como el ganado suelto en las llanuras de Argentina, habían vuelto a un estilo de vida que les parecía natural, una especie de patrón ancestral. Nacían, crecían en las alcantarillas, se ponían a trabajar a los doce años, pasaban por un breve período de florecimiento de la belleza y el deseo sexual, se casaban a los veinte años, eran de mediana edad a los treinta, morían, en su mayoría, a los sesenta. El trabajo físico pesado, el cuidado de la casa y de los hijos, las pequeñas peleas con los vecinos, el cine, el fútbol, la cerveza y, sobre todo, el juego, llenaban el horizonte de sus mentes. Mantenerlos bajo control no era difícil. Unos pocos agentes de la Policía del Pensamiento se movían siempre entre ellos, difundiendo falsos rumores y marcando y eliminando a los pocos individuos que se consideraban capaces de volverse peligrosos; pero no se intentó adoctrinarlos con la ideología del Partido. No era deseable que los proles tuvieran fuertes sentimientos políticos. Todo lo que se requería de ellos era un patriotismo primitivo al que se podía apelar siempre que fuera necesario hacerles aceptar más horas de trabajo o raciones más cortas. E incluso cuando se descontentaban, como a veces ocurría, su descontento no llevaba a ninguna parte, porque al carecer de ideas generales, sólo podían centrarlo en pequeños agravios específicos. Los males más grandes invariablemente escapaban a su atención. La gran mayoría de los proles ni siquiera tenían telepantallas en sus casas. Incluso la policía civil interfería muy poco con ellos. Había una gran cantidad de delincuencia en Londres, todo un mundo dentro de un mundo de ladrones, bandidos, prostitutas, traficantes de drogas y chantajistas de todo tipo; pero como todo ocurría entre los propios proles, no tenía importancia. En todas las cuestiones de moral se les permitía seguir su código ancestral. No se les impuso el puritanismo sexual del Partido. La promiscuidad quedaba impune, el divorcio estaba permitido. Incluso el culto religioso estaba permitido si los proles hubieran dado alguna señal de necesitarlo o desearlo. Estaban fuera de toda sospecha. Como decía el eslogan del Partido: «Los proles y los animales son libres».

Winston se agachó y se rascó cautelosamente la úlcera varicosa. Había empezado a picarle de nuevo. A lo que volvió invariablemente fue a la imposibilidad de saber cómo había sido realmente la vida antes de la Revolución. Sacó del cajón un ejemplar de un libro de texto de historia para niños que le había prestado la señora Parsons, y comenzó a copiar un pasaje en el diario:

En los viejos tiempos (corría), antes de la gloriosa Revolución, Londres no era la hermosa ciudad que conocemos hoy. Era un lugar oscuro, sucio y miserable donde casi nadie tenía lo suficiente para comer y donde cientos y miles de pobres no tenían botas en los pies y ni siquiera un techo bajo el que dormir. Los niños, no mayores que tú, tenían que trabajar doce horas al día para unos amos crueles que les azotaban con látigos si trabajaban demasiado despacio y les alimentaban sólo con mendrugos de pan duro y agua. Pero en medio de toda esta terrible pobreza había unas pocas casas grandes y hermosas en las que vivían hombres ricos que tenían hasta treinta sirvientes para cuidarlas. Estos hombres ricos se llamaban capitalistas. Eran hombres gordos y feos, con rostros perversos, como el de la foto de la página siguiente. Puedes ver que va vestido con un largo abrigo negro que se llamaba levita, y un extraño y brillante sombrero con forma de tubo de estufa, que se llamaba sombrero de copa. Este era el uniforme de los capitalistas, y a nadie más se le permitía llevarlo. Los capitalistas eran dueños de todo el mundo, y todos los demás eran sus esclavos. Eran dueños de toda la tierra, todas las casas, todas las fábricas y todo el dinero. Si alguien les desobedecía podían meterlo en la cárcel, o podían quitarle el trabajo y matarlo de hambre. Cuando una persona común y corriente hablaba con un capitalista tenía que encogerse y hacerle una reverencia, y quitarse la gorra y dirigirse a él como "Señor". El jefe de todos los capitalistas se llamaba el Rey, y...

Pero conocía el resto del catálogo. Se hablaba de los obispos en mangas de camisa, de los jueces con túnica de armiño, de la cárcel, del cepo, de la rueda de molino, del gato de nueve colas, del banquete del alcalde y de la práctica de besar el dedo del pie del Papa. También había algo llamado JUS PRIMAE NOCTIS, que probablemente no se mencionaría en un libro de texto para niños. Era la ley por la que todo capitalista tenía derecho a acostarse con cualquier mujer que trabajara en una de sus fábricas.

¿Cómo se puede saber cuánto de eso es mentira? PODÍA ser cierto que el ser humano medio estaba mejor ahora que antes de la Revolución. La única prueba de lo contrario era la protesta muda en tus propios huesos, el sentimiento instintivo de que las condiciones en las que vivías eran intolerables y que en algún otro momento debían ser diferentes. Se dio cuenta de que lo verdaderamente característico de la vida moderna no era su crueldad e inseguridad, sino simplemente su desnudez, su desidia, su desgana. La vida, si mirabas a tu alrededor, no se parecía en nada no sólo a las mentiras que salían de las telepantallas, sino incluso a los ideales que el Partido intentaba alcanzar. Grandes áreas, incluso para un miembro del Partido, eran neutrales y apolíticas, una cuestión de trabajos monótonos, de luchar por un lugar en el metro, de zurcir un calcetín desgastado, de robar una pastilla de sacarina, de guardar una colilla. El ideal establecido por el Partido era algo enorme, terrible y brillante —un mundo de acero y hormigón, de máquinas monstruosas y armas aterradoras— una nación de guerreros y fanáticos, marchando hacia adelante en perfecta unidad, todos pensando los mismos pensamientos y gritando los mismos eslóganes, trabajando, luchando, triunfando, persiguiendo perpetuamente —trescientos millones de personas con la misma cara. La realidad eran ciudades decadentes y lúgubres en las que la gente mal alimentada iba de un lado a otro con zapatos agujereados, en casas decimonónicas remendadas que siempre olían a col y a retrete en mal estado. Le parecía ver una visión de Londres, vasta y ruinosa, una ciudad de un millón de cubos de basura, y mezclada con ella estaba la imagen de la señora Parsons, una mujer de rostro delineado y pelo alborotado, que jugueteaba impotente con una tubería de desagüe obstruida.

Se agachó y volvió a rascarse el tobillo. Día y noche, las telepantallas le machacaban los oídos con estadísticas que demostraban que la gente de hoy tenía más comida, más ropa, mejores casas, mejores actividades recreativas; que vivían más tiempo, trabajaban menos horas, eran más grandes, más sanos, más fuertes, más felices, más inteligentes, mejor educados, que la gente de hace cincuenta años. Ni una sola palabra podía ser probada o refutada. El Partido afirmaba, por ejemplo, que hoy en día el 40% de los proles adultos estaban alfabetizados: antes de la Revolución, se decía, la cifra era sólo del 15%. El Partido afirmaba que la tasa de mortalidad infantil era ahora de sólo 160 por mil, mientras que antes de la Revolución había sido de 300, y así sucesivamente. Era como una ecuación con dos incógnitas. Podía ser que, literalmente, cada palabra de los libros de historia, incluso las cosas que uno aceptaba sin cuestionar, fuera pura fantasía. Por lo que él sabía, tal vez nunca hubiera existido una ley como el JUS PRIMAE NOCTIS, ni una criatura como el capitalista, ni una prenda como el sombrero de copa.

Todo se desvaneció en la niebla. El pasado se borró, lo borrado se olvidó, la mentira se convirtió en verdad. Sólo una vez en su vida había poseído —después del suceso:

eso era lo que contaba— una prueba concreta e inequívoca de un acto de falsificación. La había tenido entre sus dedos hasta treinta segundos. Debía de ser en 1973; en cualquier caso, fue más o menos cuando él y Katharine se separaron. Pero la fecha realmente significativa era siete u ocho años antes.

La historia comienza realmente a mediados de los años sesenta, el período de las grandes purgas en las que los líderes originales de la Revolución fueron eliminados de una vez por todas. En 1970 no quedaba ninguno de ellos, excepto el propio Gran Hermano. Todos los demás ya habían sido expuestos como traidores y contrarrevolucionarios. Goldstein había huido y se escondía nadie sabía dónde, y de los demás, unos pocos simplemente habían desaparecido, mientras que la mayoría habían sido ejecutados tras espectaculares juicios públicos en los que confesaron sus crímenes. Entre los últimos supervivientes había tres hombres llamados Jones, Aaronson y Rutherford. Debía ser en 1965 cuando estos tres habían sido detenidos. Como sucede a menudo, habían desaparecido durante un año o más, de modo que no se sabía si estaban vivos o muertos, y luego habían aparecido de repente para incriminarse de la manera habitual. Habían confesado haber realizado actividades de inteligencia con el enemigo (en esa fecha, además, el enemigo era Eurasia), malversación de fondos públicos, asesinato de varios miembros de confianza del Partido, intrigas contra la dirección del Gran Hermano que habían comenzado mucho antes de que se produjera la Revolución, y actos de sabotaje que causaron la muerte de cientos de miles de personas. Después de confesar estas cosas habían sido perdonados, reincorporados al Partido, y se les habían dado puestos que en realidad eran sinecuras pero que parecían importantes. Los tres habían escrito largos y abyectos artículos en «The Times», analizando las razones de su deserción y prometiendo enmendarse.

Algún tiempo después de su liberación, Winston había visto de hecho a los tres en el Café del Castaño. Recordaba la especie de fascinación aterrorizada con la que los había observado de reojo. Eran hombres mucho más viejos que él, reliquias del mundo antiguo, casi las últimas grandes figuras que quedaban de los días heroicos del Partido. El glamour de la lucha clandestina y de la guerra civil aún se aferraba débilmente a ellos. Tuvo la sensación, aunque ya en aquel momento los hechos y las fechas se volvían borrosos, de que había conocido sus nombres años antes que el del Gran Hermano. Pero también eran proscritos, enemigos, intocables, condenados con absoluta certeza a la extinción en uno o dos años. Nadie que hubiera caído alguna vez en manos de la Policía del Pensamiento escapaba al final. Eran cadáveres que esperaban ser devueltos a la tumba.

No había nadie en ninguna de las mesas más cercanas a ellos. No era prudente ni siquiera dejarse ver en la vecindad de esa gente. Estaban sentados en silencio ante los vasos de la ginebra aromatizada con clavos de olor que era la especialidad del café. De los tres, era Rutherford el que más había impresionado a Winston. Rutherford había sido un famoso caricaturista, cuyas brutales caricaturas habían contribuido a enardecer la opinión popular antes y durante la Revolución. Incluso ahora, a largos intervalos, sus caricaturas aparecían en «The Times». Eran simplemente una imitación de su manera anterior, y curiosamente sin vida y poco convincente. Siempre eran un refrito de los antiguos temas —viviendas de los barrios bajos, niños hambrientos, batallas callejeras, capitalistas con sombreros de copa—, incluso en las barricadas los capitalistas parecían seguir aferrados a sus sombreros de copa en un interminable y desesperado esfuerzo por volver al pasado. Era un hombre monstruoso, con una melena de pelo gris y grasiento, la cara llena de bolsas y costuras, con gruesos labios negroides. En un tiempo debió de ser inmensamente fuerte; ahora su gran cuerpo estaba hundido, inclinado, abultado, cayendo en todas direcciones. Parecía desmoronarse ante los ojos, como una montaña que se desmorona.

Era la solitaria hora de las quince. Winston no podía recordar cómo había llegado al café a esa hora. El local estaba casi vacío. Una música metálica sonaba en las telepantallas. Los tres hombres estaban sentados en su rincón casi inmóviles, sin hablar. Sin que nadie se lo pidiera, el camarero trajo nuevos vasos de ginebra. Había un tablero de ajedrez en la mesa junto a ellos, con las piezas colocadas, pero sin empezar la partida. Y entonces, durante tal vez medio minuto en total, algo ocurrió en las telepantallas. La melodía que estaban tocando cambió, y el tono de la música también. Entró en escena algo difícil de describir. Era una nota peculiar, agrietada, rebuznante y burlona: en su mente Winston la llamaba nota amarilla. Y entonces una voz procedente de la telepantalla cantó:

Bajo el castaño extendido
Yo te vendí y tú me vendiste:
Allí yacen ellos, y aquí yacemos nosotros
Bajo el castaño extendido.

Los tres hombres no se movieron. Pero cuando Winston volvió a mirar el ruinoso rostro de Rutherford, vio que sus ojos estaban llenos de lágrimas. Y por primera vez se dio cuenta, con una especie de escalofrío interior, pero sin saber POR QUÉ se estremeció, de que tanto Aaronson como Rutherford tenían la nariz rota.

Poco después, los tres fueron detenidos de nuevo. Al parecer, desde el mismo momento de su puesta en libertad se habían dedicado a nuevas conspiraciones. En su segundo juicio confesaron de nuevo todos sus antiguos crímenes, con toda una serie de otros nuevos. Fueron ejecutados y su destino quedó registrado en las historias del Partido, como una advertencia para la posteridad. Unos cinco años después de esto, en 1973, Winston estaba desenrollando un fajo de documentos que acababa de caer del tubo neumático sobre su escritorio cuando dio con un fragmento de papel que evidentemente se había deslizado entre los demás y luego se había olvidado. En el momento en que lo aplastó, se dio cuenta de su importancia. Era una media página arrancada de «The Times» de unos diez años antes —la mitad superior de la página, de modo que incluía la fecha— y contenía una fotografía de los delegados en algún acto del Partido en Nueva York. En el centro del grupo destacaban Jones, Aaronson y Rutherford. Era imposible confundirlos; en cualquier caso, sus nombres figuraban en el pie de foto.

La cuestión era que en ambos juicios los tres hombres habían confesado que en esa fecha habían estado en suelo euroasiático. Habían volado desde un aeródromo secreto en Canadá hasta un punto de encuentro en algún lugar de Siberia, y se habían reunido con miembros del Estado Mayor euroasiático, a quienes habían revelado importantes secretos militares. La fecha se había quedado grabada en la memoria de Winston porque casualmente era el día de pleno verano; pero toda la historia debía estar registrada también en otros innumerables lugares. Sólo había una conclusión posible: las confesiones eran mentiras.

Por supuesto, esto no era en sí mismo un descubrimiento. Ni siquiera en aquella época Winston había imaginado que las personas eliminadas en las purgas hubieran cometido realmente los crímenes de los que se les acusaba. Pero esto era una prueba concreta; era un fragmento del pasado abolido, como un hueso fósil que aparece en el estrato equivocado y destruye una teoría geológica. Era suficiente para hacer estallar al Partido en pedazos, si de alguna manera se hubiera podido publicar al mundo y dar a conocer su importancia.

Había continuado trabajando inmediatamente. En cuanto vio lo que era la fotografía, y lo que significaba, la había tapado con otra hoja de papel. Por suerte, cuando la desenrolló, había quedado al revés desde el punto de vista de la telepantalla.

Cogió su bloc de notas sobre la rodilla y echó la silla hacia atrás para alejarse lo más posible de la telepantalla. Mantener la cara sin expresión no era difícil, e incluso la respiración podía controlarse, con un esfuerzo: pero no podía controlar los latidos de su corazón, y la telepantalla era bastante delicada como para captarlos. Dejó pasar lo que consideró diez minutos, atormentado todo el tiempo por el temor de que algún accidente —una repentina corriente de aire que pasara por su escritorio, por ejemplo— lo traicionara. Luego, sin volver a destaparla, dejó caer la fotografía en el agujero de la memoria, junto con otros papeles de desecho. En un minuto más, tal vez, estaría convertida en cenizas.

Eso fue hace diez u once años. Hoy, probablemente, habría conservado esa fotografía. Era curioso que el hecho de haberla tenido entre sus dedos le pareciera diferente incluso ahora, cuando la fotografía en sí, al igual que el acontecimiento que registraba, era sólo un recuerdo. ¿Acaso el control del Partido sobre el pasado era menos fuerte, se preguntó, porque una prueba que ya no existía HABÍA existido alguna vez?

Pero hoy, suponiendo que pudiera resucitar de alguna manera de sus cenizas, la fotografía podría no ser ni siquiera una prueba. Ya, en el momento en que hizo su descubrimiento, Oceanía ya no estaba en guerra con Esteasia, y debió ser a los agentes de Esteasia a quienes los tres hombres muertos habían traicionado a su país. Desde entonces había habido otros cambios: dos, tres, no recordaba cuántos. Muy probablemente, las confesiones se habían reescrito y reestructurado hasta que los hechos y las fechas originales dejaron de tener la menor importancia. El pasado no sólo había cambiado, sino que cambiaba continuamente. Lo que más le afligía con la sensación de pesadilla era que nunca había entendido claramente por qué se había emprendido la enorme impostura. Las ventajas inmediatas de falsificar el pasado eran evidentes, pero el motivo último era misterioso. Volvió a tomar la pluma y escribió:

Entiendo el CÓMO: No entiendo el PORQUÉ.

Se preguntó, como muchas veces se había preguntado antes, si él mismo era un lunático. Quizás un lunático era simplemente una minoría de uno. En un tiempo, creer que la tierra gira alrededor del sol era un signo de locura; hoy, creer que el pasado es inalterable. Puede que esté SOLO en esa creencia, y si está solo, entonces es un lunático. Pero la idea de ser un lunático no le preocupaba mucho: lo que le horrorizaba era que también pudiera estar equivocado.

Cogió el libro de historia infantil y miró el retrato del Gran Hermano que formaba su frontispicio. Los ojos hipnóticos se clavaron en los suyos. Era como si una enorme fuerza le presionara, algo que penetraba en su cráneo, golpeando su cerebro, asustándole en sus creencias, persuadiéndole, casi, a negar la evidencia de sus sentidos. Al final, el Partido anunciaría que dos y dos son cinco, y tú tendrías que creerlo. Era inevitable que hicieran esa afirmación tarde o temprano: la lógica de su posición lo exigía. Su filosofía negaba tácitamente no sólo la validez de la experiencia, sino la existencia misma de la realidad externa. La herejía de las herejías era el sentido común. Y lo que resultaba aterrador no era que te mataran por pensar lo contrario, sino que podían tener razón. Porque, después de todo, ¿cómo sabemos que dos y dos son cuatro? ¿O que la fuerza de la gravedad funciona? ¿O que el pasado es inmutable? Si tanto el pasado como el mundo exterior sólo existen en la mente, y si la propia mente es controlable, ¿qué ocurre entonces?

¡Pero no! Su valor pareció fortalecerse de repente por sí mismo. El rostro de O'Brien, que no había sido evocado por ninguna asociación obvia, había flotado en su mente. Sabía, con más certeza que antes, que O'Brien estaba de su lado. Estaba escribiendo el diario para O'Brien, A O'Brien: era como una carta interminable que nadie leería jamás, pero que estaba dirigida a una persona en particular y tomaba su color de ese hecho.

El Partido te dijo que rechazaras la evidencia de tus ojos y oídos. Era su última y más esencial orden. Su corazón se hundió al pensar en el enorme poder desplegado contra él, en la facilidad con la que cualquier intelectual del Partido le derrotaría en un debate, en los sutiles argumentos que no sería capaz de entender, y mucho menos de responder. Y sin embargo, ¡él tenía razón! Ellos estaban equivocados y él tenía razón. Había que defender lo obvio, lo tonto y lo verdadero. Los tópicos son verdaderos, ¡agárrense a eso! El mundo sólido existe, sus leyes no cambian. Las piedras son duras, el agua es húmeda, los objetos sin apoyo caen hacia el centro de la tierra. Con la sensación de estar hablando a O'Brien, y también de estar exponiendo un axioma importante, escribió:

La libertad es la libertad de decir que dos más dos son cuatro. Si se concede eso, todo lo demás viene por añadidura.

Capítulo 8

Desde algún lugar del fondo de un pasaje, el olor a café tostado —café de verdad, no Café Victoria— llegó flotando a la calle. Winston se detuvo involuntariamente. Durante unos dos segundos volvió al mundo medio olvidado de su infancia. Luego, una puerta golpeó, pareciendo cortar el olor tan abruptamente como si hubiera sido un sonido.

Había caminado varios kilómetros por las aceras, y su úlcera varicosa palpitaba. Era la segunda vez en tres semanas que faltaba a una velada en el Centro Comunitario: un acto precipitado, ya que podía estar seguro de que el número de sus asistencias al Centro se controlaba cuidadosamente. En principio, un miembro del Partido no tenía tiempo libre, y nunca estaba solo, salvo en la cama. Se daba por sentado que cuando no estaba trabajando, comiendo o durmiendo estaría participando en algún tipo de recreo comunitario: hacer cualquier cosa que sugiriera un gusto por la soledad, incluso salir a pasear solo, era siempre ligeramente peligroso. Había una palabra neolingüística para ello: PROPIAVIDA se llamaba, y significaba individualismo y excentricidad. Pero esta tarde, al salir del Ministerio, la suavidad del aire de abril le había tentado. El cielo era de un azul más cálido que el que había visto ese año, y de repente la larga y ruidosa noche en el Centro, los aburridos y agotadores juegos, las conferencias, la chirriante camaradería engrasada por la ginebra, le habían parecido intolerables. Por impulso, se había alejado de la parada del autobús y se había adentrado en el laberinto de Londres, primero hacia el sur, luego hacia el este y después de nuevo hacia el norte, perdiéndose entre calles desconocidas y sin apenas preocuparse por la dirección que tomaba.

«Si hay esperanza», había escrito en el diario, «está en los proles». Las palabras volvían a él, declaración de una verdad mística y de un absurdo palpable. Se encontraba en algún lugar de los imprecisos barrios bajos de color marrón situados al norte y al este de lo que había sido la estación de Saint Pancras. Subía por una calle empedrada de casitas de dos plantas con portales maltrechos que daban directamente a la acera y que, de alguna manera, sugerían curiosamente la existencia de ratoneras. Había charcos de agua sucia aquí y allá entre los adoquines. Dentro y fuera de los oscuros portales, y por las estrechas callejuelas que se bifurcaban a ambos lados, la gente pululaba en número asombroso: muchachas en pleno apogeo, con la boca crudamente pintada, y jóvenes que perseguían a las muchachas, y mujeres hinchadas que te mostraban lo que serían las chicas dentro de diez años, y viejas criaturas encorvadas que arrastraban los pies separados, y niños descalzos y harapientos que jugaban en los charcos y luego se dispersaban ante los gritos furiosos de sus madres. Tal vez una cuarta parte de las ventanas de la calle estaban rotas y tapiadas. La mayor parte de la gente no prestaba atención a Winston; unos pocos le miraban con una especie de curiosidad cautelosa. Dos mujeres monstruosas con los antebrazos rojos doblados sobre sus delantales hablaban frente a una puerta. Winston captó retazos de la conversación mientras se acercaba.

«Sí», le dije, «eso está muy bien», le dije. «Pero si hubieras estado en mi lugar habrías hecho lo mismo que yo. Es fácil criticar», le dije, «pero tú no tienes los mismos problemas que yo».

«Ah», dijo la otra, «eso es. Ahí es donde está».

Las voces estridentes cesaron bruscamente. Las mujeres lo estudiaron en un silencio hostil cuando pasó. Pero no era hostilidad, exactamente; simplemente una especie de cautela, un endurecimiento momentáneo, como ante el paso de un animal desconocido. Los monos azules del Partido no podían ser habituales en una calle como ésta. De hecho, no era aconsejable que te vieran en esos lugares, a menos que tuvieras un asunto concreto. Las patrullas podían detenerte si te encontrabas con ellas. «¿Puedo ver tu documentación, camarada? ¿Qué haces aquí? ¿A qué hora saliste del trabajo? ¿Es éste su camino habitual a casa?» No es que hubiera ninguna norma que prohibiera volver a casa por una ruta inusual, pero era suficiente para llamar la atención si la Policía del Pensamiento se enteraba.

De repente, toda la calle estaba alborotada. Hubo gritos de advertencia desde todos los lados. La gente salía disparada hacia las puertas como si fueran conejos. Una mujer joven salió de una puerta un poco más adelante de Winston, agarró a un niño pequeño que jugaba en un charco, lo rodeó con su delantal y volvió a saltar, todo en un solo movimiento. En el mismo instante, un hombre con un traje negro tipo concertina, que había salido de un callejón lateral, corrió hacia Winston, señalando excitadamente al cielo.

«¡El vapor!», gritó. «¡Cuidado, jefe! ¡Pumba sobre la cabeza! ¡Agáchense rápido!»

«El vapor» era un apodo que, por alguna razón, los proletarios aplicaban a los cohetes bomba. Winston se arrojó de inmediato sobre su cara. Los proles casi siempre tenían razón cuando te daban un aviso de este tipo. Parecían poseer una especie de instinto que les indicaba con varios segundos de antelación cuándo se acercaba un cohete, aunque los cohetes supuestamente viajaban más rápido que el sonido. Winston apretó los antebrazos por encima de la cabeza. Se oyó un estruendo que pareció hacer temblar el pavimento; una lluvia de objetos ligeros cayó sobre su espalda. Cuando se levantó, descubrió que estaba cubierto de fragmentos de cristal de la ventana más cercana.

Siguió caminando. La bomba había demolido un grupo de casas a 200 metros de la calle. Una columna de humo negro flotaba en el cielo, y bajo ella una nube de polvo de yeso en la que ya se formaba una multitud alrededor de las ruinas. Había una pequeña pila de yeso tirada en la acera delante de él, y en medio de ella pudo ver una raya roja brillante. Cuando se acercó a él, vio que se trataba de una mano humana cortada por la muñeca. Aparte del muñón ensangrentado, la mano estaba tan completamente blanqueada que parecía una escayola.

Pateó la cosa en la cuneta y luego, para evitar la multitud, giró por una calle lateral a la derecha. En tres o cuatro minutos salió de la zona afectada por la bomba, y la sórdida vida de las calles continuó como si no hubiera pasado nada. Eran casi las veinte horas, y los bares que frecuentaban los proletarios («pubs», los llamaban) estaban atestados de clientes. De sus mugrientas puertas batientes, que se abrían y cerraban sin cesar, salía un olor a orina, serrín y cerveza agria. En un ángulo formado por la fachada de una casa, tres hombres estaban muy juntos, el del medio sosteniendo un periódico doblado que los otros dos estudiaban por encima del hombro. Incluso antes de estar lo suficientemente cerca como para distinguir la expresión de sus rostros, Winston pudo ver la absorción en cada línea de sus cuerpos. Era evidente que estaban leyendo una noticia seria. Estaba a unos pasos de ellos cuando, de repente, el grupo se separó y dos de los hombres se enfrentaron violentamente. Por un momento parecieron estar a punto de irse a los golpes.

«¿No puedes escuchar lo que digo? ¡Te digo que ningún número que termine en siete ha ganado desde hace más de catorce meses!»

«¡Sí, así es, entonces!»

«No, no es así. En mi casa tengo anotados en un papel todos los que han pasado durante más de dos años. Los anoté con regularidad como el reloj. Y te digo que ningún número que termine en siete...»

«¡Sí, un siete Ha ganado! Casi podría decirte el número

maldito. Terminaba en cuatro cero siete. Fue en febrero, la segunda semana de febrero».

'February your grandmother! I got it all down in black and white. An' I tell you, no number——'

«Oh, ¡déjenlo así!", dijo el tercer hombre.

Estaban hablando de la Lotería. Winston miró hacia atrás cuando había recorrido treinta metros. Seguían discutiendo, con caras vivas y apasionadas. La Lotería, con su reparto semanal de enormes premios, era el único acontecimiento público al que los proles prestaban seria atención. Era probable que hubiera algunos millones de proles para los que la Lotería era la principal, si no la única, razón para seguir vivos. Era su deleite, su locura, su anodina, su estimulante intelectual. En lo que respecta a la Lotería, incluso personas que apenas sabían leer y escribir parecían capaces de realizar intrincados cálculos y asombrosas proezas de memoria. Había toda una tribu de hombres que se ganaban la vida simplemente vendiendo sistemas, pronósticos y amuletos de la suerte. Winston no tenía nada que ver con el funcionamiento de la Lotería, que era gestionada por el Ministerio de la Abundancia, pero era consciente (de hecho, todo el mundo en el partido era consciente) de que los premios eran en gran parte imaginarios. Sólo se pagaban pequeñas sumas, y los ganadores de los grandes premios eran no personas. En ausencia de una verdadera intercomunicación entre una parte de Oceanía y otra, esto no era difícil de organizar.

Pero si había esperanza, estaba en los proles. Había que aferrarse a eso. Cuando lo decía con palabras sonaba razonable: era cuando miraba a los seres humanos que le pasaban por la acera cuando se convertía en un acto de fe. La calle en la que había girado iba cuesta abajo. Tuvo la sensación de haber estado antes en ese barrio y de que había una calle principal no muy lejos. Desde algún lugar más adelante se oyó un estruendo de voces que gritaban.

La calle daba un giro brusco y terminaba en una escalinata que conducía a un callejón hundido en el que unos cuantos vendedores ambulantes vendían verduras de aspecto cansado. En ese momento Winston recordó dónde estaba. El callejón desembocaba en la calle principal, y en la siguiente curva, a menos de cinco minutos, estaba la chatarrería donde había comprado el libro en blanco que ahora era su diario. Y en una pequeña papelería no muy lejana había comprado su portaplumas y su frasco de tinta.

Se detuvo un momento en lo alto de la escalinata. En el lado opuesto del callejón había una pequeña y sucia taberna cuyas ventanas parecían estar escarchadas, pero en realidad sólo estaban cubiertas de polvo. Un hombre muy mayor, encorvado pero activo, con unos bigotes blancos que se erizaban hacia delante como los de un langostino, empujó la puerta batiente y entró. Mientras Winston se quedaba observando, se le ocurrió que el anciano, que debía de tener al menos ochenta años, ya era de mediana edad cuando ocurrió la Revolución. Él y otros pocos como él eran los últimos vínculos que existían ahora con el desaparecido mundo del capitalismo. En el propio Partido no quedaba mucha gente cuyas ideas se hubieran formado antes de la Revolución. La generación más antigua había sido eliminada en su mayor parte en las grandes purgas de los años cincuenta y sesenta, y los pocos que sobrevivieron hacía tiempo que estaban aterrorizados hasta la completa rendición intelectual. Si había alguien todavía vivo que pudiera dar un relato veraz de las condiciones de la primera parte del siglo, sólo podía ser un proletario. De repente, el pasaje del libro de historia que había copiado en su diario volvió a la mente de Winston, y un impulso lunático se apoderó de él. Entraría en la taberna, se relacionaría con aquel anciano y lo interrogaría. Le diría: «Háblame de tu vida cuando eras un niño. ¿Cómo era en aquellos tiempos? ¿Eran las cosas mejores que ahora, o eran peores?».

Apresuradamente, para no tener tiempo de asustarse, bajó los escalones y cruzó la estrecha calle. Era una locura, por supuesto. Como de costumbre, no había ninguna norma definitiva que prohibiera hablar con los proletarios y frecuentar sus bares, pero era una acción demasiado inusual como para pasar desapercibida. Si aparecían las patrullas, podría alegar un ataque de mareo, pero no era probable que le creyeran. Empujó la puerta y un horrible olor a cerveza agria le golpeó en la cara. Al entrar, el bullicio de las voces bajó a la mitad de su volumen. A sus espaldas pudo sentir que todos miraban su mono azul. Una partida de dardos que se desarrollaba en el otro extremo de la sala se interrumpió durante unos treinta segundos. El anciano al que había seguido estaba de pie junto a la barra, teniendo algún tipo de altercado con el camarero, un joven corpulento, de nariz aguileña y enormes antebrazos. Un grupo de personas, de pie y con vasos en la mano, observaban la escena.

«Te creía lo suficientemente civilizado, ¿no?», dijo el viejo, enderezando los hombros con maldad. «¿Me estás diciendo que no tienes una jarra de pinta en todo el maldito bar?»

«¿Y qué demonios ES una pinta?», dijo el camarero, inclinándose hacia delante con las puntas de los dedos sobre el mostrador.

"¡Escúchenlo! ¡Se llama a sí mismo barman y no sabe lo que es una pinta! Una pinta es la mitad de un cuarto, y hay cuatro cuartos por galón. A ver si te enseño el abecedario».

«Nunca he oído hablar de ellas», dijo el camarero. «Litro y medio litro, eso es todo lo que servimos. Los vasos están en el estante de enfrente».

«Yo quiero una pinta», insistió el anciano. «Podrías haberme servido una pinta fácilmente. No teníamos estos malditos litros cuando yo era joven».

«Cuando usted era joven, todos vivíamos en las copas de los árboles», dijo el camarero, lanzando una mirada a los demás clientes.

Hubo un grito de risa, y la inquietud causada por la entrada de Winston pareció desaparecer. El rostro blanco y manchado del anciano se había sonrojado. Se dio la vuelta, murmurando para sí mismo, y chocó con Winston. Winston le cogió suavemente del brazo.

«¿Puedo ofrecerle un trago?», dijo.

«Usted es un caballero», dijo el otro, enderezando los hombros nuevamente. Parecía no haberse dado cuenta del mono azul de Winston. ¡Una pinta!», añadió agresivamente al camarero. «Una pinta de cerveza».

El camarero sirvió dos medios litros de cerveza marrón oscura en vasos gruesos que había enjuagado en un cubo bajo el mostrador. La cerveza era la única bebida que se podía conseguir en los pubs proletarios. Se suponía que los proles no debían beber ginebra, aunque en la práctica podían conseguirla con bastante facilidad. La partida de dardos estaba de nuevo en pleno apogeo, y el núcleo de hombres de la barra había empezado a hablar de billetes de lotería. La presencia de Winston se olvidó por un momento. Había una mesa de juego bajo la ventana donde él y el viejo podían hablar sin temor a ser escuchados. Era terriblemente peligroso, pero en cualquier caso no había ninguna telepantalla en la sala, algo de lo que se había asegurado nada más entrar.

«Podría haberme servido una pinta», refunfuñó el viejo mientras se acomodaba detrás de un vaso. «Medio litro no es suficiente. No satisface. Y un veijo litro es demasiado. Me hace correr la vejiga. Por no hablar del precio».

«Debes de haber visto grandes cambios desde que eras joven», dijo Winston a tientas.

Los pálidos ojos azules del anciano se movieron del tablero de dardos a la barra, y de la barra a la puerta del baño para caballeros, como si fuera en el bar donde esperaba que se produjeran los cambios.

«La cerveza era mejor», dijo finalmente. «¡Y más barata! Cuando yo era joven, la cerveza suave —a que llamábamos "de gallo"— costaba cuatro peniques la pinta. Eso fue antes de la guerra, por supuesto».

«¿Qué guerra fue esa?», dijo Winston.

«Todo son guerras», dijo el anciano vagamente. Tomó su vaso y sus hombros se enderezaron de nuevo. «¡Le deseo la mejor de las suertes!»

En su delgada garganta, la afilada nuez de Adán hizo un movimiento sorprendentemente rápido hacia arriba y hacia abajo, y la cerveza desapareció. Winston fue a la barra y volvió con otros dos medios litros. El viejo parecía haber olvidado su prejuicio de no beber un litro entero.

«Usted es mucho mayor que yo», dijo Winston. «Debe haber sido un hombre adulto antes de que yo naciera. Puede recordar cómo eran los viejos tiempos, antes de la Revolución. La gente de mi edad no sabe nada de aquellos tiempos. Sólo podemos leer sobre ellos en los libros, y lo que dice en los libros puede no ser cierto. Me gustaría conocer su opinión al respecto. Los libros de historia dicen que la vida antes de la Revolución era completamente diferente a la actual. Estaba la opresión más terrible, la injusticia, la pobreza peor que cualquier cosa que podamos imaginar. Aquí en Londres, la gran masa de la gente no tenía suficiente para comer desde el nacimiento hasta la muerte. La mitad de ellos ni siquiera tenía botas en sus pies. Trabajaban doce horas al día, salían de la escuela a las nueve, dormían diez en una habitación. Y al mismo tiempo había unas pocas personas, sólo unos pocos miles —los capitalistas, se llamaban— que eran ricos y poderosos. Poseían todo lo que había que poseer. Vivían en grandes y magníficas casas con treinta sirvientes, se desplazaban en coches de motor y carruajes de cuatro caballos, bebían champán, llevaban sombreros de copa...».

El anciano se animó de repente.

«¡Sombreros de copa!», dijo. «Es curioso que los menciones. Lo mismo me vino a la cabeza ayer mismo, no sé por qué. Estaba pensando que no había visto un sombrero en años. Han desaparecido. La última vez que me puse uno fue en el funeral de mi cuñada. Y eso fue... bueno, no podría decirte la fecha, pero debe haber sido hace cincuenta años. Por supuesto, sólo lo alquilé para la ocasión, ya sabes».

«No es muy importante lo de los sombreros de copa», dijo Winston con paciencia. «La cuestión es que estos capitalistas —ellos y unos cuantos abogados y sacerdotes y demás que vivían de ellos— eran los señores de la tierra. Todo existía para su beneficio. Ustedes —la gente común, los trabajadores— eran sus esclavos. Podían hacer lo que quisieran con ustedes. Podían enviarlos a Canadá como si fueran ganado. Podían acostarse con vuestras hijas si querían. Podían ordenar que te azotaran con algo llamado «gato de nueve colas». Tenías que quitarte la gorra cuando te cruzabas con ellos. Cada capitalista iba con una banda de lacayos que...»

El anciano se animó de nuevo.

«¡Lacayos!», dijo. «Esa es una palabra que no he escuchado desde hace mucho tiempo. ¡Lacayos! Eso me hace recordar. Recuerdo que, hace años, solía ir a Hyde Park los domingos por la tarde para escuchar a los tipos que daban discursos. Ejército de Salvación, católicos romanos, judíos, indios... había de todo. Y había un tipo... bueno, no podría darte su nombre, pero era un orador realmente poderoso. ¡No decía las cosas a media voz! "¡Lacayos!" decía, "¡lacayos de la burguesía! lacayos de la clase dominante". Parásitos, ese era otro de ellos. E hienas, definitivamente los llamaba "hienas". Por supuesto, se refería al Partido Laborista, ya sabes».

Winston tuvo la sensación de que estaban hablando con propósitos diferentes.

«Lo que realmente quería saber era esto», dijo. «¿Sientes que tienes más libertad ahora que en aquellos días? ¿Te tratan más como un ser humano? En los viejos tiempos, la gente rica, la gente que estaba arriba...".

«La Casa de los Lores», dijo el anciano con reminiscencia.

«La Cámara de los Lores, si quieres. Lo que estoy preguntando es si esta gente podía tratarte como un inferior, simplemente porque ellos eran ricos y tú pobre? ¿Es un hecho, por ejemplo, que tenías que llamarles "Señor" y quitarte la gorra cuando te cruzabas con ellos?»

El anciano parecía pensar detenidamente. Se bebió una cuarta parte de su cerveza antes de responder.

«Sí», dijo. «Les gustaba que te tocaras la gorra frente a ellos. Era una muestra de respeto. Yo no estaba de acuerdo, pero lo hacía a menudo. Tenía que hacerlo, por así decirlo».

«¿Y era habitual —sólo cito lo que he leído en los libros de historia— que esta gente y sus sirvientes te empujaran de la acera a la cuneta?»

«Uno de ellos me empujó una vez», dijo el anciano. «Lo recuerdo como si fuera ayer. Era la noche de la Carrera de Botes —suelen ser muy ruidosos— y me topé con un joven en la avenida Shaftesbury. Era todo un caballero: camisa de vestir, sombrero de copa, abrigo negro. Iba zigzagueando por la acera y me topé con él accidentalmente. Me dijo: "¿Por qué no miras por dónde vas?" dijo. Yo le dije: "¿Crees que has comprado el maldito pavimento?" Dijo: "Te arrancaré la maldita cabeza si te pones a jugar conmigo". Le dije: "Estás borracho. Puedo acabar contigo en un minuto", dije. Y si me crees, él me pone su mano en el pecho y me da un empujón que casi me manda bajo las ruedas de un autobús. Bueno, yo era joven en esos días, e iba a darle uno, sólo...»

Una sensación de impotencia se apoderó de Winston. La memoria del anciano no era más que un montón de detalles. Uno podría interrogarle todo el día sin obtener ninguna información real. Las historias del partido podrían seguir siendo ciertas, en cierto modo: incluso podrían ser completamente ciertas. Hizo un último intento.

«Quizás no me he explicado bien», dijo. «Lo que trato de decir es esto. Has vivido mucho tiempo; has vivido la mitad de tu vida antes de la Revolución. En 1925, por ejemplo, ya eras mayor. ¿Diría, por lo que recuerda, que la vida en 1925 era mejor que ahora, o peor? Si pudieras elegir, ¿preferirías vivir entonces o ahora?»

El anciano miró meditabundo el tablero de dardos. Terminó su cerveza, más lentamente que antes. Cuando hablaba lo hacía con un aire filosófico y tolerante, como si la cerveza le hubiera suavizado.

«Sé lo que esperas que diga», dijo. «Esperas que diga que prefiero volver a ser joven. La mayoría de la gente diría que prefiere ser joven, si se le pregunta. La salud y la fuerza se consiguen cuando se es joven. Cuando llegas a mi edad, nunca estás bien. Sufro algo malo en los pies, y mi vejiga es terrible. Seis o siete veces por noche me saca de la cama. Por otro lado, hay grandes ventajas en ser un anciano. No tienes las mismas preocupaciones. No tienes problemas con las mujeres, y eso es una gran cosa. No he tenido una mujer desde hace casi treinta años, si lo crees. Ni quiero tenerla, es más.»

Winston se sentó de nuevo contra el alféizar de la ventana. Era inútil seguir adelante. Estaba a punto de comprar más cerveza cuando el viejo se levantó de repente y se dirigió rápidamente al apestoso urinario que había al lado de la sala. El medio litro extra ya le estaba haciendo efecto. Winston se quedó sentado durante uno o dos minutos mirando su vaso vacío, y apenas se dio cuenta cuando sus pies lo llevaron de nuevo a la calle. Dentro de veinte años como máximo, reflexionó, la enorme y sencilla pregunta: «¿Era la vida mejor antes de la Revolución que ahora?» habría dejado de tener respuesta de una vez por todas. Pero, en efecto, ya no tenía respuesta, puesto que los pocos supervivientes dispersos del mundo antiguo eran incapaces de comparar una época con otra. Recordaban un millón de cosas inútiles, una disputa con un compañero de trabajo, la búsqueda de una pompa de bicicleta perdida, la expresión de la cara de una hermana muerta hace tiempo, los remolinos de polvo en una mañana ventosa de hace setenta años: pero todos los hechos relevantes estaban fuera del alcance de su visión. Eran como la hormiga, que puede ver objetos pequeños pero no grandes. Y cuando la memoria falló y los registros escritos fueron falsificados, la afirmación del Partido de haber mejorado las condiciones de la vida humana tuvo que ser aceptada, porque no existía, y nunca más podría existir, ningún estándar con el que pudiera ser probado.

En ese momento su hilo de pensamiento se detuvo bruscamente. Se detuvo y miró hacia arriba. Se encontraba en una calle estrecha, con algunas tiendecitas oscuras, intercaladas entre viviendas. Inmediatamente por encima de su cabeza colgaban tres bolas de metal descoloridas que parecían haber estado doradas en otro tiempo. Parecía conocer el lugar. ¡Por supuesto! Estaba en la puerta de la chatarrería donde había comprado el diario.

Una punzada de miedo le recorrió. Había sido un acto suficientemente precipitado comprar el cuaderno en un principio, y había jurado no volver a acercarse a ese lugar. Y, sin embargo, en el instante en que permitió que sus pensamientos divagaran, sus pies lo habían traído de vuelta aquí por su propia voluntad. Precisamente contra este tipo de impulsos suicidas esperaba protegerse abriendo el diario. Al mismo tiempo, se dio cuenta de que, aunque eran casi las veintiuna horas, la tienda seguía abierta. Con la sensación de que sería menos llamativo en el interior que merodeando por la acera, atravesó la puerta. Si le preguntaban, podría decir que estaba intentando comprar cuchillas de afeitar.

El propietario acababa de encender una lámpara de aceite colgante que desprendía un olor sucio pero agradable. Era un hombre de unos sesenta años, frágil y encorvado, con una nariz larga y benévola, y unos ojos suaves distorsionados por unas gruesas gafas. Su pelo era casi blanco, pero sus cejas eran tupidas y todavía negras. Sus gafas, sus movimientos suaves y quisquillosos, y el hecho de que llevara una chaqueta envejecida de terciopelo negro, le daban un vago aire de intelectualidad, como si hubiera sido algún tipo de literato, o tal vez un músico. Su voz era suave, como desvaída, y su acento menos degradado que el de la mayoría de los proles.

«Te reconocí en la acera», dijo inmediatamente. «Usted es el caballero que compró el álbum de recuerdos de la joven. Era un papel precioso. Se llamaba "crema de leche". Hace cincuenta años que no se fabrica un papel así». Miró a Winston por encima de sus gafas. «¿Hay algo especial que pueda hacer por ti? ¿O sólo quería echar un vistazo?»

«Pasaba por aquí», dijo Winston vagamente. «Sólo miraba hacia adentro. No quiero nada en particular».

«Menos mal», dijo el otro, «porque supongo que no habría podido satisfacerte». Hizo un gesto de disculpa con su blanda mano. «Ya ve cómo es; una tienda vacía, podría decirse. Entre tú y yo, el comercio de antigüedades está casi acabado. Ya no hay demanda, ni tampoco existencias. Los muebles, la vajilla, el cristal, todo se ha roto por grados. Y, por supuesto, el metal se ha fundido en su mayoría. No he visto un candelabro de latón en años.»

El minúsculo interior de la tienda estaba, de hecho, incómodamente lleno, pero no había casi nada de valor. El espacio del suelo era muy reducido, porque alrededor de las paredes se apilaban innumerables marcos de cuadros polvorientos. En el escaparate había bandejas con tuercas y tornillos, cinceles desgastados, navajas con las hojas rotas, relojes deslustrados que ni siquiera pretendían estar en orden, y otros desperdicios varios. Sólo en una mesita de la esquina había un montón de cachivaches —cajas de rapé lacadas, broches de ágata y cosas por el estilo— que parecían incluir algo interesante. Cuando Winston se acercó a la mesa, le llamó la atención una cosa redonda y lisa que brillaba suavemente a la luz de la lámpara, y la recogió.

Era un pesado bulto de cristal, curvado por un lado y plano por el otro, formando casi una semiesfera. El color y la textura del cristal tenían una suavidad peculiar, como la del agua de lluvia. En el centro, ampliado por la superficie curvada, había un extraño objeto rosado y enrevesado que recordaba a una rosa o a una anémona de mar.

«¿Qué es?», dijo Winston, fascinado.

«Es coral», dijo el anciano. «Debe venir del Océano Índico. Solían incrustarlo en el cristal. Eso no se hizo hace menos de cien años. Más, por lo que parece».

«Es una cosa hermosa», dijo Winston.

«Es una cosa hermosa», dijo el otro con aprecio. «Pero no hay muchos que digan eso hoy en día». Tosió. «Si quisieras comprarlo, te costaría cuatro dólares. Recuerdo cuando una cosa así costaba ocho libras, y ocho libras eran... bueno, no puedo calcularlo, pero era mucho dinero. ¿Pero a quién le importan las antigüedades genuinas hoy en día, incluso las pocas que quedan?»

Winston pagó inmediatamente los cuatro dólares y deslizó el codiciado objeto en su bolsillo. Lo que le atraía de él no era tanto su belleza como el aire que parecía tener de pertenecer a una época muy distinta de la actual. El cristal suave y lluvioso no se parecía a ningún otro cristal que hubiera visto antes. La cosa era doblemente atractiva por su aparente inutilidad, aunque podía adivinar que alguna vez debió de servir de pisapapeles. Pesaba mucho en su bolsillo, pero afortunadamente no hacía mucho bulto. Era una cosa extraña, incluso comprometedora, para un miembro del Partido. Todo lo viejo, y por añadidura todo lo bello, era siempre vagamente sospechoso. El anciano se había vuelto notablemente más alegre después de recibir los cuatro dólares. Winston se dio cuenta de que habría aceptado tres o incluso dos.

«Hay otra habitación en el piso de arriba a la que quizás quieras echar un vistazo», dijo. «No hay mucho en ella. Sólo unas pocas piezas. Nos vendrá bien una luz si vamos a subir».

Encendió otra lámpara y, con la espalda inclinada, le hizo subir lentamente las empinadas y desgastadas escaleras y, a lo largo de un diminuto pasillo, llegar a una habitación que no daba a la calle, sino que daba a un patio empedrado y a un bosque de chimeneas. Winston se dio cuenta de que los muebles seguían dispuestos como si la habitación estuviera destinada a ser habitada. Había una tira de alfombra en el suelo, uno o dos cuadros en las paredes, y un sillón profundo y desaliñado arrimado a la chimenea. En la repisa de la chimenea sonaba un anticuado reloj de cristal con una esfera de doce horas. Bajo la ventana, y ocupando casi una cuarta parte de la habitación, había una enorme cama con el colchón todavía puesto.

«Vivíamos aquí hasta que murió mi mujer», dijo el anciano medio disculpándose. «Estoy vendiendo los muebles poco a poco. Esa es una hermosa cama de caoba, o al menos lo sería si pudieras quitarle los bichos. Pero me atrevo a decir que la encontrarás un poco voluminosa».

Sostenía la lámpara en alto, para iluminar toda la habitación, y en la cálida luz tenue el lugar parecía curiosamente acogedor. Winston pensó que probablemente sería muy fácil alquilar la habitación por unos pocos dólares a la semana, si se atrevía a correr el riesgo. Era una idea descabellada e imposible, que abandonaría tan pronto como se le ocurriera; pero la habitación había despertado en él una especie de nostalgia, una especie de recuerdo ancestral. Le parecía que sabía exactamente lo que se sentía al sentarse en una habitación como aquella, en un sillón junto a un fuego abierto, con los pies en el reposapiés y una tetera en el fogón; completamente solo, completamente seguro, sin que nadie te mirara, sin que ninguna voz te persiguiera, sin más sonido que el canto de la tetera y el amistoso tic-tac del reloj.

«No hay telepantalla», no pudo evitar murmurar.

«Ah», dijo el anciano, «nunca tuve una de esas cosas. Demasiado caro. Y nunca sentí la necesidad de tenerlo, de alguna manera. Esa mesa de la esquina es muy bonita. Aunque, por supuesto, tendrías que ponerle bisagras nuevas si quisieras usar las solapas».

En la otra esquina había una pequeña biblioteca, y Winston ya se había acercado a ella. No contenía más que basura. La caza y destrucción de libros se había hecho con la misma minuciosidad en los barrios proletarios que en cualquier otro lugar. Era muy poco probable que existiera en algún lugar de Oceanía un ejemplar de un libro impreso antes de 1960. El anciano, que seguía llevando la lámpara, estaba de pie frente a un cuadro con marco de palisandro que colgaba al otro lado de la chimenea, frente a la cama.

«Ahora bien, si por casualidad le interesan los grabados antiguos...», comenzó con delicadeza.

Winston se acercó para examinar la imagen. Era un grabado en acero de un edificio ovalado con ventanas rectangulares y una pequeña torre delante. Había una barandilla que rodeaba el edificio y en el extremo posterior había lo que parecía ser una estatua. Winston la contempló durante unos instantes. Le resultaba vagamente familiar, aunque no recordaba la estatua.

«El marco está fijado a la pared», dijo el anciano, «pero me atrevo a decir que podría desenroscarlo para ti».

«Conozco ese edificio», dijo finalmente Winston. «Ahora está en ruinas. Está en medio de la calle del Palacio de Justicia».

«Así es. Fuera del Palacio de Justicia. Fue bombardeado en... ¡oh! hace muchos años. En su día fue una iglesia, St Clement Danes, se llamaba». Sonrió disculpándose, como si fuera consciente de haber dicho algo ligeramente ridículo, y añadió: «Naranjas y limones, dicen las campanas de St Clement's».

«¿Qué es eso?», dijo Winston.

«¡Oh! "Naranjas y limones, dicen las campanas de St Clement's". Esa era una rima que teníamos cuando yo era pequeño. No recuerdo cómo seguía, pero sí sé que terminaba: "Aquí viene una vela para alumbrarte a la cama / Aquí viene un cortador para cortarte la cabeza". Era una especie de baile. Extendían los brazos para que pasaras por debajo, y cuando llegaban a "Aquí viene un cortador para cortarte la cabeza" bajaban los brazos y te atrapaban. Sólo había nombres de iglesias. Todas las iglesias de Londres estaban en él, es decir, todas las principales».

Winston se preguntó vagamente a qué siglo pertenecía la iglesia. Siempre era difícil determinar la edad de un edificio londinense. Cualquier cosa grande e impresionante, si era razonablemente nueva en apariencia, se consideraba automáticamente construida después de la Revolución, mientras que todo lo que era obviamente anterior se atribuía a un oscuro período llamado Edad Media. Se consideraba que los siglos del capitalismo no habían producido nada de valor. Uno no podía aprender la historia de la arquitectura más de lo que podía aprenderla de los libros. Las estatuas, las inscripciones, las piedras conmemorativas, los nombres de las calles... todo lo que podía arrojar luz sobre el pasado había sido sistemáticamente alterado.

«Nunca supe que había sido una iglesia», dijo.

«Quedan muchos, en realidad», dijo el viejo, «aunque se les ha dado otros usos. ¿Cómo era esa rima? ¡Ah! ¡Ya la tengo!

"Naranjas y limones, dicen las campanas de St Clement's,
Me debes tres cuartos, dicen las campanas de St Martin..."

ahí está, ahora, eso es lo más lejos que puedo llegar. Un cuarto de penique era una pequeña moneda de cobre, parecía algo así como un centavo».

«¿Dónde estaba St Martin?», dijo Winston.

«¿St Martin's? Todavía está en pie. Está en la Plaza de la Victoria, junto a la pinacoteca. Un edificio con una especie de pórtico triangular y pilares en el frente, y un gran tramo de escaleras».

Winston conocía bien el lugar. Era un museo utilizado para exhibiciones de propaganda de diversos tipos: modelos de cohetes bomba y Fortalezas Flotantes, cuadros de cera que ilustraban las atrocidades del enemigo, etc.

«St Martin's-in-the-Fields solía llamarse», completó el anciano, «aunque no recuerdo ningún campo en esas zonas».

Winston no compró el cuadro. Hubiera sido una posesión aún más incongruente que el pisapapeles de cristal, e imposible de llevar a casa, a menos que se sacara de su marco. Sin embargo, se quedó unos minutos más hablando con el anciano, cuyo nombre, según descubrió, no era Weeks —como podría haberse deducido de la inscripción de la fachada de la tienda— sino Charrington. El señor Charrington, al parecer, era un viudo de sesenta y tres años y había habitado esta tienda durante treinta años. Durante todo ese tiempo había tenido la intención de modificar el nombre sobre el escaparate, pero nunca había llegado a hacerlo. Mientras hablaban, la rima medio recordada no dejaba de dar vueltas en la cabeza de Winston. ¡Naranjas y limones dicen las campanas de St Clement's, Me debes tres cuartos, dicen las campanas de St Martin's! Era curioso, pero cuando se lo decía a sí mismo tenía la ilusión de oír realmente campanas, las campanas de un Londres perdido que aún existía en algún lugar, disfrazado y olvidado. De un campanario fantasmal tras otro le parecía oírlas repicar. Sin embargo, hasta donde él recordaba, nunca había escuchado en la vida real el tañido de las campanas de una iglesia.

Se alejó del señor Charrington y bajó las escaleras solo, para que el anciano no lo viera reconociendo la calle antes de salir por la puerta. Ya había tomado la decisión de que después de un intervalo adecuado —un mes, por ejemplo— se arriesgaría a volver a visitar la tienda. Quizá no fuera más peligroso que eludir una noche en el Centro. La grave locura había sido volver aquí en primer lugar, después de comprar el diario y sin saber si el propietario de la tienda era de fiar. ¡Sin embargo...!

Sí, pensó de nuevo, volvería. Compraría más trozos de hermosa basura. Compraría el grabado de St Clement Danes, lo sacaría de su marco y lo llevaría a casa oculto bajo la chaqueta de su mono. Arrancaría el resto de ese poema de la memoria del señor Charrington. Incluso el lunático proyecto de alquilar la habitación de arriba volvió a pasar momentáneamente por su mente. Durante unos cinco segundos, la exaltación le hizo despreocuparse, y salió a la acera sin echar siquiera una mirada preliminar a través de la ventana. Incluso se puso a tararear una melodía improvisada

Naranjas y limones, dicen las campanas de St Clement's,
Me debes tres cuartos, dicen las...

De repente, su corazón pareció convertirse en hielo y sus entrañas en agua. Una figura con un mono azul bajaba por la acera, a menos de diez metros. Era la chica del Departamento de Ficción, la chica del pelo oscuro. La luz fallaba, pero no le costó reconocerla. Le miró directamente a la cara y luego siguió caminando rápidamente como si no le hubiera visto.

Durante unos segundos, Winston se quedó demasiado paralizado como para moverse. Luego giró hacia la derecha y se alejó con paso firme, sin darse cuenta por el momento de que iba en la dirección equivocada. En cualquier caso, una cuestión estaba resuelta. Ya no había duda de que la chica le estaba espiando. Debía haberle seguido hasta aquí, porque no era creíble que por pura casualidad se encontrara caminando esa misma tarde por la misma callejuela oscura, a kilómetros de distancia de cualquier barrio donde vivieran miembros del Partido. Era una coincidencia demasiado grande. Que fuera realmente una agente de la Policía del Pensamiento o simplemente una espía aficionada movida por la oficiosidad, apenas importaba. Bastaba con que ella lo observara. Probablemente también le había visto entrar en el pub.

Era un esfuerzo caminar. El trozo de cristal que llevaba en el bolsillo le golpeaba el muslo a cada paso, y estaba a punto de sacarlo y tirarlo. Lo peor era el dolor en el vientre. Durante un par de minutos tuvo la sensación de que moriría si no llegaba pronto a un lavabo. Pero en un barrio como éste no podía haber lavabos públicos. Luego el espasmo pasó, dejando un dolor sordo.

La calle era un callejón sin salida. Winston se detuvo, se quedó parado durante varios segundos preguntándose vagamente qué hacer, luego se dio la vuelta y comenzó a volver sobre sus pasos. Mientras se daba la vuelta, se le ocurrió que la chica le había adelantado hacía sólo tres minutos y que, corriendo, probablemente podría alcanzarla. Podía seguir su pista hasta que estuvieran en un lugar tranquilo, y entonces romperle el cráneo con un adoquín. El trozo de cristal que llevaba en el bolsillo sería lo suficientemente pesado para el trabajo. Pero abandonó la idea inmediatamente, porque incluso la idea de hacer cualquier esfuerzo físico era insoportable. No podía correr, no podía dar un golpe. Además, ella era joven y fogosa y se defendería. También pensó en ir deprisa al Centro Comunitario y quedarse allí hasta que cerrara el local, para establecer una coartada parcial para la noche. Pero eso también era imposible. Una lasitud mortal se había apoderado de él. Todo lo que quería era llegar a casa rápidamente y luego sentarse y estar tranquilo.

Eran más de veintidós horas cuando volvió al departamento. Las luces se apagarían en la central a las veintitrés treinta. Fue a la cocina y se tragó casi una taza de té de Ginebra Victoria. Luego se dirigió a la mesa de la alcoba, se sentó y sacó el diario del cajón. Pero no lo abrió de inmediato. Desde la telepantalla, una voz femenina y estridente entonaba una canción patriótica. Se sentó mirando la cubierta jaspeada del libro, tratando sin éxito de apartar la voz de su conciencia.

Era de noche cuando venían por ti, siempre de noche. Lo correcto era suicidarse antes de que te atraparan. Sin duda, algunas personas lo hicieron. Muchas de las desapariciones fueron en realidad suicidios. Pero se necesitaba un valor desesperado para matarse en un mundo en el que las armas de fuego, o cualquier veneno rápido y certero, eran completamente incurables. Pensó con una especie de asombro en la inutilidad biológica del dolor y el miedo, en la traición del cuerpo humano que siempre se congela en la inercia justo en el momento en que se necesita un esfuerzo especial. Podría haber silenciado a la muchacha de pelo oscuro si hubiera actuado con la suficiente rapidez: pero precisamente por lo extremo de su peligro había perdido la capacidad de actuar. Se dio cuenta de que en los momentos de crisis uno nunca lucha contra un enemigo externo, sino siempre contra su propio cuerpo. Incluso ahora, a pesar de la ginebra, el dolor sordo de su vientre hacía imposible el pensamiento consecuente. Y es lo mismo, percibió, en todas las situaciones aparentemente heroicas o trágicas. En el campo de batalla, en la cámara de tortura, en un barco que se hunde, siempre se olvidan las cuestiones por las que se lucha, porque el cuerpo se hincha hasta llenar el universo, e incluso cuando no se está paralizado por el miedo o gritando de dolor, la vida es una lucha momento a momento contra el hambre o el frío o el insomnio, contra un estómago agrio o un diente que duele.

Abrió la agenda. Era importante escribir algo. La mujer de la telepantalla había empezado una nueva canción. Su voz parecía clavarse en su cerebro como astillas de cristal. Intentó pensar en O'Brien, para quien, o a quien, estaba escrito el diario, pero en su lugar empezó a pensar en las cosas que le ocurrirían después de que la Policía del Pensamiento se lo llevara. No importaría que lo mataran de inmediato. Que te mataran era lo que esperabas. Pero antes de la muerte (nadie hablaba de esas cosas, aunque todo el mundo las conocía) había que pasar por la rutina de la confesión: el arrastrarse por el suelo y gritar pidiendo clemencia, el crujido de los huesos rotos, los dientes destrozados y los coágulos de pelo ensangrentados.

¿Por qué tenías que soportarlo, ya que el final era siempre el mismo? ¿Por qué no era posible eliminar algunos días o semanas de tu vida? Nunca nadie escapó a la detección, y nunca nadie dejó de confesar. Cuando uno sucumbía al crimen del pensamiento era seguro que en una fecha determinada estaría muerto. ¿Por qué entonces ese horror, que no alteraba nada, tenía que quedar incrustado en el tiempo futuro?

Intentó, con un poco más de éxito que antes, evocar la imagen de O'Brien. «Nos encontraremos en el lugar donde no hay oscuridad», le había dicho O'Brien. Sabía lo que significaba, o creía saberlo. El lugar donde no hay oscuridad era el futuro imaginado, que uno nunca vería, pero que, por presciencia, podía compartir místicamente. Pero con la voz de la telepantalla molestando en sus oídos no pudo seguir el hilo de sus pensamientos. Se puso un cigarrillo en la boca. La mitad del tabaco cayó rápidamente sobre su lengua, un polvo amargo que le costó escupir de nuevo. El rostro del Gran Hermano apareció en su mente, desplazando al de O'Brien. Tal como lo había hecho unos días antes, sacó una moneda de su bolsillo y la miró. El rostro le miraba, pesado, tranquilo, protector: pero ¿qué clase de sonrisa se escondía bajo el oscuro bigote? Como un golpe de plomo, las palabras volvieron a él:

LA GUERRA ES LA PAZ
LA LIBERTAD ES LA ESCLAVITUD
LA IGNORANCIA ES LA FUERZA

SEGUNDA PARTE

Capítulo 1

Era media mañana y Winston había salido del cubículo para ir al lavabo.

Una figura solitaria se acercaba a él desde el otro extremo del largo e iluminado pasillo. Era la chica del pelo oscuro. Habían pasado cuatro días desde la tarde en que se había cruzado con ella a la salida de la chatarrería. Al acercarse, vio que tenía el brazo derecho en cabestrillo, lo que no se notaba a distancia porque era del mismo color que su mono. Probablemente se había aplastado la mano mientras giraba alrededor de uno de los grandes caleidoscopios en los que se «plasmaban» los argumentos de las novelas. Era un accidente común en el Departamento de Ficción.

Estaban a unos cuatro metros de distancia cuando la chica tropezó y cayó casi de bruces. Lanzó un fuerte grito de dolor. Debió de caer justo sobre el brazo herido. Winston se detuvo en seco. La chica se había puesto de rodillas. Su rostro se había vuelto de un color amarillo lechoso sobre el que su boca destacaba más roja que nunca. Sus ojos estaban fijos en los de él, con una expresión atrayente que parecía más miedo que dolor.

Una curiosa emoción se agitó en el corazón de Winston. Frente a él había un enemigo que intentaba matarlo: frente a él, además, había una criatura humana, dolorida y quizá con un hueso roto. Instintivamente, ya se había puesto en movimiento para ayudarla. En el momento en que la había visto caer sobre el brazo vendado, había sido como si sintiera el dolor en su propio cuerpo.

«¿Estás herida?», dijo.

«No es nada. Mi brazo. Estará bien en un segundo».

Hablaba como si su corazón se agitara. Ciertamente se había puesto muy pálida.

«¿No te has roto nada?»

«No, estoy bien. Me ha dolido un momento, eso es todo».

Ella le tendió la mano libre y él la ayudó a levantarse. Había recuperado parte de su color y parecía estar mucho mejor.

«No es nada», repitió ella. «Sólo me he dado un pequeño golpe en la muñeca. ¡Gracias, camarada!».

Y con eso, siguió caminando en la dirección en la que había estado yendo, tan rápidamente como si no hubiera pasado nada. Todo el incidente no pudo durar más de medio minuto. No dejar que los sentimientos se manifiesten en la cara era un hábito que había adquirido el estatus de un instinto, y en cualquier caso habían estado de pie frente a una telepantalla cuando ocurrió la cosa. Sin embargo, había sido muy difícil no delatar una sorpresa momentánea, ya que en los dos o tres segundos en que la ayudó a levantarse, la chica le había deslizado algo en la mano. No había duda de que lo había hecho a propósito. Era algo pequeño y plano. Al pasar por la puerta del lavabo se lo llevó al bolsillo y lo palpó con la punta de los dedos. Era un trozo de papel doblado en forma de cuadrado.

Mientras estaba de pie en el orinal, consiguió, con un poco más de digitación, que se desdoblara. Evidentemente, debía haber algún tipo de mensaje escrito en él. Por un momento tuvo la tentación de llevarlo a uno de los retretes y leerlo de inmediato. Pero eso sería una terrible locura, como bien sabía. No había lugar en el que se pudiera estar más seguro de que las telepantallas estaban continuamente vigiladas.

Volvió a su cubículo, se sentó, tiró el fragmento de papel casualmente entre los demás papeles del escritorio, se puso las gafas y acercó el hablescribe hacia él. «Cinco minutos», se dijo a sí mismo, «cinco minutos como mínimo». El corazón le golpeó en el pecho con una fuerza aterradora. Afortunadamente, el trabajo que estaba realizando era de mera rutina, la rectificación de una larga lista de cifras, que no requería mucha atención.

Sea lo que sea lo que estaba escrito en el papel, debe tener algún tipo de significado político. Hasta donde él podía ver, había dos posibilidades. Una de ellas, la más probable, era que la chica fuera un agente de la Policía del Pensamiento, tal y como había temido. No sabía por qué la Policía del Pensamiento elegiría entregar sus mensajes de esa manera, pero tal vez tuvieran sus razones. Lo que estaba escrito en el papel podía ser una amenaza, una citación, una orden de suicidio, una trampa de algún tipo. Pero había otra posibilidad más descabellada que no dejaba de surgir, aunque él intentaba en vano suprimirla. Se trataba de que el mensaje no viniera de la Policía del Pensamiento, sino de algún tipo de organización clandestina. ¡Tal vez la Hermandad existía después de todo! ¡Tal vez la chica formaba parte de ella! Sin duda, la idea era absurda, pero había surgido en su mente en el mismo instante en que sintió el trozo de papel en su mano. No fue hasta un par de minutos después que se le ocurrió la otra explicación, más probable. E incluso ahora, aunque su intelecto le decía que el mensaje probablemente significaba la muerte, no era eso lo que creía, y la esperanza irrazonable persistía, y su corazón palpitaba, y con dificultad evitaba que su voz temblara mientras murmuraba sus cifras en el hablescribe.

Enrolló el fardo de trabajo terminado y lo introdujo en el tubo neumático. Habían pasado ocho minutos. Se ajustó las gafas en la nariz, suspiró y atrajo hacia sí el siguiente lote de trabajo, con el trozo de papel encima. Lo aplanó. En él estaba escrito, con una letra grande y sin forma:

TE AMO.

Durante varios segundos estuvo demasiado aturdido

como para arrojar el objeto incriminatorio al agujero de la memoria. Cuando lo hizo, aunque sabía muy bien el peligro de mostrar demasiado interés, no pudo resistirse a leerlo una vez más, sólo para asegurarse de que las palabras estaban realmente allí.

Durante el resto de la mañana fue muy difícil trabajar. Lo que era aún peor que tener que concentrar su mente en una serie de trabajos fastidiosos era la necesidad de ocultar su agitación ante la telepantalla. Sentía como si un fuego ardiera en su vientre. El almuerzo en la calurosa, abarrotada y ruidosa cantina fue un tormento. Esperaba estar un rato a solas durante la hora de la comida, pero la mala suerte quiso que el imbécil de Parsons se echara a su lado, con el sabor de su sudor casi venciendo el olor a guiso, y siguiera hablando de los preparativos de la Semana del Odio. Estaba especialmente entusiasmado con una maqueta de papel maché de la cabeza del Gran Hermano, de dos metros de ancho, que estaba siendo realizada para la ocasión por la tropa de Espías de su hija. Lo más irritante era que, entre el barullo de voces, Winston apenas podía oír lo que decía Parsons, y constantemente tenía que pedir que le repitiera algún comentario fatuo. Sólo una vez divisó a la muchacha, en una mesa con otras dos muchachas en el extremo de la sala. Ella parecía no haberle visto, y él no volvió a mirar en esa dirección.

La tarde fue más llevadera. Inmediatamente después de la comida llegó un trabajo delicado y difícil que llevaría varias horas y que requería dejar de lado todo lo demás. Consistía en falsificar una serie de informes de producción de hace dos años, de manera que se desacreditara a un miembro destacado del Partido Interior, que ahora estaba bajo una nube. Este era el tipo de cosas que se le daban bien a Winston, y durante más de dos horas consiguió apartar a la chica de su mente por completo. Entonces volvió el recuerdo de su rostro, y con él un deseo furioso e intolerable de estar solo. Hasta que no pudiera estar a solas, le sería imposible reflexionar sobre este nuevo acontecimiento. Esta noche era una de sus noches en el Centro Comunitario. Volvió a engullir una comida insípida en el comedor, se apresuró a ir al Centro, participó en la solemne tontería de un «grupo de discusión», jugó dos partidas de tenis de mesa, se tragó varios vasos de ginebra y se sentó durante media hora a escuchar una conferencia titulada «Ingsoc en relación con el ajedrez». Su alma se retorcía de aburrimiento, pero por una vez no había tenido el impulso de eludir su velada en el Centro. Al ver las palabras TE AMO, el deseo de seguir vivo había surgido en él, y la toma de riesgos menores le pareció de repente una estupidez. No fue hasta las veintitrés horas, cuando estaba en casa y en la cama —en la oscuridad, donde se estaba a salvo incluso de la telepantalla mientras se mantuviera el silencio—, que pudo pensar con continuidad.

Era un problema físico que había que resolver: cómo ponerse en contacto con la chica y concertar un encuentro. Ya no consideraba la posibilidad de que ella le estuviera tendiendo alguna trampa. Sabía que no era así, por la inconfundible agitación de ella cuando le entregó la nota. Evidentemente, se había asustado mucho, como no podía ser de otra manera. Tampoco se le pasó por la cabeza la idea de rechazar sus avances. Hacía sólo cinco noches que había contemplado la posibilidad de romperle el cráneo con un adoquín, pero eso no tenía importancia. Pensó en su cuerpo desnudo y juvenil, como lo había visto en su sueño. La había imaginado como una tonta, como todas las demás, con la cabeza llena de mentiras y odio, y el vientre lleno de hielo. ¡Una especie de fiebre se apoderó de él al pensar que podría perderla, que el blanco cuerpo juvenil se le escaparía! Lo que más temía era que ella simplemente cambiara de opinión si él no se ponía en contacto con ella rápidamente. Pero la dificultad física del encuentro era enorme. Era como intentar hacer un movimiento en el ajedrez cuando ya estabas en jaque. Te pusieras como te pusieras, la telepantalla te miraba de frente. En realidad, todas las formas posibles de comunicarse con ella se le habían ocurrido a los cinco minutos de leer la nota; pero ahora, con tiempo para pensar, las repasó una por una, como si dispusiera una hilera de instrumentos sobre una mesa.

Obviamente, el tipo de encuentro que había ocurrido esta mañana no podía repetirse. Si ella hubiera trabajado en el Departamento de Registros, habría sido relativamente sencillo, pero él sólo tenía una idea muy borrosa de dónde se encontraba el Departamento de Ficción en el edificio, y no tenía ningún pretexto para ir allí. Si hubiera sabido dónde vivía ella, y a qué hora salía del trabajo, podría habérselas arreglado para encontrarse con ella en algún lugar de camino a casa; pero tratar de seguirla a su casa no era seguro, porque significaría merodear fuera del Ministerio, lo que seguramente llamaría la atención. En cuanto a enviar una carta por correo, era imposible. Por una rutina que ni siquiera era secreta, todas las cartas se abrían en tránsito. En realidad, poca gente escribía cartas. Para los mensajes que ocasionalmente era necesario enviar, había tarjetas postales impresas con largas listas de frases, y se tachaban las que no eran aplicables. En cualquier caso, no sabía el nombre de la chica, y mucho menos su dirección. Finalmente decidió que el lugar más seguro era la cantina. Si conseguía sentarla en una mesa sola, en algún lugar del centro de la sala, no demasiado cerca de las telepantallas, y con suficiente bullicio de conversación alrededor, si estas condiciones se mantenían durante, digamos, treinta segundos, sería posible intercambiar algunas palabras.

Durante una semana después de esto, la vida fue como un sueño inquieto. Al día siguiente, ella no apareció en la cantina hasta que él la abandonó, ya que el silbato había sonado. Seguramente la habían cambiado a un turno más tardío. Se cruzaron sin mirarse. Al día siguiente estaba en el comedor a la hora habitual, pero con otras tres chicas e inmediatamente bajo una telepantalla. Luego, durante tres espantosos días, no apareció en absoluto. Toda su mente y su cuerpo parecían afligidos por una sensibilidad insoportable, una especie de transparencia, que convertía en una agonía cada movimiento, cada sonido, cada contacto, cada palabra que tenía que decir o escuchar. Ni siquiera en el sueño podía escapar del todo de su imagen. No tocó el diario durante esos días. Si había algún alivio, era en su trabajo, en el que a veces podía olvidarse de sí mismo durante diez minutos seguidos. No tenía la menor idea de lo que le había sucedido. No podía hacer ninguna investigación. Podría haber sido vaporizada, podría haberse suicidado, podría haber sido trasladada al otro extremo de Oceanía: lo peor y más probable de todo es que simplemente hubiera cambiado de opinión y hubiera decidido evitarle.

Al día siguiente reapareció. Ya no tenía el brazo en cabestrillo y tenía una banda de esparadrapo alrededor de la muñeca. El alivio de verla fue tan grande que no pudo resistirse a mirarla directamente durante varios segundos. Al día siguiente estuvo a punto de conseguir hablar con ella. Cuando entró en la cantina, ella estaba sentada en una mesa alejada de la pared, y estaba completamente sola. Era temprano y el local no estaba muy lleno. La cola avanzó hasta que Winston estuvo casi en el mostrador, y luego se detuvo durante dos minutos porque alguien de delante se quejaba de que no había recibido su tableta de sacarina. Pero la chica seguía sola cuando Winston consiguió su bandeja y comenzó a dirigirse a su mesa. Caminó despreocupadamente hacia ella, sus ojos buscando un lugar en alguna mesa más allá de ella. Ella estaba a unos tres metros de él. Dos segundos más bastarían. Entonces una voz detrás de él gritó: «¡Smith!». Hizo como si no lo hubiera oído. «¡Smith!», repitió la voz, más fuerte. Era inútil. Se dio la vuelta. Un joven rubio y con cara de tonto, llamado Wilsher, al que apenas conocía, le invitaba con una sonrisa a un sitio libre en su mesa. No era seguro negarse. Después de haber sido reconocido, no podía ir a sentarse en una mesa con una chica solitaria. Se notaba demasiado. Se sentó con una sonrisa amistosa. La cara del rubio bobo se clavó en la suya. Winston tuvo una alucinación en la que se veía aplastando un punzón en medio de ella. La mesa de la chica se llenó unos minutos después.

Pero ella debió ver que él se acercaba y quizás captaría la indirecta. Al día siguiente se aseguró de llegar temprano. Sin duda, estaba en una mesa más o menos en el mismo lugar, y de nuevo sola. La persona que le precedía en la cola era un hombre pequeño, que se movía con rapidez, como un escarabajo, de cara plana y ojos diminutos y sospechosos. Cuando Winston se apartó del mostrador con su bandeja, vio que el hombrecillo se dirigía directamente a la mesa de la chica. Sus esperanzas se hundieron de nuevo. Había un sitio libre en una mesa más alejada, pero algo en el aspecto del hombrecillo sugería que estaría lo suficientemente atento a su propia comodidad como para elegir la mesa más vacía. Con hielo en el corazón, Winston lo siguió. Era inútil a menos que pudiera quedarse con la chica a solas. En ese momento se produjo un tremendo golpe. El hombrecillo estaba a cuatro patas, su bandeja había salido volando y dos chorros de sopa y café corrían por el suelo. Se puso en pie con una mirada maligna hacia Winston, de quien evidentemente sospechaba que lo había hecho tropezar. Pero todo estaba bien. Cinco segundos después, con el corazón acelerado, Winston estaba sentado en la mesa de la chica.

No la miró. Desempacó su bandeja y comenzó a comer

de inmediato. Era importante hablar de inmediato, antes de que llegara alguien más, pero ahora un miedo terrible se había apoderado de él. Había pasado una semana desde que ella se había acercado a él por primera vez. Ella habría cambiado de opinión, ¡debía haber cambiado de opinión! Era imposible que este asunto terminara con éxito; esas cosas no ocurren en la vida real. Habría renunciado a hablar si en ese momento no hubiera visto a Ampleforth, el poeta de orejas peludas, deambulando torpemente por la sala con una bandeja, buscando un lugar para sentarse. A su manera, Ampleforth estaba apegado a Winston, y sin duda se sentaría en su mesa si lo veía. Había quizás un minuto para actuar. Tanto Winston como la muchacha comían sin parar. Lo que estaban comiendo era un guiso fino, en realidad una sopa, de alubias blancas. Winston empezó a hablar en voz baja. Ninguno de los dos levantaba la vista; se llevaban a la boca la sustancia acuosa con una cuchara y, entre cucharada y cucharada, intercambiaban las pocas palabras necesarias en voz baja y sin expresión.

«¿A qué hora sales del trabajo?»

«Dieciocho treinta».

«¿Dónde podemos encontrarnos?»

«Plaza de la Victoria, cerca del monumento».

«Está lleno de telepantallas».

«No importa si hay una multitud».

«¿Alguna señal?»

«No. No te acerques a mí hasta que me veas entre mucha gente. Y no me mires. Sólo mantente cerca de mí».

«¿A qué hora?»

«Diecinueve horas».

«De acuerdo».

Ampleforth no vio a Winston y se sentó en otra mesa. No volvieron a hablar y, en la medida en que era posible para dos personas sentadas en lados opuestos de la misma mesa, no se miraron. La chica terminó su almuerzo rápidamente y se marchó, mientras Winston se quedó fumando un cigarrillo.

Winston llegó a la Plaza de la Victoria antes de la hora señalada. Se paseó por la base de la enorme columna estriada, en cuya cúspide la estatua del Gran Hermano miraba hacia el sur, hacia los cielos donde había vencido a los aviones euroasiáticos (los aviones de Esteasia, había sido, hace unos años) en la Batalla de la Ruta Aérea Uno. En la calle de enfrente había una estatua de un hombre a caballo que debía representar a Oliver Cromwell. Transcurridos cinco minutos de la hora, la muchacha aún no había aparecido. De nuevo el terrible miedo se apoderó de Winston. No iba a venir, ¡había cambiado de opinión! Caminó lentamente hacia el lado norte de la plaza y sintió una especie de placer pálido al identificar la iglesia de St Martin, cuyas campanas, cuando tenía campanas, habían tocado «Me debes tres cuartos». Entonces vio a la chica de pie en la base del monumento, leyendo o fingiendo leer un cartel que subía en espiral por la columna. No era seguro acercarse a ella hasta que se hubiera acumulado más gente. Había telepantallas alrededor del pedimento. Pero en ese momento se oyó un estruendo de gritos y un zumbido de vehículos pesados desde algún lugar a la izquierda. De repente, todo el mundo parecía correr por la plaza. La chica rodeó ágilmente los leones de la base del monumento y se unió a la carrera. Winston la siguió. Mientras corría, dedujo de algunos comentarios a gritos que pasaba un convoy de prisioneros euroasiáticos.

Una densa masa de gente bloqueaba ya el lado sur de la plaza. Winston, que en condiciones normales es el tipo de persona que gravita hacia el borde exterior de cualquier tipo de contienda, se abrió paso a empujones, a codazos y a empujones hacia el corazón de la multitud. Pronto estuvo a un brazo de distancia de la chica, pero el camino estaba bloqueado por un enorme proletario y una mujer casi igualmente enorme, presumiblemente su esposa, que parecían formar un muro de carne impenetrable. Winston se retorció hacia un lado y, con una violenta embestida, consiguió meter el hombro entre ellos. Por un momento tuvo la sensación de que sus entrañas se hacían papilla entre las dos musculosas caderas, y luego se abrió paso, sudando un poco. Estaba junto a la chica. Estaban hombro a hombro, ambos con la mirada fija hacia el frente.

Una larga fila de camiones, con guardias de cara de madera armados con subfusiles de pie en cada esquina, pasaba lentamente por la calle. En los camiones había pequeños hombres amarillos con uniformes verdosos en cuclillas, apiñados. Sus rostros tristes y mongoles miraban por encima de los lados de los camiones con total desinterés. De vez en cuando, cuando un camión se sacudía, se oía un ruido metálico: todos los prisioneros llevaban grilletes. Pasaron un camión tras otro de caras tristes. Winston sabía que estaban allí, pero sólo los veía de forma intermitente. El hombro de la chica, y su brazo hasta el codo, estaban apretados contra el suyo. La mejilla de ella estaba lo suficientemente cerca como para que él sintiera su calor. Ella se hizo cargo inmediatamente de la situación, tal y como había hecho en la cantina. Comenzó a hablar con la misma voz inexpresiva de antes, con los labios apenas movidos, un mero murmullo fácilmente ahogado por el estruendo de las voces y el ruido de los camiones.

«¿Puedes oírme?»

«Sí».

«¿Puedes tener la tarde del domingo libre?»

«Sí».

«Entonces escucha con atención. Tendrás que recordar esto. Ve a la estación de Paddington...»

Con una precisión militar que le asombró, le trazó la ruta que debía seguir. Una media hora de viaje en tren; girar a la izquierda fuera de la estación; dos kilómetros por la carretera; una puerta a la que le faltaba la barra superior; un camino a través de un campo; un sendero cubierto de hierba; una pista entre arbustos; un árbol seco con musgo. Era como si tuviera un mapa dentro de su cabeza. «¿Puedes recordar todo eso?», murmuró finalmente.

«Sí».

«Giras a la izquierda, luego a la derecha, luego a la izquierda otra vez. Y la puerta no tiene barra superior».

«Sí. ¿A qué hora?»

«Alrededor de las quince. Puede que tengas que esperar. Llegaré por otro camino. ¿Estás seguro de que lo recuerdas todo?»

«Sí».

«Entonces aléjate de mí tan rápido como puedas».

No hacía falta que se lo dijera. Pero por el momento no pudieron separarse de la multitud. Los camiones seguían pasando, la gente seguía mirando con insistencia. Al principio hubo algunos abucheos y silbidos, pero sólo provenían de los miembros del Partido entre la multitud, y pronto habían cesado. La emoción predominante era simplemente la curiosidad. Los extranjeros, ya sean de Eurasia o de Esteasia, eran una especie de animal extraño. Uno nunca los veía, literalmente, si no era como prisioneros, e incluso como prisioneros uno nunca tenía más que una visión momentánea de ellos. Tampoco se sabía qué era de ellos, aparte de los pocos que eran colgados como criminales de guerra: los demás simplemente desaparecían, presumiblemente en campos de trabajos forzados. Los rostros redondos de los mogoles habían dado paso a rostros de tipo más europeo, sucios, con barba y agotados. Por encima de los pómulos macilentos, los ojos se clavaban en los de Winston, a veces con una intensidad extraña, y volvían a desaparecer. El convoy estaba llegando a su fin. En el último camión pudo ver a un hombre anciano, con el rostro convertido en una masa de pelo canoso, de pie y con las muñecas cruzadas delante de él, como si estuviera acostumbrado a tenerlas atadas. Era casi la hora de que Winston y la chica se separaran. Pero en el último momento, mientras la multitud aún los acorralaba, la mano de ella buscó la de él y le dio un fugaz apretón.

Ni siquiera pudieron ser diez segundos y, sin embargo, le pareció mucho el tiempo que sus manos estuvieron unidas. Tuvo tiempo de conocer cada detalle de su mano. Exploró los dedos largos, las uñas perfiladas, la palma endurecida por el trabajo con su hilera de callos, la carne suave bajo la muñeca. Sólo con palparla, la habría conocido de vista. En el mismo instante se le ocurrió que no sabía de qué color eran los ojos de la chica. Probablemente eran marrones, pero las personas de pelo oscuro a veces tenían los ojos azules. Girar la cabeza y mirarla habría sido una locura inconcebible. Con las manos entrelazadas, invisibles entre la presión de los cuerpos, miraron fijamente al frente, y en lugar de los ojos de la muchacha, los ojos del anciano prisionero miraron lúgubremente a Winston desde los nidos de pelo.

Capítulo 2

Winston se abrió paso por el sendero a través de la luz y la sombra moteadas, saliendo a los charcos de oro dondequiera que se separaran las ramas. Bajo los árboles situados a su izquierda, el suelo estaba cubierto de campanillas. El aire parecía besar la piel. Era el 2 de mayo. Desde algún lugar más profundo del bosque llegaba el zumbido de las tórtolas.

Llegó un poco temprano. No había habido dificultades en el viaje, y la chica era tan evidentemente experimentada que él estaba menos asustado de lo que normalmente habría estado. Era de suponer que podía confiar en ella para encontrar un lugar seguro. En general, no se podía suponer que uno estuviera mucho más seguro en el campo que en Londres. No había telepantallas, por supuesto, pero siempre existía el peligro de los micrófonos ocultos por los que tu voz podía ser captada y reconocida; además, no era fácil hacer un viaje solo sin llamar la atención. Para distancias inferiores a 100 kilómetros no era necesario visar el pasaporte, pero a veces había patrullas que rondaban por las estaciones de tren, que examinaban la documentación de cualquier miembro del Partido que encontraban allí y hacían preguntas incómodas. Sin embargo, no había aparecido ninguna patrulla, y durante el trayecto desde la estación se había asegurado, mediante cautelosas miradas hacia atrás, de que no le seguían. El tren estaba lleno de proletarios, de humor festivo por el clima veraniego. El vagón de madera en el que viajaba estaba repleto de una sola familia enorme, desde una bisabuela desdentada hasta un bebé de un mes, que salía a pasar una tarde con sus «suegros» en el campo y, según le explicaron a Winston, para hacerse con un poco de mantequilla del mercado negro.

El sendero se ensanchó, y en un minuto llegó a la senda de la que ella le había hablado, un mero sendero para el ganado que se hundía entre los arbustos. No tenía reloj, pero aún no podían ser las quince. Las campanillas eran tan densas que era imposible no pisarlas. Se arrodilló y comenzó a recoger algunas, en parte para pasar el tiempo, pero también por una vaga idea de que le gustaría tener un ramo de flores para ofrecer a la chica cuando se encontraran. Había reunido un gran ramo y estaba oliendo su tenue y enfermizo aroma cuando un sonido a su espalda lo congeló, el inconfundible crujido de un pie sobre unas ramitas. Siguió recogiendo campanillas. Era lo mejor que podía hacer. Podía ser la chica, o bien le habían seguido después de todo. Mirar a su alrededor era mostrarse culpable. Recogió una y otra. Una mano cayó ligeramente sobre su hombro.

Levantó la vista. Era la chica. Ella sacudió la cabeza, evidentemente como advertencia de que él debía guardar silencio, y luego separó los arbustos y se dirigió rápidamente por el estrecho sendero hacia el bosque. Evidentemente, ya había pasado por allí antes, porque esquivaba los trozos pantanosos como si fuera una costumbre. Winston la siguió, todavía con su ramo de flores en la mano. Su primer sentimiento fue de alivio, pero al observar el fuerte y delgado cuerpo que se movía frente a él, con la faja escarlata que se ceñía lo suficiente como para resaltar la curva de sus caderas, la sensación de su propia inferioridad se apoderó de él. Incluso ahora parecía bastante probable que cuando ella se diera la vuelta y lo mirara, retrocedería después de todo. La dulzura del aire y el verdor de las hojas le intimidaban. Ya en el paseo desde la estación, el sol de mayo le había hecho sentirse sucio y etiolado, una criatura de interior, con el polvo de hollín de Londres en los poros de su piel. Se le ocurrió que hasta ahora ella probablemente nunca lo había visto a plena luz del día y al aire libre. Llegaron al árbol caído del que ella había hablado. La muchacha saltó sobre él y apartó los arbustos, en los que no parecía haber ninguna abertura. Cuando Winston la siguió, descubrió que se encontraban en un claro natural, un pequeño montículo de hierba rodeado de altos arbustos que lo cerraban por completo. La muchacha se detuvo y se volvió.

«Llegamos», dijo ella.

Él estaba frente a ella, a varios pasos de distancia. Todavía no se atrevía a acercarse a ella.

«No quería decir nada en el sendero», continuó, «por si hay un micrófono escondido. Supongo que no lo hay, pero podría haberlo. Siempre existe la posibilidad de que uno de esos cerdos reconozca tu voz. Aquí estamos bien».

Él todavía no tenía el valor de acercarse a ella. «¿Estamos bien aquí?», repitió estúpidamente.

«Sí, mira los árboles». Eran pequeños fresnos, que en algún momento habían sido cortados y habían vuelto a brotar en un bosque de palos, ninguno de ellos más grueso que la muñeca de una persona. «No hay nada lo suficientemente grande como para esconder un micrófono. Además, ya he estado aquí antes».

Sólo estaban conversando. Ahora él había conseguido acercarse a ella. Ella estaba ante él muy erguida, con una sonrisa en el rostro que parecía ligeramente irónica, como si se preguntara por qué él era tan lento en actuar. Las campanillas habían caído en cascada al suelo. Parecían haber caído por sí solas. Él le cogió la mano.

«¿Puedes creer», dijo, «que hasta este momento no sabía de qué color eran tus ojos?» Eran marrones, observó, un tono bastante claro de marrón, con pestañas oscuras. «Ahora que has visto cómo soy realmente, ¿puedes soportar mirarme?»

«Sí, fácilmente».

«Tengo treinta y nueve años. Tengo una esposa de la que no puedo deshacerme. Tengo venas varicosas. Tengo cinco dientes postizos».

«No podría importarme menos», dijo la chica.

Al momento siguiente, era difícil saber por obra de quién, ella estaba en sus brazos. Al principio no tuvo ningún otro sentimiento salvo la pura incredulidad. El cuerpo juvenil se estrechaba contra el suyo, la masa de pelo oscuro se pegaba a su cara, y sí, ella había levantado la cara y él estaba besando la amplia boca roja. Ella le había rodeado el cuello con los brazos, le llamaba cariño, precioso, amado. Él la había tirado al suelo, ella no se resistía en absoluto, él podía hacer lo que quisiera con ella. Pero la verdad era que no tenía ninguna sensación física, salvo la del mero contacto. Lo único que sintió fue incredulidad y orgullo. Se alegró de que esto sucediera, pero no tuvo ningún deseo físico. Era demasiado pronto, su juventud y su belleza le habían asustado, estaba demasiado acostumbrado a vivir sin mujeres, no sabía la razón. La muchacha se levantó y se quitó una campanilla del pelo. Se sentó contra él, rodeando su cintura con el brazo.

«No importa, querido. No hay prisa. Tenemos toda la tarde. ¿No es este un espléndido escondite? Lo encontré cuando me perdí una vez en una excursión comunitaria. Si alguien se acercaba podías oírlo a cien metros de distancia».

«¿Cómo te llamas?», dijo Winston.

«Julia. Conozco el tuyo. Es Winston —Winston Smith».

«¿Cómo lo averiguaste?»

«Supongo que soy mejor que tú para descubrir las cosas, querido. Dime, ¿qué pensabas de mí antes del día en que te di la nota?»

No sintió ninguna tentación de mentirle. Incluso era una especie de oferta de amor empezar contando lo peor.

«Odiaba verte», dijo. «Quería violarte y asesinarte después. Hace dos semanas pensé seriamente en romperte la cabeza con un adoquín. Si quieres saberlo, imaginé que tenías algo que ver con la Policía del Pensamiento».

La chica se rió encantada, evidentemente tomando esto como un tributo a la excelencia de su disfraz.

«¡La Policía del Pensamiento no! ¿No habrás pensado honestamente eso?»

«Bueno, tal vez no sea exactamente eso. Pero por tu aspecto general —simplemente porque eres joven y fresca y saludable, entiendes— pensé que probablemente...

«Pensaste que era un buen miembro del Partido. Puro de palabra y de obra. Pancartas, procesiones, eslóganes, juegos, caminatas comunitarias, todo eso. ¿Y pensabas que si tuviera un cuarto de oportunidad te denunciaría como criminal del pensamiento y te haría matar?»

«Sí, algo así. Muchas chicas jóvenes son así, ya sabes.»

«Es esta maldita cosa la que lo hace», dijo, arrancando la banda escarlata de la Liga Juvenil Anti-Sexo y arrojándola a una rama. Luego, como si tocar su cintura le hubiera recordado algo, buscó en el bolsillo de su mono y sacó un pequeño trozo de chocolate. Lo partió por la mitad y le dio uno de los trozos a Winston. Incluso antes de que lo cogiera, supo por el olor que se trataba de un chocolate muy poco habitual. Era oscuro y brillante, y estaba envuelto en papel de plata. El chocolate era normalmente un producto de color marrón apagado y desmenuzable que sabía, en la medida en que se podía describir, como el humo de una hoguera. Pero en algún momento que otro, él había probado un chocolate como el que ella le había dado. El primer olor le había despertado un recuerdo que no podía precisar, pero que era poderoso y perturbador.

«¿Dónde has conseguido estas cosas?», dijo.

«Mercado negro», dijo ella con indiferencia. «En realidad soy ese tipo de chica, para mirar. Soy buena en los juegos. Fui líder de tropa en los Espías. Hago trabajo voluntario tres tardes a la semana para la Liga Juvenil Anti-Sexo. Horas y horas he pasado pegando su maldita podredumbre por todo Londres. Siempre llevo un extremo de una pancarta en las manifestaciones. Siempre parezco alegre y nunca rehúyo nada. Siempre grito con la multitud, eso es lo que digo. Es la única manera de estar seguro».

El primer fragmento de chocolate se había derretido en la lengua de Winston. El sabor era delicioso. Pero aún quedaba aquel recuerdo que se movía en los bordes de su conciencia, algo fuertemente sentido pero no reducible a una forma definida, como un objeto visto con el rabillo del ojo. Lo apartó de él, consciente sólo de que era el recuerdo de alguna acción que le hubiera gustado deshacer pero que no podía.

«Eres muy joven», dijo. «Tienes diez o quince años menos que yo. ¿Qué podrías ver que te atraiga en un hombre como yo?»

«Fue algo en tu cara. Pensé en arriesgarme. Soy bueno para detectar a la gente que no pertenece. Tan pronto como te vi supe que estabas en contra de ELLOS.»

ELLOS, al parecer, se refería al Partido, y sobre todo al Partido Interior, del que hablaba con un odio abiertamente burlón que hacía que Winston se sintiera incómodo, aunque sabía que aquí estaban a salvo, si es que podían estarlo en algún sitio. Una cosa que le asombraba de ella era la crudeza de su lenguaje. Se suponía que los miembros del partido no decían malas palabras, y el propio Winston rara vez lo hacía, especialmente en voz alta. Julia, sin embargo, parecía incapaz de mencionar al Partido, y especialmente al Partido Interior, sin utilizar el tipo de palabras que se veían marcadas con tiza en los callejones. No le desagradaba. No era más que un síntoma de su rebelión contra el Partido y todas sus formas, y de alguna manera parecía natural y saludable, como el estornudo de un caballo que huele mal el heno. Habían abandonado el claro y volvían a deambular por la sombra de cuadros, con los brazos alrededor de la cintura del otro siempre que era lo suficientemente amplia como para caminar de dos en dos. Se dio cuenta de que la cintura de ella parecía mucho más suave ahora que la faja había desaparecido. No hablaron más alto que un susurro. Fuera del claro, dijo Julia, era mejor ir en silencio. En seguida llegaron al borde del pequeño bosque. Ella lo detuvo.

«No salgas al aire libre. Podría haber alguien mirando. Estaremos bien si nos mantenemos detrás de las ramas».

Estaban de pie a la sombra de los avellanos. La luz del sol, que se filtraba a través de las innumerables hojas, seguía siendo cálida en sus rostros. Winston miró hacia el campo que había más allá y sufrió una curiosa y lenta descarga de reconocimiento. Lo conocía de vista. Un viejo pasto cerrado, con un sendero que lo atravesaba y una topera aquí y allá. En el seto rasgado del lado opuesto, las ramas de los olmos se mecían apenas perceptiblemente con la brisa, y sus hojas se agitaban débilmente en masas densas como cabellos de mujer. Seguramente, en algún lugar cercano, pero fuera de la vista, debía de haber un arroyo con charcas verdes donde nadaban las luciopercas.

«¿No hay un arroyo en algún lugar cerca de aquí?», susurró.

«Así es, hay un arroyo. Está en el borde del siguiente campo, en realidad. Hay peces en él, muy grandes. Puedes verlos descansando en los estanques bajo los sauces, agitando sus colas».

«Es el País Dorado, casi», murmuró.

«¿El país dorado?»

«No es nada, en realidad. Un paisaje que he visto a veces en un sueño».

«¡Mira!» susurró Julia.

Un tordo se había posado en una rama a menos de cinco metros, casi a la altura de sus caras. Tal vez no los había visto. Estaba al sol, ellos a la sombra. Extendió sus alas, las volvió a colocar cuidadosamente en su sitio, agachó la cabeza un momento, como si hiciera una especie de reverencia al sol, y luego comenzó a emitir un torrente de canciones. En el silencio de la tarde, el volumen del sonido era sorprendente. Winston y Julia se pegaron, fascinados. La música continuaba, minuto tras minuto, con asombrosas variaciones, sin repetirse ni una sola vez, casi como si el pájaro estuviera mostrando deliberadamente su virtuosismo. A veces se detenía unos segundos, desplegaba y volvía a posar las alas, luego hinchaba el pecho moteado y volvía a estallar el canto. Winston lo observaba con una especie de vaga reverencia. ¿Para quién, para qué, estaba cantando aquel pájaro? Ninguna pareja, ningún rival lo observaba. ¿Qué le hacía sentarse en el borde del bosque solitario y verter su música en la nada? Se preguntó si después de todo había un micrófono escondido en algún lugar cercano. Él y Julia habían hablado sólo en susurros bajos, y no captaría lo que habían dicho, pero sí el tordo. Tal vez al otro lado del instrumento algún hombrecillo parecido a un escarabajo estaba escuchando atentamente... escuchando eso. Pero, poco a poco, el torrente de música le quitó de la cabeza todas las especulaciones. Era como si fuera una especie de materia líquida que se derramaba sobre él y se mezclaba con la luz del sol que se filtraba a través de las hojas. Dejó de pensar y se limitó a sentir. La cintura de la chica en el pliegue de su brazo era suave y cálida. La rodeó para que quedaran pecho con pecho; su cuerpo parecía fundirse con el suyo. Dondequiera que se movían sus manos, todo cedía como el agua. Sus bocas se pegaron; era muy diferente de los duros besos que habían intercambiado antes. Cuando volvieron a separar sus rostros, ambos suspiraron profundamente. El pájaro se asustó y huyó con un ruido de alas.

Winston puso sus labios contra su oreja. «AHORA», susurró.

«Aquí no», susurró ella. «Vuelve al escondite. Es más seguro».

Rápidamente, con un ocasional crujido de ramas, se encaminaron hacia el claro. Cuando estuvieron dentro del círculo de árboles jóvenes, ella se giró y lo miró. Ambos respiraban con rapidez, pero la sonrisa había vuelto a aparecer en las comisuras de la boca de ella. Se quedó mirándolo un instante y luego palpó la cremallera de su mono. Y, sí, fue casi como en su sueño. Casi con la misma rapidez con la que él lo había imaginado, ella se había arrancado la ropa, y cuando la arrojó a un lado fue con ese mismo gesto magnífico con el que parecía aniquilarse toda una civilización. Su cuerpo resplandecía de blanco bajo el sol. Pero por un momento él no miró su cuerpo; sus ojos se fijaron en el rostro pecoso con su débil y audaz sonrisa. Se arrodilló ante ella y tomó sus manos entre las suyas.

«¿Has hecho esto antes?»

«Por supuesto. Cientos de veces... bueno, decenas de veces, en todo caso».

«¿Con los miembros del Partido?»

«Sí, siempre con miembros del Partido».

«¿Con miembros del Partido Interior?»

«No con esos cerdos, no. Pero hay muchos que lo HARÍAN si tuvieran la menor oportunidad. No son tan santos como se cree.»

Su corazón dio un salto. Ella lo había hecho decenas de veces: deseaba que fueran cientos... miles. Cualquier cosa que insinuara corrupción siempre le llenaba de una esperanza salvaje. Quién sabe, tal vez el Partido estaba podrido bajo la superficie, su culto al esfuerzo y la abnegación no era más que una farsa que ocultaba la iniquidad. Si hubiera podido infectar a todos ellos con lepra o sífilis, ¡con qué gusto lo habría hecho! Cualquier cosa para pudrirse, para debilitarse, para socavarse. La empujó hacia abajo de modo que estuvieran arrodillados cara a cara.

«Escucha. Cuantos más hombres has tenido, más te quiero. ¿Entiendes eso?»

«Sí, perfectamente.»

«¡Odio la pureza, odio la bondad! No quiero que exista ninguna virtud en ninguna parte. Quiero que todos se corrompan hasta los huesos».

«Bueno, entonces, debería convenirte, queridp. Estoy corrompida hasta los huesos».

«¿Te gusta hacer esto? No me refiero simplemente a mí: Me refiero a la cosa en sí misma...»

«Lo adoro».

Eso era sobre todo lo que quería oír. No sólo el amor de una persona, sino el instinto animal, el simple deseo indiferenciado: ésa era la fuerza que haría pedazos al Partido. La presionó sobre la hierba, entre las campanillas caídas. Esta vez no hubo dificultad. Al poco tiempo, el subir y bajar de sus pechos disminuyó a la velocidad normal, y en una especie de placentera impotencia se separaron. El sol parecía haber aumentado de temperatura. Los dos tenían sueño. Él buscó los monos abandonados y los colocó parcialmente sobre ella. Casi inmediatamente se quedaron dormidos y durmieron durante una media hora.

Winston se despertó primero. Se sentó y observó el rostro pecoso, aún plácidamente dormido, apoyado en la palma de su mano. Salvo por su boca, no se podía decir que fuera hermosa. Había una o dos líneas alrededor de los ojos, si se miraba de cerca. El pelo corto y oscuro era extraordinariamente espeso y suave. Se le ocurrió que todavía no sabía su apellido ni dónde vivía.

El cuerpo joven y fuerte, ahora indefenso en el sueño, despertó en él un sentimiento de compasión y protección. Pero la ternura absurda que había sentido bajo el avellano, mientras el tordo cantaba, no había regresado del todo. Apartó el mono de trabajo y estudió su flanco blanco y liso. En los viejos tiempos, pensó, un hombre miraba el cuerpo de una chica y veía que era deseable, y ese era el fin de la historia. Pero hoy en día no se puede tener amor puro ni lujuria pura. Ninguna emoción era pura, porque todo estaba mezclado con el miedo y el odio. Su abrazo había sido una batalla, el clímax una victoria. Fue un golpe asestado al Partido. Fue un acto político.

Capítulo 3

«Podemos venir aquí una vez más», dijo Julia. «Generalmente es seguro usar cualquier escondite dos veces. Pero no hasta dentro de uno o dos meses, por supuesto».

Nada más despertarse, su actitud cambió. Se puso alerta y con aire de negocios, se vistió, se anudó la faja escarlata a la cintura y comenzó a organizar los detalles del viaje a casa. Parecía natural dejarle esto a ella. Evidentemente, tenía una astucia práctica de la que Winston carecía, y también parecía tener un conocimiento exhaustivo de la campiña que rodeaba Londres, almacenado en innumerables excursiones comunitarias. La ruta que le dio era bastante diferente de la que él había seguido, y le llevó a una estación de tren diferente. «Nunca vuelvas a casa por el mismo camino por el que has salido», dijo, como si enunciara un importante principio general. Ella se iría primero, y Winston debía esperar media hora antes de seguirla.

Ella había nombrado un lugar donde podrían reunirse después del trabajo, cuatro tardes más tarde. Se trataba de una calle de uno de los barrios más pobres, donde había un mercado al aire libre, generalmente abarrotado y ruidoso. Ella se pasearía por los puestos, fingiendo que buscaba cordones de zapatos o hilo de coser. Si consideraba que no había moros en la costa, se sonaba la nariz cuando él se acercaba; de lo contrario, debía pasar por delante de ella sin reconocerla. Pero con suerte, en medio de la multitud, sería seguro hablar durante un cuarto de hora y concertar otro encuentro.

«Y ahora debo irme», dijo ella en cuanto él hubo aprendido sus instrucciones. «Tengo que volver a las diecinueve treinta. Tengo que trabajar dos horas para la Liga Juvenil Anti-Sexo, repartiendo folletos, o algo así. ¿No es una mierda? Dame un cepillado, ¿quieres? ¿Tengo alguna ramita en el pelo? ¿Estás seguro? Entonces, ¡adiós, mi amor, adiós!»

Se arrojó a sus brazos, le besó casi con violencia y, un momento después, se abrió paso entre los arbustos y desapareció en el bosque sin hacer apenas ruido. Aún no había averiguado su apellido ni su dirección. Sin embargo, eso no importaba, ya que era inconcebible que pudieran encontrarse en un lugar cerrado o intercambiar algún tipo de comunicación escrita.

El caso es que nunca volvieron al claro del bosque. Durante el mes de mayo sólo hubo una ocasión más en la que lograron hacer el amor. Fue en otro escondite conocido por Julia, el campanario de una iglesia en ruinas en una zona casi desierta donde había caído una bomba atómica treinta años antes. Era un buen escondite cuando se llegaba a él, pero llegar era muy peligroso. Por lo demás, sólo podían reunirse en la calle, en un lugar diferente cada tarde y nunca durante más de media hora cada vez. En la calle, por lo general, era posible hablar, después de un tiempo. Mientras iban por las aceras atestadas de gente, sin ir a la par y sin mirarse nunca, mantenían una curiosa conversación intermitente que se encendía y se apagaba como los rayos de un faro, que se silenciaba de repente al acercarse un uniforme del Partido o la proximidad de una telepantalla, que se retomaba minutos después en medio de una frase, que se cortaba bruscamente al separarse en el lugar acordado, y que continuaba casi sin presentación al día siguiente. Julia parecía estar bastante acostumbrada a este tipo de conversación, que ella llamaba «hablar a cuotas». También era sorprendentemente experta en hablar sin mover los labios. Sólo una vez en casi un mes de encuentros nocturnos lograron intercambiar un beso. Pasaban en silencio por una calle lateral (Julia nunca hablaba cuando se alejaban de las calles principales) cuando se oyó un rugido ensordecedor, la tierra se agitó y el aire se oscureció, y Winston se encontró tumbado de lado, magullado y aterrorizado. Una bomba cohete debió de caer muy cerca. De repente se dio cuenta de que el rostro de Julia estaba a unos centímetros del suyo, mortalmente blanco, tan blanco como la tiza. Incluso sus labios estaban blancos. ¡Estaba muerta! La estrechó contra él y descubrió que estaba besando un rostro vivo y cálido. Pero había algo de polvo que se interponía en sus labios. La cara de ambos estaba densamente recubierta de yeso.

Hubo tardes en las que llegaron a su cita y tuvieron que pasar por delante del otro sin hacer una señal, porque una patrulla acababa de doblar la esquina o un helicóptero sobrevolaba el lugar. Aunque hubiera sido menos peligroso, habría sido difícil encontrar tiempo para reunirse. La semana laboral de Winston era de sesenta horas, la de Julia aún más, y sus días libres variaban según la presión del trabajo y no solían coincidir. Julia, en cualquier caso, rara vez tenía una tarde completamente libre. Dedicaba una cantidad asombrosa de tiempo a asistir a conferencias y manifestaciones, a distribuir literatura para la Liga Juvenil Anti-Sexo, a preparar pancartas para la Semana del Odio, a hacer colectas para la campaña de ahorro y a actividades similares. Pagaba, decía, era un camuflaje. Si cumplías las pequeñas reglas, podías romper las grandes. Incluso indujo a Winston a hipotecar otra de sus tardes inscribiéndose en el trabajo de munición a tiempo parcial que realizaban voluntariamente los celosos miembros del Partido. Así, una tarde a la semana, Winston pasaba cuatro horas de paralizante aburrimiento, atornillando pequeños trozos de metal que probablemente eran partes de espoletas de bombas, en un taller con corrientes de aire y mala iluminación donde el golpeteo de los martillos se mezclaba lúgubremente con la música de las telepantallas.

Cuando se reunieron en la torre de la iglesia, las lagunas de su conversación fragmentaria se llenaron. Era una tarde abrasadora. El aire en la pequeña cámara cuadrada sobre las campanas estaba caliente y estancado, y olía excesivamente a estiércol de paloma. Se sentaron a hablar durante horas en el suelo polvoriento e iluminado con ramitas, levantándose uno u otro de vez en cuando para echar un vistazo a través de las troneras y asegurarse de que no venía nadie.

Julia tenía veintiséis años. Vivía en un albergue con otras treinta chicas («¡Siempre en el hedor de las mujeres! ¡Cómo odio a las mujeres!», dijo entre paréntesis), y trabajaba, como él había adivinado, en las máquinas de escribir novelas del Departamento de Ficción. Disfrutaba de su trabajo, que consistía principalmente en hacer funcionar y mantener un potente pero complicado motor eléctrico. No era «inteligente», pero le gustaba usar las manos y se sentía a gusto con la maquinaria. Podía describir todo el proceso de composición de una novela, desde la directriz general emitida por el Comité de Planificación hasta el retoque final por parte del Equipo de Reescritura. Pero no le interesaba el producto final. No le «interesaba mucho la lectura», decía. Los libros eran sólo una mercancía que había que producir, como la mermelada o los cordones de las botas.

No tenía recuerdos de nada anterior a los primeros años de la década de los sesenta y la única persona que había conocido que hablaba con frecuencia de los días anteriores a la Revolución era un abuelo que había desaparecido cuando ella tenía ocho años. En el colegio había sido capitana del equipo de hockey y había ganado el trofeo de gimnasia dos años seguidos. Había sido jefa de tropa en los Espías y secretaria de rama en la Liga Juvenil antes de ingresar en la Liga Juvenil Anti-Sexo. Siempre había tenido un carácter excelente. Incluso (una marca infalible de buena reputación) había sido elegida para trabajar en Pornosec, la subsección del Departamento de Ficción que producía pornografía barata para su distribución entre los proles. La gente que trabajaba en ella la llamaba Casa de la Mugre, comentó. Allí había permanecido durante un año, ayudando a producir folletos en paquetes sellados con títulos como «Historias de azotes» o «Una noche en una escuela de niñas», para ser comprados furtivamente por jóvenes proletarios que tenían la impresión de estar comprando algo ilegal.

«¿Cómo son esos libros?», dijo Winston con curiosidad.

«Oh, una basura espantosa. Son aburridos, de verdad. Sólo tienen seis tramas, pero las cambian un poco. Por supuesto, yo sólo estaba en los caleidoscopios. Nunca estuve en el Escuadrón de Reescritura. No soy literaria, querido, ni siquiera lo suficiente como para eso».

Se enteró con asombro de que todos los trabajadores de Pornosec, excepto los jefes de departamento, eran chicas. La teoría era que los hombres, cuyos instintos sexuales eran menos controlables que los de las mujeres, corrían mayor peligro de ser corrompidos por la suciedad que manejaban.

«Ni siquiera les gusta tener mujeres casadas allí», añadió. Se supone que las chicas son siempre tan puras. Aquí hay una que no lo es, de todos modos.

Había tenido su primera aventura amorosa cuando tenía dieciséis años, con un miembro del Partido de los sesenta que luego se suicidó para evitar ser arrestado. «Y menos mal», dijo Julia, «porque si no, le habrían sacado mi nombre cuando confesara». Desde entonces ha habido varios más. La vida, tal como ella la veía, era bastante sencilla. Tú querías pasarlo bien; «ellos», es decir, el Partido, querían impedirlo; tú rompías las reglas como podías. Le parecía tan natural que «ellos» quisieran privarte de tus placeres como que tú quisieras evitar que te pillaran. Odiaba al Partido, y lo decía con las palabras más crudas, pero no hacía ninguna crítica general al mismo. Excepto cuando afectaba a su propia vida, no le interesaba la doctrina del Partido. Se dio cuenta de que nunca utilizaba palabras neolingüísticas, excepto las que habían pasado a ser de uso cotidiano. Nunca había oído hablar de la Hermandad y se negaba a creer en su existencia. Cualquier tipo de revuelta organizada contra el Partido, que estaba destinada al fracaso, le parecía estúpida. Lo inteligente era romper las reglas y seguir vivo igualmente. Se preguntó vagamente cuántos otros como ella habría en la generación más joven, gente que había crecido en el mundo de la Revolución, sin conocer otra cosa, aceptando al Partido como algo inalterable, como el cielo, sin rebelarse contra su autoridad sino simplemente evadiéndolo, como un conejo esquiva a un perro.

No hablaron de la posibilidad de casarse. Era demasiado remota para que mereciera la pena pensar en ella. Ningún comité imaginable sancionaría jamás un matrimonio de ese tipo, incluso si Katharine, la esposa de Winston, pudiera librarse de algún modo. Era inútil incluso como sueño.

«¿Cómo era tu esposa?», dijo Julia.

«Ella era... ¿conoces la palabra neolingüística BIENPENSANTE? Significa naturalmente ortodoxa, incapaz de tener un mal pensamiento».

«No, no conocía la palabra, pero conozco ese tipo de personas bastante bien».

Comenzó a contarle la historia de su vida de casado, pero curiosamente ella parecía conocer ya las partes esenciales de la misma. Le describió, casi como si lo hubiera visto o sentido, la rigidez del cuerpo de Katharine en cuanto él la tocaba, la forma en que ella parecía seguir apartándolo de ella con todas sus fuerzas, incluso cuando sus brazos lo rodeaban con fuerza. Con Julia no sentía ninguna dificultad para hablar de esas cosas: Katharine, en cualquier caso, hacía tiempo que había dejado de ser un recuerdo doloroso para convertirse simplemente en un recuerdo desagradable.

«Podría haberlo soportado si no fuera por una cosa», dijo. Le habló de la frígida ceremonia a la que Katharine le había obligado a pasar la misma noche cada semana. «Ella lo odiaba, pero nada la hacía dejar de hacerlo. Ella lo llamaba... pero nunca lo adivinarás».

«Nuestro deber con el Partido», dijo Julia con prontitud.

«¿Cómo lo sabes?»

«Yo también he estado en la escuela, querido. Charlas sobre sexo una vez al mes para los mayores de seis años. Y en el Movimiento Juvenil. Te lo inculcan durante años. Me atrevo a decir que funciona en muchos casos. Pero, por supuesto, nunca se sabe; la gente es tan hipócrita».

Comenzó a ampliar el tema. Con Julia, todo volvía a su propia sexualidad. En cuanto se tocaba el tema de alguna manera, era capaz de una gran agudeza. A diferencia de Winston, ella había comprendido el significado interno del puritanismo sexual del Partido. No se trataba simplemente de que el instinto sexual creara un mundo propio que estaba fuera del control del Partido y que, por tanto, debía ser destruido si era posible. Lo que era más importante era que la privación sexual inducía a la histeria, que era deseable porque podía transformarse en fiebre de guerra y adoración del líder. La forma en que lo expresó fue:

«Cuando haces el amor estás gastando energía; y después te sientes feliz y no te importa nada. No pueden soportar que te sientas así. Quieren que estés lleno de energía todo el tiempo. Todo este desfile, los vítores y las banderas no son más que sexo agriado. Si eres feliz en tu interior, ¿por qué deberías emocionarte con el Gran Hermano y los Planes Trienales y los Dos Minutos de Odio y todo el resto de su maldita podredumbre?».

Eso era muy cierto, pensó. Había una relación íntima y directa entre la castidad y la ortodoxia política. Porque, ¿cómo se podía mantener el miedo, el odio y la credulidad lunática que el Partido necesitaba en sus miembros, si no era embotellando algún poderoso instinto y utilizándolo como fuerza motriz? El impulso sexual era peligroso para el Partido, y el Partido lo había instrumentalizado. Han jugado un truco similar con el instinto de paternidad. En realidad, la familia no podía ser abolida y, de hecho, se animaba a la gente a querer a sus hijos, casi a la antigua usanza. Los hijos, en cambio, eran sistemáticamente puestos en contra de sus padres y se les enseñaba a espiarlos y a denunciar sus desviaciones. La familia se había convertido, en efecto, en una extensión de la Policía del Pensamiento. Era un dispositivo mediante el cual cada uno podía estar rodeado noche y día por informadores que lo conocían íntimamente.

De repente, su mente volvió a Katharine. Sin duda, Katharine lo habría denunciado a la Policía del Pensamiento si no hubiera sido demasiado estúpida para detectar la falta de ortodoxia de sus opiniones. Pero lo que realmente la recordaba a ella en ese momento era el calor sofocante de la tarde, que le había hecho sudar la frente. Comenzó a contarle a Julia algo que había sucedido, o más bien no había sucedido, en otra sofocante tarde de verano, once años atrás.

Fue tres o cuatro meses después de casarse. Se habían perdido en una excursión comunitaria en algún lugar de Kent. Sólo se habían quedado rezagados un par de minutos, pero se equivocaron de camino y se encontraron en el borde de una antigua cantera de tiza. Se trataba de una pendiente de diez o veinte metros, con rocas en el fondo. No había nadie a quien pudieran preguntar por el camino. En cuanto se dio cuenta de que estaban perdidos, Katharine se sintió muy inquieta. Alejarse de la ruidosa multitud de excursionistas aunque fuera por un momento le daba la sensación de estar haciendo algo malo. Quiso regresar a toda prisa por donde habían venido y empezar a buscar en la otra dirección. Pero en ese momento Winston se fijó en unos penachos de salicaria que crecían en las grietas del acantilado bajo ellos. Uno de los mechones era de dos colores, magenta y rojo ladrillo, y aparentemente crecía en la misma raíz. Nunca había visto nada parecido, y llamó a Katharine para que viniera a verlo.

«¡Mira, Katharine! Mira esas flores. Ese macizo cerca del fondo. ¿Ves que son de dos colores diferentes?»

Ella ya se había dado la vuelta para irse, pero regresó un momento inquieta. Incluso se asomó a la pared del acantilado para ver hacia dónde apuntaba él. Él estaba de pie un poco detrás de ella, y le puso la mano en la cintura para estabilizarla. En ese momento se dio cuenta de lo solos que estaban. No había ninguna criatura humana en ninguna parte, ni una hoja moviéndose, ni siquiera un pájaro despierto. En un lugar como éste, el peligro de que hubiera un micrófono oculto era muy pequeño, y aunque lo hubiera, sólo captaría sonidos. Era la hora más calurosa de la tarde para dormir. El sol caía sobre ellos, el sudor le hacía cosquillas en la cara. Y la idea le sobrevino...

«¿Por qué no le diste un buen empujón?», dijo Julia. «Yo lo habría hecho».

«Sí, querida, lo habrías hecho. Yo lo habría hecho, si hubiera sido la misma persona entonces que ahora. O tal vez lo haría... no estoy seguro».

«¿Lamentas no haberlo hecho?»

«Sí. En general, lamento no haberlo hecho».

Estaban sentados uno al lado del otro en el suelo polvoriento. Él la acercó a él. La cabeza de ella se apoyaba en su hombro, el agradable olor de su pelo conquistaba el estiércol de las palomas. Era muy joven, pensó él, todavía esperaba algo de la vida, no entendía que empujar a una persona incómoda por un precipicio no resuelve nada.

«En realidad, no habría habido ninguna diferencia», dijo.

«Entonces, ¿por qué te arrepientes de no haberlo hecho?»

«Sólo porque prefiero lo positivo a lo negativo. En este juego que estamos jugando, no podemos ganar. Algunos tipos de fracaso son mejores que otros, eso es todo».

Sintió que los hombros de ella daban un respingo de desacuerdo. Ella siempre le contradecía cuando decía algo de este tipo. No aceptaba como ley de la naturaleza que el individuo sea siempre vencido. En cierto modo, se daba cuenta de que ella misma estaba condenada, de que tarde o temprano la Policía del Pensamiento la atraparía y la mataría, pero con otra parte de su mente creía que de alguna manera era posible construir un mundo secreto en el que se podía vivir como uno quisiera. Todo lo que se necesitaba era suerte, astucia y audacia. No entendía que la felicidad no existía, que la única victoria estaba en el futuro lejano, mucho después de que uno estuviera muerto, que desde el momento en que se declaraba la guerra al Partido era mejor pensar en uno mismo como un cadáver.

«Somos los muertos», dijo él.

«Todavía no estamos muertos», dijo Julia prosaicamente.

«No físicamente. Seis meses, un año... cinco años, posiblemente. Tengo miedo a la muerte. Tú eres joven, así que presumiblemente le tienes más miedo que yo. Evidentemente, la aplazaremos todo lo que podamos. Pero la diferencia es mínima. Mientras los seres humanos sigan siendo humanos, la muerte y la vida son la misma cosa».

«Oh, ¡tonterías! ¿Con quién te acostarías antes, conmigo o con un esqueleto? ¿No te gusta estar vivo? ¿No te gusta sentir? Esta soy yo, esta es mi mano, esta es mi pierna, soy real, soy sólida, estoy viva. ¿No te gusta ESTO?»

Ella se giró y apretó su pecho contra él. Podía sentir sus pechos, maduros pero firmes, a través de su mono. Su cuerpo parecía derramar parte de su juventud y vigor en el de él.

«Sí, me gusta», dijo.

«Entonces deja de hablar de morir. Y ahora escucha, querido, tenemos que arreglar lo de la próxima vez que nos encontremos. Podemos volver al lugar en el bosque. Le hemos dado un buen descanso. Pero esta vez debes llegar por un camino diferente. Lo tengo todo planeado. Tú coge el tren... pero mira, yo te lo prepararé».

And in her practical way she scraped together a small square of dust, and with a twig from a pigeon's nest began drawing a map on the floor.

Capítulo 4

Winston recorrió con la mirada la pequeña y destartalada habitación situada encima de la tienda del señor Charrington. Junto a la ventana, la enorme cama estaba hecha, con mantas raídas y un cojín sin funda. El anticuado reloj con la esfera de las doce horas hacía tictac en la repisa de la chimenea. En un rincón, sobre la mesa de la puerta, el pisapapeles de cristal que había comprado en su última visita brillaba suavemente en la penumbra.

En el habitáculo había una estufa de lata maltratada, una cacerola y dos tazas, proporcionadas por el señor Charrington. Winston encendió el hornillo y puso a hervir una cacerola con agua. Había traído un sobre lleno de Café Victoria y algunas pastillas de sacarina. Las agujas del reloj marcaban las diecisiete veinte: en realidad eran las diecinueve veinte. Ella llegaría a las diecinueve treinta.

Locura, locura, decía su corazón: una locura consciente, gratuita y suicida. De todos los crímenes que podía cometer un miembro del Partido, éste era el menos posible de ocultar. En realidad, la idea había aparecido por primera vez en su cabeza en forma de visión, en el pisapapeles de cristal que se reflejaba en la superficie de la mesa. Como había previsto, el señor Charrington no había puesto ninguna dificultad en alquilar la habitación. Evidentemente, se alegró de los pocos dólares que le reportaría. Tampoco pareció escandalizarse o volverse ofensivamente entendido cuando se le hizo saber que Winston quería la habitación con el propósito de una aventura amorosa. En cambio, miró a media distancia y habló en términos generales, con un aire tan delicado que daba la impresión de que se había vuelto parcialmente invisible. La privacidad, dijo, era algo muy valioso. Todo el mundo quería un lugar donde pudiera estar solo de vez en cuando. Y cuando tenían tal lugar, era sólo una cortesía común en cualquier otra persona que supiera de ello mantener su conocimiento para sí mismo. Incluso, pareciendo desvanecerse al hacerlo, añadió que había dos entradas a la casa, una de ellas por el patio trasero, que daba a un callejón.

Bajo la ventana alguien cantaba. Winston se asomó, seguro en la protección de la cortina de muselina. El sol de junio seguía en lo alto del cielo, y en el patio lleno de sol que había debajo, una mujer monstruosa, sólida como un pilar normando, con los antebrazos rojos y musculosos y un delantal de arpillera atado a la cintura, iba de un lado a otro entre un lavabo y un tendedero, clavando una serie de cosas blancas y cuadradas que Winston reconoció como pañales de bebé. Siempre que no tenía la boca tapada con pinzas, cantaba con un potente contralto:

Sólo era un capricho sin sentido.
Pasó como un día de abril,
¡Pero una mirada y una palabra
y los sueños que despertaron!
¡Me han robado el corazón!

La melodía llevaba semanas rondando por Londres. Era una de las innumerables canciones similares publicadas en beneficio de los proles por una subsección del Departamento de Música. La letra de estas canciones se componía sin intervención humana alguna en un instrumento conocido como versificador. Pero la mujer cantaba tan afinadamente que convertía la espantosa basura en un sonido casi agradable. Podía oír a la mujer cantando y el roce de sus zapatos sobre las losas, y los gritos de los niños en la calle, y en algún lugar a lo lejos un débil rugido de tráfico, y sin embargo la habitación parecía curiosamente silenciosa, gracias a la ausencia de una telepantalla.

¡Locura, locura, locura! pensó de nuevo. Era inconcebible que pudieran frecuentar aquel lugar durante más de unas semanas sin ser descubiertos. Pero la tentación de tener un escondite verdaderamente propio, bajo techo y a mano, había sido demasiado para ambos. Durante algún tiempo, después de su visita al campanario de la iglesia, había sido imposible organizar reuniones. Las horas de trabajo habían aumentado drásticamente en previsión de la Semana del Odio. Faltaba más de un mes, pero los enormes y complejos preparativos que conllevaba suponían un trabajo extra para todos. Finalmente, ambos consiguieron asegurarse una tarde libre el mismo día. Habían acordado volver al claro del bosque. La tarde anterior se encontraron brevemente en la calle. Como de costumbre, Winston apenas miró a Julia mientras se acercaban entre la multitud, pero por la breve mirada que le dirigió le pareció que estaba más pálida que de costumbre.

«Todo se cancela», murmuró ella en cuanto consideró que era seguro hablar. «Mañana, quiero decir»

«¿Qué?»

«Mañana por la tarde. No puedo ir».

«¿Por qué no?»

«Oh, la razón habitual. Esta vez ha empezado temprano».

Por un momento se sintió violentamente enojado. Durante el mes que la había conocido, la naturaleza de su deseo por ella había cambiado. Al principio había habido poca sensualidad real en él. Su primera relación amorosa había sido simplemente un acto de voluntad. Pero después de la segunda vez era diferente. El olor de su pelo, el sabor de su boca, la sensación de su piel parecían haberse metido dentro de él, o en el aire que le rodeaba. Ella se había convertido en una necesidad física, algo que él no sólo deseaba sino que sentía que tenía derecho a ello. Cuando ella dijo que no podía venir, él tuvo la sensación de que le estaba engañando. Pero justo en ese momento la multitud los presionó y sus manos se encontraron accidentalmente. Ella le dio un rápido apretón en la punta de los dedos que parecía invitar no al deseo sino al afecto. Se dio cuenta de que, cuando se vivía con una mujer, esta particular decepción debía ser un acontecimiento normal y recurrente; y una profunda ternura, como no había sentido antes por ella, se apoderó de él de repente. Deseó que fueran un matrimonio de diez años. Deseó pasear con ella por las calles tal como lo hacían ahora, pero abiertamente y sin miedo, hablando de trivialidades y comprando cosas para la casa. Deseaba, sobre todo, que tuvieran algún lugar donde pudieran estar a solas sin sentir la obligación de hacer el amor cada vez que se encontraran. No fue en ese momento, sino al día siguiente, cuando se le ocurrió la idea de alquilar la habitación del señor Charrington. Cuando se lo propuso a Julia, ella aceptó con una disposición inesperada. Ambos sabían que era una locura. Era como si se acercaran intencionadamente a sus tumbas. Mientras esperaba sentado en el borde de la cama, volvió a pensar en los sótanos del Ministerio del Amor. Era curioso cómo aquel horror predestinado entraba y salía de la conciencia. Allí estaba, fijado en tiempos futuros, precediendo a la muerte con la misma seguridad que 99 precede a 100. Uno no podía evitarlo, pero tal vez podía posponerlo: y sin embargo, de vez en cuando, mediante un acto consciente y deliberado, uno elegía acortar el intervalo antes de que ocurriera.

En ese momento se oyó un paso rápido en la escalera. Julia irrumpió en la habitación. Llevaba una bolsa de herramientas de lona marrón gruesa, como la que él le había visto llevar a veces de un lado a otro en el Ministerio. Se adelantó para cogerla en brazos, pero ella se desprendió con cierta precipitación, en parte porque aún llevaba la bolsa de herramientas.

«Medio segundo», dijo ella. «Sólo déjame mostrarte lo que he traído. ¿Trajiste un poco de ese asqueroso Café Victoria? Pensé que lo harías. Puedes volver a tirarlo, porque no lo necesitaremos. Mira aquí».

Se arrodilló, abrió la bolsa y sacó unas llaves inglesas y un destornillador que llenaban la parte superior. Debajo había varios paquetes de papel ordenados. El primer paquete que le pasó a Winston tenía una sensación extraña y a la vez vagamente familiar. Estaba lleno de una especie de materia pesada, parecida a la arena, que cedía allí donde se la tocaba.

«¿No es azúcar?», dijo.

«Azúcar de verdad. No sacarina, azúcar. Y aquí hay una barra de pan —pan blanco de verdad, no nuestro maldito material— y un botecito de mermelada. Y aquí hay una lata de leche, pero ¡mira! Este es el que realmente me enorgullece. Tuve que envolverlo con un poco de arpillera, porque...»

Pero no necesitó decirle por qué lo había envuelto. El olor ya llenaba la habitación, un rico olor caliente que parecía una emanación de su primera infancia, pero que uno se encontraba de vez en cuando incluso ahora, soplando por un pasillo antes de que se cerrara una puerta, o difundiéndose misteriosamente en una calle llena de gente, olfateada por un instante y luego perdida de nuevo.

«Es café», murmuró, «café de verdad».

«Es café del Partido Interior. Hay un kilo entero aquí», dijo.

«¿Cómo te las arreglaste para conseguir todas estas cosas?»

«Son todas cosas del Partido Interior. No hay nada que esos cerdos no tengan, nada. Pero, por supuesto, los camareros y los sirvientes y la gente pellizcan cosas, y... mira, también tengo un pequeño paquete de té».

Winston se había puesto en cuclillas junto a ella. Rompió una esquina del paquete.

«Es té de verdad. No hojas de mora».

«Últimamente se habla mucho de té. Han capturado la

India, o algo así», dijo ella vagamente. «Pero escucha, querido. Quiero que me des la espalda durante tres minutos. Ve y siéntate al otro lado de la cama. No te acerques demasiado a la ventana. Y no te vuelvas hasta que te lo diga».

Winston miraba abstraído a través de la cortina de muselina. Abajo, en el patio, la mujer de los brazos rojos seguía marchando de un lado a otro entre el lavabo y la línea. Se sacó dos broches más de la boca y cantó con profundo sentimiento:

Dicen que el tiempo lo cura todo,
Dicen que siempre se puede olvidar;
Pero las sonrisas y las lágrimas a lo largo de los años
Todavía me retuercen las cuerdas del corazón.

Parecía que se sabía toda la canción de memoria. Su voz flotaba hacia arriba con el dulce aire veraniego, muy afinada, cargada de una especie de feliz melancolía. Uno tenía la sensación de que se habría contentado perfectamente, si la tarde de junio hubiera sido interminable y el suministro de ropa inagotable, con permanecer allí durante mil años, clavando pañales y cantando basura. Le pareció curioso que nunca hubiera oído a un miembro del Partido cantar solo y espontáneamente. Incluso le habría parecido algo heterodoxo, una excentricidad peligrosa, como hablar solo. Quizá sólo cuando la gente se acercaba al nivel de inanición tenía algo que cantar.

«Ya puedes darte la vuelta», dijo Julia.

Se dio la vuelta y por un segundo casi no la reconoció. Lo que en realidad esperaba era verla desnuda. Pero no estaba desnuda. La transformación que se había producido era mucho más sorprendente que eso. Se había pintado la cara.

Debió de entrar en alguna tienda de los barrios proletarios y comprarse un juego completo de materiales de maquillaje. Sus labios estaban profundamente enrojecidos, sus mejillas rugosas, su nariz empolvada; incluso había un toque de algo bajo los ojos para hacerlos más brillantes. No estaba hecho con mucha habilidad, pero el nivel de Winston en estas cuestiones no era muy alto. Nunca antes había visto o imaginado a una mujer del Partido con cosméticos en la cara. La mejora de su aspecto fue sorprendente. Con unos pocos toques de color en los lugares adecuados se había vuelto no sólo mucho más bonita, sino, sobre todo, mucho más femenina. Su pelo corto y su mono de trabajo no hacían más que aumentar el efecto. Cuando la tomó en sus brazos, una ola de violetas sintéticas inundó sus fosas nasales. Recordó la penumbra de la cocina de un sótano y la boca cavernosa de una mujer. Era el mismo aroma que ella había usado; pero en ese momento no parecía importar.

«¡También el perfume!», dijo.

«Sí, querido, el perfume también. ¿Y sabes lo que voy a hacer ahora? Voy a conseguir un vestido de mujer de verdad en algún sitio y me lo pondré en lugar de estos malditos pantalones. ¡Me pondré medias de seda y zapatos de tacón! En esta sala voy a ser una mujer, no una camarada del Partido».

Se quitaron la ropa y se metieron en la enorme cama de caoba. Era la primera vez que él se desnudaba en su presencia. Hasta ahora se había avergonzado demasiado de su cuerpo pálido y magro, con las venas varicosas resaltando en las pantorrillas y la mancha descolorida sobre el tobillo. No había sábanas, pero la manta sobre la que se acostaron era raída y suave, y el tamaño y la elasticidad de la cama los asombró a ambos. «Seguro que está llena de bichos, pero ¿a quién le importa?», dijo Julia. Hoy en día nunca se veía una cama doble, salvo en las casas de los proletarios. Winston había dormido ocasionalmente en una en su infancia: Julia nunca había estado en una, que ella recordara.

Luego se durmieron un rato. Cuando Winston se despertó, las manecillas del reloj habían llegado casi a las nueve. No se movió, porque Julia dormía con la cabeza en el hueco de su brazo. La mayor parte de su maquillaje se había trasladado a su propia cara o a la almohada, pero una ligera mancha de colorete aún resaltaba la belleza de su pómulo. Un rayo amarillo del sol que se hundía caía a los pies de la cama e iluminaba la chimenea, donde el agua de la cacerola hervía rápidamente. En el patio, la mujer había dejado de cantar, pero los débiles gritos de los niños llegaban desde la calle. Se preguntó vagamente si en el pasado abolido había sido una experiencia normal estar en la cama así, en el frescor de una noche de verano, un hombre y una mujer sin ropa, haciendo el amor cuando querían, hablando de lo que querían, sin sentir ninguna compulsión por levantarse, simplemente acostados y escuchando los sonidos tranquilos del exterior. Seguramente nunca hubo un momento en que eso pareciera ordinario. Julia se despertó, se frotó los ojos y se levantó sobre el codo para mirar la estufa.

«La mitad del agua se ha evaporado», dijo. «Me levantaré y prepararé café en un momento. Tenemos una hora. ¿A qué hora cortan las luces en tus departamentos?»

«Veintitrés treinta».

«Es a las veintitrés en el albergue. Pero tú tienes que entrar antes, porque... ¡Sal, bruto asqueroso!»

De repente, se revolvió en la cama, cogió un zapato del suelo y lo lanzó contra la esquina con un tirón infantil del brazo, exactamente como él la había visto arrojar el diccionario a Goldstein, aquella mañana durante los Dos Minutos de Odio.

«¿Qué era?», dijo él sorprendido.

«Una rata. La vi asomar su bestial nariz por el armazón. Hay un agujero ahí abajo. Le di un buen susto, de todos modos».

«¡Ratas!» murmuró Winston. «¡En esta habitación!»

«Están por todas partes», dijo Julia con indiferencia al acostarse de nuevo. «Las tenemos hasta en la cocina del albergue. Algunas partes de Londres están plagadas de ellas. ¿Sabías que atacan a los niños? Sí, lo hacen. En algunas de estas calles una mujer no se atreve a dejar a un bebé solo ni dos minutos. Son los enormes marrones las que lo hacen. Y lo más desagradable es que las brutas siempre...»

«¡NO SIGAS!», dijo Winston, con los ojos fuertemente cerrados.

«¡Querido! Te has puesto muy pálido. ¿Qué te pasa? ¿Te hacen sentir mal?»

«De todos los horrores del mundo, ¡una rata!»

Se apretó contra él y lo rodeó con sus extremidades, como si quisiera tranquilizarlo con el calor de su cuerpo. Él no volvió a abrir los ojos inmediatamente. Durante unos instantes tuvo la sensación de haber vuelto a una pesadilla que se repetía de vez en cuando a lo largo de su vida. Siempre era muy parecida. Estaba de pie frente a un muro de oscuridad, y al otro lado de éste había algo insoportable, algo demasiado espantoso a lo que enfrentarse. En el sueño, su sentimiento más profundo era siempre de autoengaño, porque de hecho sabía lo que había detrás del muro de oscuridad. Con un esfuerzo mortal, como si arrancara un trozo de su propio cerebro, podría incluso haber sacado la cosa a la luz. Siempre se despertaba sin descubrir lo que era: pero de alguna manera estaba relacionado con lo que Julia había estado diciendo cuando la interrumpió.

«Lo siento», dijo, «no es nada. No me gustan las ratas, eso es todo».

«No te preocupes, querido, no vamos a tener a las brutas asquerosas aquí. Rellenaré el agujero con un poco de arpillera antes de irnos. Y la próxima vez que vengamos, traeré un poco de yeso y lo taparé bien».

El negro instante de pánico ya estaba medio olvidado. Sintiéndose ligeramente avergonzado de sí mismo, se sentó contra la cabecera de la cama. Julia se levantó de la cama, se puso el mono y preparó el café. El olor que salía de la cacerola era tan potente y excitante que cerraron la ventana para que nadie de fuera lo notara y se pusiera a curiosear. Lo que era aún mejor que el sabor del café era la textura sedosa que le daba el azúcar, algo que Winston casi había olvidado después de años de sacarina. Con una mano en el bolsillo y un trozo de pan con mermelada en la otra, Julia se paseó por la habitación, echando una mirada indiferente a la librería, señalando la mejor manera de reparar la mesa con pata de gallo, acomodándose en el desvencijado sillón para ver si era cómodo y examinando el absurdo reloj de doce horas con una especie de diversión tolerante. Acercó el pisapapeles de cristal a la cama para verlo mejor. Él se lo quitó de la mano, fascinado, como siempre, por el aspecto suave y lluvioso del cristal.

«¿Qué crees que es?», dijo Julia.

«No creo que sea nada, es decir, no creo que se le haya dado ningún uso. Eso es lo que me gusta. Es un pequeño trozo de historia que se han olvidado de alterar. Es un mensaje de hace cien años, si uno sabe leerlo».

«Y ese cuadro de ahí», señaló con la cabeza el grabado de la pared de enfrente, «¿tendrá cien años?»

«'Más. Doscientos, me atrevo a decir. No se puede saber. Es imposible descubrir la edad de algo hoy en día».

Se acercó a mirarlo. «Aquí es donde esa bruta asomó la nariz», dijo, dando una patada al revestimiento de madera que había debajo del cuadro. «¿Qué es este lugar? Lo he visto antes en alguna parte».

«Es una iglesia, o al menos lo era. St Clement Danas se llamaba». El fragmento de rima que el señor Charrington le había enseñado volvió a su cabeza, y añadió medio nostálgico *«¡Naranjas y limones, dicen las campanas de St Clement's!»*

Para su asombro, ella remató la línea:

«Me debes tres cuartos, dicen las campanas de St Martin...

¿Cuándo me pagarás? Dicen las campanas de Old Bailey...»

«No recuerdo cómo sigue después de eso. Pero de todos modos recuerdo que termina: *"Aquí viene una vela para alumbrarte a la cama, aquí viene un cortador para cortarte la cabeza".»*

Eran como las dos mitades de una contraseña. Pero debe haber otra línea después de «las campanas de Old Bailey». Tal vez se podría desenterrar de la memoria del señor Charrington, si se le incitara adecuadamente.

«¿Quién te ha enseñado eso?», dijo.

«Mi abuelo. Me lo repetía cuando era una niña. Se vaporizó cuando yo tenía ocho años; en todo caso, desapareció. Me pregunto qué era un limón», añadió inconsecuentemente. «He visto naranjas. Son una especie de fruta redonda y amarilla con una piel gruesa».

«Me acuerdo de los limones», dijo Winston. «Eran muy comunes en los años cincuenta. Eran tan ácidos que te ponían los dientes de punta incluso al olerlos».

«Apuesto a que ese cuadro tiene bichos detrás», dijo Julia. Lo quitaré y lo limpiaré algún día. Supongo que ya es hora de que nos vayamos. Tengo que empezar a quitar esta pintura. ¡Qué aburrimiento! Después te quitaré el carmín de la cara».

Winston no se levantó hasta pasados unos minutos. Se estaba haciendo de noche en la habitación. Se volvió hacia la luz y se quedó mirando el pisapapeles de cristal. Lo inagotablemente interesante no era el fragmento de coral, sino el interior del propio vidrio. Era tan profundo y, sin embargo, casi tan transparente como el aire. Era como si la superficie del cristal hubiera sido el arco del cielo, encerrando un pequeño mundo con su atmósfera completa.

Tuvo la sensación de que podía entrar en él, y que de hecho estaba dentro de él, junto con la cama de caoba y la mesa con pata de gallo, y el reloj y el grabado de acero y el propio pisapapeles. El pisapapeles era la habitación en la que estaba, y el coral era la vida de Julia y la suya propia, fijada en una especie de eternidad en el corazón del cristal.

Capítulo 5

Syme había desaparecido. Al llegar una mañana, faltó al trabajo: unos pocos desconsiderados comentaron su ausencia. Al día siguiente nadie lo mencionó. Al tercer día, Winston entró en el vestíbulo del Departamento de Registros para mirar el panel de anuncios. Uno de los avisos llevaba impresa la lista de los miembros del Comité de Ajedrez, entre los que se encontraba Syme. Era casi idéntica a la anterior —no se había tachado nada—, pero faltaba un nombre. Era suficiente. Syme había dejado de existir: nunca había existido.

Hacía un calor abrasador. En el laberíntico Ministerio las salas sin ventanas y con aire acondicionado mantenían su temperatura normal, pero fuera las aceras abrasaban los pies y el hedor de los Metros en las horas punta era un horror. Los preparativos de la Semana del Odio estaban en pleno apogeo y el personal de todos los ministerios trabajaba horas extras. Había que organizar procesiones, reuniones, desfiles militares, conferencias, obras de cera, exhibiciones, proyecciones de películas, programas de telepantalla; había que instalar stands, construir efigies, acuñar eslóganes, escribir canciones, hacer circular rumores, falsificar fotografías. La unidad de Julia en el Departamento de Ficción había sido apartada de la producción de novelas y se apresuraba a publicar una serie de panfletos sobre atrocidades. Winston, además de su trabajo habitual, pasaba largos ratos todos los días revisando los archivos atrasados de «The Times» alterando y embelleciendo las noticias que iban a ser citadas en los discursos. A última hora de la noche, cuando las multitudes de proletarios alborotados recorrían las calles, la ciudad tenía un aire curiosamente febril. Los cohetes bomba se estrellaban con más frecuencia que nunca y, a veces, en la lejanía se producían enormes explosiones que nadie podía explicar y sobre las que corrían salvajes rumores.

La nueva melodía que iba a ser el tema de la Semana del Odio (la Canción del Odio, se llamaba) ya había sido compuesta y estaba siendo reproducida sin cesar en las telepantallas. Tenía un ritmo salvaje y chirriante que no podía llamarse exactamente música, sino que se asemejaba a los golpes de un tambor. Al compás de cientos de voces y del ruido de los pies, resultaba aterrador. Los proletarios se habían aficionado a él, y en las calles de medianoche competía con el todavía popular «Sólo era un capricho sin sentido». Los niños de Parsons la tocaban a todas horas de la noche y del día, insoportablemente, con un peine y un trozo de papel higiénico. Las tardes de Winston estaban más ocupadas que nunca. Cuadrillas de voluntarios, organizadas por Parsons, preparaban la calle para la Semana del Odio, cosiendo pancartas, pintando carteles, erigiendo astas de banderas en los tejados y tendiendo peligrosamente cables por la calle para la recepción de banderolas. Parsons se jactó de que tan solo las Mansiones Victoria desplegarían cuatrocientos metros de banderolas. Estaba en su elemento nativo y tan feliz como una alondra. El calor y el trabajo manual le habían dado incluso un pretexto para volver a los pantalones cortos y la camisa abierta por las noches. Estaba en todas partes a la vez, empujando, tirando, serrando, martillando, improvisando, animando a todo el mundo con exhortaciones de compañerismo y desprendiendo de cada pliegue de su cuerpo lo que parecía un suministro inagotable de sudor de olor acre.

Un nuevo cartel había aparecido de repente por todo Londres. No tenía leyenda, y representaba simplemente la monstruosa figura de un soldado euroasiático, de tres o cuatro metros de altura, avanzando a grandes zancadas, con un rostro mongol inexpresivo y enormes botas, con una metralleta apuntando desde la cadera. Desde cualquier ángulo que se mirara el póster, la boca del arma, ampliada por el encorvamiento, parecía apuntar directamente hacia uno. La cosa estaba colocada en todos los espacios en blanco de todas las paredes, incluso superando a los retratos del Gran Hermano. Los proletarios, normalmente apáticos ante la guerra, estaban siendo azotados en uno de sus periódicos frenesíes de patriotismo. Como para armonizar con el estado de ánimo general, los cohetes bomba habían matado a un número mayor de personas que de costumbre. Una de ellas cayó sobre un cine abarrotado en Stepney, enterrando a varios cientos de víctimas entre las ruinas. Toda la población del barrio acudió a un largo funeral que se prolongó durante horas y que constituyó en realidad una reunión de indignación. Otra bomba cayó en un terreno baldío que se utilizaba como parque infantil y varias docenas de niños volaron en pedazos. Se produjeron nuevas manifestaciones de indignación, se quemó la efigie de Goldstein, se arrancaron cientos de ejemplares del cartel del soldado euroasiático y se añadieron a las llamas, y se saquearon varias tiendas en el tumulto; luego corrió el rumor de que los espías dirigían los cohetes bomba por medio de ondas inalámbricas, y se incendió la casa de una pareja de ancianos sospechosos de ser de origen extranjero, que perecieron asfixiados.

En la habitación que había sobre la tienda del señor Charrington, cuando pudieron llegar a ella, Julia y Winston se tumbaron uno al lado del otro en una cama despojada bajo la ventana abierta, desnudos para estar más frescos. La rata no había vuelto, pero los bichos se habían multiplicado horriblemente con el calor. No parecía importar. Sucia o limpia, la habitación era el paraíso. En cuanto llegaban, lo rociaban todo con pimienta comprada en el mercado negro, se arrancaban la ropa y hacían el amor con cuerpos sudorosos, luego se dormían y al despertar descubrían que los bichos se habían reunido y se estaban concentrando para el contraataque.

Cuatro, cinco, seis... siete veces se reunieron durante el

mes de junio. Winston había abandonado su costumbre de beber ginebra a todas horas. Parecía haber perdido la necesidad de hacerlo. Había engordado, su úlcera varicosa había remitido, dejando sólo una mancha marrón en la piel por encima del tobillo, sus ataques de tos por la mañana temprano habían cesado. El proceso de la vida había dejado de ser intolerable, ya no tenía ningún impulso de hacer muecas a la telepantalla o gritar maldiciones a voz en cuello. Ahora que tenían un escondite seguro, casi un hogar, ni siquiera le parecía una dificultad que sólo pudieran reunirse con poca frecuencia y durante un par de horas cada vez. Lo que importaba era que la habitación sobre la chatarrería existiera. Saber que estaba allí, inviolable, era casi lo mismo que estar en ella. La habitación era un mundo, un bolsillo del pasado donde los animales extintos podían caminar. El señor Charrington, pensó Winston, era otro animal extinto. Normalmente se detenía a hablar con el señor Charrington durante unos minutos cuando subía. El anciano parecía no salir nunca o casi nunca, y por otra parte casi no tenía clientes. Llevaba una existencia fantasmal entre la diminuta y oscura tienda, y una cocina trasera aún más diminuta donde preparaba sus comidas y que contenía, entre otras cosas, un gramófono increíblemente antiguo con una enorme bocina. Parecía alegrarse de tener la oportunidad de hablar. Deambulando entre sus inútiles existencias, con su larga nariz y sus gruesas gafas y sus hombros arqueados con la chaqueta de terciopelo, siempre tuvo vagamente el aire de ser un coleccionista más que un comerciante. Con una especie de entusiasmo desvanecido, señalaba uno u otro trozo de basura —un tapón de botella de porcelana, la tapa pintada de una tabaquera rota, un relicario de pellizco que contenía un mechón de pelo de algún bebé muerto hace tiempo—, sin pedir nunca que Winston lo comprara, sino simplemente que lo admirara. Hablar con él era como escuchar el tin-

tineo de una desgastada caja de música. Había sacado de los rincones de su memoria algunos fragmentos más de rimas olvidadas. Había una sobre cuatro y veinte mirlos, y otra sobre una vaca con el cuerno arrugado, y otra sobre la muerte del pobre Gallo Robin. «Se me acaba de ocurrir que podría interesarle», decía con una risita despectiva cada vez que presentaba un nuevo fragmento. Pero nunca podía recordar más que unas pocas líneas de una rima.

Ambos sabían, en cierto modo, que lo que estaba ocurriendo no podía durar mucho. Había momentos en los que el hecho de la muerte inminente parecía tan palpable como el lecho en el que estaban tumbados, y se aferraban el uno al otro con una especie de sensualidad desesperada, como un alma condenada que se aferra a su último bocado de placer cuando el reloj está a cinco minutos de sonar. Pero también había momentos en los que tenían la ilusión no sólo de seguridad, sino de permanencia. Mientras estuvieran realmente en esta habitación, ambos sentían que ningún daño podría llegar a ellos. Llegar allí era difícil y peligroso, pero la habitación en sí era un santuario. Era como cuando Winston había mirado el corazón del pisapapeles, con la sensación de que sería posible entrar en ese mundo vidrioso, y que una vez dentro se podría detener el tiempo. A menudo se entregaban a la ensoñación de la fuga. Su suerte se mantendría indefinidamente, y seguirían con su intriga, así, durante el resto de sus vidas naturales. O Katharine moriría, y mediante sutiles maniobras Winston y Julia lograrían casarse. O se suicidarían juntos. O desaparecerían, se alterarían hasta quedar irreconocibles, aprenderían a hablar con acento proletario, conseguirían trabajo en una fábrica y vivirían su vida sin ser detectados en una callejuela. Todo era una tontería, como ambos sabían. En realidad, no había escapatoria. Incluso el único plan practicable, el suicidio, no tenían intención de llevarlo a cabo. Aguantar día a día y semana a semana, hilando un presente que no tenía futuro, parecía un instinto invencible, al igual que los pulmones siempre sacarán el siguiente aliento mientras haya aire disponible.

A veces, también, hablaban de comprometerse en una rebelión activa contra el Partido, pero sin saber cómo dar el primer paso. Aún si la fabulosa Hermandad era una realidad, seguía existiendo la dificultad de encontrar el camino hacia ella. Le habló de la extraña intimidad que existía, o parecía existir, entre él y O'Brien, y del impulso que a veces sentía, simplemente, de dirigirse a la cara a O'Brien, anunciar que era el enemigo del Partido y exigir su ayuda. Curiosamente, esto no le pareció una cosa imposiblemente precipitada. Estaba acostumbrada a juzgar a las personas por sus rostros, y le parecía natural que Winston creyera que O'Brien era digno de confianza por un simple destello de sus ojos. Además, daba por sentado que todo el mundo, o casi todo el mundo, odiaba secretamente al Partido y rompería las reglas si lo consideraba seguro. Pero se negaba a creer que existiera o pudiera existir una oposición generalizada y organizada. Las historias sobre Goldstein y su ejército clandestino, decía, eran simplemente un montón de basura que el Partido había inventado para sus propios fines y en la que había que fingir creer. En los mítines del Partido y en las manifestaciones espontáneas, había gritado a voz en cuello por la ejecución de personas cuyos nombres nunca había oído y en cuyos supuestos crímenes no tenía la menor creencia. Cuando se celebraban juicios públicos, formaba parte de los destacamentos de la Liga de la Juventud que rodeaban los tribunales desde la mañana hasta la noche, cantando a intervalos «¡Muerte a los traidores!» Durante los Dos Minutos de Odio, ella siempre superaba a todos los demás en los gritos de insulto contra Goldstein. Sin embargo, sólo tenía la más remota idea de quién era Goldstein y qué doctrinas representaba. Había crecido desde la Revolución y era demasiado joven como para recordar las batallas ideológicas de los años cincuenta y sesenta. Algo como un movimiento político independiente estaba fuera de su imaginación: y en cualquier caso el Partido era invencible. Siempre existiría y siempre sería el mismo. Sólo se podía rebelar contra él mediante la desobediencia secreta o, a lo sumo, con actos aislados de violencia, como matar a alguien o hacer explotar algo.

En algunos aspectos era mucho más aguda que Winston, y mucho menos susceptible a la propaganda del Partido. Una vez, cuando él mencionó por casualidad la guerra contra Eurasia, ella le sorprendió diciendo casualmente que, en su opinión, la guerra no estaba ocurriendo. Los cohetes bomba que caían diariamente sobre Londres eran probablemente disparados por el propio Gobierno de Oceanía, «sólo para mantener a la gente asustada». Esta era una idea que, literalmente, nunca se le había ocurrido. También despertó una especie de envidia en él al contarle que durante los Dos Minutos de Odio su gran dificultad era evitar estallar de risa. Pero sólo cuestionaba las enseñanzas del Partido cuando éstas afectaban de algún modo a su propia vida. A menudo estaba dispuesta a aceptar la mitología oficial, simplemente porque la diferencia entre la verdad y la mentira no le parecía importante. Creía, por ejemplo, por haberlo aprendido en la escuela, que el Partido había inventado los aviones. (Winston recordaba que en su época escolar, a finales de los años cincuenta, el Partido sólo decía haber inventado el helicóptero; una docena de años más tarde, cuando Julia estaba en la escuela, ya reivindicaba el avión; una generación más, y reivindicaría la máquina de vapor). Y cuando le dijo que los aviones existían antes de que él naciera y mucho antes de la Revolución, el hecho le pareció totalmente intrascendente. Después de todo, ¿qué importaba quién había inventado los aviones? Le chocó más cuando descubrió, por un comentario casual, que ella no recordaba que Oceanía, cuatro años atrás, había estado en guerra con Esteasia y en paz con Eurasia. Era cierto que ella consideraba que toda la guerra era una farsa, pero al parecer ni siquiera se había dado cuenta de que el nombre del enemigo había cambiado. «Pensé que siempre habíamos estado en guerra con Eurasia», dijo vagamente. Eso le asustó un poco. La invención de los aviones databa de mucho antes de que ella naciera, pero el cambio de la guerra se había producido hacía sólo cuatro años, mucho después de que ella hubiera crecido. Discutió con ella durante un cuarto de hora. Al final consiguió forzar su memoria hasta que recordó vagamente que en un tiempo Esteasia, y no Eurasia, había sido el enemigo. Pero la cuestión seguía pareciéndole poco importante. «¿A quién le importa?», dijo impaciente. «Siempre hay una maldita guerra tras otra, y uno sabe que las noticias son todas mentiras».

A veces le hablaba del Departamento de Registros y de las impúdicas falsificaciones que allí se cometían. Esas cosas no parecían horrorizarla. No sentía el abismo que se abría bajo sus pies al pensar que las mentiras se convertían en verdades. Le contó la historia de Jones, Aaronson y Rutherford y el trascendental trozo de papel que una vez tuvo entre sus dedos. No le causó mucha impresión. Al principio, de hecho, no pudo entender el sentido de la historia.

«¿Eran amigos tuyos?», dijo ella.

«No, nunca los conocí. Eran miembros del Partido Interior. Además, eran hombres mucho más viejos que yo. Pertenecían a los viejos tiempos, antes de la Revolución. Apenas los conocía de vista».

«¿Entonces de qué había que preocuparse? La gente está siendo asesinada todo el tiempo, ¿no es así?»

Intentó hacerle entender. «Este fue un caso excepcional. No se trataba simplemente de que alguien fuera asesinado. ¿Te das cuenta de que el pasado, a partir de ayer, ha sido realmente abolido? Si sobrevive en alguna parte, es en unos pocos objetos sólidos sin palabras, como ese trozo de cristal de ahí. Ya no sabemos casi literalmente nada sobre la Revolución y los años anteriores a la Revolución. Cada registro ha sido destruido o falsificado, cada libro ha sido reescrito, cada cuadro ha sido repintado, cada estatua y calle y edificio ha sido renombrado, cada fecha ha sido alterada. Y ese proceso continúa día a día y minuto a minuto. La historia se ha detenido. No existe nada más que un presente interminable en el que el Partido siempre tiene razón. Sé, por supuesto, que el pasado está falsificado, pero nunca me sería posible demostrarlo, aunque yo mismo hiciera la falsificación. Una vez hecha la cosa, no queda nunca ninguna prueba. La única evidencia está dentro de mi propia mente, y no sé con certeza que ningún otro ser humano comparta mis recuerdos. Sólo en ese caso, en toda mi vida, tuve una evidencia concreta después del evento, años después».

«¿Y de qué sirvió eso?»

«No sirvió de nada, porque lo tiré a los pocos minutos. Pero si hoy ocurriera lo mismo, debería conservarlo».

«Bueno, yo no lo haría», dijo Julia. «Estoy dispuesta a arriesgarme, pero sólo por algo que valga la pena, no por trozos de periódico. ¿Qué habrías podido hacer con él aunque lo hubieras conservado?»

«No mucho, tal vez. Pero era una prueba. Podría haber sembrado algunas dudas aquí y allá, suponiendo que me hubiera atrevido a mostrárselo a alguien. No creo que podamos cambiar nada en nuestra propia vida. Pero uno puede imaginarse que surgen pequeños nudos de resistencia aquí y allá... pequeños grupos de personas que se unen y crecen gradualmente, e incluso dejan algunos registros, para que las siguientes generaciones puedan continuar donde nosotros lo dejamos».

«No me interesa la próxima generación, querida. Estoy

interesado en NOSOTROS».

«Sólo eres una rebelde de cintura para abajo», él le dijo a ella.

Eso le pareció brillantemente ingenioso y ella lo abrazó con deleite.

Las ramificaciones de la doctrina del partido no le interesaban lo más mínimo. Cuando él empezaba a hablar de los principios del Ingsoc, del doblepensamiento, de la mutabilidad del pasado y de la negación de la realidad objetiva, y a utilizar palabras neolingüísticas, ella se aburría y se confundía y decía que nunca prestaba atención a ese tipo de cosas. Uno sabía que todo era basura, así que ¿por qué dejarse preocupar por ello? Ella sabía cuándo animar y cuándo abuchear, y eso era todo lo que uno necesitaba. Si él persistía en hablar de esos temas, ella tenía la desconcertante costumbre de quedarse dormida. Era una de esas personas que pueden dormirse a cualquier hora y en cualquier posición. Hablando con ella, se daba cuenta de lo fácil que era presentar una apariencia de ortodoxia sin tener ninguna idea de lo que significaba la ortodoxia. En cierto modo, la visión del mundo del Partido se imponía con más éxito a personas incapaces de entenderla. Se podía hacer que aceptaran las violaciones más flagrantes de la realidad, porque nunca comprendieron plenamente la enormidad de lo que se les exigía, y no estaban lo suficientemente interesados en los acontecimientos públicos como para darse cuenta de lo que estaba ocurriendo. Por falta de comprensión se mantenían cuerdos. Simplemente se tragaban todo, y lo que tragaban no les hacía ningún daño, porque no dejaba ningún residuo, igual que un grano de maíz pasa sin digerir por el cuerpo de un pájaro.

Capítulo 6

Por fin había sucedido. El esperado mensaje había llegado. Toda su vida, le pareció, había estado esperando que esto sucediera.

Caminaba por el largo pasillo del Ministerio y estaba casi en el lugar donde Julia le había puesto la nota en la mano cuando se dio cuenta de que alguien más grande que él caminaba justo detrás suyo. La persona, quienquiera que fuese, emitió una pequeña tos, evidentemente como preludio para hablar. Winston se detuvo bruscamente y se volvió. Era O'Brien.

Por fin estaban frente a frente, y parecía que su único impulso era huir. Su corazón se aceleró violentamente. Hubiera sido incapaz de hablar. O'Brien, sin embargo, había seguido adelante con el mismo movimiento, poniendo por un momento una mano amistosa en el brazo de Winston, de modo que los dos caminaban uno al lado del otro. Comenzó a hablar con la peculiar cortesía grave que lo diferenciaba de la mayoría de los miembros del Partido Interior.

«Esperaba tener la oportunidad de hablar contigo», dijo. «El otro día leí uno de tus artículos sobre la Neolengua en "The Times". Creo que estás especializado en Neolengua».

Winston había recuperado parte de su compostura. «No soy un experto», dijo. «Sólo soy un aficionado. No es mi tema. Nunca he tenido nada que ver con la verdadera construcción de la lengua».

«Pero lo escribes con mucha elegancia», dijo O'Brien. «No es sólo mi opinión. Hace poco hablé con un amigo tuyo que es ciertamente un experto. Su nombre se me ha olvidado por el momento».

De nuevo el corazón de Winston se agitó dolorosamente. Era inconcebible que aquello fuera otra cosa que una referencia a Syme. Pero Syme no sólo había muerto, sino que estaba abolido, era una nopersona. Cualquier referencia identificable a él habría sido mortalmente peligrosa. El comentario de O'Brien debía ser obviamente una señal, una palabra clave. Al compartir un pequeño acto de crimen del pensamiento había convertido a los dos en cómplices. Siguieron caminando lentamente por el pasillo, pero ahora O'Brien se detuvo. Con la curiosa y desarmante amabilidad que siempre lograba poner en el gesto, se acomodó las gafas en la nariz. Luego continuó:

«Lo que realmente quería decir es que en tu artículo me he dado cuenta de que has utilizado dos palabras que han quedado obsoletas. Pero lo están desde hace muy poco. ¿Has visto la décima edición del Diccionario de Neolengua?»

«No», dijo Winston. «Creía que no se había publicado todavía. Todavía estamos usando la novena en el Departamento de Registros».

«Creo que la décima edición no aparecerá hasta dentro de unos meses. Pero se han distribuido algunos ejemplares anticipados. Yo mismo tengo uno. Tal vez te interese echarle un vistazo».

«En gran medida», dijo Winston, viendo inmediatamente hacia dónde se dirigía esto.

«Algunas de las novedades son muy ingeniosas. La reducción del número de verbos... ese es el punto que te atraerá, creo. A ver, ¿te envío un mensajero con el diccionario? Pero me temo que siempre me olvido de algo así. ¿Tal vez podrías recogerlo en mi departamento a alguna hora que te convenga? Espera. Déjame darte mi dirección».

Estaban delante de una telepantalla. O'Brien, distraído, se palpó los bolsillos y sacó una pequeña libreta de cuero y un lápiz de tinta dorada. Inmediatamente debajo de la telepantalla, en una posición tal que cualquiera que estuviera mirando al otro lado del instrumento pudiera leer lo que estaba escribiendo, garabateó una dirección, arrancó la página y se la entregó a Winston.

«Suelo estar en casa por las tardes», dijo. «Si no, mi criado te dará el diccionario».

Se fue, dejando a Winston con el trozo de papel en la mano, que esta vez no había necesidad de ocultar. Sin embargo, memorizó cuidadosamente lo que estaba escrito en él, y unas horas más tarde lo dejó caer en el agujero de la memoria junto con un montón de otros papeles.

Llevaban un par de minutos como máximo hablando entre ellos. El episodio sólo podía tener un significado. Había sido inventado para que Winston supiera la dirección de O'Brien. Esto era necesario, ya que, excepto mediante una investigación directa, nunca era posible descubrir dónde vivía alguien. No había directorios de ningún tipo. «Si alguna vez quieres verme, aquí es donde puedes encontrarme», era lo que O'Brien le decía. Tal vez incluso hubiera un mensaje oculto en algún lugar del diccionario. Pero en cualquier caso, una cosa era cierta. La conspiración con la que había soñado existía, y él había llegado a los límites de la misma.

Sabía que tarde o temprano obedecería la llamada de O'Brien. Tal vez mañana, tal vez después de un largo retraso... no estaba seguro. Lo que estaba ocurriendo no era más que el desarrollo de un proceso que había comenzado hacía años. El primer paso había sido un pensamiento secreto e involuntario, el segundo había sido la creación del diario. Había pasado de los pensamientos a las palabras, y ahora de las palabras a los actos. El último paso era algo que ocurriría en el Ministerio del Amor. Lo había aceptado. El final estaba contenido en el principio. Pero era aterrador: o, más exactamente, era como un anticipo de la muerte, como estar un poco menos vivo. Incluso mientras hablaba con O'Brien, cuando el significado de las palabras se había asimilado, una sensación de escalofrío se había apoderado de su cuerpo. Tenía la sensación de entrar en la humedad de una tumba, y no era mucho mejor porque siempre había sabido que la tumba estaba allí y le esperaba.

Capítulo 7

Winston se había despertado con los ojos llenos de lágrimas. Julia se arremolinó somnolienta contra él, murmurando algo que podría haber sido «¿Qué pasa?».

«Soñé...», comenzó, y se detuvo en seco. Era demasiado complejo para expresarlo con palabras. Estaba el sueño en sí, y había un recuerdo relacionado con él que había nadado en su mente en los pocos segundos después de despertarse.

Se recostó con los ojos cerrados, todavía empapado en la atmósfera del sueño. Era un sueño vasto y luminoso en el que toda su vida parecía extenderse ante él como un paisaje en una tarde de verano después de la lluvia. Todo había ocurrido dentro del pisapapeles de cristal, pero la superficie del cristal era la cúpula del cielo, y dentro de la cúpula todo estaba inundado de una luz clara y suave en la que se podían ver distancias interminables. El sueño también había sido comprendido por —de hecho, en cierto sentido había consistido en— un gesto del brazo hecho por su madre, y vuelto a hacer treinta años después por la mujer judía que había visto en la película del noticiero, tratando de resguardar al niño pequeño de las balas, antes de que el helicóptero los hiciera volar a ambos en pedazos.

«¿Sabes», dijo, «que hasta este momento creía que yo había asesinado a mi madre?»

«¿Por qué la asesinaste?», dijo Julia, casi dormida.

«No la asesiné. No físicamente».

En el sueño había recordado la última vez que vio a su madre, y a los pocos momentos de despertarse el cúmulo de pequeños sucesos que lo rodeaban había regresado. Era un recuerdo que debía haber alejado deliberadamente de su conciencia durante muchos años. No estaba seguro de la fecha, pero no podía tener menos de diez años, posiblemente doce, cuando ocurrió.

Su padre había desaparecido algún tiempo antes, pero

no podía recordar cuánto antes. Recordaba mejor las circunstancias desastrosas e inestables de la época: los pánicos periódicos sobre los ataques aéreos y el refugio en las estaciones de metro, los montones de escombros por todas partes, las proclamas ininteligibles colocadas en las esquinas, las pandillas de jóvenes con camisas del mismo color, las enormes colas frente a las panaderías, el fuego intermitente de las ametralladoras en la distancia y, sobre todo, el hecho de que nunca había suficiente comida. Recordaba las largas tardes que pasaba con otros muchachos rebuscando en los cubos de basura y en los montones de desperdicios, recogiendo las hojas de col, las cáscaras de las patatas y, a veces, incluso los trozos de corteza de pan rancio de los que raspaban cuidadosamente las cenizas; y también esperando el paso de los camiones que recorrían una determinada ruta y que se sabía que transportaban pienso para el ganado, y que, cuando pasaban por los baches de la carretera, a veces derramaban algunos fragmentos de tortas de aceite.

Cuando su padre desapareció, su madre no mostró ninguna sorpresa ni ninguna pena violenta, pero le sobrevino un cambio repentino. Parecía haberse quedado sin espíritu. Era evidente, incluso para Winston, que estaba esperando algo que sabía que debía suceder. Hacía todo lo necesario —cocinaba, lavaba, remendaba, hacía la cama, barría el suelo, quitaba el polvo de la chimenea—, siempre muy lentamente y con una curiosa falta de movimientos superfluos, como una figura de artista que se mueve por sí misma. Su gran cuerpo torneado parecía recaer naturalmente en la quietud. Durante horas se sentaba casi inmóvil en la cama, amamantando a su hermana pequeña, una niña de dos o tres años, pequeña, enferma y muy silenciosa, con un rostro simiesco por su delgadez. Muy de vez en cuando cogía a Winston en brazos y lo apretaba contra ella durante mucho tiempo sin decir nada. Él era consciente, a pesar de su juventud y su egoísmo, de que esto estaba relacionado de algún modo con lo nunca mencionado que estaba a punto de suceder.

Recordó la habitación en la que vivían, una habitación oscura y con olor a cerrado que parecía medio llena por una cama con un contrafuerte blanco. Había un quemador de gas en el marco, y un estante donde se guardaba la comida, y en el rellano exterior había un fregadero de loza marrón, común a varias habitaciones. Recordaba el cuerpo escultural de su madre inclinándose sobre el anillo de gas para remover algo en una cacerola. Sobre todo recordaba su hambre continua, y las feroces batallas sórdidas a la hora de comer. Le preguntaba a su madre insistentemente, una y otra vez, por qué no había más comida, le gritaba y enfurecía (incluso recordaba los tonos de su voz, que empezaba a quebrarse prematuramente y a veces retumbaba de una manera peculiar), o intentaba una nota lloriqueante de patetismo en sus esfuerzos por conseguir más de lo que le correspondía. Su madre estaba dispuesta a darle más de lo que le correspondía. Daba por sentado que él, «el niño», debía tener la mayor porción; pero por mucho que le diera, él siempre exigía más. En cada comida ella le rogaba que no fuera egoísta y que recordara que su hermanita estaba enferma y también necesitaba comida, pero era inútil. Gritaba de rabia cuando ella dejaba de servir, intentaba arrancarle la cacerola y la cuchara de las manos, cogía trozos del plato de su hermana. Sabía que estaba matando de hambre a los otros dos, pero no podía evitarlo; incluso se sentía con derecho a hacerlo. El hambre clamorosa de su vientre parecía justificarlo. Entre las comidas, si su madre no montaba guardia, no dejaba de hurtar de la miserable reserva de comida que había en la estantería.

Un día se distribuyó una ración de chocolate. Hacía semanas o meses que no se entregaba. Recordaba con claridad aquel precioso bocado de chocolate. Era un trozo de dos onzas (en aquella época todavía se hablaba de onzas) entre los tres. Era obvio que había que dividirlo en tres partes iguales. De repente, como si estuviera escuchando a otra persona, Winston se oyó a sí mismo exigiendo en voz alta que le dieran todo el trozo. Su madre le dijo que no fuera codicioso. Hubo una larga y persistente discusión que dio vueltas y vueltas, con gritos, quejidos, lágrimas, protestas y regateos. Su pequeña hermana, agarrada a su madre con las dos manos, exactamente igual que un bebé mono, se sentaba a mirarle por encima del hombro con ojos grandes y dolientes. Al final su madre partió tres cuartos del chocolate y se lo dio a Winston, dándole el otro cuarto a su hermana. La niña lo cogió y lo miró con dulzura, quizá sin saber qué era. Winston se quedó mirándola un momento. Luego, con un súbito y rápido salto, arrebató el trozo de chocolate de la mano de su hermana y huyó hacia la puerta.

«¡Winston, Winston!», llamó su madre tras él. «¡Vuelve! Devuélvele a tu hermana su chocolate».

Se detuvo, pero no volvió. Los ojos ansiosos de su madre estaban fijos en su rostro. Incluso ahora que pensaba en el asunto, no sabía qué era lo que estaba a punto de suceder. Su hermana, consciente de que le habían robado algo, lanzó un débil lamento. Su madre rodeó a la niña con el brazo y apretó su cara contra su pecho. Algo en el gesto le dijo que su hermana se estaba muriendo. Se dio la vuelta y huyó escaleras abajo, con el chocolate cada vez más pegajoso en la mano.

No volvió a ver a su madre. Después de haber devorado el chocolate, se sintió algo avergonzado y anduvo por las calles durante varias horas, hasta que el hambre lo llevó a su casa. Cuando volvió, su madre había desaparecido. Esto ya empezaba a ser normal en aquella época. No había desaparecido nada de la habitación, excepto su madre y su hermana. No se habían llevado ninguna ropa, ni siquiera el abrigo de su madre. Hasta el día de hoy no sabía con certeza que su madre había muerto. Era perfectamente posible que la hubieran enviado a un campo de trabajos forzados. En cuanto a su hermana, podía haber sido trasladada, como el propio Winston, a una de las colonias para niños sin hogar (Centros de Recuperación, se llamaban) que habían surgido a raíz de la guerra civil, o podía haber sido enviada al campo de trabajo junto con su madre, o simplemente dejada en algún lugar para que muriera.

El sueño seguía siendo vívido en su mente, especialmente el envolvente gesto protector del brazo en el que parecía estar contenido todo su significado. Su mente volvió a otro sueño de hacía dos meses. Exactamente igual que su madre había estado sentada en la sucia cama acolchada de color blanco, con la niña aferrada a ella, ella había estado sentada en el barco hundido, muy por debajo de él, y ahogándose cada vez más, pero todavía mirándole a través del agua que se oscurecía.

Le contó a Julia la historia de la desaparición de su madre. Sin abrir los ojos, se dio la vuelta y se acomodó en una posición más cómoda.

«Supongo que eras un pequeño cerdo bestial en aquellos días», dijo indistintamente. «Todos los niños son cerdos».

«Sí. Pero el verdadero punto de la historia...»

Por su respiración era evidente que se iba a dormir de nuevo. Le hubiera gustado seguir hablando de su madre. No suponía, por lo que recordaba de ella, que hubiera sido una mujer fuera de lo común, y menos aún inteligente; y sin embargo, había poseído una especie de nobleza, una especie de pureza, simplemente porque las normas a las que obedecía eran privadas. Sus sentimientos eran suyos y no podían ser alterados desde fuera. No se le habría ocurrido que una acción que no es efectiva carece de sentido. Si uno ama a alguien, lo ama, y cuando no tiene nada más que dar, le sigue dando amor. Cuando se acabó el chocolate, su madre abrazó a la niña. No sirvió de nada, no cambió nada, no produjo más chocolate, no evitó la muerte de la niña ni la suya propia; pero le pareció natural hacerlo. La mujer refugiada en la barca también había cubierto al pequeño con su brazo, que no servía más contra las balas que una hoja de papel. Lo terrible que había hecho el Partido era persuadirte de que los meros impulsos, los meros sentimientos, no tenían ninguna importancia, al tiempo que te robaba todo poder sobre el mundo material. Cuando estabas en las garras del Partido, lo que sentías o no sentías, lo que hacías o dejabas de hacer, no tenía literalmente ninguna importancia. Pasara lo que pasara, te desvanecías y nunca más se sabía de ti ni de tus acciones. Eras eliminado de la corriente de la historia. Y sin embargo, a las personas de hace sólo dos generaciones esto no les habría parecido importante, porque no intentaban alterar la historia. Se regían por lealtades privadas que no cuestionaban. Lo que importaba eran las relaciones individuales, y un gesto completamente indefenso, un abrazo, una lágrima, una palabra dicha a un moribundo, podía tener valor en sí mismo. Los proles, se le ocurrió de repente, se habían quedado en esta condición. No eran leales a un partido, ni a un país, ni a una idea, eran leales entre sí. Por primera vez en su vida no despreció a los proles ni pensó en ellos como una fuerza inerte que un día cobraría vida y regeneraría el mundo. Los proles habían seguido siendo humanos. No se habían endurecido por dentro. Se habían aferrado a las emociones primitivas que él mismo tuvo que reaprender con un esfuerzo consciente. Y al pensar esto recordó, sin relevancia aparente, cómo hacía unas semanas había visto una mano cortada tirada en la acera y la había pateado en la cuneta como si fuera un tallo de col.

«Los proles son seres humanos», dijo en voz alta. «Nosotros no somos humanos».

«¿Por qué no?», dijo Julia, que se había despertado de nuevo.

Pensó durante un rato. «¿Se te ha ocurrido alguna vez», dijo él, «que lo mejor para nosotros sería simplemente salir de aquí antes de que sea demasiado tarde, y no volver a vernos nunca más?»

«Sí, querido, se me ha ocurrido varias veces. Pero no lo voy a hacer, de todos modos».

«Hemos tenido suerte», dijo, «pero no puede durar mucho más. Eres joven. Pareces normal e inocente. Si te mantienes alejado de la gente como yo, puede que sigas viva otros cincuenta años».

«No. Lo he pensado todo. Lo que tú hagas, lo haré yo. Y no te desanimes demasiado. Soy bastante buena para mantenerme viva».

«Puede que estemos juntos otros seis meses, un año, no se sabe. Al final estamos seguros de estar separados. ¿Te das cuenta de lo solos que estaremos? Cuando nos atrapen, no habrá nada, literalmente nada, que ninguno de los dos pueda hacer por el otro. Si confieso, te fusilarán, y si me niego a confesar, te fusilarán igualmente. Nada de lo que pueda hacer o decir, o impedirme decir, retrasará tu muerte ni siquiera cinco minutos. Ninguno de nosotros sabrá si el otro está vivo o muerto. Estaremos completamente sin poder de ningún tipo. Lo único que importa es que no nos traicionemos mutuamente, aunque ni siquiera eso puede suponer la más mínima diferencia».

«Si te refieres a confesar», dijo ella, «lo haremos, sin duda. Todo el mundo confiesa siempre. No puedes evitarlo. Te torturan».

«No me refiero a confesar. La confesión no es una traición. Lo que digas o hagas no importa: sólo importan los sentimientos. Si pudieran hacer que dejara de amarte, esa sería la verdadera traición».

Se lo pensó mejor. «No pueden hacer eso», dijo finalmente. «Es lo único que no pueden hacer. Pueden hacerte decir cualquier cosa, CUALQUIER COSA, pero no pueden hacer que te lo creas. No pueden entrar en ti».

«No», dijo un poco más esperanzado, «no; eso es muy cierto. No pueden entrar en ti. Si puedes SENTIR que vale la pena seguir siendo humano, incluso cuando no puede tener ningún resultado, los has vencido».

Pensó en la telepantalla con su oído que nunca duerme. Podían espiarte día y noche, pero si mantenías la cabeza fría podías burlarlos. Con toda su inteligencia, nunca habían dominado el secreto de averiguar lo que otro ser humano estaba pensando. Tal vez eso era menos cierto cuando uno estaba realmente en sus manos. No se sabía lo que ocurría dentro del Ministerio del Amor, pero era posible adivinarlo: torturas, drogas, delicados instrumentos que registraban tus reacciones nerviosas, desgaste gradual por la falta de sueño y la soledad y el interrogatorio persistente. Los hechos, en cualquier caso, no podían mantenerse ocultos. Podían ser rastreados por la investigación, podían ser exprimidos por la tortura. Pero si el objetivo no era seguir vivo, sino seguir siendo humano, ¿qué diferencia había en última instancia? No podían alterar tus sentimientos: de hecho, tú mismo no podías alterarlos, aunque quisieras. Podían desnudar con el máximo detalle todo lo que habías hecho o dicho o pensado; pero el corazón interior, cuyo funcionamiento era misterioso incluso para ti, permanecía inexpugnable.

Capítulo 8

¡Lo habían hecho, lo habían hecho por fin!

La sala en la que se encontraban tenía forma alargada y estaba suavemente iluminada. La telepantalla estaba atenuada a un bajo murmullo; la riqueza de la alfombra azul oscuro daba la impresión de estar pisando terciopelo. En el otro extremo de la sala, O'Brien estaba sentado en una mesa bajo una lámpara de color verde, con un montón de papeles a su lado. No se había molestado en levantar la vista cuando el criado hizo entrar a Julia y Winston.

El corazón de Winston latía con tanta fuerza que dudaba si sería capaz de hablar. Lo habían hecho, lo habían hecho por fin, era todo lo que podía pensar. Había sido un acto precipitado venir aquí, y una auténtica locura llegar juntos; aunque era cierto que habían llegado por rutas diferentes y sólo se habían encontrado en la puerta de O'Brien. Pero el mero hecho de entrar en un lugar así requería un esfuerzo de nervios. Sólo en muy raras ocasiones se veía el interior de las viviendas del Partido Interior, o incluso se penetraba en el barrio de la ciudad donde vivían. Todo el ambiente del enorme bloque de pisos, la riqueza y la amplitud de todo, los olores desconocidos de la buena comida y el buen tabaco, los ascensores silenciosos e increíblemente rápidos que se deslizaban hacia arriba y hacia abajo, los sirvientes con chaqueta blanca que se apresuraban a ir y venir... todo resultaba intimidante. Aunque tenía un buen pretexto para venir aquí, le perseguía a cada paso el temor de que un guardia con uniforme negro apareciera de repente a la vuelta de la esquina, le exigiera la documentación y le ordenara salir. Sin embargo, el sirviente de O'Brien los admitió a los dos sin ningún reparo. Era un hombre pequeño, de pelo oscuro y chaqueta blanca, con un rostro diamantino y completamente inexpresivo que podría haber sido el de un chino. El pasillo por el que les condujo estaba suavemente alfombrado, con paredes empapeladas de color crema y arrimaderos blancos, todo exquisitamente limpio. Eso también era intimidante. Winston no recordaba haber visto nunca un pasillo cuyas paredes no estuvieran sucias por el contacto de los cuerpos humanos.

O'Brien tenía un papel entre los dedos y parecía estudiarlo con atención. Su pesada cara, inclinada hacia abajo de modo que se podía ver la línea de la nariz, parecía a la vez formidable e inteligente. Durante unos veinte segundos estuvo sentado sin moverse. Luego, acercó el hablescribe a él y pronunció un mensaje en la jerga híbrida de los Ministerios:

«Los elementos uno, coma cinco, coma siete, aprobados en su totalidad, dejan de ser una sugerencia, y el elemento seis, doblemente más ridículo, está a punto ser crimenpensar, deja de ser un procedimiento de construcción, antes de obtener una estimación completa de los gastos generales de la maquinaria, parar, fin del mensaje».

Se levantó deliberadamente de su silla y se acercó a ellos atravesando la silenciosa alfombra. Parecía haber perdido un poco de la atmósfera oficial con las palabras neolingüísticas, pero su expresión era más sombría que de costumbre, como si no le gustara que le molestaran. El terror que Winston ya sentía se vio repentinamente atravesado por una racha de vergüenza ordinaria. Le parecía muy posible que simplemente hubiera cometido un estúpido error. Porque, ¿qué pruebas tenía en realidad de que O'Brien fuera algún tipo de conspirador político? Nada más que un destello de ojos y un único comentario equívoco: más allá de eso, sólo sus propias imaginaciones secretas, fundadas en un sueño. Ni siquiera podía recurrir a la pretensión de que había venido a pedir prestado el diccionario, porque en ese caso la presencia de Julia era imposible de explicar. Cuando O'Brien pasó por la telepantalla, pareció que se le ocurría una idea. Se detuvo, se apartó y pulsó un interruptor en la pared. Hubo un fuerte chasquido. La voz había cesado.

Julia emitió un pequeño sonido, una especie de chillido de sorpresa. Incluso en medio de su pánico, Winston estaba demasiado sorprendido como para poder contener la lengua.

«¡Puedes apagarlo!», dijo.

«Sí», dijo O'Brien, «podemos apagarlo. Tenemos ese privilegio».

Ahora estaba frente a ellos. Su sólida figura se alzaba sobre los dos, y la expresión de su rostro seguía siendo indescifrable. Estaba esperando, con cierta severidad, a que Winston hablara, pero ¿sobre qué? Incluso ahora era muy posible que fuera simplemente un hombre ocupado que se preguntaba irritado por qué le habían interrumpido. Nadie habló. Después de que se detuviera la telepantalla, la sala parecía estar en un silencio sepulcral. Los segundos pasaron, enormes. Con dificultad, Winston siguió manteniendo los ojos fijos en los de O'Brien. Entonces, de repente, el rostro sombrío se descompuso en lo que podría haber sido el inicio de una sonrisa. Con su gesto característico, O'Brien se acomodó las gafas en la nariz.

«¿Lo digo yo o lo dices tú?», dijo.

«Lo diré», dijo Winston rápidamente. «¿Esa cosa está realmente apagada?»

«Sí, todo está apagado. Estamos solos».

«Hemos venido aquí porque...»

Hizo una pausa, dándose cuenta por primera vez de la vaguedad de sus propios motivos. Como no sabía qué tipo de ayuda esperaba de O'Brien, no era fácil decir por qué había venido aquí. Continuó, consciente de que lo que decía debía sonar débil y pretencioso:

«Creemos que hay algún tipo de conspiración, algún

tipo de organización secreta que trabaja contra el Partido, y que tú estás involucrado en ella. Queremos unirnos a ella y trabajar para ella. Somos enemigos del Partido. No creemos en los principios de Ingsoc. Somos criminales del pensamiento. También somos adúlteros. Te digo esto porque queremos ponernos a tu merced. Si quieres que nos incriminemos de cualquier otra manera, estamos dispuestos.»

Se detuvo y miró por encima del hombro, con la sensación de que la puerta se había abierto. Efectivamente, el pequeño sirviente de cara amarilla había entrado sin llamar. Winston vio que llevaba una bandeja con un decantador y unas copas.

«Martin es uno de los nuestros», dijo O'Brien impasible. «Trae las bebidas aquí, Martin. Ponlas en la mesa redonda. ¿Tenemos suficientes sillas? Entonces podemos sentarnos y hablar cómodamente. Trae una silla para ti, Martin. Esto es un negocio. Puedes dejar de ser un sirviente durante los próximos diez minutos».

El hombrecillo se sentó, bastante a gusto, y sin embargo con un aire de sirviente, el aire de un ayuda de cámara que disfruta de un privilegio. Winston lo miró con el rabillo del ojo. Le pareció que toda la vida de aquel hombre era un papel, y que le parecía peligroso abandonar su supuesta personalidad aunque fuera por un momento. O'Brien tomó el decantador por el cuello y llenó las copas con un líquido de color rojo oscuro. El líquido despertó en Winston un tenue recuerdo de algo visto hace mucho tiempo en una pared o en un acervo: una enorme botella compuesta por luces eléctricas que parecía moverse hacia arriba y hacia abajo y verter su contenido en un vaso. Visto desde arriba parecía casi negro, pero en el decantador brillaba como un rubí. Tenía un olor agridulce. Vio que Julia cogía su vaso y lo olía con franca curiosidad.

«Se llama vino», dijo O'Brien con una leve sonrisa. «Habrán leído sobre él en los libros, sin duda. Me temo que no llega mucho al Partido Exterior». Su rostro volvió a ponerse solemne y levantó su copa: «Creo que es conveniente que empecemos bebiendo a la salud. Por nuestro líder: Por Emmanuel Goldstein».

Winston cogió su copa con cierta impaciencia. El vino era algo que había leído y soñado. Al igual que el pisapapeles de cristal o las rimas medio recordadas del señor Charrington, pertenecía a un pasado desaparecido y romántico, a los viejos tiempos, como le gustaba llamarlos en sus pensamientos secretos. Por alguna razón, siempre había pensado que el vino tenía un sabor intensamente dulce, como el de la mermelada de moras, y un efecto embriagador inmediato. En realidad, cuando llegó a tragarlo, la cosa fue claramente decepcionante. La verdad es que, después de años de beber ginebra, apenas podía saborearlo. Dejó el vaso vacío.

«¿Entonces existe una persona como Goldstein?», dijo.

«Sí, hay una persona así, y está viva. Dónde, no lo sé».

«¿Y la conspiración, la organización? ¿Es real? ¿No es simplemente una invención de la Policía del Pensamiento?»

«No, es real. La Hermandad, la llamamos. Nunca aprenderás mucho más sobre la Hermandad que el hecho de que existe y que tú perteneces a ella. Volveré a hablar de eso ahora». Miró su reloj de pulsera. «No es prudente, ni siquiera para los miembros del Partido Interior, apagar la telepantalla durante más de media hora. No deberían haber venido juntos y tendrán que irse por separado. Tú, camarada», inclinó la cabeza hacia Julia, «te irás primero. Tenemos unos veinte minutos a nuestra disposición. Comprenderás que debo empezar haciéndote ciertas preguntas. En términos generales, ¿qué estáis dispuestos a hacer?»

«Cualquier cosa de la que seamos capaces», dijo Winston.

O'Brien se había girado un poco en su silla para quedar frente a Winston. Casi ignoró a Julia, pareciendo dar por sentado que Winston podía hablar por ella. Por un momento los párpados bajaron sobre sus ojos. Comenzó a formular sus preguntas en voz baja y sin expresión, como si se tratara de una rutina, una especie de catecismo, la mayoría de cuyas respuestas ya conocía.

«¿Están dispuestos a dar sus vidas?»

«Sí».

«¿Están dispuestos a cometer un asesinato?»

«Sí».

«¿Cometer actos de sabotaje que pueden causar la muerte de cientos de inocentes?»

«Sí».

«¿Traicionar a su país a las potencias extranjeras?»

«Sí».

«¿Están dispuestos a engañar, a falsificar, a chantajear, a corromper la mente de los niños, a distribuir drogas que crean hábito, a fomentar la prostitución, a difundir enfermedades venéreas... a hacer cualquier cosa que pueda causar desmoralización y debilitar el poder del Partido?»

«Sí».

«Si, por ejemplo, sirviera de algún modo a nuestros intereses arrojar ácido sulfúrico a la cara de un niño, ¿están dispuestos a hacerlo?»

«Sí».

«¿Están dispuestos a perder su identidad y vivir el resto de su vida como camareros o trabajadores portuarios?»

«Sí».

«¿Están dispuestos a suicidarse, si y cuando se lo ordenemos?»

«Sí».

«¿Están dispuestos, los dos, a separarse y no volver a verse?»

«¡No!», interrumpió Julia.

A Winston le pareció que había pasado mucho tiempo antes de que respondiera. Por un momento pareció incluso privado de la facultad de hablar. Su lengua trabajaba sin sonido, formando las primeras sílabas primero de una palabra, luego de la otra, una y otra vez. Hasta que lo dijo, no supo qué palabra iba a decir. «No», dijo finalmente.

«Hicieron bien en decírmelo», dijo O'Brien. «Es necesario que lo sepamos todo».

Se volvió hacia Julia y añadió con una voz algo más expresiva:

«¿Entiendes que aunque él sobreviva, puede ser como una persona diferente? Puede que nos veamos obligados a darle una nueva identidad. Su cara, sus movimientos, la forma de sus manos, el color de su pelo... incluso su voz serían diferentes. Y tú mismo podrías haberte convertido en una persona diferente. Nuestros cirujanos pueden alterar a las personas hasta hacerlas irreconocibles. A veces es necesario. A veces incluso amputamos un miembro».

Winston no pudo evitar echar otra mirada de reojo al rostro mongol de Martin. No había cicatrices que él pudiera ver. Julia se había vuelto un poco más pálida, de modo que se le veían las pecas, pero se enfrentó a O'Brien con valentía. Murmuró algo que parecía ser un asentimiento.

«Bien. Entonces, eso está resuelto».

Había una cajita plateada de cigarrillos sobre la mesa. Con un aire bastante distraído, O'Brien los empujó hacia los demás, tomó uno él mismo, luego se levantó y comenzó a caminar lentamente de un lado a otro, como si pudiera pensar mejor de pie. Eran cigarrillos muy buenos, muy gruesos y bien empaquetados, con una sedosidad desconocida en el papel. O'Brien volvió a mirar su reloj de pulsera.

«Será mejor que vuelvas a tu despensa, Martin», dijo. «En un cuarto de hora lo encenderé. Mira bien las caras de estas camaradas antes de irte. Los volverás a ver. Puede que yo no».

Exactamente igual que en la puerta principal, los ojos oscuros del hombrecillo recorrieron sus rostros. No había ni un rastro de amabilidad en sus maneras. Estaba memorizando su aspecto, pero no sentía ningún interés por ellos, o parecía no sentirlo. A Winston se le ocurrió que un rostro sintético era tal vez incapaz de cambiar su expresión. Sin hablar ni dar ningún tipo de saludo, Martin salió, cerrando la puerta silenciosamente tras él. O'Brien se paseaba de un lado a otro, con una mano en el bolsillo de su mono negro y la otra sosteniendo su cigarrillo.

«Se entiende», dijo, «que estarán luchando en la oscuridad. Siempre estarán en la oscuridad. Recibirán órdenes y las obedecerán sin saber por qué. Más adelante les enviaré un libro en el que conocerán la verdadera naturaleza de la sociedad en la que vivimos y la estrategia para destruirla. Cuando hayan leído el libro, serán miembros de pleno derecho de la Hermandad. Pero entre los objetivos generales por los que luchamos y las tareas inmediatas del momento, nunca sabrán nada. Les digo que la Hermandad existe, pero no puedo decirles si tiene cien miembros o diez millones. Por su conocimiento personal, nunca podrán decir que cuenta siquiera con una docena. Tendrán tres o cuatro contactos, que se renovarán de vez en cuando a medida que vayan desapareciendo. Como este fue su primer contacto, se conservará. Cuando reciban órdenes, éstas vendrán de mí. Si consideramos necesario comunicarnos con ustedes, será a través de Martin. Cuando finalmente los atrapen, confesarán. Eso es inevitable. Pero tendrán muy poco que confesar, aparte de sus propias acciones. No podrán traicionar más que a un puñado de personas sin importancia. Probablemente ni siquiera me traicionarán a mí. Para entonces puede que esté muerto, o que me haya convertido en una persona diferente, con otra cara».

Siguió moviéndose de un lado a otro sobre la suave alfombra. A pesar de lo voluminoso de su cuerpo, sus movimientos tenían una notable gracia. Se notaba incluso en el gesto con el que metía la mano en el bolsillo o manipulaba un cigarrillo. Más que de fuerza, daba la impresión de confianza y de una comprensión teñida de ironía. Por muy serio que fuera, no tenía nada de la determinación propia de un fanático. Cuando hablaba de asesinatos, suicidios, enfermedades venéreas, miembros amputados y rostros alterados, lo hacía con un leve aire de disimulo. «Esto es inevitable», parecía decir su voz; «esto es lo que tenemos que hacer, sin miedo. Pero esto no es lo que haremos cuando la vida vuelva a valer la pena». Una ola de admiración, casi de adoración, fluyó desde Winston hacia O'Brien. Por el momento había olvidado la sombría figura de Goldstein. Al contemplar los poderosos hombros de O'Brien y su rostro de rasgos rotundos, tan feo y a la vez tan civilizado, era imposible creer que pudiera ser derrotado. No había estratagema a la que no estuviera a la altura, ni peligro que no pudiera prever. Incluso Julia parecía estar impresionada. Había dejado apagar su cigarrillo y escuchaba atentamente. O'Brien continuó:

«Habrán oído rumores sobre la existencia de la Hermandad. Sin duda, se han hecho su propia idea de ella. Habrán imaginado, probablemente, un enorme submundo de conspiradores, reuniéndose en secreto en sótanos, garabateando mensajes en las paredes, reconociéndose unos a otros por palabras clave o por movimientos especiales de la mano. Nada de eso existe. Los miembros de la Hermandad no tienen forma de reconocerse entre sí, y es imposible que un miembro conozca la identidad de más de unos pocos. El propio Goldstein, si cayera en manos de la Policía del Pensamiento, no podría darles una lista completa de miembros, ni ninguna información que les llevara a una lista completa. No existe tal lista. La Hermandad no puede ser eliminada porque no es una organización en el sentido ordinario. Nada la mantiene unida excepto una idea que es indestructible. Nunca tendrán nada que los sostenga, excepto la idea. No tendrán ninguna camaradería ni estímulo. Cuando finalmente sean atrapados, no recibirán ninguna ayuda. Nunca ayudamos a nuestros miembros. A lo sumo, cuando es absolutamente necesario que alguien sea silenciado, de vez en cuando somos capaces de introducir una cuchilla de afeitar en la celda de un preso. Tendrán que acostumbrarse a vivir sin resultados y sin esperanza. Trabajarán durante un tiempo, los atraparán, confesarán y luego morirán. Esos son los únicos resultados que verán. No hay posibilidad de que se produzca ningún cambio perceptible durante nuestra propia vida. Somos los muertos. Nuestra única vida verdadera está en el futuro. Participaremos en él como puñados de polvo y astillas de hueso. Pero no se sabe cuán lejos puede estar ese futuro. Podrían ser mil años. Por el momento nada es posible, salvo ampliar poco a poco el área de la cordura. No podemos actuar colectivamente. Sólo podemos difundir nuestro conocimiento de individuo a individuo, generación tras generación. Frente a la Policía del Pensamiento no hay otro camino».

Se detuvo y miró por tercera vez su reloj de pulsera.

«Ya casi es hora de que te vayas, camarada», le dijo a Julia. «Espera. El decantador aún está medio lleno».

Llenó los vasos y levantó el suyo por la base.

«¿Por qué será esta vez?», dijo, todavía con la misma leve sugerencia de ironía. «¿Por la confusión de la Policía del Pensamiento? ¿Por la muerte del Gran Hermano? ¿Por la humanidad? ¿Por el futuro?»

«Por el pasado», dijo Winston.

«El pasado es más importante», convino O'Brien con gravedad.

Vaciaron sus vasos y un momento después Julia se levantó para irse. O'Brien sacó una pequeña caja de la parte superior de un armario y le entregó una pastilla blanca y plana que le dijo que se pusiera en la lengua. Era importante, dijo, no salir oliendo a vino: los ascensoristas eran muy observadores. En cuanto la puerta se cerró tras ella, él pareció olvidar su existencia. Subió y bajó uno o dos pasos más y se detuvo.

«Hay detalles que deben ser resueltos», dijo. «Supongo que tienes algún tipo de escondite».

Winston explicó lo de la habitación sobre la tienda del señor Charrington.

«Eso será suficiente por el momento. Más tarde organizaremos otra cosa para ti. Es importante cambiar de escondite con frecuencia. Mientras tanto, le enviaré un ejemplar de EL LIBRO», incluso O'Brien, según notó Winston, parecía pronunciar las palabras como si estuvieran en cursiva, «el libro de Goldstein, como comprenderá, lo antes posible. Puede que pasen algunos días antes de que pueda conseguir uno. No hay muchos en existencia, como puede imaginar. La Policía del Pensamiento los caza y los destruye casi tan rápido como podemos producirlos. Hay muy poca diferencia. El libro es indestructible. Si el último ejemplar desapareciera, podríamos reproducirlo casi palabra por palabra. ¿Llevas un maletín para trabajar?», añadió.

«Por regla general, sí».

«¿Cómo es?»

«Negro, muy gastado. Con dos correas».

«Negro, con dos correas, muy gastado... bueno. Un día en un futuro bastante cercano —no puedo dar una fecha— uno de los mensajes entre su trabajo de la mañana contendrá una palabra mal impresa, y tendrá que pedir que se emita nuevamente. Al día siguiente irás a trabajar sin tu maletín. En algún momento del día, en la calle, un hombre te tocará en el brazo y te dirá "creo que se te ha caído el maletín". El que te entregue contendrá una copia del libro de Goldstein. Lo devolverás en un plazo de catorce días».

Se quedaron en silencio por un momento.

«Hay un par de minutos antes de que tengas que irte», dijo O'Brien. «Nos volveremos a encontrar... si es que nos volvemos a encontrar...»

Winston le miró. «¿En el lugar donde no hay oscuridad?», dijo vacilante.

O'Brien asintió sin apariencia de sorpresa. «En el lugar donde no hay oscuridad», dijo, como si hubiera reconocido la alusión. «Y mientras tanto, ¿hay algo que quieras decir antes de irte? ¿Algún mensaje? ¿Alguna pregunta?»

Winston pensó. No parecía haber ninguna otra pregunta que quisiera formular: menos aún sintió el impulso de pronunciar generalidades altisonantes. En lugar de cualquier cosa directamente relacionada con O'Brien o la Hermandad, le vino a la mente una especie de imagen compuesta del oscuro dormitorio donde su madre había pasado sus últimos días, y la pequeña habitación sobre la tienda del señor Charrington, y el pisapapeles de cristal, y el grabado de acero en su marco de palisandro. Casi al azar dijo:

«¿Has oído alguna vez una vieja rima que empieza *"Naranjas y limones, dicen las campanas de St Clement's"?»*

De nuevo O'Brien asintió. Con una especie de grave cortesía completó la estrofa:

«Naranjas y limones, dicen las campanas de St Clement's,
Me debes tres cuartos, dicen las campanas de St Martin's,
¿Cuándo me pagarás? dicen las campanas de Old Bailey,
Cuando me haga rico, dicen las campanas de Shoreditch».

«¡Sabías la última línea!», dijo Winston.

«Sí, conocía la última línea. Y ahora, me temo, es hora de que te vayas. Pero espera. Será mejor que me dejes darte una de estas tabletas».

Cuando Winston se levantó, O'Brien le tendió una mano. Su poderoso apretón aplastó los huesos de la palma de Winston. Al llegar a la puerta, Winston miró hacia atrás, pero O'Brien parecía estar ya en proceso de sacarlo de su mente. Estaba esperando con la mano en el interruptor que controlaba la telepantalla. Más allá de él, Winston pudo ver la mesa de escribir con su lámpara de color verde y el hablescribe y las cestas de alambre cargadas de papeles. El incidente estaba cerrado. Dentro de treinta segundos, pensó, O'Brien volvería a su interrumpido e importante trabajo en nombre del Partido.

Capítulo 9

Winston estaba gelatinoso de cansancio. Gelatinoso era la palabra correcta. Le había venido a la cabeza de forma espontánea. Su cuerpo parecía tener no sólo la debilidad de una gelatina, sino su translucidez. Sentía que si levantaba la mano podría ver la luz a través de ella. Toda la sangre y la linfa habían sido drenadas de él por un enorme desgaste de trabajo, dejando sólo una frágil estructura de nervios, huesos y piel. Todas las sensaciones parecían estar magnificadas. El mono de trabajo le hacía sentir un crujido en los hombros, el pavimento le hacía cosquillas en los pies, incluso el abrir y cerrar una mano era un esfuerzo que hacía crujir sus articulaciones.

Había trabajado más de noventa horas en cinco días. Como todos los demás en el Ministerio. Ahora todo había terminado, y no tenía literalmente nada que hacer, ningún trabajo del Partido, hasta mañana por la mañana. Podía pasar seis horas en el escondite y otras nueve en su propia cama. Lentamente, bajo el suave sol de la tarde, subió por una sucia calle en dirección a la tienda del señor Charrington, manteniendo un ojo abierto por si había patrullas, pero irracionalmente convencido de que esta tarde no había peligro de que nadie se interpusiera en su camino. El pesado maletín que llevaba chocaba contra su rodilla a cada paso, provocando un cosquilleo en la piel de su pierna. En su interior estaba el libro que tenía en su poder desde hacía seis días y que aún no había abierto, ni siquiera mirado.

Al sexto día de la Semana del Odio, después de las procesiones, los discursos, los gritos, los cantos, las pancartas, los carteles, las películas, los trabajos de cera, el redoble de los tambores y el chirrido de las trompetas, el traqueteo de los pies en marcha, el rechinar de las cadenas de tanques, el rugido de los aviones en masa, el estruendo de los cañones... después de seis días de esto, cuando el gran orgasmo llegaba a su clímax y el odio generalizado hacia Eurasia había llegado a tal delirio que, si la multitud hubiera podido echar mano de los 2.000 criminales de guerra euroasiáticos que iban a ser colgados públicamente el último día del proceso, sin duda los habrían hecho pedazos, justo en ese momento se había anunciado que Oceanía no estaba en guerra con Eurasia. Oceanía estaba en guerra con Esteasia. Eurasia era un aliado.

Por supuesto, no se admitió que se hubiera producido ningún cambio. Simplemente se supo, con extrema brusquedad y en todas partes a la vez, que Esteasia y no Eurasia era el enemigo. Winston estaba participando en una manifestación en una de las plazas del centro de Londres en el momento en que ocurrió. Era de noche, y los rostros blancos y las pancartas escarlatas estaban escandalosamente iluminados. La plaza estaba repleta de varios miles de personas, incluido un bloque de unos mil escolares con el uniforme de los Espías. En una plataforma vestida de escarlata, un orador del Partido Interior, un hombre pequeño y delgado con brazos desproporcionadamente largos y un gran cráneo calvo sobre el que se asomaban algunos mechones lacios, estaba arengando a la multitud. Una pequeña figura de Rumpelstiltskin, contorsionada por el odio, agarraba el cuello del micrófono con una mano mientras la otra, enorme al final de un brazo huesudo, arañaba el aire amenazadoramente por encima de su cabeza. Su voz, convertida en metálica por los amplificadores, retumbó con un catálogo interminable de atrocidades, masacres, deportaciones, saqueos, violaciones, torturas a prisioneros, bombardeos a civiles, propaganda mentirosa, agresiones injustas, tratados rotos. Era casi imposible escucharle sin quedar primero convencido y luego enloquecido. Cada poco tiempo, la furia de la muchedumbre se desbordaba y la voz del orador era ahogada por un rugido salvaje como el de una bestia que surgía incontroladamente de miles de gargantas. Los gritos más salvajes provenían de los colegiales. El discurso había durado unos veinte minutos cuando un mensajero se apresuró a subir a la plataforma y un trozo de papel se deslizó en la mano del orador. El orador lo desenrolló y lo leyó sin interrumpir su discurso. Nada cambió en su voz ni en sus maneras, ni en el contenido de lo que decía, pero de repente los nombres eran diferentes. Sin decir palabras, una ola de comprensión recorrió la multitud. ¡Oceanía estaba en guerra con Esteasia! Al momento siguiente se produjo una tremenda conmoción. ¡Las pancartas y los carteles con los que estaba decorada la plaza estaban todos equivocados! La mitad de ellos tenían las caras equivocadas. Era un sabotaje. Los agentes de Goldstein habían actuado. Hubo un interludio de disturbios mientras los carteles eran arrancados de las paredes, las pancartas hechas jirones y pisoteadas. Los Espías realizaron prodigios de actividad trepando por los tejados y cortando las serpentinas que ondeaban en las chimeneas. Pero en dos o tres minutos todo había terminado. El orador, que seguía agarrado al cuello del micrófono, con los hombros encorvados hacia delante y la mano libre arañando el aire, había continuado directamente con su discurso. Un minuto más, y los feroces rugidos de rabia volvieron a brotar de la multitud. El Odio continuó exactamente como antes, salvo que el destinatario había cambiado.

Lo que impresionó a Winston al mirar hacia atrás fue que el orador había cambiado de una línea a otra en realidad en medio de la frase, no sólo sin una pausa, sino sin siquiera romper la sintaxis. Pero en ese momento tenía otras cosas que le preocupaban. Fue durante el momento de desorden mientras se arrancaban los carteles cuando un hombre cuyo rostro no vio le tocó el hombro y le dijo: «Disculpe, creo que se le ha caído el maletín». Cogió el maletín abstraído, sin hablar. Sabía que pasarían días antes de que tuviera la oportunidad de mirar en su interior. En cuanto terminó la manifestación, se dirigió directamente al Ministerio de la Verdad, aunque ya eran casi veintitrés horas. Todo el personal del Ministerio había hecho lo mismo. Las órdenes que ya salían de la telepantalla, llamándoles a sus puestos, apenas eran necesarias.

Oceanía estaba en guerra con Esteasia: Oceanía siempre había estado en guerra con Esteasia. Una gran parte de la literatura política de cinco años era ahora completamente obsoleta. Informes y registros de todo tipo, periódicos, libros, panfletos, películas, bandas sonoras, fotografías... todo tenía que ser rectificado a la velocidad del rayo. Aunque nunca se emitió ninguna directiva, se sabía que los jefes del Departamento pretendían que en el plazo de una semana no quedara ninguna referencia a la guerra con Eurasia, o a la alianza con Esteasia, en ningún lugar. El trabajo era abrumador, tanto más cuanto que los procesos que implicaba no podían llamarse por su verdadero nombre. Todos los miembros del Departamento de Registros trabajaban dieciocho horas de cada veinticuatro, con dos rachas de tres horas de sueño. Colchones subidos de los sótanos y colocados por todos los pasillos; las comidas consistían en sándwiches y Café Victoria llevados en carritos por los asistentes de la cantina. Cada vez que Winston hacía una pausa para dormir, intentaba dejar su escritorio libre de trabajo, y cada vez que volvía con los ojos pegajosos y doloridos, se encontraba con que otra lluvia de cilindros de papel había cubierto el escritorio como un aluvión de nieve, sepultando a medias el hablescribe y desbordándose por el suelo, de modo que el primer trabajo era siempre apilarlos en una pila lo suficientemente ordenada como para dejarle espacio para trabajar. Lo peor de todo era que el trabajo no era en absoluto puramente mecánico. A menudo bastaba con sustituir un nombre por otro, pero cualquier informe detallado de los acontecimientos exigía cuidado e imaginación. Incluso los conocimientos geográficos que se necesitaban para trasladar la guerra de una parte del mundo a otra eran considerables.

Al tercer día le dolían los ojos de forma insoportable y había que limpiarle las gafas cada pocos minutos. Era como luchar con una tarea física aplastante, algo que uno tenía derecho a rechazar y que, sin embargo, estaba neuróticamente ansioso por cumplir. En la medida en que tenía tiempo para recordarlo, no le preocupaba el hecho de que cada palabra que murmuraba en el hablescribe, cada trazo de su lápiz de tinta, era una mentira deliberada. Estaba tan ansioso como cualquier otra persona del Departamento de que la falsificación fuera perfecta. En la mañana del sexto día, el goteo de cilindros disminuyó. Durante media hora no salió nada del tubo; luego un cilindro más, y después nada. En todas partes, más o menos al mismo tiempo, el trabajo disminuía. Un profundo y como secreto suspiro recorrió el Departamento. Se había logrado una hazaña que nunca podría ser mencionada. Ahora era imposible para cualquier ser humano demostrar con pruebas documentales que la guerra con Eurasia había ocurrido alguna vez. A las mil doscientas se anunció inesperadamente que todos los trabajadores del Ministerio estaban libres hasta mañana por la mañana. Winston, llevando todavía el maletín que contenía el libro, que había permanecido entre sus pies mientras trabajaba y bajo su cuerpo mientras dormía, se fue a casa, se afeitó y casi se quedó dormido en su baño, aunque el agua estaba apenas más que tibia.

Con una especie de crujido voluptuoso en las articulaciones, subió la escalera por encima de la tienda del señor Charrington. Estaba cansado, pero ya no tenía sueño. Abrió la ventana, encendió la pequeña y sucia estufa de aceite y puso una cacerola con agua para el café. Julia no tardaría en llegar: mientras tanto, estaba el libro. Se sentó en el sillón de la mujer y desató las correas del maletín.

Un grueso volumen negro, encuadernado de forma amateur, sin nombre ni título en la portada. La impresión también parecía ligeramente irregular. Las páginas estaban desgastadas en los bordes y se deshacían con facilidad, como si el libro hubiera pasado por muchas manos. La inscripción en la portada decía:

TEORÍA Y PRÁCTICA DE
COLECTIVISMO OLIGÁRQUICO

por
Emmanuel Goldstein

Winston empezó a leer:

Capítulo I
La ignorancia es la fuerza

A lo largo de la historia, y probablemente desde el final del Neolítico, ha habido tres tipos de personas en el mundo: las altas, las medias y las bajas. Se han subdividido de muchas maneras, han llevado innumerables nombres diferentes, y su número relativo, así como su actitud hacia las demás personas, han variado de una época a otra: pero la estructura esencial de la sociedad nunca ha cambiado. Incluso después de enormes convulsiones y cambios aparentemente irrevocables, siempre se ha reafirmado el mismo patrón, al igual que un giroscopio siempre volverá al equilibrio, por mucho que se le empuje hacia un lado u otro.

Los objetivos de estos grupos son totalmente irreconciliables...

Winston dejó de leer, sobre todo para apreciar el hecho de que estaba leyendo, con comodidad y seguridad. Estaba solo: no había telepantalla, ni oído en el ojo de la cerradura, ni impulso nervioso de mirar por encima del hombro o cubrir la página con la mano. El aire dulce del verano jugaba contra su mejilla. Desde algún lugar lejano flotaban los débiles gritos de los niños: en la propia habitación no se oía nada más que la voz de insecto del reloj. Se acomodó más en el sillón y apoyó los pies en el reposabrazos. Era la felicidad, era la eternidad. De repente, como uno hace a veces con un libro del que sabe que acabará leyendo y releyendo cada palabra, lo abrió en un lugar diferente y se encontró en el capítulo III. Siguió leyendo:

Capítulo III
La guerra es la paz

La división del mundo en tres grandes superestados era un acontecimiento que podía preverse, y de hecho se preveía, antes de mediados del siglo XX. Con la absorción de Europa por parte de Rusia y del Imperio Británico por parte de Estados Unidos, dos de las tres potencias existentes, Eurasia y Oceanía, ya existían efectivamente. La tercera, Esteasia, sólo surgió como unidad diferenciada tras otra década de confusas luchas. Las fronteras entre los tres superestados son en algunos lugares arbitrarias, y en otros fluctúan según la suerte de la guerra, pero en general siguen líneas geográficas. Eurasia comprende toda la parte norte de la masa terrestre europea y asiática, desde Portugal hasta el estrecho de Bering. Oceanía comprende las Américas, las islas del Atlántico, incluidas las Islas Británicas, Australasia y la parte sur de África. Esteasia, más pequeña que las demás y con una frontera occidental menos definida, comprende China y los países situados al sur de ésta, las islas japonesas y una parte importante pero fluctuante de Manchuria, Mongolia y el Tíbet.

En una u otra combinación, estos tres superestados están permanentemente en guerra, y lo han estado durante los últimos veinticinco años. La guerra, sin embargo, ya no es la lucha desesperada y aniquiladora que era en las primeras décadas del siglo XX. Es una guerra de objetivos limitados entre combatientes que no pueden destruirse mutuamente, que no tienen ninguna causa material para luchar y que no están divididos por ninguna diferencia ideológica genuina. Esto no quiere decir que la conducta de la guerra, o la actitud prevaleciente hacia ella, se haya vuelto menos sanguinaria o más caballerosa. Por el contrario, la histeria bélica es continua y universal en todos los países, y actos como las violaciones, los saqueos, la matanza de niños, la reducción de poblaciones enteras a la esclavitud y las represalias contra los prisioneros que llegan incluso a hervirlos y enterrarlos vivos, se consideran normales y, cuando son cometidos por el propio bando y no por el enemigo, meritorios. Pero en un sentido físico, la guerra implica a un número muy pequeño de personas, en su mayoría especialistas altamente capacitados, y causa comparativamente pocas bajas. Los combates, cuando los hay, tienen lugar en las vagas fronteras cuyo paradero el hombre medio sólo puede adivinar, o en torno a las Fortalezas Flotantes que guardan puntos estratégicos en las rutas marítimas. En los centros de la civilización, la guerra no significa más que una escasez continua de bienes de consumo, y el ocasional choque de una bomba cohete que puede causar algunas decenas de muertos. De hecho, la guerra ha cambiado su carácter. Más exactamente, los motivos por los que se hace la guerra han cambiado en su orden de importancia. Los motivos que ya estaban presentes en cierta medida en las grandes guerras de principios del siglo XX han pasado a ser dominantes y se reconocen conscientemente y se actúa en consecuencia.

Para comprender la naturaleza de la guerra actual — pues, a pesar del reagrupamiento que se produce cada pocos años, es siempre la misma guerra— hay que darse cuenta, en primer lugar, de que es imposible que sea decisiva. Ninguno de los tres superestados podría ser conquistado definitivamente ni siquiera por los otros dos en conjunto. Están demasiado igualados y sus defensas naturales son demasiado formidables. Eurasia está protegida por sus vastos espacios terrestres, Oceanía por la anchura del Atlántico y el Pacífico, Esteasia por la fecundidad y laboriosidad de sus habitantes. En segundo lugar, ya no hay, en sentido material, nada por lo que luchar. Con el establecimiento de economías autónomas, en las que la producción y el consumo están orientados el uno al otro, la lucha por los mercados que fue una de las principales causas de las guerras anteriores ha llegado a su fin, mientras que la competencia por las materias primas ya no es una cuestión de vida o muerte. En cualquier caso, cada uno de los tres superestados es tan vasto que puede obtener casi todos los materiales que necesita dentro de sus propias fronteras. En la medida en que la guerra tiene una finalidad económica directa, es una guerra por la fuerza de trabajo. Entre las fronteras de los superestados, y sin estar permanentemente en posesión de ninguno de ellos, hay un cuadrilátero aproximado con sus esquinas en Tánger, Brazzaville, Darwin y Hong Kong, que contiene en su interior alrededor de una quinta parte de la población de la tierra. Es por la posesión de estas regiones densamente pobladas, y de la capa de hielo del norte, por lo que las tres potencias luchan constantemente. En la práctica, ninguna potencia controla la totalidad de la zona en disputa. Partes de ella cambian constantemente de manos, y es la posibilidad de apoderarse de uno u otro fragmento mediante un repentino golpe de traición lo que dicta los interminables cambios de alineación.

Todos los territorios en disputa contienen minerales valiosos, y algunos de ellos producen importantes productos vegetales, como el caucho, que en los climas más fríos es necesario sintetizar por métodos comparativamente costosos. Pero, sobre todo, contienen una reserva inagotable de mano de obra barata. Cualquiera que sea el poder que controle el África ecuatorial, o los países de Oriente Medio, o el sur de la India, o el archipiélago indonesio, dispone también de los cuerpos de decenas o cientos de millones de coolies mal pagados y trabajadores. Los habitantes de estas zonas, reducidos más o menos abiertamente a la condición de esclavos, pasan continuamente de conquistador a conquistador, y se gastan como mucho carbón o petróleo en la carrera por producir más armamento, capturar más territorio, controlar más fuerza de trabajo, producir más armamento, capturar más territorio, y así indefinidamente. Hay que señalar que los combates nunca van realmente más allá de los límites de las zonas en disputa. Las fronteras de Eurasia fluyen de un lado a otro entre la cuenca del Congo y la orilla norte del Mediterráneo; las islas del Océano Índico y del Pacífico son constantemente capturadas y reconquistadas por Oceanía o por Esteasia; en Mongolia, la línea divisoria entre Eurasia y Esteasia nunca es estable; alrededor del Polo, las tres potencias reclaman enormes territorios que, de hecho, están en gran medida deshabitados e inexplorados: pero el equilibrio de poder siempre se mantiene más o menos parejo, y el territorio que forma el corazón de cada superestado siempre permanece inviolado. Además, el trabajo de los pueblos explotados alrededor del Ecuador no es realmente necesario para la economía mundial. No añaden nada a la riqueza del mundo, ya que todo lo que producen se utiliza con fines bélicos, y el objetivo de librar una guerra es siempre estar en mejor posición para librar otra. Con su trabajo, las poblaciones esclavas permiten acelerar el ritmo de la guerra continua. Pero si no existieran, la estructura de la sociedad mundial, y el proceso por el que se mantiene, no serían esencialmente diferentes.

El objetivo principal de la guerra moderna (de acuerdo con los principios del DOBLEPENSAMIENTO, este objetivo es reconocido y no reconocido simultáneamente por los cerebros directores del Partido Interior) es agotar los productos de la máquina sin elevar el nivel de vida general. Desde finales del siglo XIX, el problema de qué hacer con el excedente de bienes de consumo ha estado latente en la sociedad industrial. En la actualidad, cuando pocos seres humanos tienen siquiera lo suficiente para comer, este problema no es evidentemente urgente, y podría no haberlo sido, incluso si no hubieran actuado procesos artificiales de destrucción. El mundo de hoy es un lugar desnudo, hambriento y ruinoso comparado con el mundo que existía antes de 1914, y más aún si se compara con el futuro imaginario al que aspiraban los habitantes de aquella época. A principios del siglo XX, la visión de una sociedad futura increíblemente rica, cuidada, ordenada y eficiente —un mundo brillante y antiséptico de cristal y acero y hormigón blanco como la nieve— formaba parte de la conciencia de casi todas las personas alfabetizadas. La ciencia y la tecnología se desarrollaban a una velocidad prodigiosa, y parecía natural suponer que seguirían desarrollándose. Esto no sucedió, en parte por el empobrecimiento causado por una larga serie de guerras y revoluciones, en parte porque el progreso científico y técnico dependía del hábito empírico del pensamiento, que no podía sobrevivir en una sociedad estrictamente reglamentada. En conjunto, el mundo es hoy más primitivo que hace cincuenta años. Algunas zonas atrasadas han avanzado, y se han desarrollado diversos dispositivos, siempre relacionados de algún modo con la guerra y el espionaje policial, pero la experimentación y la invención se han detenido en gran medida, y los estragos de la guerra atómica de los años cincuenta nunca se han reparado del todo. Sin embargo, los peligros inherentes a la máquina siguen existiendo. Desde el momento en que la máquina hizo su primera aparición, quedó claro para todas las personas pensantes que la necesidad del trabajo humano, y por lo tanto en gran medida la desigualdad humana, había desaparecido. Si la máquina se utilizara deliberadamente para ese fin, el hambre, el exceso de trabajo, la suciedad, el analfabetismo y las enfermedades podrían desaparecer en pocas generaciones. Y de hecho, sin ser utilizada para tal fin, sino por una especie de proceso automático —produciendo riqueza que a veces era imposible no distribuir—, la máquina elevó enormemente el nivel de vida del ser humano medio durante un período de unos cincuenta años a finales del siglo XIX y principios del XX.

Pero también estaba claro que un aumento generalizado de la riqueza amenazaba con la destrucción —de hecho, en cierto sentido era la destrucción— de una sociedad jerárquica. En un mundo en el que todo el mundo trabajara pocas horas, tuviera lo suficiente para comer, viviera en una casa con baño y frigorífico, y poseyera un automóvil o incluso un avión, la forma más obvia y quizás la más importante de desigualdad ya habría desaparecido. Si se generalizara, la riqueza no conferiría ninguna distinción. Es posible, sin duda, imaginar una sociedad en la que la RIQUEZA, en el sentido de las posesiones personales y los lujos, se distribuya uniformemente, mientras que el PODER permanezca en manos de una pequeña casta privilegiada. Pero en la práctica, una sociedad así no podría permanecer estable por mucho tiempo. Porque si el ocio y la seguridad fuesen disfrutados por todos por igual, la gran masa de seres humanos que normalmente están aturdidos por la pobreza se alfabetizarían y aprenderían a pensar por sí mismos; y una vez hecho esto, tarde o temprano se darían cuenta de que la minoría privilegiada no tenía ninguna función, y la eliminarían. A la larga, una sociedad jerarquizada sólo era posible sobre una base de pobreza e ignorancia. Volver al pasado agrícola, como soñaban algunos pensadores a principios del siglo XX, no era una solución practicable. Entraba en conflicto con la tendencia a la mecanización que se había vuelto casi instintiva en casi todo el mundo y, además, cualquier país que siguiera siendo industrialmente atrasado estaba indefenso en el sentido militar y estaba destinado a ser dominado, directa o indirectamente, por sus rivales más avanzados.

Tampoco era una solución satisfactoria mantener a las masas en la pobreza restringiendo la producción de bienes. Esto ocurrió en gran medida durante la fase final del capitalismo, aproximadamente entre 1920 y 1940. Se permitió el estancamiento de la economía de muchos países, se dejó de cultivar la tierra, no se amplió el equipamiento de capital, se impidió que grandes bloques de población trabajaran y se mantuvieron medio vivos gracias a la caridad del Estado. Pero esto también conllevaba una debilidad militar, y como las privaciones que infligía eran obviamente innecesarias, hacía inevitable la oposición. El problema era cómo mantener las ruedas de la industria girando sin aumentar la riqueza real del mundo. Hay que producir bienes, pero no distribuirlos. Y, en la práctica, la única manera de conseguirlo era mediante la guerra continua.

El acto esencial de la guerra es la destrucción, no necesariamente de vidas humanas, sino de los productos del trabajo humano. La guerra es una forma de hacer pedazos, o de verter en la estratosfera, o de hundir en las profundidades del mar, materiales que de otro modo podrían utilizarse para hacer a las masas demasiado cómodas, y por tanto, a la larga, demasiado inteligentes. Incluso cuando las armas de guerra no son realmente destruidas, su fabricación sigue siendo una forma conveniente de gastar fuerza de trabajo sin producir nada que pueda ser consumido.

Una Fortaleza Flotante, por ejemplo, ha encerrado en ella la mano de obra que permitiría construir varios cientos de buques de carga. Al final, se desecha por obsoleta, ya que nunca ha aportado ningún beneficio material a nadie, y con nuevos y enormes trabajos se construye otra Fortaleza Flotante. En principio, el esfuerzo bélico siempre se planifica de manera que se consuma cualquier excedente que pueda existir después de satisfacer las necesidades básicas de la población. En la práctica, las necesidades de la población siempre se subestiman, con el resultado de que hay una escasez crónica de la mitad de las necesidades de la vida; pero esto se considera una ventaja. Es una política deliberada mantener incluso a los grupos favorecidos al borde de la penuria, porque un estado general de escasez aumenta la importancia de los pequeños privilegios y, por tanto, magnifica la distinción entre un grupo y otro. Según los estándares de principios del siglo XX, incluso un miembro del Partido Interior vive un tipo de vida austera y laboriosa. Sin embargo, los pocos lujos de los que disfruta —su amplio y bien equipado departamento, la mejor textura de su ropa, la mejor calidad de su comida, bebida y tabaco, sus dos o tres sirvientes, su automóvil o helicóptero privado— lo sitúan en un mundo diferente al de un miembro del Partido Exterior, y los miembros del Partido Exterior tienen una ventaja similar en comparación con las masas sumergidas a las que llamamos «los proles». El ambiente social es el de una ciudad sitiada, donde la posesión de un trozo de carne de caballo marca la diferencia entre la riqueza y la pobreza. Y al mismo tiempo la conciencia de estar en guerra, y por tanto en peligro, hace que la entrega de todo el poder a una pequeña casta parezca la condición natural e inevitable de la supervivencia.

La guerra, como se verá, logra la destrucción necesaria, pero la logra de una manera psicológicamente aceptable. En principio, sería bastante sencillo malgastar el excedente de trabajo del mundo construyendo templos y pirámides, cavando agujeros y volviéndolos a llenar, o incluso produciendo grandes cantidades de bienes y luego incendiándolos. Pero esto sólo proporcionaría la base económica y no la emocional para una sociedad jerárquica. No se trata de la moral de las masas, cuya actitud carece de importancia mientras se las mantenga en el trabajo, sino de la moral del propio Partido. Se espera que incluso el miembro más humilde del Partido sea competente, trabajador e incluso inteligente dentro de unos límites estrechos, pero también es necesario que sea un fanático crédulo e ignorante cuyos estados de ánimo predominantes son el miedo, el odio, la adulación y el triunfo orgiástico. En otras palabras, es necesario que tenga la mentalidad apropiada para un estado de guerra. No importa si la guerra está ocurriendo realmente y, puesto que no es posible una victoria decisiva, no importa si la guerra va bien o mal. Todo lo que se necesita es que exista un estado de guerra. El desdoblamiento de la inteligencia que el Partido exige a sus miembros, y que se logra más fácilmente en un ambiente de guerra, es ahora casi universal, pero cuanto más se asciende en los rangos, más se acentúa. Es precisamente en el interior del Partido donde la histeria de guerra y el odio al enemigo son más fuertes. En su calidad de administrador, a menudo es necesario que un miembro del Partido Interior sepa que tal o cual noticia de la guerra es falsa, y a menudo puede ser consciente de que toda la guerra es falsa y que, o bien no está ocurriendo, o bien se está librando con fines muy distintos a los declarados: pero tal conocimiento es fácilmente neutralizado por la técnica del DOBLE PENSAMIENTO. Mientras tanto, ningún miembro del Partido Interior vacila ni un instante en su creencia mística de que la guerra es real, y que está destinada a terminar victoriosamente, con Oceanía como amo indiscutible del mundo entero.

Todos los miembros del Partido Interior creen en esta próxima conquista como un artículo de fe. Se logrará o bien adquiriendo gradualmente más y más territorio y construyendo así una preponderancia abrumadora de poder, o bien mediante el descubrimiento de alguna arma nueva e incontestable. La búsqueda de nuevas armas continúa incesantemente, y es una de las pocas actividades que quedan en las que la mente de tipo inventivo o especulativo puede encontrar alguna salida. En la actualidad, en Oceanía, la ciencia, en el sentido antiguo, casi ha dejado de existir. En Neolengua no existe la palabra «ciencia». El método empírico de pensamiento, en el que se basaron todos los logros científicos del pasado, se opone a los principios más fundamentales del Ingsoc. E incluso el progreso tecnológico sólo se produce cuando sus productos pueden ser utilizados de alguna manera para la disminución de la libertad humana. En todas las artes útiles el mundo está parado o va hacia atrás. Los campos se cultivan con arados de caballos mientras los libros se escriben con maquinaria. Pero en los asuntos de importancia vital —es decir, la guerra y el espionaje policial— se sigue fomentando, o al menos tolerando, el enfoque empírico. Los dos objetivos del Partido son conquistar toda la superficie de la tierra y extinguir de una vez por todas la posibilidad del pensamiento independiente. Hay, pues, dos grandes problemas que el Partido se ocupa de resolver. Uno es cómo descubrir, en contra de su voluntad, lo que otro ser humano está pensando, y el otro es cómo matar a varios cientos de millones de personas en pocos segundos sin avisar previamente. En la medida en que la investigación científica continúa, éste es su objeto. El científico de hoy es una mezcla de psicólogo e inquisidor, que estudia con una minuciosidad realmente ordinaria el significado de las expresiones faciales, los gestos y los tonos de voz, y que comprueba los efectos productores de verdad de las drogas, la terapia de choque, la hipnosis y la tortura física; o bien es un químico, un físico o un biólogo que sólo se ocupa de las ramas de su materia especial que son relevantes para la toma de vidas. En los vastos laboratorios del Ministerio de la Paz, y en las estaciones experimentales escondidas en los bosques brasileños, o en el desierto australiano, o en las islas perdidas de la Antártida, los equipos de expertos trabajan infatigablemente. Algunos se ocupan simplemente de planificar la logística de las futuras guerras; otros idean bombas cohete cada vez más grandes, explosivos cada vez más potentes y blindajes cada vez más impenetrables; otros buscan gases nuevos y más mortíferos, o venenos solubles capaces de ser producidos en cantidades tales como para destruir la vegetación de continentes enteros, o razas de gérmenes de enfermedades inmunizadas contra todos los anticuerpos posibles; otros se esfuerzan por producir un vehículo que se abra paso bajo el suelo como un submarino bajo el agua, o un avión tan independiente de su base como un velero; otros exploran posibilidades aún más remotas, como enfocar los rayos del sol a través de lentes suspendidas a miles de kilómetros de distancia en el espacio, o producir terremotos y maremotos artificiales aprovechando el calor del centro de la tierra.

Pero ninguno de estos proyectos se acerca a la realización, y ninguno de los tres superestados consigue nunca una ventaja significativa sobre los demás. Lo que es más notable es que las tres potencias ya poseen, en la bomba atómica, un arma mucho más poderosa que cualquiera que sus investigaciones actuales puedan descubrir. Aunque el Partido, según su costumbre, reclama el invento para sí, las bombas atómicas aparecieron por primera vez en los años cuarenta, y se utilizaron por primera vez a gran escala unos diez años después. En esa época se lanzaron cientos de bombas sobre centros industriales, principalmente en la Rusia europea, Europa occidental y América del Norte. El efecto fue convencer a los grupos dirigentes de todos los países de que unas cuantas bombas atómicas más significarían el fin de la sociedad organizada y, por tanto, de su propio poder. A partir de entonces, aunque nunca se llegó a un acuerdo formal ni se insinuó, no se lanzaron más bombas. Las tres potencias se limitaron a seguir produciendo bombas atómicas y a almacenarlas en previsión de la oportunidad decisiva que todas creen que llegará tarde o temprano. Y mientras tanto, el arte de la guerra ha permanecido casi inmóvil durante treinta o cuarenta años. Los helicópteros se utilizan más que antes, los aviones de bombardeo han sido sustituidos en gran medida por proyectiles autopropulsados, y el frágil acorazado móvil ha dado paso a la casi insumergible Fortaleza Flotante; pero por lo demás ha habido poco desarrollo. El tanque, el submarino, el torpedo, la ametralladora, incluso el fusil y la granada de mano siguen en uso. Y a pesar de las interminables matanzas de las que se informa en la prensa y en las telepantallas, nunca se han repetido las desesperadas batallas de las guerras anteriores, en las que a menudo morían cientos de miles o incluso millones de hombres en pocas semanas.

Ninguno de los tres superestados intenta nunca ninguna maniobra que implique el riesgo de una grave derrota. Cuando se emprende alguna operación de envergadura, suele ser un ataque por sorpresa contra un aliado. La estrategia que las tres potencias siguen, o fingen seguir, es la misma. El plan es, mediante una combinación de lucha, regateo y golpes de traición bien calculados, adquirir un anillo de bases que rodee completamente a uno u otro de los estados rivales, y luego firmar un pacto de amistad con ese rival y permanecer en términos pacíficos durante tantos años como para adormecer las sospechas. Durante este tiempo se podrán montar cohetes cargados de bombas atómicas en todos los puntos estratégicos; finalmente se dispararán todos simultáneamente, con efectos tan devastadores que harán imposible la represalia. Será entonces el momento de firmar un pacto de amistad con la restante potencia mundial, en preparación de un nuevo ataque. Este esquema, no es necesario decirlo, es una mera ensoñación, imposible de realizar. Además, nunca se producen combates, excepto en las zonas en disputa alrededor del Ecuador y del Polo: nunca se invade el territorio enemigo. Esto explica el hecho de que en algunos lugares las fronteras entre los superestados sean arbitrarias. Eurasia, por ejemplo, podría conquistar fácilmente las Islas Británicas, que geográficamente forman parte de Europa, o por otro lado sería posible que Oceanía llevara sus fronteras hasta el Rin o incluso hasta el Vístula. Pero esto violaría el principio, seguido por todas las partes aunque nunca formulado, de la integridad cultural. Si Oceanía conquistara las zonas que antaño se conocían como Francia y Alemania, sería necesario o bien exterminar a sus habitantes, una tarea de gran dificultad física, o bien asimilar a una población de unos cien millones de personas que, en lo que respecta al desarrollo técnico, se encuentra más o menos al nivel de Oceanía. El problema es el mismo para los tres superestados. Es absolutamente necesario para su estructura que no haya contacto con los extranjeros, excepto, en una medida limitada, con los prisioneros de guerra y los esclavos de color. Incluso el aliado oficial del momento se mira siempre con la más oscura sospecha. Aparte de los prisioneros de guerra, el ciudadano medio de Oceanía nunca ve a un ciudadano de Eurasia o Esteasia, y tiene prohibido el conocimiento de lenguas extranjeras. Si se le permitiera el contacto con los extranjeros, descubriría que son criaturas similares a él y que la mayor parte de lo que le han contado sobre ellos es mentira. El mundo sellado en el que vive se rompería, y el miedo, el odio y la autoestima de los que depende su moral podrían evaporarse. Por lo tanto, todos se dan cuenta de que, por muy a menudo que Persia, o Egipto, o Java, o Ceilán, cambien de manos, las fronteras principales nunca deben ser cruzadas por nada que no sean bombas.

Bajo esto se esconde un hecho que nunca se menciona en voz alta, pero que se entiende tácitamente y se actúa en consecuencia: a saber, que las condiciones de vida en los tres superestados son muy parecidas. En Oceanía, la filosofía que prevalece se llama Ingsoc, en Eurasia se llama Neo-Bolshevismo, y en Esteasia se denomina con un nombre chino que suele traducirse como Culto a la Muerte, pero que tal vez sea mejor traducirlo como Obliteración del Yo. Al ciudadano de Oceanía no se le permite saber nada de los principios de las otras dos filosofías, pero se le enseña a execrarlas como atentados bárbaros contra la moral y el sentido común. En realidad, las tres filosofías apenas se distinguen, y los sistemas sociales que apoyan no se distinguen en absoluto. En todas partes existe la misma estructura piramidal, el mismo culto al líder semidivino, la misma economía que existe por y para la guerra continua. De ello se deduce que los tres superestados no sólo no pueden conquistarse mutuamente, sino que no obtendrían ninguna ventaja al hacerlo. Por el contrario, mientras permanezcan en conflicto se apuntalan mutuamente, como tres gavillas de maíz. Y, como es habitual, los grupos dirigentes de las tres potencias son simultáneamente conscientes e inconscientes de lo que están haciendo. Sus vidas están dedicadas a la conquista del mundo, pero también saben que es necesario que la guerra continúe eternamente y sin victoria. Mientras tanto, el hecho de que no haya peligro de conquista hace posible la negación de la realidad que ES la característica especial del Ingsoc y sus sistemas de pensamiento rivales. Aquí es necesario repetir lo que se ha dicho antes, que al convertirse en continua la guerra ha cambiado fundamentalmente su carácter.

En épocas pasadas, una guerra, casi por definición, era algo que tarde o temprano llegaba a su fin, generalmente con una victoria o una derrota inequívoca. En el pasado, además, la guerra era uno de los principales instrumentos mediante los cuales las sociedades humanas se mantenían en contacto con la realidad física. Todos los gobernantes de todas las épocas han tratado de imponer a sus seguidores una visión falsa del mundo, pero no podían permitirse fomentar ninguna ilusión que tendiera a perjudicar la eficacia militar. Mientras la derrota significara la pérdida de la independencia, o algún otro resultado generalmente considerado indeseable, las precauciones contra la derrota debían ser serias. Los hechos físicos no podían ser ignorados. En la filosofía, la religión, la ética o la política, dos y dos pueden ser cinco, pero cuando se diseña un arma o un avión tienen que ser cuatro. Las naciones ineficientes siempre eran conquistadas tarde o temprano, y la lucha por la eficiencia era contraria a las ilusiones. Además, para ser eficiente era necesario poder aprender del pasado, lo que significaba tener una idea bastante precisa de lo que había ocurrido en el pasado. Los periódicos y los libros de historia estaban, por supuesto, siempre coloreados y sesgados, pero la falsificación del tipo que se practica hoy en día habría sido imposible. La guerra era una salvaguarda segura de la cordura, y en lo que respecta a las clases dominantes era probablemente la más importante de todas las salvaguardas. Aunque las guerras podían ganarse o perderse, ninguna clase dirigente podía ser completamente irresponsable.

Pero cuando la guerra se vuelve literalmente continua, también deja de ser peligrosa. Cuando la guerra es continua no existe la necesidad militar. El progreso técnico puede cesar y los hechos más palpables pueden ser negados o ignorados. Como hemos visto, las investigaciones que podrían llamarse científicas se siguen llevando a cabo con fines bélicos, pero son esencialmente una especie de ensoñación, y su falta de resultados no es importante. La eficiencia, incluso la militar, ya no es necesaria. Nada es eficiente en Oceanía, excepto la Policía del Pensamiento. Dado que cada uno de los tres superestados es inconquistable, cada uno de ellos es, en efecto, un universo separado dentro del cual puede practicarse con seguridad casi cualquier perversión del pensamiento. La realidad sólo ejerce su presión a través de las necesidades de la vida cotidiana: la necesidad de comer y beber, de conseguir refugio y ropa, de evitar tragar veneno o salir por las ventanas de los pisos superiores, y cosas por el estilo. Entre la vida y la muerte, y entre el placer físico y el dolor físico, sigue habiendo una distinción, pero eso es todo. Aislado del contacto con el mundo exterior, y con el pasado, el ciudadano de Oceanía es como un hombre en el espacio interestelar, que no tiene forma de saber qué dirección es arriba y cuál es abajo. Los gobernantes de un estado así son absolutos, como no podían serlo los faraones o los césares. Están obligados a evitar que sus seguidores se mueran de hambre en un número lo suficientemente grande como para ser incómodo, y están obligados a permanecer en el mismo nivel bajo de técnica militar que sus rivales; pero una vez alcanzado ese mínimo, pueden retorcer la realidad en la forma que deseen.

La guerra, por lo tanto, si la juzgamos según los estándares de las guerras anteriores, no es más que una impostura. Es como las batallas entre ciertos animales rumiantes cuyos cuernos están colocados en un ángulo tal que son incapaces de herirse mutuamente. Pero aunque sea irreal, no carece de sentido. Consume el excedente de bienes consumibles y ayuda a preservar la atmósfera mental especial que necesita una sociedad jerárquica.

La guerra, como se verá, es ahora un asunto puramente interno. En el pasado, los grupos gobernantes de todos los países, aunque podían reconocer su interés común y, por tanto, limitar la destructividad de la guerra, luchaban entre sí, y el vencedor siempre saqueaba al vencido. En nuestros días no luchan entre sí en absoluto. La guerra la libra cada grupo gobernante contra sus propios súbditos, y el objeto de la guerra no es hacer o evitar conquistas de territorio, sino mantener intacta la estructura de la sociedad. Por lo tanto, la propia palabra «guerra» se ha vuelto engañosa. Probablemente sería exacto decir que al convertirse en continua la guerra ha dejado de existir. La peculiar presión que ejerció sobre los seres humanos entre el Neolítico y principios del siglo XX ha desaparecido y ha sido sustituida por algo muy diferente. El efecto sería muy parecido si los tres superestados, en lugar de luchar entre sí, acordaran vivir en paz perpetua, cada uno inviolado dentro de sus propias fronteras. Porque en ese caso cada uno seguiría siendo un universo autónomo, liberado para siempre de la influencia aleccionadora del peligro exterior. Una paz verdaderamente permanente sería lo mismo que una guerra permanente. Esto —aunque la gran mayoría de los miembros del Partido lo entienden sólo en un sentido superficial— es el significado interno del lema del Partido: LA GUERRA ES LA PAZ.

Winston dejó de leer por un momento. En algún lugar lejano tronó una bomba cohete. La dichosa sensación de estar a solas con el libro prohibido, en una habitación sin telepantalla, no había desaparecido. La soledad y la seguridad eran sensaciones físicas, mezcladas de alguna manera con el cansancio de su cuerpo, la suavidad de la silla, el tacto de la débil brisa de la ventana que jugaba en su mejilla. El libro le fascinaba, o más exactamente le reconfortaba. En cierto sentido, no le decía nada nuevo, pero eso era parte del atractivo. Decía lo que él habría dicho, si le hubiera sido posible poner en orden sus pensamientos dispersos. Era el producto de una mente similar a la suya, pero enormemente más poderosa, más sistemática, menos temerosa. Los mejores libros, percibió, son los que te dicen lo que ya sabes. Acababa de volver al capítulo I cuando oyó los pasos de Julia en la escalera y se levantó de la silla para recibirla. Ella dejó su bolsa de herramientas marrón en el suelo y se lanzó a sus brazos. Hacía más de una semana que no se veían.

«Tengo EL LIBRO», dijo mientras se desenredaban.

«Ah, ¿lo tienes? Bien», dijo sin mucho interés, y casi inmediatamente se arrodilló junto a la estufa de aceite para preparar el café.

No volvieron a hablar del tema hasta que llevaban media hora en la cama. La noche era lo suficientemente fresca como para que mereciera la pena poner el edredón. Desde abajo llegaba el familiar sonido de los cantos y el roce de las botas sobre las losas. La musculosa mujer de brazos rojos que Winston había visto allí en su primera visita era casi una constante en el patio. Parecía no haber hora del día en que no marchara de un lado a otro entre el lavabo y la línea, atragantándose alternativamente con pinzas de la ropa y prorrumpiendo en lujuriosas canciones. Julia se había acomodado de lado y parecía estar ya a punto de dormirse. Alargó la mano para coger el libro, que estaba tirado en el suelo, y se sentó contra el cabecero de la cama.

«Debemos leerlo», dijo. «Tú también. Todos los miembros de la Hermandad tienen que leerlo».

«Léelo tú», dijo con los ojos cerrados. «Léelo en voz alta. Es la mejor manera. Luego puedes explicármelo sobre la marcha».

Las agujas del reloj marcaban las seis, es decir, las dieciocho. Tenían tres o cuatro horas por delante. Apoyó el libro contra sus rodillas y comenzó a leer:

Capítulo I
La ignorancia es la fuerza

A lo largo de la historia, y probablemente desde el final del Neolítico, ha habido tres tipos de personas en el mundo: las altas, las medias y las bajas. Se han subdividido de muchas maneras, han llevado innumerables nombres diferentes, y su número relativo, así como su actitud hacia las demás personas, han variado de una época a otra: pero la estructura esencial de la sociedad nunca ha cambiado. Incluso después de enormes convulsiones y cambios aparentemente irrevocables, siempre se ha reafirmado el mismo patrón, al igual que un giroscopio siempre volverá al equilibrio, por mucho que se le empuje hacia un lado u otro

«Julia, ¿estás despierta?», dijo Winston.
«Sí, mi amor, te escucho. Continúa. Es maravilloso».

Continuó leyendo:

Los objetivos de estos tres grupos son totalmente irreconciliables. El objetivo de los Altos es permanecer donde están. El objetivo de los Medios es cambiar de lugar con el Alto. El objetivo de los Bajos, cuando tienen un objetivo —pues una característica permanente de los Bajos es que están demasiado aplastados por el trabajo pesado para ser más que intermitentemente conscientes de algo fuera de su vida diaria— es abolir todas las distinciones y crear una sociedad en la que todos los hombres sean iguales. Así, a lo largo de la historia se repite una y otra vez una lucha que es la misma en sus líneas generales. Durante largos periodos los Altos parecen estar seguros en el poder, pero tarde o temprano siempre llega un momento en el que pierden la confianza en sí mismos o su capacidad de gobernar eficazmente, o ambas cosas. Entonces son derrocados por los Medios, que reclutan a los Bajos de su lado fingiendo que luchan por la libertad y la justicia. En cuanto alcanzan su objetivo, los Medios devuelven a los Bajos a su antigua posición de servidumbre y se convierten ellos mismos en los Altos. En un momento dado, un nuevo grupo del Medio se separa de uno de los otros grupos, o de ambos, y la lucha vuelve a empezar. De los tres grupos, sólo los Bajos no consiguen nunca, ni siquiera temporalmente, sus objetivos. Sería una exageración decir que a lo largo de la historia no ha habido ningún progreso de tipo material. Incluso hoy, en un período de decadencia, el ser humano medio está físicamente mejor que hace unos siglos. Pero ningún avance en la riqueza, ninguna atenuación de los modales, ninguna reforma o revolución ha acercado un milímetro la igualdad humana. Desde el punto de vista de los Bajos, ningún cambio histórico ha significado nunca mucho más que un cambio en el nombre de sus amos.

A finales del siglo XIX, la recurrencia de este patrón se hizo evidente para muchos observadores. Surgieron entonces escuelas de pensadores que interpretaban la historia como un proceso cíclico y pretendían demostrar que la desigualdad era la ley inalterable de la vida humana. Esta doctrina, por supuesto, siempre había tenido sus adeptos, pero en la forma en que se planteaba ahora había un cambio significativo. En el pasado, la necesidad de una forma jerárquica de sociedad había sido la doctrina específica de los Altos. Había sido predicada por los reyes y los aristócratas, así como por los sacerdotes, los abogados y otros personajes similares que dependían de ellos, y generalmente se había suavizado con promesas de compensación en un mundo imaginario de ultratumba. Los Medios, mientras luchaban por el poder, siempre habían utilizado términos como libertad, justicia y fraternidad. Ahora, sin embargo, el concepto de fraternidad humana comenzó a ser asaltado por personas que aún no dominaban, sino que simplemente esperaban hacerlo dentro de poco. En el pasado, los Medios habían hecho revoluciones bajo la bandera de la igualdad, y luego habían establecido una nueva tiranía tan pronto como la anterior fue derrocada. Los nuevos grupos del Medio, en efecto, proclamaron su tiranía de antemano. El socialismo, teoría aparecida a principios del siglo XIX y que era el último eslabón de una cadena de pensamiento que se remontaba a las rebeliones de esclavos de la antigüedad, estaba todavía profundamente infectado por el utopismo de épocas pasadas. Pero en cada variante del socialismo que apareció a partir de 1900, el objetivo de establecer la libertad y la igualdad fue abandonado cada vez más abiertamente. Los nuevos movimientos que aparecieron a mediados de siglo, el Ingsoc en Oceanía, el Neo-Bolshevismo en Eurasia, el Culto a la Muerte, como se le llama comúnmente, en Esteasia, tenían el objetivo consciente de perpetuar la NOlibertad y la DESigualdad. Estos nuevos movimientos, por supuesto, surgieron a partir de los antiguos y tendieron a mantener sus nombres y a defender de palabra su ideología. Pero el propósito de todos ellos era detener el progreso y congelar la historia en un momento elegido. La conocida oscilación del péndulo debía producirse una vez más, y luego detenerse. Como de costumbre, los Altos iban a ser expulsados por los Medios, que luego se convertirían en Altos; pero esta vez, mediante una estrategia consciente, los Altos podrían mantener su posición de forma permanente.

Las nuevas doctrinas surgieron en parte por la acumulación de conocimientos históricos y el crecimiento del sentido histórico, que apenas había existido antes del siglo XIX. El movimiento cíclico de la historia era ahora inteligible, o parecía serlo; y si era inteligible, entonces era alterable. Pero la causa principal y subyacente era que, ya a principios del siglo XX, la igualdad humana era técnicamente posible. Todavía era cierto que los hombres no eran iguales en sus talentos nativos y que las funciones tenían que ser especializadas de manera que favorecieran a algunos individuos frente a otros; pero ya no había ninguna necesidad real de distinciones de clase o de grandes diferencias de riqueza. En épocas anteriores, las distinciones de clase no sólo eran inevitables sino deseables. La desigualdad era el precio de la civilización. Sin embargo, con el desarrollo de la producción mecánica, la situación cambió. Aunque seguía siendo necesario que los seres humanos realizaran diferentes tipos de trabajo, ya no era necesario que vivieran en diferentes niveles sociales o económicos. Por lo tanto, desde el punto de vista de los nuevos grupos que estaban a punto de tomar el poder, la igualdad humana ya no era un ideal que había que perseguir, sino un peligro que había que evitar. En épocas más primitivas, cuando una sociedad justa y pacífica no era de hecho posible, había sido bastante fácil creerlo. La idea de un paraíso terrenal en el que los hombres debían vivir juntos en un estado de fraternidad, sin leyes y sin trabajo bruto, había rondado la imaginación humana durante miles de años. Y esta visión había tenido cierto arraigo incluso en los grupos que realmente se beneficiaban de cada cambio histórico. Los herederos de las revoluciones francesa, inglesa y estadounidense habían creído en parte en sus propias frases sobre los derechos del hombre, la libertad de expresión, la igualdad ante la ley y otras similares, e incluso habían permitido que su conducta se viera influida por ellas en cierta medida. Pero en la cuarta década del siglo XX todas las principales corrientes del pensamiento político eran autoritarias. El paraíso terrenal había sido desacreditado justo en el momento en que era realizable. Cada nueva teoría política, sea cual sea el nombre que se le dé, conducía de nuevo a la jerarquía y a la regimentación. Y en el endurecimiento general de la mentalidad que se produjo en torno a 1930, prácticas que habían sido abandonadas durante mucho tiempo, en algunos casos durante cientos de años —el encarcelamiento sin juicio, el uso de prisioneros de guerra como esclavos, las ejecuciones públicas, la tortura para obtener confesiones, el uso de rehenes y la deportación de poblaciones enteras— no sólo volvieron a ser comunes, sino que fueron toleradas e incluso defendidas por personas que se consideraban ilustradas y progresistas.

Sólo después de una década de guerras nacionales, guerras civiles, revoluciones y contrarrevoluciones en todas las partes del mundo, el Ingsoc y sus rivales surgieron como teorías políticas plenamente elaboradas. Pero habían sido presagiadas por los diversos sistemas, generalmente llamados totalitarios, que habían aparecido a principios de siglo, y las líneas maestras del mundo que emergería del caos imperante eran obvias desde hacía tiempo. El tipo de personas que controlarían este mundo era igualmente obvio. La nueva aristocracia estaba formada en su mayoría por burócratas, científicos, técnicos, organizadores sindicales, publicistas, sociólogos, profesores, periodistas y políticos profesionales. Estas personas, cuyos orígenes se encontraban en la clase media asalariada y en los grados superiores de la clase obrera, habían sido formadas y reunidas por el estéril mundo de la industria monopolista y el gobierno centralizado. En comparación con sus homólogos de épocas pasadas, eran menos avaros, menos tentados por el lujo, más hambrientos de puro poder y, sobre todo, más conscientes de lo que hacían y más decididos a aplastar la oposición. Esta última diferencia era cardinal. En comparación con la que existe hoy, todas las tiranías del pasado eran tímidas e ineficaces. Los grupos gobernantes estaban siempre infectados en cierta medida por las ideas liberales, y se contentaban con dejar cabos sueltos por todas partes, con considerar únicamente el acto manifiesto y con desinteresarse de lo que pensaban sus súbditos. Incluso la Iglesia católica de la Edad Media era tolerante en comparación con los estándares modernos. En parte, esto se debía a que en el pasado ningún gobierno tenía el poder de mantener a sus ciudadanos bajo constante vigilancia. Sin embargo, la invención de la imprenta facilitó la manipulación de la opinión pública, y el cine y la radio llevaron el proceso más lejos. Con el desarrollo de la televisión, y el avance técnico que hizo posible recibir y transmitir simultáneamente en el mismo instrumento, la vida privada llegó a su fin. Todo ciudadano, o al menos todo ciudadano lo suficientemente importante como para que valga la pena vigilarlo, podía mantenerse durante veinticuatro horas al día bajo los ojos de la policía y al son de la propaganda oficial, con todos los demás canales de comunicación cerrados. Por primera vez existía la posibilidad de imponer no sólo la completa obediencia a la voluntad del Estado, sino la completa uniformidad de opinión en todos los temas.

Tras el periodo revolucionario de los años cincuenta y sesenta, la sociedad se reagrupó, como siempre, en Alta, Media y Baja. Pero el nuevo grupo Alto, a diferencia de todos sus precursores, no actuó por instinto sino que sabía lo que era necesario para salvaguardar su posición. Hacía tiempo que se había comprendido que la única base segura para la oligarquía es el colectivismo. La riqueza y los privilegios se defienden más fácilmente cuando se poseen conjuntamente. La llamada «abolición de la propiedad privada» que tuvo lugar a mediados de siglo significó, en efecto, la concentración de la propiedad en muchas menos manos que antes: pero con esta diferencia, que los nuevos propietarios eran un grupo en lugar de una masa de individuos. Individualmente, ningún miembro del Partido es dueño de nada, excepto de pequeñas pertenencias personales. Colectivamente, el Partido es dueño de todo en Oceanía, porque lo controla todo, y dispone de los productos como le parece. En los años que siguieron a la Revolución, el Partido pudo dominar esta posición casi sin oposición, porque todo el proceso fue representado como un acto de colectivización. Siempre se había asumido que si la clase capitalista era expropiada, el socialismo debía seguir: y sin duda los capitalistas habían sido expropiados. Las fábricas, las minas, la tierra, las casas, los transportes... todo les había sido arrebatado: y como estas cosas ya no eran propiedad privada, se deducía que debían ser propiedad pública. El Ingsoc, que surgió del movimiento socialista anterior y heredó su fraseología, ha llevado a cabo, de hecho, el punto principal del programa socialista; con el resultado, previsto e intencionado de antemano, de que la desigualdad económica se ha hecho permanente.

Pero los problemas de perpetuar una sociedad jerárquica son más profundos que esto. Sólo hay cuatro formas en las que un grupo gobernante puede caer del poder. O bien es conquistado desde fuera, o gobierna de forma tan ineficaz que las masas se rebelan, o permite que surja un grupo intermedio fuerte y descontento, o pierde su propia confianza en sí mismo y su voluntad de gobernar. Estas causas no actúan por separado y, por regla general, las cuatro están presentes en algún grado. Una clase dirigente que pudiera protegerse de todas ellas permanecería en el poder de forma permanente. En última instancia, el factor determinante es la actitud mental de la propia clase dirigente.

Después de la mitad del presente siglo, el primer peligro había desaparecido en realidad. Cada una de las tres potencias que ahora se dividen el mundo es, de hecho, inconquistable, y sólo podrían llegar a serlo mediante lentos cambios demográficos que un gobierno con amplios poderes puede evitar fácilmente. El segundo peligro, además, es sólo teórico. Las masas nunca se rebelan por sí mismas, y nunca se rebelan simplemente porque están oprimidas. De hecho, mientras no se les permita tener estándares de comparación, nunca llegan a ser conscientes de que están oprimidas. Las crisis económicas recurrentes de épocas pasadas eran totalmente innecesarias y no se permite que ocurran ahora, pero otras dislocaciones igualmente grandes pueden ocurrir y ocurren sin tener resultados políticos, porque no hay manera de que el descontento se articule. En cuanto al problema de la sobreproducción, latente en nuestra sociedad desde el desarrollo de la técnica de las máquinas, se resuelve con el dispositivo de la guerra continua (véase el capítulo III), que también es útil para elevar la moral pública al tono necesario. Desde el punto de vista de nuestros gobernantes actuales, por lo tanto, los únicos peligros genuinos son la escisión de un nuevo grupo de personas capaces, subempleadas y ávidas de poder, y el crecimiento del liberalismo y el escepticismo en sus propias filas. El problema, es decir, es educativo. Es un problema de moldear continuamente la conciencia tanto del grupo directivo como del grupo ejecutivo más amplio que se encuentra inmediatamente por debajo de él. La conciencia de las masas sólo necesita ser influenciada de forma negativa.

Teniendo en cuenta estos antecedentes, se podría deducir, si no se conoce ya, la estructura general de la sociedad oceánica. En la cúspide de la pirámide está el Gran Hermano. El Gran Hermano es infalible y todopoderoso. Todos los éxitos, todos los logros, todas las victorias, todos los descubrimientos científicos, todos los conocimientos, toda la sabiduría, toda la felicidad, todas las virtudes, se atribuyen directamente a su liderazgo e inspiración. Nadie ha visto nunca al Gran Hermano. Es un rostro en las vallas publicitarias, una voz en la telepantalla. Podemos estar razonablemente seguros de que nunca morirá, y ya existe una considerable incertidumbre sobre cuándo nació. El Gran Hermano es el disfraz con el que el Partido elige exhibirse ante el mundo. Su función es actuar como punto de concentración del amor, el miedo y la reverencia, emociones que se sienten más fácilmente hacia un individuo que hacia una organización. Por debajo del Gran Hermano se encuentra el Partido Interior. Su número se limita a seis millones, o algo menos del 2% de la población de Oceanía. Por debajo del Partido Interior viene el Partido Exterior, que, si el Partido Interior es descrito como el cerebro del Estado, puede ser justamente comparado con las manos. Por debajo de éste se encuentran las masas mudas, a las que habitualmente llamamos «los proles», y que representan aproximadamente el 85% de la población. En los términos de nuestra clasificación anterior, los proles son los Bajos: porque la población esclava de las tierras ecuatoriales, que pasa constantemente de conquistador a conquistador, no es una parte permanente o necesaria de la estructura.

En principio, la pertenencia a estos tres grupos no es hereditaria. El hijo de padres del Partido Interior, en teoría, no nace en el Partido Interior. La admisión en cualquiera de las dos ramas del Partido se realiza mediante un examen, realizado a los dieciséis años. Tampoco hay discriminación racial, ni una marcada dominación de una provincia por otra. Los judíos, los negros, los sudamericanos de pura sangre india se encuentran en los rangos más altos del Partido, y los administradores de cualquier área son siempre extraídos de los habitantes de esa área. En ninguna parte de Oceanía los habitantes tienen la sensación de ser una población colonial gobernada desde una capital lejana. Oceanía no tiene capital, y su jefe titular es una persona cuyo paradero nadie conoce. Salvo que el inglés es su principal LINGUA FRANCA y la Neolengua su lengua oficial, no está centralizada de ninguna manera. Sus gobernantes no están unidos por lazos de sangre sino por la adhesión a una doctrina común. Es cierto que nuestra sociedad está estratificada, y muy rígidamente estratificada, en lo que a primera vista parecen ser líneas hereditarias. Hay mucho menos movimiento de ida y vuelta entre los diferentes grupos que en el capitalismo o incluso en la era preindustrial. Entre las dos ramas del Partido hay un cierto intercambio, pero sólo el necesario para asegurar que los débiles sean excluidos del Partido Interior y que los ambiciosos del Partido Exterior se hagan inofensivos permitiéndoles ascender. A los proletarios, en la práctica, no se les permite graduarse en el Partido. Los más dotados de entre ellos, que podrían convertirse en núcleos de descontento, son simplemente marcados por la Policía del Pensamiento y eliminados. Pero este estado de cosas no es necesariamente permanente, ni es una cuestión de principios. El Partido no es una clase en el viejo sentido de la palabra. No pretende transmitir el poder a sus propios hijos, como tal; y si no hubiera otra forma de mantener a los más hábiles en la cima, estaría perfectamente preparado para reclutar a toda una nueva generación de las filas del proletariado. En los años cruciales, el hecho de que el Partido no fuera un organismo hereditario contribuyó en gran medida a neutralizar la oposición. El socialista de más edad, que había sido entrenado para luchar contra algo llamado «privilegio de clase», asumía que lo que no es hereditario no puede ser permanente. No vio que la continuidad de una oligarquía no tiene por qué ser física, ni se detuvo a reflexionar que las aristocracias hereditarias siempre han sido efímeras, mientras que organizaciones adoptivas como la Iglesia católica han durado a veces cientos o miles de años. La esencia del gobierno oligárquico no es la herencia de padre a hijo, sino la persistencia de una determinada visión del mundo y una determinada forma de vida, impuesta por los muertos a los vivos. Un grupo dirigente es un grupo dirigente mientras pueda nombrar a sus sucesores. El Partido no se preocupa de perpetuar su sangre sino de perpetuarse a sí mismo. QUIEN ejerza el poder no es importante, siempre que la estructura jerárquica siga siendo siempre la misma.

Todas las creencias, los hábitos, los gustos, las emociones, las actitudes mentales que caracterizan nuestro tiempo están realmente diseñadas para sostener la mística del Partido e impedir que se perciba la verdadera naturaleza de la sociedad actual. La rebelión física, o cualquier movimiento preliminar hacia la rebelión, no es posible en la actualidad. No hay que temer nada de los proletarios. Abandonados a sí mismos, continuarán de generación en generación y de siglo en siglo, trabajando, reproduciéndose y muriendo, no sólo sin ningún impulso de rebelión, sino sin el poder de comprender que el mundo podría ser distinto de lo que es. Sólo podrían llegar a ser peligrosas si el avance de la técnica industrial hiciera necesario educarlas más; pero, como la rivalidad militar y comercial ya no son importantes, el nivel de educación popular está en realidad disminuyendo. Las opiniones que tienen las masas, o que no tienen, son consideradas como una cuestión indiferente. Se les puede conceder libertad intelectual porque no tienen intelecto. En un miembro del Partido, en cambio, no se puede tolerar ni la más mínima desviación de opinión sobre el tema más intrascendente.

Un miembro del Partido vive desde su nacimiento hasta su muerte bajo la mirada de la Policía del Pensamiento. Incluso cuando está solo, nunca puede estar seguro de que está solo. Dondequiera que esté, dormido o despierto, trabajando o descansando, en su baño o en su cama, puede ser inspeccionado sin previo aviso y sin saber que está siendo inspeccionado. Nada de lo que hace es indiferente. Sus amistades, sus desahogos, su comportamiento con su mujer y sus hijos, la expresión de su rostro cuando está solo, las palabras que murmura en sueños, incluso los movimientos característicos de su cuerpo, todo es celosamente escrutado. No sólo cualquier falta real, sino cualquier excentricidad, por pequeña que sea, cualquier cambio de hábitos, cualquier manierismo nervioso que pudiera ser el síntoma de una lucha interior, es seguro que será detectado. No tiene libertad de elección en ninguna dirección. Por otra parte, sus acciones no están reguladas por la ley ni por ningún código de comportamiento claramente formulado. En Oceanía no hay ley. Los pensamientos y las acciones que, cuando se detectan, significan una muerte segura, no están formalmente prohibidos, y las interminables purgas, detenciones, torturas, encarcelamientos y vaporizaciones no se infligen como castigo por los delitos que se han cometido realmente, sino que son simplemente la eliminación de personas que podrían cometer un delito en algún momento en el futuro. A un miembro del Partido se le exige que tenga no sólo las opiniones correctas, sino también los instintos correctos. Muchas de las creencias y actitudes que se le exigen nunca se exponen con claridad, y no podrían exponerse sin dejar al descubierto las contradicciones inherentes al Ingsoc. Si es una persona naturalmente ortodoxa (en Neolengua un BUENPENSADOR), sabrá en todas las circunstancias, sin necesidad de pensar, cuál es la creencia verdadera o la emoción deseable. Pero, en cualquier caso, un elaborado entrenamiento mental, realizado en la infancia y agrupado en torno a las palabras neolingüísticas PARACRIMEN, BLANCONEGRO y DOBLE PENSAMIENTO, le hace poco dispuesto e incapaz de pensar con demasiada profundidad sobre cualquier tema.

Se espera que un miembro del Partido no tenga emociones privadas ni descansos de entusiasmo. Se supone que debe vivir en un continuo frenesí de odio a los enemigos extranjeros y a los traidores internos, de triunfo sobre las victorias y de humillación ante el poder y la sabiduría del

Partido. Los descontentos producidos por su vida desnuda e insatisfactoria se dirigen deliberadamente hacia el exterior y se disipan mediante dispositivos como los Dos Minutos de Odio, y las especulaciones que podrían inducir una actitud escéptica o rebelde se matan de antemano mediante su disciplina interior adquirida tempranamente. La primera y más simple etapa de la disciplina, que puede ser enseñada incluso a los niños pequeños, se llama, en Neolengua, PARACRIMEN. PARACRIMEN significa la facultad de detenerse, como por instinto, en el umbral de cualquier pensamiento peligroso. Incluye el poder de no captar las analogías, de no percibir los errores lógicos, de malinterpretar los argumentos más sencillos si son contrarios a Ingsoc, y de aburrirse o rechazar cualquier línea de pensamiento que pueda llevar a una dirección herética. PARACRIMEN, en definitiva, significa estupidez protectora. Pero la estupidez no es suficiente. Por el contrario, la ortodoxia en sentido pleno exige un control sobre los propios procesos mentales tan completo como el de un contorsionista sobre su cuerpo. La sociedad oceánica descansa en última instancia en la creencia de que el Gran Hermano es omnipotente y de que el Partido es infalible. Pero como en realidad el Gran Hermano no es omnipotente y el partido no es infalible, se necesita una flexibilidad incansable, momento a momento, en el tratamiento de los hechos. La palabra clave aquí es BLANCONEGRO. Como muchas palabras neolingüísticas, esta palabra tiene dos significados mutuamente contradictorios. Aplicada a un oponente, significa el hábito de afirmar impúdicamente que lo negro es blanco, en contradicción con los hechos. Aplicada a un miembro del Partido, significa la voluntad leal de decir que lo negro es blanco cuando la disciplina del Partido lo exige. Pero significa también la capacidad de CREER que el negro es blanco, y más, de SABER que el negro es blanco, y de olvidar que uno ha creído alguna vez lo contrario. Esto exige una alteración continua del pasado, hecha posible por el sistema de pensamiento que realmente abarca todo lo demás, y que se conoce en Neolengua como DOBLEPENSAMIENTO.

La alteración del pasado es necesaria por dos razones, una de las cuales es subsidiaria y, por así decirlo, preventiva. La razón subsidiaria es que el miembro del Partido, al igual que el proletario, tolera las condiciones actuales en parte porque no tiene estándares de comparación. Debe aislarse del pasado, al igual que debe aislarse de los países extranjeros, porque es necesario que crea que está mejor que sus antepasados y que el nivel medio de confort material aumenta constantemente. Pero la razón mucho más importante para el reajuste del pasado es la necesidad de salvaguardar la infalibilidad del Partido. No se trata simplemente de que los discursos, las estadísticas y los registros de todo tipo deban actualizarse constantemente para demostrar que las predicciones del Partido eran correctas en todos los casos. Es también que no se puede admitir ningún cambio de doctrina o de alineación política. Porque cambiar de opinión, o incluso de política, es una confesión de debilidad. Si, por ejemplo, Eurasia o Esteasia (cualquiera que sea) es el enemigo hoy, entonces ese país siempre debe haber sido el enemigo. Y si los hechos dicen lo contrario, entonces los hechos deben ser alterados. Así, la historia se reescribe continuamente. Esta falsificación cotidiana del pasado, llevada a cabo por el Ministerio de la Verdad, es tan necesaria para la estabilidad del régimen como la labor de represión y espionaje llevada a cabo por el Ministerio del Amor.

La mutabilidad del pasado es el principio central de Ingsoc. Se argumenta que los acontecimientos pasados no tienen una existencia objetiva, sino que sólo sobreviven en los registros escritos y en los recuerdos humanos. El pasado es lo que acuerdan los registros y los recuerdos.

Y puesto que el Partido tiene el control total de todos los registros y el control igualmente total de las mentes de sus miembros, se deduce que el pasado es lo que el Partido decida que sea. También se deduce que, aunque el pasado es alterable, nunca ha sido alterado en ningún caso concreto. Porque cuando ha sido recreado en cualquier forma que se necesite en el momento, entonces esta nueva versión ES el pasado, y nunca puede haber existido un pasado diferente. Esto es válido incluso cuando, como sucede a menudo, el mismo acontecimiento tiene que ser alterado de forma irreconocible varias veces en el curso de un año. En todo momento el Partido está en posesión de la verdad absoluta, y evidentemente lo absoluto nunca puede haber sido diferente de lo que es ahora. Se verá que el control del pasado depende sobre todo del entrenamiento de la memoria. Asegurarse de que todos los registros escritos están de acuerdo con la ortodoxia del momento es un acto meramente mecánico. Pero también es necesario RECORDAR que los hechos sucedieron de la manera deseada. Y si es necesario reordenar los recuerdos o manipular los registros escritos, entonces es necesario OLVIDAR que se ha hecho. La técnica para hacer esto se puede aprender como cualquier otra técnica mental. Es aprendido por la mayoría de los miembros del Partido, y ciertamente por todos los que son inteligentes y ortodoxos. En Viejalengua se llama, francamente, «control de la realidad». En Neolengua se llama DOBLEPENSAMIENTO, aunque el DOBLEPENSAMIENTO comprende también muchas otras cosas.

DOBLEPENSAMIENTO significa el poder de mantener dos creencias contradictorias en la mente de uno simultáneamente, y aceptar ambas. El intelectual partidista sabe en qué dirección deben alterarse sus recuerdos; por lo tanto, sabe que está jugando con la realidad; pero mediante el ejercicio del DOBLEPENSAMIENTO también se satisface a sí mismo de que la realidad no es violada. El proceso tiene que ser consciente, o no se llevaría a cabo con suficiente precisión, pero también tiene que ser inconsciente, o traería consigo un sentimiento de falsedad y, por tanto, de culpa. El DOBLEPENSAMIENTO se encuentra en el corazón mismo de Ingsoc, ya que el acto esencial del Partido es utilizar el engaño consciente conservando la firmeza de propósito que acompaña a la completa honestidad. Decir mentiras deliberadas mientras se cree genuinamente en ellas, olvidar cualquier hecho que se haya vuelto inconveniente, y luego, cuando se hace necesario de nuevo, sacarlo del olvido sólo por el tiempo que sea necesario, negar la existencia de la realidad objetiva y todo el tiempo tener en cuenta la realidad que uno niega —todo esto es indispensablemente necesario. Incluso al utilizar la palabra DOBLEPENSAMIENTO es necesario ejercer el DOBLEPENSAMIENTO. Porque al usar la palabra se admite que se está manipulando la realidad; mediante un nuevo acto de DOBLEPENSAMIENTO se borra este conocimiento; y así indefinidamente, con la mentira siempre un paso por delante de la verdad. En última instancia, es por medio del DOBLEPENSAMIENTO que el Partido ha sido capaz —y puede, por lo que sabemos, seguir siendo capaz durante miles de años— de detener el curso de la historia.

Todas las oligarquías del pasado han caído del poder porque se osificaron o porque se ablandaron. O bien se volvieron estúpidas y arrogantes, no se ajustaron a las circunstancias cambiantes y fueron derrocadas; o bien se volvieron liberales y cobardes, hicieron concesiones cuando deberían haber usado la fuerza, y de nuevo fueron derrocadas. Cayeron, es decir, por conciencia o por inconsciencia. El logro del Partido es haber producido un sistema de pensamiento en el que ambas condiciones pueden existir simultáneamente. Y sobre ninguna otra base intelectual podría hacerse permanente el dominio del Partido. Para gobernar, y seguir gobernando, hay que ser capaz de dislocar el sentido de la realidad. Porque el secreto del gobierno es combinar la creencia en la propia infalibilidad con el poder de aprender de los errores del pasado.

No hace falta decir que los practicantes más sutiles del DOBLEPENSAMIENTO son los que inventaron el DOBLEPENSAMIENTO y saben que es un vasto sistema de engaño mental. En nuestra sociedad, los que mejor conocen lo que ocurre son también los que están más lejos de ver el mundo tal y como es. En general, cuanto mayor es la comprensión, mayor es el engaño; cuanto más inteligente, menos cuerdo. Una clara ilustración de esto es el hecho de que la histeria de guerra aumenta en intensidad a medida que se asciende en la escala social. Aquellos cuya actitud hacia la guerra es más racional son los pueblos súbditos de los territorios en disputa. Para ellos, la guerra es simplemente una calamidad continua que se extiende por sus cuerpos como un maremoto. El bando que va ganando les resulta totalmente indiferente. Son conscientes de que un cambio de señorío significa simplemente que van a hacer el mismo trabajo que antes para los nuevos amos que los tratarán de la misma manera que los antiguos. Los trabajadores un poco más favorecidos, a los que llamamos «los proles», sólo son conscientes de la guerra de forma intermitente. Cuando es necesario, se les puede incitar a un frenesí de miedo y odio, pero cuando se les deja solos son capaces de olvidar durante largos períodos que la guerra está ocurriendo. Es en las filas del Partido, y sobre todo del Partido Interior, donde se encuentra el verdadero entusiasmo bélico. Los que saben que es imposible creen firmemente en la conquista del mundo. Esta peculiar unión de opuestos —conocimiento con ignorancia, cinismo con fanatismo— es una de las principales marcas distintivas de la sociedad oceánica. La ideología oficial abunda en contradicciones incluso cuando no hay ninguna razón práctica para ellas. Así, el Partido rechaza y vilipendia todos los principios que el movimiento socialista defendía originalmente, y decide hacerlo en nombre del socialismo. Predica un desprecio por la clase obrera sin parangón en siglos pasados, y viste a sus miembros con un uniforme que en un tiempo era propio de los trabajadores manuales y que fue adoptado por esa razón. Socava sistemáticamente la solidaridad de la familia, y llama a su líder con un nombre que es una apelación directa al sentimiento de lealtad familiar. Incluso los nombres de los cuatro ministerios por los que nos regimos exhiben una especie de impudicia en su deliberada inversión de los hechos. El Ministerio de la Paz se ocupa de la guerra, el Ministerio de la Verdad de la mentira, el Ministerio del Amor de la tortura y el Ministerio de la Abundancia del hambre. Estas contradicciones no son accidentales, ni resultan de la hipocresía ordinaria; son ejercicios deliberados de DOBLEPENSAMIENTO. Porque sólo conciliando las contradicciones se puede mantener el poder indefinidamente. De ninguna otra manera podría romperse el antiguo ciclo. Si la igualdad humana ha de ser evitada para siempre —si los Altos, como los hemos llamado, han de mantener sus lugares permanentemente— entonces la condición mental prevaleciente debe ser la locura controlada.

Pero hay una pregunta que hasta este momento casi hemos ignorado. Se trata de: ¿POR QUÉ debe evitarse la igualdad humana? Suponiendo que se haya descrito correctamente la mecánica del proceso, ¿cuál es el motivo de este enorme esfuerzo, planificado con precisión, para congelar la historia en un momento concreto del tiempo?

Aquí llegamos al secreto central. Como hemos visto, la mística del Partido, y sobre todo del Partido Interior, depende del DOBLEPENSAMIENTO. Pero en lo más profundo se encuentra el motivo original, el instinto nunca cuestionado que condujo primero a la toma del poder y que hizo surgir después el DOBLEPENSAMIENTO, la Policía del Pensamiento, la guerra continua y toda la demás parafernalia necesaria. Este motivo consiste realmente...

Winston se dio cuenta del silencio, como uno se da cuenta de un nuevo sonido. Le pareció que Julia había permanecido muy quieta durante algún tiempo. Estaba tumbada de lado, desnuda de cintura para arriba, con la mejilla apoyada en la mano y un mechón oscuro cayendo sobre sus ojos. Su pecho subía y bajaba lenta y regularmente.

«Julia».

No hubo respuesta.

«Julia, ¿estás despierta?»

No hubo respuesta. Ella estaba dormida. Cerró el libro, lo puso con cuidado en el suelo, se acostó y tiró la colcha sobre los dos.

Reflexionó que aún no había aprendido el último secreto. Entendía el CÓMO, pero no el PORQUÉ. El capítulo I, al igual que el capítulo III, no le había dicho nada que no supiera, simplemente había sistematizado los conocimientos que ya poseía. Pero después de leerlo supo mejor que antes que no estaba loco. Estar en minoría, aunque sea una minoría de uno, no te vuelve loco. Había verdad y no verdad, y si te aferrabas a la verdad incluso contra todo el mundo, no estabas loco. Un rayo amarillo del sol que se hundía entró por la ventana y cayó sobre la almohada. Cerró los ojos. El sol en su cara y el suave cuerpo de la chica tocando el suyo le dieron una fuerte sensación de sueño y confianza. Estaba a salvo, todo estaba bien. Se durmió «la cordura no es estadística», con la sensación de que este comentario contenía una profunda sabiduría.

Capítulo 10

Cuando se despertó tuvo la sensación de haber dormido durante mucho tiempo, pero una mirada al anticuado reloj le dijo que sólo eran las veinte treinta. Permaneció adormecido durante un rato; luego, el habitual canto de los pulmones sonó desde el patio de abajo:

Sólo era un capricho sin sentido.
Pasó como un día de abril,
¡Pero una mirada y una palabra
y los sueños que despertaron!
¡Me han robado el corazón!

La estúpida canción parecía haber mantenido su popularidad. Se seguía escuchando por todas partes. Había sobrevivido a la Canción del Odio. Julia se despertó al oírla, se estiró suntuosamente y se levantó de la cama.

«Tengo hambre», dijo. «Vamos a hacer más café. ¡Maldita sea! La estufa se ha apagado y el agua está fría». Levantó la estufa y la sacudió. «No tiene aceite».

«Podemos conseguir algo del viejo Charrington, espero».

«Lo curioso es que me aseguré de que estuviera lleno. Voy a ponerme la ropa», añadió. «Parece que se ha enfriado».

Winston también se levantó y se vistió. La incansable voz siguió cantando:

Dicen que el tiempo lo cura todo,
Dicen que siempre se puede olvidar;
Pero las sonrisas y las lágrimas a lo largo de los años
Todavía me retuercen las cuerdas del corazón.

Mientras se abrochaba el cinturón del mono, se acercó a la ventana. El sol debía de haberse puesto detrás de las casas; ya no brillaba en el patio. Las losas estaban mojadas como si acabaran de ser lavadas, y tuvo la sensación de que el cielo también había sido lavado, tan fresco y pálido era el azul entre las chimeneas. La mujer iba incansablemente de un lado a otro, descorchando y descorchando, cantando y callando, y colocando más pañales, y más y más. Se preguntó si se ganaba la vida lavando o si era simplemente la esclava de veinte o treinta nietos. Julia se había acercado a su lado; juntos contemplaron con una especie de fascinación la robusta figura de abajo. Al contemplar a la mujer en su actitud característica, con sus gruesos brazos que alcanzaban la línea, sus poderosas nalgas de yegua sobresaliendo, se le ocurrió por primera vez que era hermosa. Nunca antes se le había ocurrido que el cuerpo de una mujer de cincuenta años, inflado hasta alcanzar dimensiones monstruosas por la maternidad, y luego endurecido, rugoso por el trabajo hasta ser áspero en el grano como un nabo demasiado maduro, pudiera ser hermoso. Pero así era, y después de todo, pensó, ¿por qué no? El cuerpo macizo y sin contornos, como un bloque de granito, y la piel roja y rasposa, guardaban la misma relación con el cuerpo de una muchacha que el escaramujo con la rosa. ¿Por qué habría de considerarse el fruto inferior a la flor?

«Es hermosa», murmuró él.

«Ella debe medir un metro a través de las caderas, fácilmente», dijo Julia.

«Ese es su estilo de belleza», dijo Winston.

Sujetaba la flexible cintura de Julia rodeada fácilmente por su brazo. Desde la cadera hasta la rodilla su costado estaba contra el de él. De sus cuerpos nunca saldría un niño. Eso era lo único que nunca podrían hacer. Sólo de boca en boca, de mente en mente, podrían transmitir el secreto. La mujer de ahí abajo no tenía mente, sólo tenía brazos fuertes, un corazón cálido y un vientre fértil. Se preguntó cuántos hijos había dado a luz. Podrían ser fácilmente quince. Había tenido su florecimiento momentáneo, un año, tal vez, de belleza de rosa silvestre y luego se había hinchado de repente como una fruta fecundada y había crecido dura y roja y tosca, y luego su vida había sido lavar, fregar, zurcir, cocinar, barrer, pulir, remendar, fregar, lavar, primero para los hijos, luego para los nietos, más de treinta años ininterrumpidos. Al final, ella seguía cantando. La mística reverencia que sentía por ella se mezclaba de algún modo con el aspecto del cielo pálido y sin nubes, que se extendía detrás de las chimeneas hasta una distancia interminable. Era curioso pensar que el cielo era igual para todos, tanto en Eurasia o Esteasia como aquí. Y la gente bajo el cielo también era muy parecida: en todas partes, en todo el mundo, cientos de miles de millones de personas como ésta, gente que ignoraba la existencia de los demás, que estaba separada por muros de odio y mentiras, y que, sin embargo, era casi exactamente igual: gente que nunca había aprendido a pensar, pero que estaba almacenando en sus corazones y en sus vientres y en sus músculos el poder que un día derribaría el mundo. Si había esperanza, ¡estaba en los proles! Sin haber leído hasta el final de EL LIBRO, sabía que ese debía ser el mensaje final de Goldstein. El futuro pertenecía a los proles. ¿Y podía estar seguro de que, cuando llegara su hora, el mundo que construyeran no sería tan ajeno a él, Winston Smith, como el mundo del Partido? Sí, porque al menos sería un mundo de cordura. Donde hay igualdad puede haber cordura. Tarde o temprano sucedería, la fuerza se transformaría en conciencia. Los proles eran inmortales, no se podía dudar de ello cuando se miraba esa figura valiente en el patio. Al final llegaría su despertar. Y hasta que eso ocurriera, aunque pasaran mil años, seguirían vivos contra viento y marea, como los pájaros, transmitiendo de cuerpo a cuerpo la vitalidad que el Partido no compartía y no podía matar.

«¿Recuerdas», dijo, «el zorzal que nos cantó, aquel primer día, al borde del bosque?»

«No nos cantaba a nosotros», dijo Julia. «Cantaba para complacerse a sí mismo. Ni siquiera eso. Sólo cantaba».

Los pájaros cantaban, los proles cantaban, el Partido no cantaba. En todo el mundo, en Londres y Nueva York, en África y Brasil, y en las misteriosas y prohibidas tierras más allá de las fronteras, en las calles de París y Berlín, en las aldeas de la interminable llanura rusa, en los bazares de China y Japón, en todas partes se encontraba la misma figura sólida e inconquistable, convertida en monstruo por el trabajo y la maternidad, trabajando desde el nacimiento hasta la muerte y todavía cantando. De esos poderosos lomos debía salir un día una raza de seres conscientes. Ustedes eran los muertos, de ellos era el futuro. Pero podías participar en ese futuro si mantenías viva la mente como ellos mantenían vivo el cuerpo, y transmitías la doctrina secreta de que dos más dos son cuatro.

«Somos los muertos», dijo él.

«Somos los muertos», repitió Julia obedientemente.

«Ustedes son los muertos», dijo una voz de hierro detrás de ellos.

Se separaron de un salto. Las entrañas de Winston parecían haberse convertido en hielo. Podía ver el blanco alrededor del iris de los ojos de Julia. Su cara se había vuelto de un amarillo lechoso. La mancha de colorete que aún quedaba en cada pómulo destacaba con fuerza, casi como si no tuviera relación con la piel que había debajo.

«Vosotros sois los muertos», repitió la voz de hierro.

«Estaba detrás del cuadro», respiró Julia.

«Estaba detrás del cuadro», dijo la voz. «Quédense exactamente donde están. No se muevan hasta que se les ordene».

¡Estaba empezando, estaba empezando por fin! No podían hacer otra cosa que mirarse a los ojos. Correr para salvar la vida, salir de la casa antes de que fuera demasiado tarde, no se les ocurrió tal pensamiento. Era impensable desobedecer la voz de hierro de la pared. Se oyó un chasquido como si un pestillo se hubiera echado hacia atrás, y un estruendo de cristales rotos. El cuadro había caído al suelo dejando al descubierto la telepantalla que había detrás.

«Ahora pueden vernos», dijo Julia.

«Ahora podemos verte», dijo la voz. «Quédense en el centro de la habitación. Pónganse espalda con espalda. Junten las manos detrás de la cabeza. No se toquen».

No se tocaban, pero le parecía que podía sentir el cuerpo de Julia temblando. O tal vez era simplemente el temblor del suyo propio. Podía evitar el castañeteo de sus dientes, pero sus rodillas estaban fuera de su control. Se oía el ruido de las botas al pisar abajo, dentro y fuera de la casa. El patio parecía estar lleno de hombres. Algo estaba siendo arrastrado por las piedras. El canto de la mujer había cesado bruscamente. Se oyó un ruido sordo y prolongado, como si hubieran arrojado el fregadero por el patio, y luego una confusión de gritos de rabia que terminaron en un grito de dolor.

«La casa está rodeada», dijo Winston.

«La casa está rodeada», dijo la voz.

Oyó que Julia chasqueaba los dientes. «Supongo que podemos despedirnos», dijo ella.

«Ya puedes despedirte», dijo la voz. Y entonces otra voz muy diferente, una voz delgada y cultivada que Winston tuvo la impresión de haber oído antes, intervino: «Y por cierto, ya que estamos hablando, "Aquí viene una vela para alumbrarte a la cama, aquí viene un cortador para cortarte la cabeza"».

Algo se estrelló contra la cama a espaldas de Winston. La cabeza de una escalera se había introducido por la ventana y había reventado en el marco. Alguien estaba trepando por la ventana. Hubo una estampida de botas por las escaleras. La habitación estaba llena de hombres macizos con uniformes negros, con botas aceradas en los pies y porras en las manos.

Winston ya no temblaba. Incluso sus ojos apenas se movían. Sólo importaba una cosa: ¡quedarse quieto, quedarse quieto y no darles una excusa para pegarle! Un hombre con una suave papada de boxeador en la que la boca no era más que una hendidura se detuvo frente a él balanceando meditativamente su porra entre el pulgar y el índice. Winston le miró a los ojos. La sensación de desnudez, con las manos detrás de la cabeza y la cara y el cuerpo al descubierto, era casi insoportable. El hombre sacó la punta de una lengua blanca, se lamió el lugar donde debían estar sus labios, y luego siguió adelante. Hubo otro golpe. Alguien había cogido el pisapapeles de cristal de la mesa y lo había hecho añicos sobre la piedra de la chimenea.

El fragmento de coral, una diminuta arruga de color rosa como un capullo de azúcar de un pastel, rodó por la alfombra. ¡Qué pequeño, pensó Winston, qué pequeño era siempre! Se oyó un grito ahogado y un golpe detrás de él, y recibió una violenta patada en el tobillo que casi le hizo perder el equilibrio. Uno de los hombres había estampado su puño en el plexo solar de Julia, doblándola como una regla de bolsillo. Ella se agitaba en el suelo, luchando por respirar. Winston no se atrevía a girar la cabeza ni siquiera un milímetro, pero a veces su rostro lívido y jadeante entraba en el ángulo de visión. Incluso en su terror era como si pudiera sentir el dolor en su propio cuerpo, el dolor mortal que, sin embargo, era menos urgente que la lucha por recuperar la respiración. Sabía cómo era; el terrible y agonizante dolor que estaba ahí todo el tiempo pero que no podía sufrir todavía, porque antes que nada era necesario poder respirar. Entonces dos de los hombres la levantaron por las rodillas y los hombros, y la sacaron de la habitación como si fuera un saco. Winston tuvo una visión de su cara, boca abajo, amarilla y contorsionada, con los ojos cerrados y todavía con una mancha de rouge en cada mejilla; y eso fue lo último que vio de ella.

Se quedó quieto. Nadie le había golpeado todavía. Por su mente empezaron a revolotear pensamientos que surgieron por sí solos, pero que parecían carecer de todo interés. Se preguntó si habrían atrapado al señor Charrington. Se preguntó qué le habrían hecho a la mujer del patio. Se dio cuenta de que tenía muchas ganas de orinar, y sintió una ligera sorpresa, porque lo había hecho hacía sólo dos o tres horas. Se dio cuenta de que el reloj de la repisa de la chimenea marcaba las nueve, es decir, las veintiuna. Pero la luz parecía demasiado fuerte. ¿No se desvanecería la luz a las veintiuna horas de una tarde de agosto? Se preguntó si, después de todo, él y Julia se habían equivocado de hora, si habían dormido una vuelta de reloj y creían que eran las veinte treinta cuando en realidad eran las ocho y media de la mañana siguiente. Pero no siguió pensando en ello. No era interesante.

Hubo otro paso más ligero en el pasillo. El señor Charrington entró en la habitación. El comportamiento de los hombres de uniforme negro se volvió repentinamente más apagado. Algo había cambiado también en el aspecto del señor Charrington. Su mirada se posó en los fragmentos del pisapapeles de cristal.

«Recoge esos pedazos», dijo bruscamente.

Un hombre se inclinó para obedecer. El acento cockney había desaparecido; Winston se dio cuenta de repente de quién era la voz que había oído hacía unos momentos en la telepantalla. El señor Charrington seguía llevando su vieja chaqueta de terciopelo, pero su pelo, que había sido casi blanco, se había vuelto negro. Tampoco llevaba las gafas. Lanzó a Winston una única y aguda mirada, como si verificara su identidad, y luego no le prestó más atención. Seguía siendo reconocible, pero ya no era la misma persona. Su cuerpo se había enderezado y parecía haber crecido. Su rostro sólo había sufrido pequeños cambios que, sin embargo, habían obrado una completa transformación. Las cejas negras eran menos tupidas, las arrugas habían desaparecido, todas las líneas de la cara parecían haberse alterado; incluso la nariz parecía más corta. Era el rostro alerta y frío de un hombre de unos treinta y cinco años. A Winston se le ocurrió que por primera vez en su vida estaba mirando, con conocimiento de causa, a un miembro de la Policía del Pensamiento.

TERCERA PARTE

Capítulo 1

No sabía dónde estaba. Es de suponer que se encontraba en el Ministerio del Amor, pero no había forma de asegurarse. Se encontraba en una celda de techo alto y sin ventanas, con paredes de reluciente porcelana blanca. Unas lámparas ocultas la inundaban de luz fría, y se oía un zumbido bajo y constante que, supuso, tenía que ver con el suministro de aire. Un banco, o una estantería, lo suficientemente amplia como para sentarse, rodeaba la pared, sólo interrumpida por la puerta y, en el extremo opuesto a la puerta, un lavabo sin asiento de madera. Había cuatro telepantallas, una en cada pared.

Tenía un dolor sordo en el vientre. Estaba ahí desde que lo metieron en la furgoneta cerrada y lo sacaron de allí. Pero también tenía hambre, un hambre insaciable. Podía llevar veinticuatro horas sin comer, o treinta y seis. Todavía no sabía, y probablemente nunca lo sabría, si había sido por la mañana o por la tarde cuando lo arrestaron. Desde que lo arrestaron no había recibido alimento.

Se sentó tan quieto como pudo en el estrecho banco, con las manos cruzadas sobre la rodilla. Ya había aprendido a quedarse quieto. Si hacía movimientos inesperados le gritaban desde la telepantalla. Pero el ansia de comer se apoderaba de él. Lo que más ansiaba era un trozo de pan. Tuvo la idea de que había unas migas de pan en el bolsillo de su mono. Incluso era posible —lo pensó porque de vez en cuando algo le hacía cosquillas en la pierna— que allí hubiera un trozo considerable de corteza. Al final, la tentación de averiguarlo venció a su miedo y metió la mano en el bolsillo.

«¡Smith!», gritó una voz desde la telepantalla. «¡6079 Smith W.! ¡Manos fuera de los bolsillos en las celdas!»

Volvió a sentarse, con las manos cruzadas sobre la rodilla. Antes de que lo trajeran aquí, lo habían llevado a otro lugar que debía de ser una prisión ordinaria o un calabozo temporal utilizado por las patrullas. No sabía cuánto tiempo había estado allí; algunas horas, en todo caso; sin relojes y sin luz del día era difícil calcular el tiempo. Era un lugar ruidoso y maloliente. Le habían metido en una celda parecida a la que tenía ahora, pero inmundamente sucia y en todo momento abarrotada por diez o quince personas. La mayoría eran delincuentes comunes, pero había algunos presos políticos entre ellos. Se había sentado en silencio contra la pared, empujado por los cuerpos sucios, demasiado preocupado por el miedo y el dolor de su vientre como para interesarse mucho por lo que le rodeaba, pero sin dejar de notar la asombrosa diferencia de comportamiento entre los prisioneros del Partido y los demás. Los prisioneros del Partido estaban siempre silenciosos y aterrorizados, pero los delincuentes comunes parecían no preocuparse por nadie. Gritaban insultos a los guardias, se defendían ferozmente cuando les confiscaban sus pertenencias, escribían palabras obscenas en el suelo, comían comida de contrabando que sacaban de misteriosos escondites en sus ropas, e incluso gritaban a la telepantalla cuando ésta intentaba restablecer el orden. Por otro lado, algunos parecían tener buenas relaciones con los guardias, los llamaban por apodos y trataban de conseguir cigarrillos a través de la mirilla de la puerta. Los guardias también trataban a los delincuentes comunes con cierta indulgencia, incluso cuando tenían que tratarlos con rudeza. Se hablaba mucho de los campos de trabajos forzados a los que la mayoría de los prisioneros esperaban ser enviados. Según él, en los campos de trabajo «todo está bien», siempre y cuando se tengan buenos contactos y se conozcan las reglas del juego. Había sobornos, favoritismos y chantajes de todo tipo, había homosexualidad y prostitución, incluso alcohol ilícito destilado de las patatas. Los puestos de confianza sólo se concedían a los delincuentes comunes, especialmente a los gánsteres y a los asesinos, que formaban una especie de aristocracia. Todos los trabajos sucios los hacían los políticos.

Había un constante ir y venir de prisioneros de todo tipo: traficantes de drogas, ladrones, bandidos, traficantes del mercado negro, borrachos, prostitutas. Algunos de los borrachos eran tan violentos que los demás prisioneros tenían que combinarse para reprimirlos. Una enorme ruina de mujer, de unos sesenta años, con grandes pechos desplomados y gruesos mechones de pelo blanco que se habían desprendido en sus forcejeos, fue llevada dentro, pataleando y gritando, por cuatro guardias, que la sujetaban uno en cada esquina. Le arrancaron las botas con las que intentaba darles una patada y la arrojaron sobre el regazo de Winston, casi rompiéndole los muslos. La mujer se levantó y los siguió con un grito de «¡Malditos bastardos!» Luego, al darse cuenta de que estaba sentada sobre algo irregular, se deslizó de las rodillas de Winston al banco.

«Perdona, querida», dijo ella. «No me habría sentado encima de ti, sólo que los cabrones me pusieron allí. No saben cómo tratar a una dama, ¿verdad?» Hizo una pausa, se palmeó el pecho y eructó. «Perdón», dijo, «no soy dueña de mí misma».

Se inclinó hacia delante y vomitó copiosamente en el suelo.

«Así está mejor», dijo ella, recostándose con los ojos cerrados. «Nunca lo dejes adentro, eso es lo que digo. Sácala mientras esté fresca en tu estómago, así».

Se reanimó, se giró para echar otro vistazo a Winston y pareció encapricharse inmediatamente con él. Le rodeó el hombro con un gran brazo y lo atrajo hacia ella, respirando cerveza y vómito en su cara.

«¿Cómo te llamas, querido?», dijo.

«Smith», dijo Winston.

«¿Smith?», dijo la mujer. «Qué curioso. Yo también me llamo Smith. Por qué», añadió sentimentalmente, «¡podría ser tu madre!»

Podría ser su madre, pensó Winston. Tenía la edad y el físico adecuados, y era probable que la gente cambiara algo después de veinte años en un campo de trabajos forzados.

Nadie más había hablado con él. Hasta un punto sorprendente, los delincuentes comunes ignoraban a los prisioneros del Partido. Los llamaban «los polits», con una especie de desprecio desinteresado. Los prisioneros del Partido parecían tener miedo de hablar con alguien, y sobre todo de hablar entre ellos. Sólo una vez, cuando dos miembros del Partido, ambas mujeres, estaban apretadas en el banquillo, oyó entre el estruendo de las voces algunas palabras susurradas apresuradamente; y en particular una referencia a algo llamado «habitación uno-cero-uno», que no entendió.

Puede que hiciera dos o tres horas que le habían traído aquí. El dolor sordo de su vientre nunca desaparecía, pero a veces mejoraba y a veces empeoraba, y sus pensamientos se expandían o se contraían en consecuencia. Cuando empeoraba, sólo pensaba en el propio dolor y en su deseo de comer. Cuando mejoraba, el pánico se apoderaba de él. Había momentos en los que preveía las cosas que le sucederían con tal actualidad que su corazón galopaba y su respiración se detenía. Sintió el golpe de las porras en los codos y las botas de acero en las canillas; se vio a sí mismo arrastrándose por el suelo, pidiendo clemencia a gritos con los dientes rotos. Apenas pensó en Julia. No podía fijar su mente en ella. La amaba y no la traicionaría; pero eso era sólo un hecho, conocido como las reglas de la aritmética. No sentía amor por ella, y apenas se preguntaba qué le pasaba. Pensó más en O'Brien, con una esperanza vacilante. O'Brien podría saber que había sido arrestado.

La Hermandad, había dicho, nunca intentaba salvar a sus miembros. Pero estaba la hoja de afeitar; enviarían la hoja de afeitar si pudieran. Habría tal vez cinco segundos antes de que el guardia pudiera entrar corriendo en la celda. La hoja le mordería con una especie de frialdad ardiente, e incluso los dedos que la sostenían se cortarían hasta el hueso. Todo volvió a su cuerpo enfermo, que se encogía temblando ante el menor dolor. No estaba seguro de utilizar la hoja de afeitar aunque tuviera la oportunidad. Era más natural existir de momento en momento, aceptando otros diez minutos de vida incluso con la certeza de que había una tortura al final de la misma.

A veces intentaba calcular el número de ladrillos de porcelana de las paredes de la celda. Debería haber sido fácil, pero siempre perdía la cuenta en algún momento. Más a menudo se preguntaba dónde estaba y qué hora del día era. En un momento estaba seguro de que era de día, y al siguiente estaba igualmente seguro de que era de noche. En este lugar, sabía instintivamente, las luces nunca se apagarían. Era el lugar sin oscuridad: ahora comprendía por qué O'Brien había parecido reconocer la alusión. En el Ministerio del Amor no había ventanas. Su celda podía estar en el corazón del edificio o contra su pared exterior; podía estar diez pisos por debajo del suelo, o treinta por encima. Se movió mentalmente de un lugar a otro, y trató de determinar por la sensación de su cuerpo si estaba encaramado en lo alto del aire o enterrado en las profundidades.

Se oyó un ruido de botas de marcha en el exterior. La puerta de acero se abrió con un estruendo. Un joven oficial, una figura recortada de uniforme negro que parecía brillar por todo el cuero pulido, y cuyo rostro pálido y de facciones rectas era como una máscara de cera, atravesó con elegancia la puerta. Hizo un gesto a los guardias de fuera para que trajeran al prisionero que llevaban. El poeta Ampleforth entró tambaleándose en la celda. La puerta volvió a cerrarse con estrépito.

Ampleforth hizo uno o dos movimientos inseguros de un lado a otro, como si tuviera alguna idea de que había otra puerta por la que salir, y luego comenzó a pasearse de un lado a otro de la celda. Todavía no se había dado cuenta de la presencia de Winston. Sus ojos preocupados miraban la pared a un metro por encima del nivel de la cabeza de Winston. Estaba descalzo; por los agujeros de los calcetines asomaban unos dedos grandes y sucios. También llevaba varios días sin afeitarse. Una barba mechada le cubría la cara hasta los pómulos, dándole un aire de rufianismo que combinaba extrañamente con su gran y débil contextura y sus nerviosos movimientos.

Winston se despertó un poco de su letargo. Debía hablar con Ampleforth, y arriesgarse a que le gritaran desde la telepantalla. Era incluso concebible que Ampleforth fuera el portador de la hoja de afeitar.

«Ampleforth», dijo.

No se oyó ningún grito en la telepantalla. Ampleforth se detuvo, ligeramente sorprendido. Sus ojos se centraron lentamente en Winston.

«¡Ah, Smith!», dijo. «¡Tú también!»

«¿Por qué estás aquí?»

«A decir verdad...» Se sentó torpemente en el banco frente a Winston. «Sólo hay una ofensa, ¿no?», dijo.

«¿Y la has cometido?»

«Aparentemente lo he hecho».

Se llevó una mano a la frente y se presionó las sienes por un momento, como si tratara de recordar algo.

«Estas cosas suceden», comenzó diciendo vagamente. «He podido recordar un caso... un posible caso. Fue una indiscreción, sin duda. Estábamos realizando una edición definitiva de los poemas de Kipling. Permití que la palabra "Dios" (God) quedara al final de una línea. No pude evitarlo», añadió casi indignado, levantando el rostro para mirar a Winston. «Era imposible cambiar la línea. La rima era "vara" (rod). ¿Te das cuenta de que sólo hay doce rimas para "vara" en todo el idioma? Durante días me devané los sesos. No había otra rima».

La expresión de su rostro cambió. La molestia desapareció y por un momento pareció casi satisfecho. Una especie de calidez intelectual, la alegría del pedante que ha descubierto algún hecho inútil, brilló a través de la suciedad y el pelo revuelto.

«¿Se le ha ocurrido alguna vez», dijo, «que toda la historia de la poesía inglesa ha estado determinada por el hecho de que la lengua inglesa carece de rimas?»

No, ese pensamiento en particular nunca se le había ocurrido a Winston. Tampoco, dadas las circunstancias, le pareció muy importante o interesante.

«¿Sabes qué hora es?», dijo.

Ampleforth volvió a mostrarse sorprendido. «Apenas había pensado en ello. Me arrestaron... podría ser hace dos días... tal vez tres». Sus ojos recorrieron las paredes, como si esperara encontrar una ventana en alguna parte. «No hay diferencia entre el día y la noche en este lugar. No veo cómo se puede calcular el tiempo».

Hablaron con desgana durante unos minutos y luego, sin motivo aparente, un grito procedente de la telepantalla les hizo callar. Winston se sentó tranquilamente, con las manos cruzadas. Ampleforth, demasiado grande para sentarse cómodamente en el estrecho banco, se movía de un lado a otro, juntando sus larguiruchas manos primero alrededor de una rodilla y luego alrededor de la otra. La telepantalla le ladró que se quedara quieto. El tiempo pasó. Veinte minutos, una hora... era difícil de juzgar. Una vez más se oyó el ruido de las botas en el exterior. Las entrañas de Winston se contrajeron. Pronto, muy pronto, quizá dentro de cinco minutos, quizá ahora, el ruido de las botas significaría que había llegado su turno.

La puerta se abrió. El joven oficial de rostro frío entró en la celda. Con un breve movimiento de la mano indicó a Ampleforth.

“Habitación 101”, dijo.

Ampleforth salió torpemente entre los guardias, con el rostro vagamente perturbado, pero sin comprender.

Pasó lo que pareció un largo tiempo. El dolor en el vientre de Winston se había reavivado. Su mente daba vueltas y vueltas sobre el mismo truco, como una pelota que cae una y otra vez en la misma serie de ranuras. Sólo tenía seis pensamientos. El dolor en el vientre; un trozo de pan; la sangre y los gritos; O'Brien; Julia; la hoja de afeitar. Hubo otro espasmo en sus entrañas, las pesadas botas se acercaban. Cuando la puerta se abrió, la ola de aire que creó trajo un poderoso olor a sudor frío. Parsons entró en la celda. Llevaba unos pantalones cortos de color caqui y una camiseta deportiva.

Esta vez Winston se sobresaltó y se olvidó de sí mismo.

«¡TÚ aquí!», dijo.

Parsons dirigió a Winston una mirada en la que no había ni interés ni sorpresa, sino sólo miseria. Comenzó a caminar de forma espasmódica, evidentemente incapaz de mantenerse quieto. Cada vez que enderezaba sus regordetas rodillas era evidente que le temblaban. Sus ojos estaban muy abiertos, como si no pudiera evitar mirar algo en la distancia.

«¿Por qué estás aquí?», dijo Winston.

«¡Crimen de pensamiento!», dijo Parsons, casi lloriqueando. El tono de su voz implicaba al mismo tiempo una admisión completa de su culpabilidad y una especie de horror incrédulo de que tal palabra pudiera aplicarse a sí mismo. Se detuvo frente a Winston y comenzó a apelar a él con vehemencia: «No crees que me dispararán, ¿verdad, viejo amigo? No te fusilan si no has hecho nada en realidad; sólo pensamientos, que no puedes evitar. Sé que te dan una audiencia justa. ¡Oh, confío en ellos para eso! Conocerán mi historial, ¿no? TÚ sabes qué clase de tipo era yo. No era un mal tipo a mi manera. No era inteligente, por supuesto, pero sí entusiasta. Traté de hacer lo mejor para el Partido, ¿no? ¿Me condenarán a cinco años, no crees? ¿O incluso diez años? Un tipo como yo podría ser muy útil en un campo de trabajo. ¿No me fusilarían por salirme de los carriles una sola vez?»

«¿Eres culpable?», dijo Winston.

«Claro que soy culpable», gritó Parsons con una mirada servil a la telepantalla. «No creerás que el Partido detendría a un hombre inocente, ¿verdad?» Su cara de rana se tranquilizó, e incluso adoptó una expresión ligeramente santurrona. «El crimen del pensamiento es algo terrible, viejo,» dijo sentenciosamente. «Es insidioso. Puede apoderarse de ti sin que lo sepas. ¿Sabes cómo se apoderó de mí? ¡Mientras dormía! Sí, es cierto. Allí estaba yo, trabajando, tratando de hacer mi parte; nunca supe que tenía algo malo en mi mente. Y entonces empecé a hablar en sueños. ¿Sabes lo que me oyeron decir?»

Bajó la voz, como quien se ve obligado por razones médicas a pronunciar una obscenidad.

«"¡Abajo el GRAN HERMANO!" ¡Sí, eso dije! Lo dije una y otra vez, parece. Entre tú y yo, viejo, me alegro de que me hayan atrapado antes de que llegara más lejos. ¿Sabes lo que les voy a decir cuando me presente ante el tribunal? "Gracias", les diré, "gracias por salvarme antes de que fuera demasiado tarde"».

«¿Quién te denunció?», dijo Winston.

«Fue mi hija pequeña», dijo Parsons con una especie de orgullo lúgubre. «Escuchó en el ojo de la cerradura. Oyó lo que yo decía y al día siguiente acudió a las patrullas. Muy inteligente para una niña de siete años, ¿eh? No le guardo ningún rencor por ello. De hecho, estoy orgulloso de ella.

Eso demuestra que la he educado con el espíritu adecuado».

Hizo unos cuantos movimientos espasmódicos más hacia arriba y hacia abajo, varias veces, lanzando una mirada anhelante a la taza del inodoro. Luego, de repente, se bajó los calzoncillos.

«Perdona, viejo», dijo. «No puedo evitarlo. Es la espera».

Metió su gran trasero en la taza del inodoro. Winston se cubrió la cara con las manos.

«Smith», gritó la voz de la telepantalla. «¡6079 Smith W.! Descúbrete la cara. No hay rostros cubiertos en las celdas».

Winston se descubrió la cara. Parsons utilizó el inodoro, de forma ruidosa y abundante. Luego resultó que el tapón estaba defectuoso y la celda apestó abominablemente durante horas.

Parsons fue eliminado. Más prisioneros iban y venían, misteriosamente. Una de ellas, una mujer, fue enviada a la «Habitación 101» y, según observó Winston, parecía encogerse y cambiar de color cuando oía las palabras. Llegó un momento en el que, si hubiera sido por la mañana cuando le trajeron aquí, sería por la tarde; o si hubiera sido por la tarde, sería la medianoche. Había seis prisioneros en la celda, hombres y mujeres. Todos estaban sentados muy quietos. Frente a Winston se sentaba un hombre con una cara desprovista de barbilla y con dientes, exactamente igual a la de algún roedor grande e inofensivo. Sus gordas y moteadas mejillas estaban tan abultadas en la parte inferior que era difícil no creer que tenía pequeñas reservas de comida escondidas allí. Sus ojos, de color gris pálido, revoloteaban tímidamente de una cara a otra y volvían a apartarse rápidamente cuando captaban la atención de alguien.

Se abrió la puerta y entraron a otro prisionero cuyo aspecto hizo que Winston sintiera un escalofrío momentáneo. Era un hombre corriente y de aspecto mezquino que podría haber sido un ingeniero o un técnico de algún tipo. Pero lo sorprendente era la demacración de su rostro. Era como una calavera. Debido a su delgadez, la boca y los ojos parecían desproporcionadamente grandes, y los ojos parecían llenos de un odio asesino e inapelable hacia alguien o algo.

El hombre se sentó en el banco a poca distancia de Winston. Winston no volvió a mirarle, pero el rostro atormentado y con aspecto de calavera estaba tan vivo en su mente como si lo hubiera tenido delante de sus ojos. De repente se dio cuenta de lo que ocurría. El hombre se estaba muriendo de hambre. El mismo pensamiento pareció ocurrir casi simultáneamente a todos los que estaban en la celda. Hubo una débil agitación en todo el banco. Los ojos del hombre sin barbilla se dirigían continuamente hacia el hombre con cara de calavera, luego se apartaban culpablemente y luego eran arrastrados de nuevo por una atracción irresistible. Al final empezó a moverse en su asiento. Por fin se levantó, caminó torpemente por la celda, rebuscó en el bolsillo de su mono y, con aire avergonzado, le tendió un mugriento trozo de pan al hombre con cara de calavera.

Se oyó un rugido furioso y ensordecedor procedente de la telepantalla. El hombre sin barbilla se sobresaltó. El hombre con cara de calavera se había llevado rápidamente las manos a la espalda, como si demostrara a todo el mundo que rechazaba el regalo.

«¡Bumstead!» rugió la voz. «¡2713 Bumstead J.! ¡Deja caer ese trozo de pan!»

El hombre sin barbilla dejó caer el trozo de pan al suelo.

«Quédate de pie donde estás», dijo la voz. «De cara a la puerta. No te muevas».

El hombre sin barbilla obedeció. Sus grandes mejillas carnosas temblaban incontrolablemente. La puerta se abrió con estrépito. Cuando el joven oficial entró y se hizo a un lado, surgió de detrás de él un guardia bajito y rechoncho con brazos y hombros enormes. Se colocó frente al hombre sin barbilla, y entonces, a una señal del oficial, soltó un golpe espantoso, con todo el peso de su cuerpo, en la boca del hombre sin barbilla. La fuerza del golpe casi pareció derribarlo del suelo. Su cuerpo fue arrojado al otro lado de la celda y se apoyó en la base del asiento del inodoro. Durante un momento permaneció como aturdido, con sangre oscura rezumando por la boca y la nariz. Un débil gemido o chillido, que parecía inconsciente, salió de él. Luego se dio la vuelta y se levantó inestablemente sobre las manos y las rodillas. En medio de un chorro de sangre y saliva, las dos mitades de una placa dental cayeron de su boca.

Los prisioneros se sentaron muy quietos, con las manos cruzadas sobre las rodillas. El hombre sin barbilla volvió a su sitio. En un lado de su cara la carne se estaba oscureciendo. Su boca se había hinchado hasta convertirse en una masa informe de color cereza con un agujero negro en el centro.

De vez en cuando, un poco de sangre goteaba sobre el pecho de su mono. Sus ojos grises seguían revoloteando de una cara a otra, más culpables que nunca, como si tratara de descubrir cuánto le despreciaban los demás por su humillación.

La puerta se abrió. Con un pequeño gesto, el oficial indicó al hombre con cara de calavera.

«La habitación 101», dijo.

Hubo un grito ahogado y un revuelo al lado de Winston. El hombre se había arrojado de rodillas al suelo, con el puño cerrado.

«¡Camarada! Oficial», gritó. «¡No tienes que llevarme a ese lugar! ¿No te he dicho ya todo? ¿Qué más quieres saber? ¡No hay nada que no confesaría, nada! Sólo dime qué es y lo confesaré enseguida. Escríbelo y lo firmaré, ¡lo que sea! No la habitación 101».

«Habitación 101», dijo el oficial.

El rostro del hombre, ya muy pálido, se tornó de un color que Winston no había creído posible. Era, sin duda, un matiz verde.

«¡Hazme cualquier cosa!», gritó. «Llevas semanas matándome de hambre. Acaba con ello y déjame morir. Dispárame. Cuélguenme. Condenadme a veinticinco años. ¿Hay alguien más a quien quieras que delate? Di quién es y te diré lo que quieras. No me importa quién sea ni lo que le hagas. Tengo una esposa y tres hijos. El mayor de ellos no tiene ni seis años. Puedes cogerlos a todos y degollarlos delante de mis ojos, y me quedaré mirando. ¡Pero no la Habitación 101!».

«Habitación 101», dijo el oficial.

El hombre miró frenéticamente en torno a los otros prisioneros, como si tuviera la idea de que podía poner a otra víctima en su lugar. Sus ojos se posaron en el rostro destrozado del hombre sin barbilla. Extendió un brazo delgado.

«¡Ese es el que deberías llevar, no yo!», gritó. «No has oído lo que decía después de que le golpearan la cara. Dame una oportunidad y te diré cada palabra. ÉL es el que está en contra del Partido, no yo». Los guardias se adelantaron. La voz del hombre se elevó a un grito. «¡No lo escucharon!», repitió. «Algo ha fallado en la telepantalla. Es a ÉL a quien quieren. Llévenlo a él, no a mí».

Los dos robustos guardias se habían inclinado para tomarle por los brazos. Pero justo en ese momento se lanzó por el suelo de la celda y se agarró a una de las patas de hierro que sostenían el banco. Lanzó un aullido sin palabras, como un animal. Los guardias lo agarraron para soltarlo, pero él se aferró con una fuerza asombrosa. Durante unos veinte segundos estuvieron tirando de él. Los prisioneros se mantuvieron tranquilos, con las manos cruzadas sobre las rodillas, mirando al frente. Los aullidos cesaron; al hombre no le quedaba aliento para nada más que para aguantar. Entonces se oyó un grito diferente. Una patada de la bota de un guardia le había roto los dedos de una mano. Le arrastraron hasta que se puso en pie.

«Habitación 101», dijo el oficial.

El hombre fue conducido fuera, caminando inestablemente, con la cabeza hundida, cuidando su mano aplastada, toda lucha había desaparecido de él.

Pasó mucho tiempo. Si había sido medianoche cuando se llevaron al hombre con cara de calavera, era por la mañana: si era por la mañana, era la tarde. Winston estaba solo, y lo había estado durante horas. El dolor de estar sentado en el estrecho banco era tal que a menudo se levantaba y paseaba, sin que la telepantalla reprobara. El trozo de pan seguía tirado donde el hombre sin barbilla lo había dejado caer. Al principio necesitó un gran esfuerzo para no mirarlo, pero enseguida el hambre dio paso a la sed. Tenía la boca pegajosa y con mal sabor. El zumbido y la luz blanca invariable le provocaban una especie de desmayo, una sensación de vacío en su cabeza. Se levantaba porque el dolor de sus huesos ya no era soportable, y luego volvía a sentarse casi de inmediato porque estaba demasiado mareado para asegurarse de permanecer de pie. Siempre que sus sensaciones físicas estaban un poco bajo control, volvía el terror. A veces, con una esperanza que se desvanecía, pensaba en O'Brien y en la hoja de afeitar. Podía pensar que la hoja de afeitar podría llegar oculta en su comida, si es que alguna vez se alimentaba. Más tenuemente pensó en Julia. En algún lugar, ella estaba sufriendo quizás mucho más que él. Podría estar gritando de dolor en este momento. Pensó: «Si pudiera salvar a Julia duplicando mi propio dolor, ¿lo haría? Sí, lo haría». Pero era una decisión meramente intelectual, tomada porque sabía que debía tomarla. No la sentía. En este lugar no se podía sentir nada, excepto el dolor y el conocimiento anticipado del dolor. Además, ¿era posible, cuando realmente estabas sufriendo, desear por alguna razón que tu propio dolor aumentara? Pero esa pregunta aún no tenía respuesta.

Las botas se acercaban de nuevo. La puerta se abrió. O'Brien entró.

Winston se puso en pie. La conmoción de la visión le había hecho perder toda cautela. Por primera vez en muchos años olvidó la presencia de la telepantalla.

«También te tienen a ti», gritó.

«Me atraparon hace mucho tiempo», dijo O'Brien con una ironía suave, casi lamentable. Se hizo a un lado. De detrás de él surgió un guardia de pecho ancho con una larga porra negra en la mano.

«Ya lo sabes, Winston», dijo O'Brien. «No te engañes. Lo sabías... siempre lo has sabido».

Sí, ahora lo veía, siempre lo había sabido. Pero no había tiempo para pensar en eso. Sólo tenía ojos para la porra en la mano del guardia. Podía caer en cualquier parte; en la coronilla, en la punta de la oreja, en la parte superior del brazo, en el codo...

¡El codo! Se había desplomado de rodillas, casi paralizado, sujetando el codo afectado con la otra mano. Todo había estallado en luz amarilla. ¡Inconcebible, inconcebible que un golpe pudiera causar tanto dolor! La luz se despejó y pudo ver a los otros dos mirándole. El guardia se reía de sus contorsiones. En todo caso, una pregunta fue respondida. Nunca, por ninguna razón en la tierra, podrías desear un aumento del dolor. Del dolor sólo podías desear una cosa: que cesara. Nada en el mundo era tan malo como el dolor físico. Ante el dolor no hay héroes, no hay héroes, pensaba una y otra vez mientras se retorcía en el suelo, agarrándose inútilmente el brazo izquierdo inutilizado.

Capítulo 2

Estaba tumbado en algo que parecía una cama de campamento, excepto que estaba más alto del suelo y que estaba fijado de alguna manera para que no pudiera moverse. Una luz que parecía más fuerte de lo habitual caía sobre su rostro. O'Brien estaba de pie a su lado, mirándole atentamente. Al otro lado de él había un hombre con bata blanca que sostenía una jeringa hipodérmica.

Incluso después de haber abierto los ojos, fue percibiendo su entorno de forma gradual. Tenía la impresión de haber llegado nadando a esta habitación desde un mundo muy diferente, una especie de mundo submarino muy por debajo de ella. No sabía cuánto tiempo había estado allí abajo. Desde el momento en que le detuvieron no había visto ni la oscuridad ni la luz del día. Además, sus recuerdos no eran continuos. Había habido momentos en que la conciencia, incluso el tipo de conciencia que se tiene en el sueño, se había detenido en seco y había vuelto a empezar tras un intervalo en blanco. Pero si los intervalos eran de días o semanas o sólo de segundos, no había forma de saberlo.

Con ese primer golpe en el codo había comenzado la pesadilla. Más tarde se daría cuenta de que todo lo que ocurrió entonces no era más que los preparativos, un interrogatorio rutinario al que se sometía a casi todos los prisioneros. Había una larga serie de delitos —espionaje, sabotaje y otros similares— que todos debían confesar como algo natural. La confesión era una formalidad, aunque la tortura era real. No recordaba cuántas veces le habían golpeado ni cuánto tiempo habían durado las palizas. Siempre había cinco o seis hombres con uniformes negros que le golpeaban simultáneamente. A veces eran los puños, a veces las porras, a veces las barras de acero, a veces las botas. Había momentos en los que rodaba por el suelo, tan desvergonzado como un animal, retorciendo el cuerpo de un lado a otro en un esfuerzo interminable y desesperado por esquivar las patadas, y simplemente invitando a más y más patadas, en las costillas, en el vientre, en los codos, en las espinillas, en la ingle, en los testículos, en el hueso de la base de la columna vertebral. Hubo momentos en los que aquello no cesaba hasta que lo cruel, lo perverso, lo imperdonable le pareció no que los guardias siguieran golpeándole, sino que no pudiera obligarse a perder el conocimiento. Hubo veces en que su nervio le abandonó de tal manera que empezó a gritar pidiendo clemencia incluso antes de que empezara la paliza, cuando la mera visión de un puño desenfundado para un golpe era suficiente para hacer que vertiera una confesión de crímenes reales e imaginarios. Hubo otras veces en las que empezó con la determinación de no confesar nada, en las que cada palabra tuvo que ser sacada a la fuerza entre jadeos de dolor, y hubo veces en las que intentó débilmente llegar a un acuerdo, en las que se dijo a sí mismo: «Confesaré, pero todavía no. Debo aguantar hasta que el dolor sea insoportable. Tres patadas más, dos patadas más, y entonces les diré lo que quieren». A veces lo golpeaban hasta que apenas podía mantenerse en pie, luego lo arrojaban como un saco de patatas al suelo de piedra de una celda, lo dejaban recuperarse durante unas horas y luego lo sacaban y lo volvían a golpear. También había períodos más largos de recuperación. Los recordaba vagamente, porque los pasaba sobre todo en sueño o estupor. Recordaba una celda con una cama de tablas, una especie de estantería que sobresalía de la pared y un lavabo de chapa, y comidas de sopa caliente y pan y a veces café. Recordaba a un barbero hosco que llegaba para rasparle la barbilla y cortarle el pelo, y a hombres administrativos y antipáticos con batas blancas que le tomaban el pulso, le golpeaban los reflejos, le levantaban los párpados, le pasaban dedos ásperos en busca de huesos rotos y le inyectaban agujas en el brazo para hacerle dormir.

Las palizas se hicieron menos frecuentes y se convirtieron principalmente en una amenaza, un horror al que podía ser devuelto en cualquier momento cuando sus respuestas fueran insatisfactorias. Sus interrogadores no eran ahora rufianes con uniformes negros, sino intelectuales del Partido, hombres pequeños y rotundos, de movimientos rápidos y con gafas brillantes, que trabajaban con él en relevos durante periodos que duraban —pensaba, no podía estar seguro— diez o doce horas seguidas. Estos otros interrogadores se encargaban de que sufriera un ligero dolor constante, pero no era principalmente el dolor en lo que se basaban. Le abofeteaban la cara, le retorcían las orejas, le tiraban del pelo, le obligaban a estar de pie sobre una pierna, le negaban el permiso para orinar, le alumbraban la cara con luces brillantes hasta que se le humedecían los ojos; pero el objetivo de todo esto era simplemente humillarle y destruir su capacidad de argumentar y razonar. Su verdadera arma era el despiadado interrogatorio que se prolongaba hora tras hora, poniéndole zancadillas, tendiéndole trampas, tergiversando todo lo que decía, condenándole a cada paso por mentiras y autocontradicciones, hasta que empezó a llorar tanto de vergüenza como de fatiga nerviosa. A veces lloraba media docena de veces en una sola sesión. La mayoría de las veces le gritaban improperios y le amenazaban con entregarle de nuevo a los guardias; pero a veces cambiaban repentinamente de tono, le llamaban camarada, le apelaban en nombre del Ingsoc y del Gran Hermano, y le preguntaban apenados si ni siquiera ahora le quedaba suficiente lealtad al Partido como para desear deshacer el mal que había hecho. Cuando sus nervios estaban a flor de piel tras horas de interrogatorio, incluso este llamamiento podía reducirlo a lágrimas llorosas. Al final, las voces insistentes lo doblegaron más que las botas y los puños de los guardias.

Se convirtió simplemente en una boca que pronunciaba, una mano que firmaba, todo lo que se le exigía. Su única preocupación era averiguar lo que querían que confesara, y confesarlo rápidamente, antes de que el acoso comenzara de nuevo. Confesó el asesinato de eminentes miembros del Partido, la distribución de panfletos sediciosos, la malversación de fondos públicos, la venta de secretos militares, el sabotaje de todo tipo. Confesó que había sido un espía a sueldo del gobierno de Esteasia desde 1968. Confesó que era un creyente religioso, un admirador del capitalismo y un pervertido sexual. Confesó que había asesinado a su mujer, aunque sabía, y sus interrogadores debían saber, que su mujer seguía viva. Confesó que durante años había estado en contacto personal con Goldstein y que había sido miembro de una organización clandestina que incluía a casi todos los seres humanos que había conocido. Era más fácil confesarlo todo e implicar a todo el mundo. Además, en cierto sentido todo era cierto. Era cierto que había sido enemigo del Partido, y a los ojos del Partido no había distinción entre el pensamiento y el hecho.

También había recuerdos de otro tipo. Se destacaban en su mente de forma inconexa, como imágenes con oscuridad a su alrededor.

Estaba en una celda que podía ser oscura o luminosa, porque no podía ver nada más que un par de ojos. Cerca de él, una especie de instrumento hacía tictac lenta y regularmente. Los ojos se hicieron más grandes y luminosos. De repente, salió flotando de su asiento, se sumergió en los ojos y fue tragado.

Estaba atado a una silla rodeada de diales, bajo luces deslumbrantes. Un hombre con bata blanca estaba leyendo los diales. Se oyó el ruido de unas botas pesadas en el exterior. La puerta se abrió de golpe. El oficial con cara de cera entró, seguido por dos guardias.

«Habitación 101», dijo el oficial.

El hombre de la bata blanca no se volvió. Tampoco miró a Winston; sólo miraba los diales.

Estaba rodando por un poderoso corredor, de un kilómetro de ancho, lleno de luz gloriosa y dorada, rugiendo de risa y gritando confesiones a voz en cuello. Lo estaba confesando todo, incluso las cosas que había conseguido retener bajo la tortura. Estaba relatando toda la historia de su vida a un público que ya la conocía. Con él estaban los guardias, los otros interrogadores, los hombres de bata blanca, O'Brien, Julia, el señor Charrington, todos rodando juntos por el pasillo y gritando de risa. Alguna cosa espantosa que se había incrustado en el futuro se había saltado de alguna manera y no había sucedido. Todo estaba bien, no había más dolor, el último detalle de su vida estaba al descubierto, comprendido, perdonado.

Se levantó de la cama de tablones con la media certeza de que había oído la voz de O'Brien. Durante todo el interrogatorio, aunque no lo había visto, había tenido la sensación de que O'Brien estaba a su lado, sin poder verlo. Era O'Brien quien lo dirigía todo. Fue él quien puso a los guardias sobre Winston y quien impidió que lo mataran. Era él quien decidía cuándo Winston debía gritar de dolor, cuándo debía tener un respiro, cuándo debía ser alimentado, cuándo debía dormir, cuándo debían inyectarle las drogas en el brazo. Era él quien hacía las preguntas y sugería las respuestas. Era el atormentador, era el protector, era el inquisidor, era el amigo. Y una vez —Winston no recordaba si fue en un sueño drogado, o en un sueño normal, o incluso en un momento de vigilia— una voz le murmuró al oído: «No te preocupes, Winston; estás bajo mi custodia. Durante siete años he velado por ti. Ahora ha llegado el momento decisivo. Te salvaré, te haré perfecto». No estaba seguro de si era la voz de O'Brien; pero era la misma voz que le había dicho: «Nos encontraremos en el lugar donde no hay oscuridad», en aquel otro sueño, siete años atrás.

No recordaba ningún final de su interrogatorio. Hubo un período de penumbra y luego la celda, o habitación, en la que ahora se encontraba se fue materializando a su alrededor. Estaba casi de espaldas, sin poder moverse. Su cuerpo estaba sujeto en todos los puntos esenciales. Incluso la parte posterior de su cabeza estaba agarrada de alguna manera. O'Brien le miraba con gravedad y bastante tristeza. Su rostro, visto desde abajo, parecía tosco y desgastado, con bolsas bajo los ojos y líneas de cansancio desde la nariz hasta la barbilla. Era más viejo de lo que Winston había creído; tenía quizá cuarenta y ocho o cincuenta años. Debajo de su mano había una esfera con una palanca en la parte superior y unas cifras que recorrían la cara.

«Te conté», dijo O'Brien, «que si nos encontrábamos de nuevo sería aquí».

«Sí», dijo Winston.

Sin más aviso que un ligero movimiento de la mano de O'Brien, una oleada de dolor inundó su cuerpo. Era un dolor espantoso, porque no podía ver lo que estaba ocurriendo, y tenía la sensación de que le estaban infringiendo alguna herida mortal. No sabía si aquello estaba ocurriendo realmente, o si el efecto era producido eléctricamente; pero su cuerpo estaba siendo deformado, las articulaciones se estaban desgarrando lentamente. Aunque el dolor le había hecho sudar la frente, lo peor de todo era el temor de que su columna vertebral estuviera a punto de romperse. Apretó los dientes y respiró con fuerza por la nariz, tratando de mantenerse en silencio el mayor tiempo posible.

«Tienes miedo», dijo O'Brien, observando su rostro, «de que dentro de un momento algo se rompa. Tu miedo especial es que sea la columna vertebral. Tienes una vívida imagen mental de las vértebras partiéndose y del líquido espinal saliendo de ellas. Eso es lo que piensas, ¿verdad,

Winston?»

Winston no respondió. O'Brien retiró la palanca del dial. La oleada de dolor retrocedió casi tan rápidamente como había llegado.

«Eso era cuarenta», dijo O'Brien. «Puedes ver que los números de este dial llegan a cien. ¿Quieres recordar, a lo largo de nuestra conversación, que tengo el poder de infligirte dolor en cualquier momento y en el grado que yo decida? Si me dices alguna mentira, o intentas evadirte de alguna manera, o incluso caer por debajo de tu nivel habitual de inteligencia, gritarás de dolor, al instante. ¿Lo entiendes?»

«Sí», dijo Winston.

Los modales de O'Brien se volvieron menos severos. Se acomodó las gafas pensativamente, y dio uno o dos pasos hacia arriba y hacia abajo. Cuando hablaba, su voz era suave y paciente. Tenía el aire de un médico, de un profesor, incluso de un sacerdote, deseoso de explicar y persuadir más que de castigar.

«Me tomo la molestia contigo, Winston», dijo, «porque tú vales la pena. Sabes perfectamente lo que te pasa. Lo sabes desde hace años, aunque has luchado contra ese conocimiento. Estás mentalmente trastornado. Sufres de una memoria defectuosa. Eres incapaz de recordar hechos reales y te convences de que recuerdas otros hechos que nunca ocurrieron. Afortunadamente es curable. Nunca te has curado de ello, porque no lo elegiste. Hubo un pequeño esfuerzo de la voluntad que no estabas dispuesto a hacer. Incluso ahora, soy consciente de ello, te aferras a tu enfermedad con la impresión de que es una virtud. Ahora veremos un ejemplo. En este momento, ¿con qué potencia está en guerra Oceanía?»

«Cuando me arrestaron, Oceanía estaba en guerra con Esteasia».

«Con Esteasia. Bien. Y Oceanía siempre ha estado en

guerra con Esteasia, ¿no es así?»

Winston respiró con fuerza. Abrió la boca para hablar y luego no habló. No podía apartar los ojos de la esfera.

«La verdad, por favor, Winston. Tu verdad. Dime lo que crees recordar».

«Recuerdo que hasta una semana antes de que me detuvieran, no estábamos en guerra con Esteasia en absoluto. Estábamos en alianza con ellos. La guerra era contra Eurasia. Eso había durado cuatro años. Antes de eso...»

O'Brien lo detuvo con un movimiento de la mano.

«Otro ejemplo», dijo. «Hace algunos años tuviste un delirio muy grave. Creías que tres hombres, tres antiguos miembros del Partido llamados Jones, Aaronson y Rutherford —hombres que fueron ejecutados por traición y sabotaje después de hacer la confesión más completa posible— no eran culpables de los crímenes de los que se les acusaba. Creías haber visto pruebas documentales inequívocas que demostraban que sus confesiones eran falsas. Hubo una fotografía sobre la que tuviste una alucinación. Creías que la habías tenido en tus manos. Era una fotografía parecida a ésta».

Entre los dedos de O'Brien había aparecido un trozo de periódico oblongo. Durante unos cinco segundos estuvo dentro del ángulo de visión de Winston. Era una fotografía, y no había duda de su identidad. Era LA fotografía. Era otra copia de la fotografía de Jones, Aaronson y Rutherford en la fiesta de Nueva York, que había encontrado por casualidad hace once años y que había destruido inmediatamente. Sólo estuvo ante sus ojos un instante, y luego desapareció de nuevo. Pero lo había visto, ¡sin duda la había visto! Hizo un esfuerzo desesperado y agónico para liberar la mitad superior de su cuerpo. Era imposible moverse ni un centímetro en cualquier dirección. Por el momento se había olvidado incluso del dial. Lo único que quería era volver a tener la fotografía entre sus dedos, o al menos verla.

«¡Existe!», gritó.

«No», dijo O'Brien.

Cruzó la habitación. Había un agujero de la memoria en la pared opuesta. O'Brien levantó la rejilla. Sin verlo, el frágil trozo de papel se alejaba en la corriente de aire caliente; se desvanecía en un destello de llamas. O'Brien se apartó de la pared.

«Cenizas», dijo. «Ni siquiera cenizas identificables. Polvo. No existe. Nunca ha existido».

«¡Pero sí existe! ¡Existe! Existe en la memoria. Yo la recuerdo. Tú la recuerdas».

«No la recuerdo», dijo O'Brien.

El corazón de Winston se hundió. Aquello era doblepensamiento. Tuvo una sensación de impotencia mortal. Si hubiera podido estar seguro de que O'Brien mentía, no habría parecido importar. Pero era perfectamente posible que O'Brien hubiera olvidado realmente la fotografía. Y si era así, entonces ya habría olvidado su negación de recordarla, y olvidado el acto de olvidar. ¿Cómo se podía estar seguro de que se trataba de un simple engaño? Tal vez esa lunática dislocación de la mente pudiera ocurrir realmente: ése era el pensamiento que le derrotaba.

O'Brien lo miraba especulativamente. Más que nunca tenía el aire de un profesor que se preocupa por un niño caprichoso pero prometedor.

«Hay un eslogan del Partido que trata del control del pasado», dijo. «Repítelo, por favor».

«Quien controla el pasado controla el futuro: quien controla el presente controla el pasado», repitió Winston obedientemente.

«"Quien controla el presente controla el pasado"», dijo O'Brien, asintiendo con la cabeza con una lenta aprobación. «¿Es tu opinión, Winston, que el pasado tiene una existencia real?»

De nuevo la sensación de impotencia descendió sobre Winston. Sus ojos se dirigieron hacia el dial. No sólo no sabía si el «sí» o el «no» era la respuesta que le salvaría del dolor; ni siquiera sabía qué respuesta creía que era la verdadera.

O'Brien sonrió débilmente. «No eres un metafísico, Winston», dijo. «Hasta este momento no habías considerado lo que significa la existencia. Lo diré con más precisión. ¿Existe el pasado concretamente, en el espacio? ¿Existe un lugar, un mundo de objetos sólidos, en el que el pasado sigue ocurriendo?»

«No».

«Entonces, ¿dónde existe el pasado, si es que existe?»

«En los registros. Está escrito».

«En los registros. ¿Y...?»

«En la mente. En los recuerdos humanos».

«En la memoria. Muy bien, entonces. Nosotros, el Partido, controlamos todos los registros y controlamos todos los recuerdos. Entonces controlamos el pasado, ¿no es así?»

«Pero, ¿cómo se puede evitar que la gente recuerde cosas?», gritó Winston, olvidando momentáneamente el dial. «Es involuntario. Está fuera de uno mismo. ¿Cómo se puede controlar la memoria? Tú no has controlado la mía».

La actitud de O'Brien volvió a ser severa. Puso la mano en el dial.

«Por el contrario», dijo, «tú no la has controlado. Eso es lo que te ha traído aquí. Estás aquí porque has fracasado en la humildad, en la autodisciplina. No quisiste hacer el acto de sumisión que es el precio de la cordura. Has preferido ser un lunático, una minoría de uno. Sólo la mente disciplinada puede ver la realidad, Winston. Crees que la realidad es algo objetivo, externo, que existe por sí mismo. También crees que la naturaleza de la realidad es evidente por sí misma. Cuando te engañas pensando que ves algo, supones que todos los demás ven lo mismo que tú. Pero yo te digo, Winston, que la realidad no es externa. La realidad existe en la mente humana, y en ningún otro lugar. No en la mente individual, que puede equivocarse y, en cualquier caso, perece pronto: sólo en la mente del Partido, que es colectiva e inmortal. Todo lo que el Partido considera la verdad, es la verdad. Es imposible ver la realidad si no es mirando a través de los ojos del Partido. Este es el hecho que tienes que reaprender, Winston. Es necesario un acto de autodestrucción, un esfuerzo de la voluntad. Debes humillarte antes de poder volver a ser cuerdo».

Se detuvo unos instantes, como para dejar que lo que había dicho se asimilara.

«¿Recuerdas», continuó, «haber escrito en tu diario: "La libertad es la libertad de decir que dos más dos son cuatro"?»

«Sí», dijo Winston.

O'Brien levantó la mano izquierda, con el dorso hacia Winston, con el pulgar oculto y los cuatro dedos extendidos.

«¿Cuántos dedos estoy levantando, Winston?»

«Cuatro».

«Y si la parte dice que no son cuatro sino cinco, ¿entonces cuántos?»

«Cuatro».

La palabra terminó en un grito de dolor. La aguja del dial se había disparado hasta el cincuenta y cinco. El sudor había brotado por todo el cuerpo de Winston. El aire entraba en sus pulmones y volvía a salir en profundos gemidos que ni siquiera apretando los dientes podía detener. O'Brien le observaba, con los cuatro dedos aún extendidos. Retrocedió la palanca. Esta vez el dolor sólo se alivió ligeramente.

«¿Cuántos dedos, Winston?»

«Cuatro».

La aguja subió a sesenta.

«¿Cuántos dedos, Winston?»

«¡Cuatro! ¡Cuatro! ¿Qué más puedo decir? Cuatro.»

La aguja debió de levantarse de nuevo, pero no la miró. El rostro pesado y severo y los cuatro dedos llenaban su visión. Los dedos se alzaban ante sus ojos como pilares, enormes, borrosos y que parecían vibrar, pero inequívocamente cuatro.

«¿Cuántos dedos, Winston?»

«¡Cuatro! ¡Para, para! ¿Cómo puedes seguir? ¡Cuatro! ¡Cuatro!»

«¿Cuántos dedos, Winston?»

«¡Cinco! ¡Cinco! ¡Cinco!»

«No, Winston, eso es inútil. Estás mintiendo. Sigues pensando que hay cuatro. ¿Cuántos dedos, por favor?»

«¡Cuatro! ¡Cinco! ¡Cuatro! Lo que quieras. Sólo para, para el dolor».

De repente se incorporó con el brazo de O'Brien alrededor de los hombros. Quizá había perdido el conocimiento durante unos segundos. Las ataduras que le habían sujetado el cuerpo se soltaron. Sentía mucho frío, temblaba incontroladamente, le castañeteaban los dientes, las lágrimas rodaban por sus mejillas. Por un momento se aferró a O'Brien como un bebé, curiosamente reconfortado por el pesado brazo que le rodeaba los hombros. Tuvo la sensación de que O'Brien era su protector, que el dolor era algo que venía de fuera, de alguna otra fuente, y que era O'Brien quien le salvaría de él.

«Eres un alumno lento, Winston», dijo O'Brien con suavidad.

«¿Cómo puedo evitarlo?», balbuceó. «¿Cómo puedo evitar ver lo que tengo delante de mis ojos? Dos y dos son cuatro».

«A veces, Winston. A veces son cinco. A veces son tres. A veces son todos a la vez. Debes esforzarte más. No es fácil volverse cuerdo».

Recostó a Winston en la cama. El agarre de sus miembros volvió a tensarse, pero el dolor había desaparecido y el temblor había cesado, dejándole simplemente débil y frío. O'Brien señaló con la cabeza al hombre de la bata blanca, que había permanecido inmóvil durante todo el proceso. El hombre de la bata blanca se agachó y miró atentamente a los ojos de Winston, le tomó el pulso, le puso una oreja en el pecho, le dio golpecitos aquí y allá, y luego asintió a O'Brien.

«Otra vez», dijo O'Brien.

El dolor fluyó en el cuerpo de Winston. La aguja debía estar a setenta, setenta y cinco. Esta vez había cerrado los ojos. Sabía que los dedos seguían allí, y todavía eran cuatro. Lo único que importaba era, de alguna manera, seguir vivo hasta que el espasmo terminara. Había dejado de notar si gritaba o no. El dolor disminuyó de nuevo. Abrió los ojos. O'Brien había retrocedido la palanca.

«¿Cuántos dedos, Winston?»

«Cuatro. Supongo que hay cuatro. Yo vería cinco si pudiera. Intento ver cinco».

«¿Qué deseas: convencerme de que ves cinco, o verlos realmente?»

«Verlos realmente».

«Otra vez», dijo O'Brien.

Tal vez la aguja estuviera en el ochenta o el noventa. Winston no podía recordar intermitentemente por qué se producía el dolor. Detrás de sus párpados entornados, un bosque de dedos parecía moverse en una especie de danza, entrando y saliendo, desapareciendo detrás de otro y reapareciendo de nuevo. Intentaba contarlos, pero no recordaba por qué. Sólo sabía que era imposible contarlos, y que esto se debía de algún modo a la misteriosa identidad entre el cinco y el cuatro. El dolor se calmó de nuevo. Cuando abrió los ojos fue para descubrir que seguía viendo lo mismo. Innumerables dedos, como árboles en movimiento, seguían pasando en cualquier dirección, cruzándose y volviéndose a cruzar. Volvió a cerrar los ojos.

«¿Cuántos dedos estoy levantando, Winston?»

«No lo sé. No lo sé. Me matarás si lo vuelves a hacer. Cuatro, cinco, seis... sinceramente, no lo sé».

«Mejor», dijo O'Brien.

Una aguja se deslizó en el brazo de Winston. Casi en el mismo instante, un calor bendito y curativo se extendió por todo su cuerpo. El dolor ya estaba medio olvidado. Abrió los ojos y miró agradecido a O'Brien. Al ver el rostro pesado y delineado, tan feo y tan inteligente, su corazón pareció dar un vuelco. Si hubiera podido moverse, habría extendido una mano y la habría puesto sobre el brazo de O'Brien. Nunca le había amado tan profundamente como en ese momento, y no sólo porque hubiera detenido el dolor. El viejo sentimiento de que en el fondo no importaba si O'Brien era un amigo o un enemigo, había vuelto. O'Brien era una persona con la que se podía hablar. Tal vez uno no deseaba tanto ser amado como ser comprendido. O'Brien le había torturado hasta el borde de la locura, y dentro de poco, era seguro, le enviaría a la muerte. No importaba. En algún sentido que iba más allá de la amistad, eran íntimos: en un lugar u otro, aunque las palabras reales nunca se pronunciaran, había un lugar donde podían encontrarse y hablar. O'Brien le miraba con una expresión que sugería que el mismo pensamiento podía estar en su propia mente. Cuando habló, lo hizo en un tono fácil y conversacional.

«¿Sabes dónde estás, Winston?», dijo.

«No lo sé. Puedo adivinar. En el Ministerio del Amor».

«¿Sabes cuánto tiempo llevas aquí?»

«No lo sé. Días, semanas, meses... Creo que son meses».

«¿Y por qué te imaginas que traemos a la gente a este lugar?»

«Para hacerlos confesar».

«No, esa no es la razón. Vuelve a intentarlo».

«Para castigarlos».

«No», exclamó O'Brien. Su voz había cambiado extraordinariamente, y su rostro se había vuelto repentinamente severo y animado. «No, ni para sacarte una confesión, ni para castigarte. ¿Quieres que te diga por qué te hemos traído aquí? ¡Para curarte! Para que estés cuerdo. ¿Comprenderás, Winston, que nadie que traigamos a este lugar sale nunca de nuestras manos sin curarse? No nos interesan esos estúpidos delitos que has cometido. Al Partido no le interesa el acto manifiesto: el pensamiento es lo único que nos importa. No nos limitamos a destruir a nuestros enemigos, sino que los cambiamos. ¿Entiendes lo que quiero decir con eso?»

Estaba inclinado sobre Winston. Su rostro parecía enorme por su cercanía, y horriblemente feo porque se veía desde abajo. Además, estaba lleno de una especie de exaltación, de una intensidad lunática. De nuevo el corazón de Winston se encogió. Si hubiera sido posible, se habría encogido más en la cama. Estaba seguro de que O'Brien estaba a punto de girar el dial por puro deseo. Sin embargo, en ese momento, O'Brien se apartó. Dio uno o dos pasos hacia arriba y hacia abajo. Luego continuó con menos vehemencia:

«Lo primero que debes entender es que en este lugar no hay martirios. Habrás leído sobre las persecuciones religiosas del pasado. En la Edad Media existió la Inquisición. Fue un fracaso. Se propuso erradicar la herejía y acabó perpetuándola. Por cada hereje que se quemaba en la hoguera, se levantaban otros miles. ¿Por qué fue así? Porque la Inquisición mataba a sus enemigos a cara descubierta, y los mataba mientras no se arrepentían: de hecho, los mataba porque no se arrepentían. Los hombres morían porque no abandonaban sus verdaderas creencias. Naturalmente, toda la gloria pertenecía a la víctima y toda la vergüenza al Inquisidor que la quemaba. Más tarde, en el siglo XX, estaban los totalitarios, como se les llamaba. Estaban los nazis alemanes y los comunistas rusos. Los rusos persiguieron la herejía con más crueldad que la Inquisición. Y se imaginaban que habían aprendido de los errores del pasado; sabían, en todo caso, que no hay que hacer mártires. Antes de exponer a sus víctimas a un juicio público, se propusieron deliberadamente destruir su dignidad. Los desgastaron mediante la tortura y la soledad hasta convertirlos en despreciables y encogidos desgraciados, confesando todo lo que se les ponía en la boca, cubriéndose de improperios, acusándose y escudándose unos en otros, gimiendo por piedad. Y sin embargo, al cabo de pocos años había vuelto a ocurrir lo mismo. Los muertos se habían convertido en mártires y su degradación se había olvidado. Una vez más, ¿por qué fue así? En primer lugar, porque las confesiones que habían hecho eran obviamente extorsionadas y falsas. Nosotros no cometemos errores de ese tipo. Todas las confesiones que se pronuncian aquí son verdaderas. Las hacemos verdaderas. Y sobre todo no permitimos que los muertos se levanten contra nosotros. Debes dejar de imaginar que la posteridad te reivindicará, Winston. La posteridad nunca oirá hablar de ti. Serás eliminado de la corriente de la historia. Te convertiremos en gas y te arrojaremos a la estratosfera. No quedará nada de ti, ni un nombre en un registro, ni un recuerdo en un cerebro vivo. Serás aniquilado tanto en el pasado como en el futuro. Nunca habrás existido».

Entonces, ¿por qué molestarse en torturarme? pensó Winston, con una momentánea amargura. O'Brien frenó su paso como si Winston hubiera pronunciado el pensamiento en voz alta. Su enorme y feo rostro se acercó, con los ojos un poco entrecerrados.

«Estás pensando», dijo, «que, puesto que tenemos la intención de destruirte por completo, de modo que nada de lo que digas o hagas pueda suponer la más mínima diferencia, en ese caso, ¿por qué nos tomamos la molestia de interrogarte primero? Eso es lo que pensabas, ¿no es así?»

«Sí», dijo Winston.

O'Brien sonrió ligeramente. «Eres un defecto en el patrón, Winston. Eres una mancha que hay que borrar. ¿No te he dicho hace un momento que somos diferentes de los perseguidores del pasado? No nos conformamos con la obediencia negativa, ni siquiera con la sumisión más abyecta. Cuando finalmente te rindas a nosotros, deberá ser por tu propia voluntad. No destruimos al hereje porque se resista a nosotros: mientras se resista a nosotros, nunca lo destruimos. Lo convertimos, capturamos su mente interior, lo remodelamos. Quemamos de él todo el mal y toda la ilusión; lo traemos a nuestro lado, no en apariencia, sino genuinamente, en el corazón y en el alma. Lo convertimos en uno de nosotros antes de matarlo. Nos resulta intolerable que exista un pensamiento erróneo en cualquier parte del mundo, por muy secreto e impotente que sea. Incluso en el instante de la muerte no podemos permitir ninguna desviación. Antiguamente, el hereje caminaba hacia la hoguera siendo todavía un hereje, proclamando su herejía, exultando en ella. Incluso la víctima de las purgas rusas podía llevar la rebelión encerrada en su cráneo mientras caminaba por el pasillo esperando la bala. Pero nosotros perfeccionamos el cerebro antes de reventarlo. El mandato de los antiguos despotismos era "Tú no debes". El mandato de los totalitarios era "Tú debes". Nuestro mandato es "TÚ ERES". Nadie a quien traigamos a este lugar sobresale contra nosotros. Todos están limpios. Incluso esos tres miserables traidores en cuya inocencia creías una vez —Jones, Aaronson y Rutherford—, al final los desbaratamos. Yo mismo participé en su interrogatorio. Los vi desgastarse poco a poco, gimiendo, arrastrándose, llorando... y al final no fue de dolor ni de miedo, sino de penitencia. Cuando terminamos con ellos, ya no eran más que cáscaras de hombres. No quedaba en ellos más que el dolor por lo que habían hecho y el amor por el Gran Hermano. Era conmovedor ver cómo lo amaban. Suplicaban que se les fusilara rápidamente, para poder morir mientras sus mentes estuvieran limpias».

Su voz se había vuelto casi soñadora. La exaltación, el entusiasmo lunático, seguía en su rostro. No está fingiendo, pensó Winston, no es un hipócrita, cree cada palabra que dice. Lo que más le oprimía era la conciencia de su propia inferioridad intelectual. Observó la pesada pero grácil forma que se paseaba de un lado a otro, entrando y saliendo del campo de visión. O'Brien era un ser en todos los sentidos más grande que él mismo. No había ninguna idea que él hubiera tenido o pudiera tener que O'Brien no hubiera conocido, examinado y rechazado. Su mente CONTENÍA la mente de Winston. Pero en ese caso, ¿cómo podía ser cierto que O'Brien estuviera loco? Debía ser él, Winston, quien estuviera loco. O'Brien se detuvo y le miró. Su voz había recobrado el tono severo.

«No imagines que te salvarás a ti mismo, Winston, por mucho que te entregues a nosotros. Nadie que se haya extraviado una vez se salva. Y aunque decidiéramos dejarte vivir el plazo natural de tu vida, nunca escaparías de nosotros. Lo que te ocurre aquí es para siempre. Entiéndelo de antemano. Te aplastaremos hasta el punto de que no haya vuelta atrás. Te ocurrirán cosas de las que no podrías recuperarte, aunque vivieras mil años. Nunca más serás capaz de tener sentimientos humanos ordinarios. Todo estará muerto dentro de ti. Nunca más serás capaz de sentir amor, ni amistad, ni alegría de vivir, ni risa, ni curiosidad, ni valor, ni integridad. Estarás vacío. Te exprimiremos hasta dejarte vacío, y luego te llenaremos de nosotros mismos».

Se detuvo y le hizo una señal al hombre de la bata blanca. Winston fue consciente de que una pesada pieza del aparato se colocaba detrás de su cabeza. O'Brien se había sentado junto a la cama, de modo que su cara estaba casi a la altura de la de Winston.

«Tres mil», dijo, hablando por encima de la cabeza de Winston al hombre de la bata blanca.

Dos suaves almohadillas, que se sentían ligeramente húmedas, se apretaron contra las sienes de Winston. Se estremeció. Se avecinaba un dolor, un nuevo tipo de dolor. O'Brien le puso una mano tranquilizadora, casi amable, sobre la suya.

«Esta vez no te dolerá», dijo. «Mantén tus ojos fijos en los míos».

En ese momento se produjo una explosión devastadora, o lo que parecía una explosión, aunque no se sabía con certeza si había algún ruido. Sin duda, hubo un destello cegador de luz. Winston no estaba herido, sólo postrado. Aunque ya estaba tumbado de espaldas cuando ocurrió aquello, tuvo la curiosa sensación de que le habían hecho caer en esa posición. Un tremendo golpe indoloro le había aplastado. También había ocurrido algo dentro de su cabeza. Cuando sus ojos volvieron a centrarse, recordó quién era y dónde estaba, y reconoció el rostro que le miraba; pero en algún lugar había una gran mancha de vacío, como si le hubieran arrancado un trozo del cerebro.

«No durará», dijo O'Brien. «Mírame a los ojos. ¿Con qué país está en guerra Oceanía?»

Winston pensó. Sabía lo que significaba Oceanía y que él mismo era un ciudadano de Oceanía. También recordaba Eurasia y Esteasia, pero no sabía quién estaba en guerra con quién. De hecho, no sabía que hubiera ninguna guerra.

«No lo recuerdo».

«Oceanía está en guerra con Esteasia. ¿Lo recuerdas ahora?»

«Sí».

«Oceanía siempre ha estado en guerra con Esteasia. Desde el principio de tu vida, desde el principio del Partido, desde el principio de la historia, la guerra ha continuado sin descanso, siempre la misma guerra. ¿Lo recuerdas?»

«Sí».

«Hace once años creaste una leyenda sobre tres hombres que habían sido condenados a muerte por traición. Fingiste que habías visto un papel que demostraba su inocencia. Ese papel nunca existió. Lo inventaste, y más tarde llegaste a creer en él. Ahora recuerdas el momento en que lo inventaste. ¿Lo recuerdas?»

«Sí».

«Hace un momento he levantado los dedos de la mano. Has visto cinco dedos. ¿Lo recuerdas?»

«Sí».

O'Brien levantó los dedos de su mano izquierda, con el pulgar oculto.

«Ahí hay cinco dedos. ¿Ves cinco dedos?»

«Sí».

Y los vio, durante un fugaz instante, antes de que el escenario de su mente cambiara. Vio cinco dedos, y no había ninguna deformidad. Entonces todo volvió a ser normal, y el viejo miedo, el odio y el desconcierto volvieron a agolparse. Pero había habido un momento —no sabía cuánto tiempo, treinta segundos quizás— de luminosa certeza, cuando cada nueva sugerencia de O'Brien había llenado un trozo de vacío y se había convertido en una verdad absoluta, y cuando dos y dos podían haber sido tres tan fácilmente como cinco, si eso era lo que se necesitaba. Se había desvanecido antes de que O'Brien soltara la mano; pero aunque no podía recuperarla, sí podía recordarla, como se recuerda una experiencia vívida en algún periodo de la vida de uno, cuando en realidad era una persona diferente.

«Ahora ves», dijo O'Brien, «que en todo caso es posible».

«Sí», dijo Winston.

O'Brien se levantó con aire satisfecho. A su izquierda, Winston vio que el hombre de la bata blanca rompía una ampolla y retiraba el émbolo de una jeringa. O'Brien se volvió hacia Winston con una sonrisa. Casi a la antigua usanza, se acomodó las gafas en la nariz.

«¿Recuerdas haber escrito en tu diario», dijo, «que no importaba si yo era un amigo o un enemigo, ya que al menos era una persona que te entendía y con la que se podía hablar? Tenías razón. Me gusta hablar contigo. Tu mente me atrae. Se parece a mi propia mente, salvo que resulta que estás loco. Antes de terminar la sesión, puedes hacerme algunas preguntas, si quieres».

«¿Cualquier pregunta que quiera?»

«Cualquier cosa». Vio que los ojos de Winston estaban sobre el dial. «Está apagado. ¿Cuál es tu primera pregunta?»

«¿Qué has hecho con Julia?», dijo Winston.

O'Brien volvió a sonreír. «Te ha traicionado, Winston. Inmediatamente, sin reservas. Pocas veces he visto a alguien acercarse a nosotros con tanta rapidez. Apenas la reconocerías si la vieras. Toda su rebeldía, su engaño, su insensatez, su suciedad... todo se ha quemado en ella. Ha sido una conversión perfecta, un caso ejemplar».

«¿La has torturado?»

O'Brien dejó esto sin responder. «Siguiente pregunta», dijo.

«¿Existe el Gran Hermano?»

«Por supuesto que existe. El Partido existe. El Gran Hermano es la encarnación del Partido».

«¿Existe de la misma manera que yo?»

«Tú no existes», dijo O'Brien.

Una vez más le asaltó la sensación de impotencia. Conocía, o podía imaginar, los argumentos que demostraban su propia inexistencia; pero no tenían sentido, sólo eran un juego de palabras. ¿Acaso la afirmación «Tú no existes» no contenía un absurdo lógico? ¿Pero de qué servía decirlo? Su mente se arrugó al pensar en los incontestables y disparatados argumentos con los que O'Brien le demolería.

«Creo que yo existo», dijo con cansancio. «Soy consciente de mi propia identidad. He nacido y moriré. Tengo brazos y piernas. Ocupo un punto concreto en el espacio. Ningún otro objeto sólido puede ocupar el mismo punto simultáneamente. En ese sentido, ¿existe el Gran Hermano?».

«No tiene importancia. Él existe».

«¿Morirá algún día el Gran Hermano?»

«Por supuesto que no. ¿Cómo podría morir? Siguiente pregunta».

«¿Existe la Hermandad?»

«Eso, Winston, nunca lo sabrás. Si decidimos liberarte cuando hayamos terminado contigo, y si vives hasta los noventa años, nunca sabrás si la respuesta a esa pregunta es Sí o No».

Winston permaneció en silencio. Su pecho subía y bajaba un poco más rápido. Todavía no había formulado la primera pregunta que se le había ocurrido. Tenía que hacerla y, sin embargo, era como si su lengua no quisiera pronunciarla. Había un rastro de diversión en el rostro de O'Brien. Incluso sus gafas parecían llevar un brillo irónico. Sabe, pensó Winston de repente, sabe lo que voy a preguntar. Al pensarlo, las palabras brotaron de él:

«¿Qué hay en la habitación 101?»

La expresión del rostro de O'Brien no cambió. Respondió secamente:

«Ya sabes lo que hay en la habitación 101, Winston. Todo el mundo sabe lo que hay en la habitación 101».

Levantó un dedo hacia el hombre de la bata blanca. Evidentemente, la sesión había terminado. Una aguja se clavó en el brazo de Winston. Se hundió casi instantáneamente en un profundo sueño.

Capítulo 3

«Hay tres etapas en tu reintegración», dijo O'Brien. «Hay aprendizaje, comprensión y aceptación. Ha llegado el momento de que entres en la segunda etapa».

Como siempre, Winston estaba tumbado de espaldas. Pero últimamente sus ataduras estaban más sueltas. Todavía le sujetaban a la cama, pero podía mover un poco las rodillas y podía girar la cabeza de un lado a otro y levantar los brazos desde el codo. El dial, además, se había convertido en un terror menor. Podía eludir sus punzadas si era lo suficientemente listo: era sobre todo cuando mostraba estupidez que O'Brien tiraba de la palanca. A veces pasaban toda una sesión sin utilizar el dial. No recordaba cuántas sesiones había habido. Todo el proceso parecía extenderse durante un tiempo largo e indefinido —semanas, posiblemente— y los intervalos entre las sesiones podían ser a veces de días, a veces de sólo una hora o dos.

«Mientras yaces allí», dijo O'Brien, «te has preguntado a menudo —incluso me lo has preguntado a mí— por qué el Ministerio del Amor debía gastar tanto tiempo y problemas en ti. Y cuando estabas libre, te desconcertaba lo que era esencialmente la misma pregunta. Podías comprender la mecánica de la Sociedad en la que vivías, pero no sus motivos subyacentes. ¿Recuerdas haber escrito en tu diario: "Entiendo el CÓMO: No entiendo el PORQUÉ"? Fue cuando pensaste en el "por qué" cuando dudaste de tu propia cordura. Has leído EL LIBRO, el libro de Goldstein, o partes de él, al menos. ¿Te ha dicho algo que no supieras ya?»

«¿Lo has leído?», dijo Winston.

«Lo escribí yo. Es decir, he colaborado en su redacción. Ningún libro se produce individualmente, como sabes».

«¿Es cierto lo que dice?»

«Como descripción, sí. El programa que expone es un disparate. La acumulación secreta de conocimientos, la propagación gradual de la ilustración, finalmente una rebelión proletaria, el derrocamiento del Partido. Tú mismo predijiste que eso era lo que diría. Todo eso es una tontería. Los proletarios nunca se rebelarán, ni en mil años ni en un millón. No pueden. No tengo que decirte la razón: ya la conoces. Si alguna vez has acariciado algún sueño de insurrección violenta, debes abandonarlo. No hay forma de derrocar al Partido. El gobierno del Partido es para siempre. Haz que ese sea el punto de partida de tus pensamientos».

Se acercó a la cama. «¡Para siempre!», repitió. «Y ahora volvamos a la cuestión del "cómo" y del "por qué". Entiendes bastante bien CÓMO se mantiene el Partido en el poder. Ahora dime POR QUÉ nos aferramos al poder. ¿Cuál es nuestro motivo? ¿Por qué deberíamos querer el poder? Vamos, habla», añadió mientras Winston permanecía en silencio.

Sin embargo, Winston no habló durante uno o dos momentos más. Una sensación de cansancio le había abrumado. El débil y loco brillo del entusiasmo había vuelto a la cara de O'Brien. Sabía de antemano lo que diría O'Brien. Que el Partido no buscaba el poder para sus propios fines, sino sólo para el bien de la mayoría. Que buscaba el poder porque los hombres en masa eran criaturas frágiles y cobardes que no podían soportar la libertad ni enfrentarse a la verdad, y debían ser gobernados y engañados sistemáticamente por otros más fuertes que ellos. Que la elección de la humanidad estaba entre la libertad y la felicidad, y que, para la gran mayoría de la humanidad, la felicidad era mejor. Que el partido era el eterno guardián de los débiles, una secta dedicada a hacer el mal para que llegue el bien, sacrificando su propia felicidad a la de los demás. Lo terrible, pensó Winston, lo terrible era que cuando O'Brien decía esto se lo creía. Se le notaba en la cara. O'Brien lo sabía todo. Mil veces mejor que Winston, sabía cómo era realmente el mundo, en qué degradación vivía la masa de seres humanos y mediante qué mentiras y barbaridades los mantenía el Partido. Lo había comprendido todo, lo había sopesado todo, y no había ninguna diferencia: todo estaba justificado por el fin último. ¿Qué puedes hacer, pensó Winston, contra el lunático que es más inteligente que tú, que escucha tus argumentos y luego simplemente persiste en su locura?

«Nos gobiernan por nuestro propio bien», dijo débilmente. «Crees que los seres humanos no están capacitados para gobernarse a sí mismos y, por lo tanto...».

Se puso en marcha y casi gritó. Una punzada de dolor le había atravesado el cuerpo. O'Brien había subido la palanca del dial a treinta y cinco.

«Eso ha sido una estupidez, Winston, una estupidez», dijo. «Deberías saber que no debes decir una cosa así».

Tiró de la palanca hacia atrás y continuó:

«Ahora te diré la respuesta a mi pregunta. Es la siguiente. El Partido busca el poder por completo para sí mismo. No nos interesa el bien de los demás; nos interesa únicamente el poder. No la riqueza, ni el lujo, ni la larga vida, ni la felicidad: sólo el poder, el poder puro. Lo que significa el poder puro lo entenderás ahora. Nos diferenciamos de todas las oligarquías del pasado en que sabemos lo que hacemos. Todas las demás, incluso las que se parecían a nosotros, eran cobardes e hipócritas. Los nazis alemanes y los comunistas rusos se acercaron mucho a nosotros en sus métodos, pero nunca tuvieron el valor de reconocer sus propios motivos. Pretendían, tal vez incluso creían, que habían tomado el poder sin querer y por un tiempo limitado, y que a la vuelta de la esquina había un paraíso donde los seres humanos serían libres e iguales. Nosotros no somos así. Sabemos que nadie toma el poder con la intención de abandonarlo. El poder no es un medio, es un fin. No se establece una dictadura para salvaguardar una revolución; se hace la revolución para establecer la dictadura. El objeto de la persecución es la persecución. El objeto de la tortura es la tortura. El objeto del poder es el poder. ¿Ahora empiezas a entenderme?»

A Winston le impresionó, como le había impresionado antes, el cansancio del rostro de O'Brien. Era fuerte, carnoso y brutal, estaba lleno de inteligencia y de una especie de pasión controlada ante la que él se sentía impotente; pero estaba cansado. Había bolsas bajo los ojos, la piel se descolgaba de los pómulos. O'Brien se inclinó sobre él, acercando deliberadamente el desgastado rostro.

«Estás pensando», dijo, «que mi rostro es viejo y cansado. Piensas que hablo de poder y, sin embargo, ni siquiera soy capaz de evitar la decadencia de mi propio cuerpo. ¿No puedes comprender, Winston, que el individuo es sólo una célula? El cansancio de la célula es el vigor del organismo. ¿Mueres cuando te cortas las uñas?»

Se apartó de la cama y empezó a pasearse de arriba abajo, con una mano en el bolsillo.

«Somos los sacerdotes del poder», dijo. «Dios es poder. Pero en este momento poder es sólo una palabra en lo que a ti respecta. Es hora de que te hagas una idea de lo que significa el poder. Lo primero que debes comprender es que el poder es colectivo. El individuo sólo tiene poder en la medida en que deja de ser un individuo. Conoces el lema del Partido: "La libertad es la esclavitud". ¿Se te ha ocurrido alguna vez que es reversible? La esclavitud es la libertad. Solo —libre— el ser humano está siempre derrotado. Tiene que ser así, porque todo ser humano está condenado a morir, que es el mayor de los fracasos. Pero si puede hacer una sumisión completa y total, si puede escapar de su identidad, si puede fundirse en el Partido para ser el Partido, entonces es todopoderoso e inmortal. Lo segundo que debes comprender es que el poder es el poder sobre los seres humanos. Sobre el cuerpo, pero, sobre todo, sobre la mente. El poder sobre la materia —la realidad externa, como tú la llamarías— no es importante. Nuestro control sobre la materia ya es absoluto».

Por un momento Winston ignoró el dial. Hizo un violento esfuerzo por levantarse hasta quedar sentado, y sólo consiguió retorcer su cuerpo dolorosamente.

«Pero, ¿cómo puedes controlar la materia?», estalló. «Ni siquiera controlas el clima o la ley de la gravedad. Y existen la enfermedad, el dolor, la muerte...».

O'Brien le hizo callar con un movimiento de la mano. «Controlamos la materia porque controlamos la mente. La realidad está dentro del cráneo. Aprenderás por grados, Winston. No hay nada que no podamos hacer. Invisibilidad, levitación... cualquier cosa. Podría flotar en este suelo como una burbuja de jabón si lo deseara. No lo deseo, porque el Partido no lo desea. Debes deshacerte de esas ideas decimonónicas sobre las leyes de la Naturaleza. Las leyes de la Naturaleza las hacemos nosotros».

«¡Pero no lo hacen! Ni siquiera son los amos de este planeta. ¿Qué pasa con Eurasia y Esteasia? Aún no las han conquistado».

«No tiene importancia. Los conquistaremos cuando nos convenga. Y si no lo hiciéramos, ¿qué diferencia habría? Podemos excluirlos de la existencia. Oceanía es el mundo».

«Pero el propio mundo no es más que una mota de polvo. Y el hombre es diminuto... indefenso. ¿Desde cuándo existe? Durante millones de años la tierra estuvo deshabitada».

«Tonterías. La Tierra es tan antigua como nosotros, no más. ¿Cómo podría ser más antigua? Nada existe sino a través de la conciencia humana».

«Pero las rocas están llenas de huesos de animales extintos: mamuts y mastodontes y enormes reptiles que vivieron aquí mucho antes de que se oyera hablar del hombre».

«¿Has visto alguna vez esos huesos, Winston? Por supuesto que no. Los biólogos del siglo XIX los inventaron. Antes del hombre no había nada. Después del hombre, si se acabara, no habría nada. Fuera del hombre no hay nada».

«Pero todo el universo está fuera de nosotros. ¡Mira las estrellas! Algunas están a un millón de años luz. Están fuera de nuestro alcance para siempre».

«¿Qué son las estrellas?», dijo O'Brien con indiferencia. «Son trozos de fuego a unos cuantos kilómetros de distancia. Podríamos alcanzarlas si quisiéramos. O podríamos borrarlas. La Tierra es el centro del universo. El sol y las estrellas giran alrededor de ella».

Winston hizo otro movimiento convulsivo. Esta vez no dijo nada. O'Brien continuó como si respondiera a una objeción oral:

«Para ciertos fines, por supuesto, eso no es cierto. Cuando navegamos por el océano, o cuando predecimos un eclipse, a menudo nos resulta conveniente suponer que la tierra gira alrededor del sol y que las estrellas están a millones y millones de kilómetros. Pero, ¿qué hay de eso? ¿Crees que está fuera de nuestro alcance elaborar un sistema dual de astronomía? Las estrellas pueden estar cerca o lejos, según las necesitemos. ¿Crees que nuestros matemáticos no son capaces de hacerlo? ¿Has olvidado el doblepensamiento?

Winston se encogió en la cama. Dijera lo que dijera, la rápida respuesta le aplastó como una cachiporra. Y, sin embargo, sabía, SABÍA, que tenía razón. La creencia de que no existe nada fuera de tu propia mente; seguramente debe haber alguna forma de demostrar que es falsa. ¿No había sido expuesta hace tiempo como una falacia? Incluso había un nombre para ella, que él había olvidado. Una leve sonrisa movió las comisuras de la boca de O'Brien cuando lo miró.

«Ya te dije, Winston», dijo, «que la metafísica no es tu punto fuerte. La palabra que intentas pensar es solipsismo. Pero te equivocas. Esto no es solipsismo. Solipsismo colectivo, si quieres. Pero eso es otra cosa: de hecho, lo contrario. Todo esto es una digresión», añadió en otro tono. «El verdadero poder, el poder por el que tenemos que luchar día y noche, no es el poder sobre las cosas, sino sobre los hombres». Hizo una pausa y, por un momento, volvió a adoptar su aire de maestro de escuela que interroga a un alumno prometedor: «¿Cómo afirma un hombre su poder sobre otro, Winston?».

Winston pensó. «Haciéndole sufrir», dijo.

«Exactamente. Haciéndole sufrir. La obediencia no es suficiente. Si no sufre, ¿cómo puedes estar seguro de que obedece tu voluntad y no la suya? El poder consiste en infligir dolor y humillación. El poder está en hacer pedazos las mentes humanas y volver a unirlas con las nuevas formas que tú elijas. ¿Empiezas a ver, entonces, qué clase de mundo estamos creando? Es exactamente lo contrario de las estúpidas utopías hedonistas que imaginaron los antiguos reformistas. Un mundo de miedo, traición y tormento, un mundo de pisotear y ser pisoteado, un mundo que no será menos sino MÁS despiadado a medida que se refine. El progreso en nuestro mundo será un progreso hacia más dolor. Las antiguas civilizaciones decían estar fundadas en el amor o la justicia. La nuestra se basa en el odio. En nuestro mundo no habrá más emociones que el miedo, la rabia, el triunfo y el autodesprecio. Todo lo demás lo destruiremos, todo. Ya estamos rompiendo los hábitos de pensamiento que han sobrevivido desde antes de la Revolución. Hemos cortado los vínculos entre el hijo y el padre, y entre el hombre y el hombre, y entre el hombre y la mujer. Ya nadie se atreve a confiar en una esposa, un hijo o un amigo. Pero en el futuro no habrá esposas ni amigos. Los niños serán arrebatados a sus madres al nacer, como se arrebatan los huevos a la gallina. El instinto sexual será erradicado. La procreación será una formalidad anual como la renovación de la cartilla de racionamiento. Aboliremos el orgasmo. Nuestros neurólogos ya están trabajando en ello. No habrá lealtad, excepto la lealtad hacia el Partido. No habrá amor, salvo el amor al Gran Hermano. No habrá risa, excepto la risa del triunfo sobre un enemigo derrotado. No habrá arte, ni literatura, ni ciencia. Cuando seamos omnipotentes ya no necesitaremos la ciencia. No habrá distinción entre belleza y fealdad. No habrá curiosidad, ni disfrute del proceso de la vida. Se destruirán todos los placeres que compiten entre sí. Pero siempre —no lo olvides, Winston— siempre existirá la embriaguez del poder, en constante aumento y cada vez más sutil. Siempre, en todo momento, habrá la emoción de la victoria, la sensación de pisotear a un enemigo indefenso. Si quieres hacerte una idea del futuro, imagina una bota pisando un rostro humano... para siempre».

Hizo una pausa, como si esperara que Winston hablara. Winston intentó encogerse de nuevo en la superficie de la cama. No podía decir nada. Su corazón parecía estar congelado. O'Brien continuó:

«Y recuerda que es para siempre. El rostro siempre estará ahí para ser estampado. El hereje, el enemigo de la sociedad, siempre estará ahí, para ser derrotado y humillado de nuevo. Todo lo que has sufrido desde que estás en nuestras manos: todo eso continuará, y peor. El espionaje, las traiciones, las detenciones, las torturas, las ejecuciones, las desapariciones no cesarán nunca. Será un mundo de terror tanto como un mundo de triunfo. Cuanto más poderoso sea el Partido, menos tolerante será: cuanto más débil sea la oposición, más estricto será el despotismo. Goldstein y sus herejías vivirán para siempre. Cada día, en cada momento, serán derrotados, desacreditados, ridiculizados, escupidos y, sin embargo, siempre sobrevivirán. Este drama que he representado con vosotros durante siete años se representará una y otra vez generación tras generación, siempre en formas más sutiles. Siempre tendremos al hereje aquí a nuestra merced, gritando de dolor, destrozado, despreciable, y al final totalmente arrepentido, salvado de sí mismo, arrastrándose a nuestros pies por su propia voluntad. Ese es el mundo que estamos preparando, Winston. Un mundo de victoria tras victoria, de triunfo tras triunfo: una presión interminable, una presión, una presión sobre el nervio del poder. Veo que empiezas a darte cuenta de cómo será ese mundo. Pero al final harás algo más que comprenderlo. Lo aceptarás, lo acogerás, formarás parte de él».

Winston se había recuperado lo suficiente como para hablar. «¡No pueden!", dijo débilmente.

«¿Qué quieres decir con ese comentario, Winston?»

«No podrían crear un mundo como el que acabas de describir. Es un sueño. Es imposible».

«¿Por qué?»

«Es imposible fundar una civilización sobre el miedo, el odio y la crueldad. Nunca perduraría».

«¿Por qué no?»

«No tendría vitalidad. Se desintegraría. Se suicidaría».

«Tonterías. Tienes la impresión de que el odio es más agotador que el amor. ¿Por qué habría de serlo? Y si lo fuera, ¿qué diferencia habría? Supón que elegimos desgastarnos más rápido. Supón que aceleramos el ritmo de la vida humana hasta que los hombres están seniles a los treinta años. ¿Qué diferencia habría? ¿No entiendes que la muerte del individuo no es la muerte? El partido es inmortal».

Como de costumbre, la voz había golpeado a Winston hasta la impotencia. Además, temía que si persistía en su desacuerdo, O'Brien volvería a girar el dial. Y, sin embargo, no podía guardar silencio. Débilmente, sin argumentos, sin nada en que apoyarse salvo su inarticulado horror a lo que O'Brien había dicho, volvió al ataque.

«No lo sé... no me importa. De alguna manera fracasarán. Algo los vencerá. La vida los vencerá».

«Controlamos la vida, Winston, en todos sus niveles. Te imaginas que hay algo llamado naturaleza humana que se indignará por lo que hacemos y se volverá contra nosotros. Pero nosotros creamos la naturaleza humana. Los hombres son infinitamente maleables. O quizás has vuelto a tu vieja idea de que los proletarios o los esclavos se levantarán y nos derrocarán. Quítatelo de la cabeza. Están indefensos, como los animales. La humanidad es el Partido. Los demás están fuera... son irrelevantes».

«No me importa. Al final te vencerán. Tarde o temprano te verán como lo que eres, y entonces te harán pedazos».

«¿Ves alguna prueba de que eso esté ocurriendo? ¿O alguna razón por la que debería hacerlo?»

«No. Yo lo creo. YO SÉ que fracasarán. Hay algo en el universo —no sé, algún espíritu, algún principio— que nunca superarás».

«¿Crees en Dios, Winston?»

«No.»

«Entonces, ¿qué es ese principio que nos va a derrotar?»

«No lo sé. El espíritu del Hombre».

«¿Y te consideras un hombre?»

«Sí.»

«Si eres un hombre, Winston, eres el último hombre. Tu especie se ha extinguido; nosotros somos los herederos. ¿Entiendes que estás SOLO? Estás fuera de la historia, no existes». Su actitud cambió y dijo con más dureza: «¿Y te consideras moralmente superior a nosotros, con nuestras mentiras y nuestra crueldad?»

«Sí, me considero superior».

O'Brien no habló. Otras dos voces hablaban. Al cabo de un momento, Winston reconoció una de ellas como la suya propia. Era una grabación de la conversación que había mantenido con O'Brien, la noche en que se había inscrito en la Hermandad. Se oyó a sí mismo prometiendo mentir, robar, falsificar, asesinar, fomentar el consumo de drogas y la prostitución, difundir enfermedades venéreas, arrojar vitriolo a la cara de un niño. O'Brien hizo un pequeño gesto de impaciencia, como si dijera que aquella demostración apenas merecía la pena. Luego giró un interruptor y las voces cesaron.

«Levántate de esa cama», dijo.

Las ataduras se habían soltado solas. Winston bajó al suelo y se levantó con dificultad.

«Eres el último hombre», dijo O'Brien. «Eres el guardián del espíritu humano. Deberás verte tal y como eres. Quítate la ropa».

Winston deshizo el trozo de cuerda que mantenía unido su mono. El cierre de la cremallera hacía tiempo que se había arrancado. No recordaba si en algún momento desde su detención se había quitado toda la ropa de una sola vez. Debajo del mono, su cuerpo estaba lleno de sucios trapos amarillentos, apenas reconocibles como restos de ropa interior. Mientras los deslizaba hacia el suelo, vio que había un espejo de tres caras en el extremo de la habitación. Se acercó a él y se detuvo en seco. Un grito involuntario se le escapó.

«Vamos», dijo O'Brien. «Ponte entre las alas del espejo. Verás también la vista lateral».

Se había detenido porque estaba asustado. Una cosa arqueada, de color gris y con aspecto de esqueleto se acercaba a él. Su aspecto real era aterrador, y no sólo el hecho de saber que era él mismo. Se acercó al espejo. El rostro de la criatura parecía sobresalir, por su porte encorvado. Un rostro desamparado, de presidiario, con una frente nudosa que se hundía en un cuero cabelludo calvo, una nariz torcida y unos pómulos de aspecto maltrecho sobre los que los ojos eran fieros y vigilantes. Las mejillas estaban cosidas, la boca tenía un aspecto dibujado. Ciertamente era su propia cara, pero le parecía que había cambiado más que él por dentro. Las emociones que registraba eran diferentes de las que él sentía. Se había quedado parcialmente calvo. En un primer momento pensó que también se había vuelto gris, pero lo único gris era el cuero cabelludo. Salvo las manos y un círculo de la cara, todo su cuerpo estaba gris por la suciedad antigua y arraigada. Aquí y allá, bajo la suciedad, se veían las cicatrices rojas de las heridas, y cerca del tobillo la úlcera varicosa era una masa inflamada de la que se desprendían escamas de piel. Pero lo verdaderamente espantoso era la demacración de su cuerpo. El cañón de las costillas era tan estrecho como el de un esqueleto: las piernas se habían encogido de modo que las rodillas eran más gruesas que los muslos. Ahora veía lo que O'Brien había querido decir sobre la vista lateral. La curvatura de la columna vertebral era sorprendente. Los delgados hombros estaban encorvados hacia delante, de modo que el pecho se convertía en una cavidad, y el cuello desgarrado parecía doblarse bajo el peso del cráneo. Si hubiera tenido que adivinar, habría dicho que se trataba del cuerpo de un hombre de sesenta años, aquejado de alguna enfermedad maligna.

«Has pensado a veces», dijo O'Brien, «que mi cara —la de un miembro del Partido Interior— parece vieja y gastada. ¿Qué piensas de tu propia cara?»

Agarró a Winston por el hombro y le hizo girar para que estuviera frente a él.

"¡Mira« el estado en que te encuentras!», dijo. «Mira esta suciedad en todo tu cuerpo. Mira la suciedad entre los dedos de los pies. Mira esa asquerosa llaga que tienes en la pierna. ¿Sabes que apestas como una cabra? Probablemente has dejado de notarlo. Mira tu emaciación. ¿Lo ves? Puedo hacer que mi pulgar e índice se junten alrededor de tu bíceps. Podría romper tu cuello como una zanahoria. ¿Sabes que has perdido veinticinco kilogramos desde que estás en nuestras manos? Hasta el pelo se te cae a puñados. ¡Mira!» Le tiró de la cabeza a Winston y le arrancó un mechón de pelo. «Abre la boca. Quedan nueve, diez, once dientes. ¿Cuántos tenías cuando llegaste a nosotros? Y los pocos que te quedan se te caen de la boca. Mira aquí».

Agarró uno de los dientes delanteros que le quedaban a Winston entre sus poderosos dedos pulgar e índice. Una punzada de dolor recorrió la mandíbula de Winston. O'Brien había arrancado el diente suelto de raíz. Lo lanzó al otro lado de la celda.

«Te estás pudriendo», dijo, «te estás cayendo a pedazos. ¿Qué eres tú? Un saco de inmundicia. Ahora date la vuelta y vuelve a mirarte en ese espejo. ¿Ves eso que tienes enfrente? Es el último hombre. Si eres humano, eso es la humanidad. Ahora ponte la ropa de nuevo».

Winston comenzó a vestirse con movimientos lentos y rígidos. Hasta ahora no se había dado cuenta de lo delgado y débil que estaba. Sólo un pensamiento se agitó en su mente: que debía de llevar en este lugar más tiempo del que había imaginado. Entonces, de repente, mientras se colocaba los miserables trapos alrededor de sí mismo, le invadió un sentimiento de compasión por su cuerpo arruinado. Antes de darse cuenta de lo que estaba haciendo, se desplomó sobre un pequeño taburete que había junto a la cama y rompió a llorar. Era consciente de su fealdad, de su falta de gracia, de que era un bulto de huesos con ropa interior mugrienta sentado llorando bajo la dura luz blanca: pero no pudo contenerse. O'Brien le puso una mano en el hombro, casi con amabilidad.

«No durará para siempre», dijo. «Puedes escapar de esto cuando quieras. Todo depende de ti».

«¡Tú lo hiciste!» sollozó Winston. «Me has reducido a este estado».

«No, Winston, tú te has reducido a ello. Esto es lo que aceptaste cuando te pusiste en contra del Partido. Todo estaba contenido en ese primer acto. No ha ocurrido nada que no hayas previsto».

Hizo una pausa y continuó:

«Te hemos vencido, Winston. Te hemos destrozado. Has visto cómo está tu cuerpo. Tu mente está en el mismo estado. No creo que pueda quedar mucho orgullo en ti. Te han pateado, azotado e insultado, has gritado de dolor, te has revolcado en el suelo sobre tu propia sangre y vómito. Has lloriqueado pidiendo clemencia, has traicionado a todos y a todo. ¿Puedes pensar en una sola degradación que no te haya ocurrido?».

Winston había dejado de llorar, aunque las lágrimas seguían brotando de sus ojos. Miró a O'Brien.

«No he traicionado a Julia», dijo.

O'Brien lo miró pensativo. «No», dijo, «no; eso es perfectamente cierto. No has traicionado a Julia».

La peculiar reverencia por O'Brien, que nada parecía poder destruir, inundó de nuevo el corazón de Winston. ¡Qué inteligente, pensó, qué inteligente! Nunca O'Brien dejó de entender lo que se le decía. Cualquier otro en la tierra habría respondido rápidamente que él HABÍA traicionado a Julia. Porque, ¿qué había que no le hubieran sacado bajo la tortura? Les había contado todo lo que sabía de ella, sus costumbres, su carácter, su vida pasada; había confesado con el más trivial detalle todo lo que había sucedido en sus encuentros, todo lo que le había dicho a ella y ella a él, sus comidas en el mercado negro, sus adulterios, sus vagas conspiraciones contra el Partido... todo. Y sin embargo, en el sentido en que él entendía la palabra, no la había traicionado. No había dejado de amarla; sus sentimientos hacia ella seguían siendo los mismos. O'Brien había visto lo que quería decir sin necesidad de explicaciones.

«Dime», dijo, «¿cuánto tardarán en fusilarme?»

«Puede pasar mucho tiempo», dijo O'Brien. «Eres un caso difícil. Pero no pierdas la esperanza. Todo el mundo se cura tarde o temprano. Al final te fusilaremos».

Capítulo 4

Estaba mucho mejor. Engordaba y se fortalecía cada día, si se podía hablar de días.

La luz blanca y el zumbido eran los mismos de siempre, pero la celda era un poco más cómoda que las otras en las que había estado. Había una almohada y un colchón en la cama de tablas, y un taburete para sentarse. Le habían dado un baño, y le permitían lavarse con bastante frecuencia en una palangana de hojalata. Incluso le dieron agua caliente para lavarse. Le habían dado ropa interior nueva y un mono limpio. Le habían vendado la úlcera varicosa con una pomada calmante. Le habían sacado los restos de los dientes y le habían dado una nueva dentadura postiza.

Debían de haber pasado semanas o meses. Ahora habría sido posible llevar la cuenta del paso del tiempo, si hubiera sentido algún interés por hacerlo, ya que le daban de comer a intervalos que parecían regulares. A su juicio, recibía tres comidas en veinticuatro horas; a veces se preguntaba si las recibía de noche o de día. La comida era sorprendentemente buena, con carne en cada tercera comida. Una vez hubo incluso un paquete de cigarrillos. No tenía cerillas, pero el guardia que le traía la comida, que nunca hablaba, le daba fuego. La primera vez que intentó fumar le sentó mal, pero perseveró y dio muchas vueltas al paquete, fumando medio cigarrillo después de cada comida.

Le habían dado una pizarra blanca con un trozo de lápiz atado a la esquina. Al principio no hizo ningún uso de ella. Incluso cuando estaba despierto era completamente torpe. A menudo pasaba de una comida a otra casi sin moverse, a veces dormido, a veces despertando en vagos ensueños en los que le costaba demasiado abrir los ojos. Hacía tiempo que se había acostumbrado a dormir con una luz fuerte en la cara. No parecía haber ninguna diferencia, salvo que sus sueños eran más coherentes. Soñó mucho durante todo este tiempo, y siempre eran sueños felices. Estaba en el País Dorado, o estaba sentado entre enormes ruinas gloriosas e iluminadas por el sol, con su madre, con Julia, con O'Brien, sin hacer nada, simplemente sentado al sol, hablando de cosas tranquilas. Los pensamientos que tenía cuando estaba despierto se referían sobre todo a sus sueños. Parecía haber perdido la capacidad de esfuerzo intelectual, ahora que el estímulo del dolor había desaparecido. No se aburría, no tenía deseos de conversar ni de distraerse. El mero hecho de estar solo, de no ser golpeado ni cuestionado, de tener suficiente comida y de estar limpio por todas partes, era completamente satisfactorio.

Poco a poco, pasó menos tiempo durmiendo, pero todavía no sentía ningún impulso de levantarse de la cama. Lo único que le importaba era estar tranquilo y sentir la fuerza que se acumulaba en su cuerpo. Se metía los dedos aquí y allá, tratando de asegurarse de que no era una ilusión que sus músculos se estaban volviendo más redondos y su piel más tensa. Finalmente, se estableció sin lugar a dudas que estaba engordando; sus muslos eran ahora definitivamente más gruesos que sus rodillas. Después, al principio de mala gana, empezó a hacer ejercicio con regularidad. En poco tiempo podía caminar tres kilómetros, medidos con el paso de la celda, y sus hombros arqueados se iban enderezando. Intentó realizar ejercicios más elaborados, y se sintió asombrado y humillado al comprobar qué cosas no podía hacer. Era incapaz de salir de paseo, no podía sostener su taburete a la distancia de un brazo, no podía ponerse de pie sobre una pierna sin caerse. Se puso en cuclillas sobre los talones y descubrió que, con dolores agónicos en el muslo y la pantorrilla, sólo podía levantarse hasta quedar de pie. Se tumbó plano sobre su vientre y trató de levantar su peso con las manos. Era inútil, no podía levantarse ni un centímetro. Pero al cabo de unos días más —unas cuantas más comidas—, incluso esa hazaña se logró. Llegó un momento en que pudo hacerlo seis veces de corrido. Empezó a sentirse realmente orgulloso de su cuerpo, y a acariciar la creencia intermitente de que su cara también estaba volviendo a la normalidad. Sólo cuando por casualidad se puso la mano en el cuero cabelludo calvo, recordó el rostro cosido y arruinado que le había devuelto la mirada desde el espejo.

Su mente se volvió más activa. Se sentó en la cama de tablas, con la espalda apoyada en la pared y la pizarra sobre las rodillas, y se puso a trabajar deliberadamente en la tarea de reeducarse.

Había capitulado, eso estaba decidido. En realidad, como veía ahora, había estado dispuesto a capitular mucho antes de tomar la decisión. Desde el momento en que estuvo dentro del Ministerio del Amor —y sí, incluso durante aquellos minutos en los que él y Julia habían permanecido indefensos mientras la voz de hierro de la telepantalla les decía lo que debían hacer—, había comprendido la frivolidad, la superficialidad de su intento de enfrentarse al poder del Partido. Ahora sabía que durante siete años la Policía del Pensamiento le había observado como un escarabajo bajo una lupa. No había ningún acto físico, ninguna palabra pronunciada en voz alta, en la que no se hubieran fijado, ninguna línea de pensamiento que no hubieran podido deducir. Incluso la mota de polvo blanquecino de la portada de su diario la habían sustituido cuidadosamente. Le habían puesto bandas sonoras, le habían mostrado fotografías. Algunas eran fotografías de Julia y de él mismo. Sí, incluso... No podía seguir luchando contra el Partido. Además, el Partido tenía razón. Tiene que ser así; ¿cómo podría equivocarse el cerebro inmortal y colectivo? ¿Con qué criterio externo podrías comprobar sus juicios? La cordura era estadística. Era sólo cuestión de aprender a pensar como ellos pensaban. Sólo...

El lápiz se sentía grueso y torpe en sus dedos. Comenzó

a escribir los pensamientos que le venían a la cabeza. Primero escribió en grandes y torpes mayúsculas:

LA LIBERTAD ES LA ESCLAVITUD

Luego, casi sin pausa, escribió debajo:

DOS Y DOS SON CINCO

Pero entonces se produjo una especie de bloqueo. Su mente, como si rehuyera algo, parecía incapaz de concentrarse. Sabía que conocía lo que venía a continuación, pero por el momento no podía recordarlo. Cuando lo recordó, fue sólo por el razonamiento consciente de lo que debía ser: no vino por sí mismo. Escribió:

DIOS ES PODER

Lo aceptó todo. El pasado era alterable. El pasado nunca había sido alterado. Oceanía estaba en guerra con Esteasia. Oceanía siempre había estado en guerra con Esteasia. Jones, Aaronson y Rutherford eran culpables de los crímenes de los que se les acusaba. Él nunca había visto la fotografía que refutaba su culpabilidad. Nunca había existido, él la había inventado. Se recordaba recordando cosas contrarias, pero eran recuerdos falsos, producto del autoengaño. ¡Qué fácil era todo! Sólo había que rendirse, y todo lo demás venía por añadidura. Era como nadar contra una corriente que te arrastraba hacia atrás por mucho que te esforzaras, y luego decidir de repente dar la vuelta e ir con la corriente en lugar de oponerte a ella. Nada había cambiado, salvo tu propia actitud: lo predestinado sucedía en cualquier caso. Apenas sabía por qué se había rebelado. ¡Todo era fácil, excepto...!

Cualquier cosa podía ser cierta. Las llamadas leyes de

la naturaleza no tienen sentido. La ley de la gravedad no tenía sentido. «Si quisiera», había dicho O'Brien, «podría flotar en este suelo como una pompa de jabón». Winston lo resolvió. «Si él PIENSA que flota sobre el suelo, y si yo simultáneamente PIENSO que le veo hacerlo, entonces la cosa sucede». De repente, como un trozo de naufragio sumergido rompiendo la superficie del agua, el pensamiento irrumpió en su mente: «No ocurre realmente. Lo imaginamos. Es una alucinación». Se deshizo de la idea al instante. La falacia era evidente. Suponía que en algún lugar, fuera de uno mismo, había un mundo «real» en el que ocurrían cosas «reales». Pero, ¿cómo podría existir ese mundo? ¿Qué conocimiento tenemos de algo, salvo a través de nuestra propia mente? Todos los acontecimientos están en la mente. Lo que ocurre en todas las mentes, ocurre de verdad.

No tuvo ninguna dificultad para deshacerse de la falacia y no corrió el riesgo de sucumbir a ella. Sin embargo, se dio cuenta de que nunca debería habérsele ocurrido. La mente debería desarrollar un punto ciego cada vez que se presentara un pensamiento peligroso. El proceso debería ser automático, instintivo. PARACRIMEN, lo llamaban en Neolengua.

Se puso a trabajar para ejercitarse en paracrimen. Se presentó con proposiciones —«el Partido dice que la tierra es plana», «el Partido dice que el hielo es más pesado que el agua»— y se entrenó en no ver o no entender los argumentos que las contradecían. No era fácil. Se necesitaban grandes dotes de razonamiento e improvisación. Los problemas aritméticos planteados, por ejemplo, por una afirmación como «dos y dos son cinco» estaban fuera de su alcance intelectual. Se necesitaba también una especie de atletismo mental, una capacidad para hacer en un momento el uso más delicado de la lógica y en el siguiente ser inconsciente de los errores lógicos más burdos. La estupidez era tan necesaria como la inteligencia, y tan difícil de conseguir.

Todo el tiempo, con una parte de su mente, se preguntaba cuán pronto le fusilarían. «Todo depende de uno mismo», había dicho O'Brien; pero sabía que no había ningún acto consciente que pudiera acercarlo. Podía ser dentro de diez minutos o dentro de diez años. Podían mantenerlo durante años en confinamiento solitario, podían enviarlo a un campo de trabajo, podían liberarlo por un tiempo, como hacían a veces. Era perfectamente posible que, antes de ser fusilado, se repitiera todo el drama de su detención e interrogatorio. Lo único cierto es que la muerte nunca llegaba en el momento esperado. La tradición —la tradición tácita: de alguna manera lo sabías, aunque nunca lo oías decir— era que te disparaban por la espalda; siempre en la nuca, sin previo aviso, mientras caminabas por un pasillo de celda a celda.

Un día —pero «un día» no era la expresión adecuada; igual de probable era en medio de la noche: una vez— cayó en un extraño y dichoso ensueño. Caminaba por el pasillo, esperando la bala. Sabía que llegaría en otro momento. Todo estaba resuelto, allanado, reconciliado. Ya no había dudas, ni discusiones, ni dolor, ni miedo. Su cuerpo estaba sano y fuerte. Caminaba con facilidad, con una alegría de movimiento y con la sensación de caminar bajo la luz del sol. Ya no estaba en los estrechos pasillos blancos del Ministerio del Amor, estaba en el enorme pasillo iluminado por el sol, de un kilómetro de ancho, por el que le había parecido caminar en el delirio inducido por las drogas. Estaba en el País Dorado, siguiendo el sendero a través de los viejos pastos cultivados con conejos. Podía sentir el corto césped elástico bajo sus pies y el suave sol en su cara. En el borde del campo estaban los olmos, que se agitaban débilmente, y en algún lugar más allá estaba el arroyo donde los peces se encontraban en los charcos verdes bajo los sauces.

De repente, se puso de pie con una sacudida de horror. El sudor le brotó en la espalda. Se había oído a sí mismo gritar en voz alta:

«¡Julia! ¡Julia! ¡Julia, mi amor! ¡Julia!»

Por un momento había tenido una abrumadora alucinación de su presencia. Ella parecía estar no sólo con él, sino dentro de él. Era como si ella se hubiera metido en la textura de su piel. En ese momento la había amado mucho más que cuando estaban juntos y libres. También sabía que, en algún lugar, ella seguía viva y necesitaba su ayuda.

Se recostó en la cama y trató de serenarse. ¿Qué había hecho? ¿Cuántos años había añadido a su servidumbre por ese momento de debilidad?

En otro momento oiría el ruido de las botas en el exterior. No podían dejar impune semejante arrebato. Ahora sabrían, si no lo habían sabido antes, que estaba rompiendo el acuerdo que había hecho con ellos. Obedecía al Partido, pero seguía odiándolo. En los viejos tiempos había ocultado una mente herética bajo una apariencia de conformidad. Ahora había retrocedido un paso más: en la mente se había rendido, pero había esperado mantener inviolado el corazón interior. Sabía que estaba equivocado, pero prefería estarlo. Ellos lo entenderían, O'Brien lo entendería. Todo estaba confesado en ese único y estúpido grito.

Tendría que empezar de nuevo. Podría tardar años. Se pasó una mano por la cara, tratando de familiarizarse con la nueva forma. Había profundos surcos en las mejillas, los pómulos se sentían afilados, la nariz aplanada. Además, desde la última vez que se vio en el cristal le habían puesto una dentadura completamente nueva. No era fácil conservar la inescrutabilidad cuando uno no sabía cómo era su cara. En cualquier caso, el mero control de los rasgos no era suficiente. Por primera vez percibió que si quieres guardar un secreto debes ocultarlo también de ti mismo.

Debes saber todo el tiempo que está ahí, pero hasta que no sea necesario no debes dejar que emerja en tu conciencia en ninguna forma a la que se le pueda dar un nombre. A partir de ahora no sólo debía pensar bien; debía sentir bien, soñar bien. Y todo el tiempo debía mantener su odio encerrado dentro de él como una bola de materia que formaba parte de sí mismo y que, sin embargo, no estaba conectada con el resto de él, una especie de quiste.

Un día decidirían dispararle. No se podía saber cuándo ocurriría, pero unos segundos antes se podía adivinar. Siempre era por detrás, caminando por un pasillo. Diez segundos serían suficientes. En ese tiempo el mundo en su interior daría un vuelco. Y entonces, de repente, sin pronunciar una palabra, sin que su paso se detuviera, sin que cambiara una línea de su rostro, de repente el camuflaje se derrumbaba y ¡pum! se disparaban las baterías de su odio. El odio lo llenaría como una enorme llama rugiente. Y casi en el mismo instante, ¡pum!, se dispararía la bala, demasiado tarde o demasiado pronto. Le habrían volado el cerebro en pedazos antes de poder recuperarlo. El pensamiento herético quedaría impune, sin arrepentimiento, fuera de su alcance para siempre. Habrían hecho un agujero en su propia perfección. Morir odiándolos, eso era la libertad.

Cerró los ojos. Era más difícil que aceptar una disciplina intelectual. Se trataba de degradarse, de mutilarse. Tenía que sumergirse en la más sucia de las inmundicias. ¿Qué era lo más horrible y enfermizo de todo? Pensó en el Gran Hermano. La enorme cara (por haberla visto constantemente en los carteles, siempre la consideraba de un metro de ancho), con su pesado bigote negro y los ojos que te seguían de un lado a otro, parecía flotar en su mente por sí sola. ¿Cuáles eran sus verdaderos sentimientos hacia el Gran Hermano?

Se oyó un pesado ruido de botas en el pasillo. La puerta

de acero se abrió con un ruido seco. O'Brien entró en la celda. Detrás de él estaban el oficial con cara de cera y los guardias de uniforme negro.

«Levántate», dijo O'Brien. «Ven aquí».

Winston se colocó frente a él. O'Brien tomó los hombros de Winston entre sus fuertes manos y lo miró detenidamente.

«Has pensado en engañarme», dijo. «Eso fue estúpido. Ponte más erguido. Mírame a la cara».

Hizo una pausa y continuó en un tono más suave:

«Estás mejorando. Intelectualmente hay muy pocos problemas en ti. Sólo emocionalmente no has progresado. Dime, Winston —y recuerda, sin mentiras: sabes que siempre soy capaz de detectar una mentira—, ¿cuáles son tus verdaderos sentimientos hacia el Gran Hermano?»

«Lo odio».

«Lo odias. Bien. Entonces ha llegado el momento de que des el último paso. Debes amar al Gran Hermano. No basta con obedecerle: debes amarle».

Soltó a Winston con un pequeño empujón hacia los guardias.

«Habitación 101», dijo.

Capítulo 5

En cada etapa de su encarcelamiento había sabido, o parecía saber, dónde se encontraba en el edificio sin ventanas. Posiblemente había ligeras diferencias en la presión del aire. Las celdas donde los guardias le habían golpeado estaban por debajo del nivel del suelo. La sala donde había sido interrogado por O'Brien estaba en lo alto, cerca del tejado. Este lugar estaba a muchos metros bajo tierra, tan profundo como era posible ir.

Era más grande que la mayoría de las celdas en las que había estado. Pero apenas se fijó en su entorno. Lo único que notó fue que había dos mesas pequeñas justo delante de él, cada una de ellas cubierta de bayeta verde. Una estaba a sólo un metro o dos de él, la otra estaba más lejos, cerca de la puerta. Estaba atado en una silla, con tanta fuerza que no podía mover nada, ni siquiera la cabeza. Una especie de almohadilla le agarraba la cabeza por detrás, obligándole a mirar de frente.

Por un momento estuvo solo, luego la puerta se abrió y entró O'Brien.

«Una vez me preguntaste», dijo O'Brien, «qué había en la habitación 101. Te dije que ya sabías la respuesta. Todo el mundo la sabe. Lo que hay en la habitación 101 es lo peor del mundo».

La puerta se abrió de nuevo. Entró un guardia que llevaba algo de alambre, una caja o cesta de algún tipo. Lo dejó sobre la mesa más alejada. Debido a la posición en la que se encontraba O'Brien, Winston no pudo ver qué era aquello.

«Lo peor del mundo», dijo O'Brien, «varía de un individuo a otro. Puede ser el entierro en vida, o la muerte por fuego, o por ahogamiento, o por empalamiento, o cincuenta otras muertes. Hay casos en los que se trata de algo bastante trivial, ni siquiera mortal».

Se había desplazado un poco hacia un lado, para que

Winston pudiera ver mejor el objeto que había sobre la mesa. Era una jaula de alambre oblonga con un asa en la parte superior para transportarla. En la parte delantera había algo que parecía una máscara de esgrima, con la parte cóncava hacia fuera. Aunque estaba a tres o cuatro metros de él, pudo ver que la jaula estaba dividida longitudinalmente en dos compartimentos, y que había algún tipo de criatura en cada uno. Eran ratas.

«En tu caso», dijo O'Brien, «lo peor del mundo resultan ser las ratas».

Una especie de temblor premonitorio, un miedo a no saber qué, había atravesado a Winston en cuanto vislumbró por primera vez la jaula. Pero en ese momento, el significado de la máscara que tenía delante se apoderó de él. Sus entrañas parecieron volverse agua.

«¡No puedes hacer eso!», gritó con una voz aguda y quebrada. «¡No puedes, no puedes! Es imposible».

«¿Recuerdas», dijo O'Brien, «el momento de pánico que se producía en tus sueños? Había un muro de oscuridad frente a ti, y un sonido rugiente en tus oídos. Había algo terrible al otro lado del muro. Sabías que conocías lo que era, pero no te atrevías a sacarlo a la luz. Eran las ratas que estaban al otro lado del muro».

«O'Brien», dijo Winston, haciendo un esfuerzo por controlar su voz. «Sabes que esto no es necesario. ¿Qué es lo que quieres que haga?»

O'Brien no respondió directamente. Cuando hablaba, lo hacía con el aire de maestro de escuela que a veces tenía. Miraba pensativo a lo lejos, como si se dirigiera a un público en algún lugar a espaldas de Winston.

«Por sí mismo», dijo, «el dolor no siempre es suficiente. Hay ocasiones en las que un ser humano se resiste al dolor, incluso hasta la muerte. Pero para todos hay algo insoportable, algo que no se puede contemplar. El valor y la cobardía no tienen nada que ver. Si estás cayendo desde una altura, no es cobarde agarrarse a una cuerda. Si subes desde aguas profundas, no es cobarde llenar los pulmones de aire. Es simplemente un instinto que no puede ser destruido. Lo mismo ocurre con las ratas. Para ti, son insoportables. Son una forma de presión que no puedes soportar, aunque lo desees. Harás lo que se te pida».

«Pero, ¿qué es, qué es? ¿Cómo puedo hacerlo si no sé lo que es?»

O'Brien recogió la jaula y la llevó hasta la mesa más cercana. La dejó con cuidado sobre el paño de bayeta. Winston podía oír el canto de la sangre en sus oídos. Tenía la sensación de estar sentado en la más absoluta soledad. Se encontraba en medio de una gran llanura vacía, un departamento bañado por la luz del sol, a través del cual todos los sonidos llegaban a él desde inmensas distancias. Sin embargo, la jaula con las ratas no estaba a dos metros de él. Eran ratas enormes. Estaban en la edad en que el hocico de una rata se vuelve romo y feroz y su pelaje marrón en lugar de gris.

«La rata», dijo O'Brien, dirigiéndose todavía a su público invisible, «aunque es un roedor, es carnívora. Ya lo sabes. Habrás oído hablar de las cosas que ocurren en los barrios pobres de esta ciudad. En algunas calles, una mujer no se atreve a dejar a su bebé solo en casa, ni siquiera durante cinco minutos. Las ratas lo atacarán con toda seguridad. En muy poco tiempo lo despellejarán hasta los huesos. También atacan a los enfermos o moribundos. Muestran una inteligencia asombrosa para saber cuándo un ser humano está indefenso».

Hubo un estallido de chillidos desde la jaula. Parecía llegar a Winston desde muy lejos. Las ratas se estaban peleando; intentaban llegar la una a la otra a través del tabique. También oyó un profundo gemido de desesperación. También eso parecía venir de fuera de él.

O'Brien levantó la jaula y, al hacerlo, presionó algo en

ella. Se oyó un fuerte chasquido. Winston hizo un esfuerzo frenético por soltarse de la silla. Era inútil; cada parte de él, incluso su cabeza, estaba sujeta de forma inamovible. O'Brien acercó la jaula. Estaba a menos de un metro de la cara de Winston.

«He pulsado la primera palanca», dijo O'Brien. «Comprendes la construcción de esta jaula. La máscara se ajustará a tu cabeza, sin dejar ninguna salida. Cuando pulse esta otra palanca, la puerta de la jaula se deslizará hacia arriba. Estos brutos hambrientos saldrán disparados como balas. ¿Has visto alguna vez a una rata saltar por los aires? Saltarán sobre tu cara y te perforarán directamente. A veces atacan primero los ojos. A veces escarban en las mejillas y devoran la lengua».

La jaula estaba más cerca; se acercaba. Winston oyó una sucesión de gritos estridentes que parecían producirse en el aire por encima de su cabeza. Pero luchó furiosamente contra su pánico. Pensar, pensar, aunque le quedara una fracción de segundo, pensar era la única esperanza. De repente, el asqueroso olor a moho de los brutos golpeó sus fosas nasales. Se produjo una violenta convulsión de náuseas en su interior, y casi perdió el conocimiento. Todo se había vuelto negro. Por un instante se sintió loco, un animal gritando. Sin embargo, salió de la oscuridad aferrado a una idea. Había una y sólo una manera de salvarse. Debía interponer otro ser humano, el CUERPO de otro ser humano, entre él y las ratas.

El círculo de la máscara era ahora lo suficientemente grande como para impedir la visión de cualquier otra cosa. La puerta de alambre estaba a un par de palmos de su cara. Las ratas sabían lo que se avecinaba. Una de ellas estaba dando saltos, la otra, una vieja y escamosa abuelita de las alcantarillas, se levantó, con sus manos rosadas contra los barrotes, y olfateó ferozmente el aire. Winston pudo ver los bigotes y los dientes amarillos. De nuevo el negro pánico se apoderó de él. Estaba ciego, indefenso, sin sentido.

«Era un castigo habitual en la China Imperial», dijo O'Brien, tan didácticamente como siempre.

La máscara se cerraba sobre su cara. El cable le rozó la mejilla. Y entonces... no fue un alivio, sólo una esperanza, un pequeño fragmento de esperanza. Demasiado tarde, quizás demasiado tarde. Pero de repente había comprendido que en todo el mundo sólo había UNA persona a la que podía transferir su castigo, UN cuerpo que podía interponer entre él y las ratas. Y gritaba frenéticamente, una y otra vez.

«¡Hazlo a Julia! ¡Hazlo a Julia! ¡A mí no! ¡A Julia! No me importa lo que le hagas. Arráncale la cara, desnúdala hasta los huesos. ¡A mí no! ¡Julia! ¡A mí no!».

Estaba cayendo hacia atrás, hacia enormes profundidades, lejos de las ratas. Seguía atado a la silla, pero había caído a través del suelo, a través de las paredes del edificio, a través de la tierra, a través de los océanos, a través de la atmósfera, al espacio exterior, a los abismos entre las estrellas, siempre lejos, lejos, lejos de las ratas. Estaba a años luz de distancia, pero O'Brien seguía a su lado. Todavía estaba el frío tacto del cable contra su mejilla. Pero a través de la oscuridad que le envolvía oyó otro clic metálico, y supo que la puerta de la jaula se había cerrado con un clic y no se había abierto.

Capítulo 6

El Castaño estaba casi vacío. Un rayo de sol que se colaba por una ventana caía sobre las mesas polvorientas. Era la hora solitaria de las quince. Una música metálica salía de las telepantallas.

Winston estaba sentado en su rincón habitual, contemplando un vaso vacío. De vez en cuando levantaba la vista hacia un enorme rostro que lo observaba desde la pared opuesta. EL GRAN HERMANO TE ESTÁ OBSERVANDO, decía la leyenda. Sin previo aviso, un camarero se acercó y le llenó el vaso con Ginebra Victoria, agitando en él unas gotas de otra botella con una pluma a través del corcho. Era sacarina con sabor a clavo, la especialidad del café.

Winston escuchaba la telepantalla. De momento sólo salía música, pero cabía la posibilidad de que en cualquier momento hubiera un boletín especial del Ministerio de la Paz. Las noticias del frente africano eran extremadamente inquietantes. Llevaba todo el día preocupándose por ello. Un ejército euroasiático (Oceanía estaba en guerra con Eurasia: Oceanía siempre había estado en guerra con Eurasia) avanzaba hacia el sur a una velocidad aterradora. El boletín del mediodía no había mencionado ninguna zona concreta, pero era probable que la desembocadura del Congo fuera ya un campo de batalla. Brazzaville y Leopoldville estaban en peligro. No hacía falta mirar el mapa para ver lo que significaba. No se trataba simplemente de perder África Central: por primera vez en toda la guerra, el propio territorio de Oceanía estaba amenazado.

Una emoción violenta, que no era exactamente miedo, sino una especie de excitación indiferenciada, brotó en él, y luego se desvaneció de nuevo. Dejó de pensar en la guerra. En estos días nunca podía fijar su mente en un tema más que por unos momentos a la vez. Levantó su vaso y lo vació de un trago. Como siempre, la ginebra le provocaba escalofríos e incluso ligeras arcadas. Aquello era horrible.

El clavo y la sacarina, de por sí bastante repugnantes, no podían disimular el olor aceitoso y plano; y lo peor de todo era que el olor de la ginebra, que le acompañaba día y noche, se mezclaba inextricablemente en su mente con el olor de aquellas...

Nunca los nombraba, ni siquiera en sus pensamientos, y hasta donde era posible nunca los visualizaba. Eran algo de lo que era medio consciente, que rondaba cerca de su cara, un olor que se aferraba a sus fosas nasales. Cuando la ginebra subió en él, eructó a través de los labios morados. Había engordado desde que lo soltaron, y había recuperado su antiguo color; de hecho, más que recuperarlo. Sus rasgos se habían engrosado, la piel de la nariz y los pómulos estaba toscamente enrojecida, incluso el cuero cabelludo calvo tenía un color rosa demasiado intenso. Un camarero, de nuevo sin avisar, trajo el tablero de ajedrez y el número actual de «The Times», con la página abierta en el problema de ajedrez. Luego, al ver que el vaso de Winston estaba vacío, trajo la botella de ginebra y la llenó. No era necesario dar órdenes. Conocían sus costumbres. El tablero de ajedrez siempre le esperaba, su mesa del rincón siempre estaba reservada; incluso cuando el local estaba lleno, la tenía para él solo, ya que a nadie le importaba que le vieran sentado demasiado cerca. Ni siquiera se molestaba en contar sus tragos. A intervalos irregulares le presentaban un sucio papel que decían que era la cuenta, pero tenía la impresión de que siempre le cobraban de menos. No habría habido ninguna diferencia si hubiera sido al revés. Hoy en día siempre tenía mucho dinero. Incluso tenía un trabajo, una sinecura, mejor pagado que su antiguo trabajo.

La música de la telepantalla se detuvo y una voz tomó el relevo. Winston levantó la cabeza para escuchar. Sin embargo, no había boletines del frente. Era simplemente un breve anuncio del Ministerio de la Abundancia. Al parecer, en el trimestre anterior se había superado en un 98% el cupo de cordones de botas del Décimo Plan Trienal.

Examinó el problema de ajedrez y dispuso las piezas. Era un final complicado, en el que intervenían un par de caballos. «Las blancas juegan y dan mate en dos movimientos». Winston miró el retrato del Gran Hermano. Las blancas siempre dan mate, pensó con una especie de misticismo turbio. Siempre, sin excepción, está dispuesto así. En ningún problema de ajedrez desde el principio del mundo han ganado las negras. ¿No simbolizaba el eterno e invariable triunfo del Bien sobre el Mal? El enorme rostro le devolvió la mirada, lleno de poder tranquilo. Las blancas siempre dan mate.

La voz de la telepantalla hizo una pausa y añadió en un tono diferente y mucho más grave: «Se les advierte que estén preparados para un anuncio importante a las quince treinta. A las quince treinta. Se trata de una noticia de la máxima importancia. Tengan cuidado de no perdérsela. Quince treinta». La música tintineante volvió a sonar.

El corazón de Winston se agitó. Era el boletín del frente; el instinto le decía que eran malas noticias las que se avecinaban. Durante todo el día, con pequeñas rachas de excitación, la idea de una aplastante derrota en África había entrado y salido de su mente. En realidad, le parecía ver al ejército euroasiático pululando a través de la frontera nunca rota y descendiendo hacia la punta de África como una columna de hormigas. ¿Por qué no había sido posible flanquearlos de alguna manera? La silueta de la costa de África Occidental se distinguía vívidamente en su mente. Cogió el caballo blanco y lo movió por el tablero. AQUÍ estaba el lugar adecuado. Mientras veía a la horda negra correr hacia el sur, vio que otra fuerza, misteriosamente reunida, se plantaba de repente en su retaguardia, cortando sus comunicaciones por tierra y por mar. Sintió que al quererlo estaba haciendo que esa otra fuerza existiera.

Pero era necesario actuar con rapidez. Si conseguían controlar toda África, si tenían campos de aviación y bases de submarinos en el Cabo, cortarían Oceanía en dos. Podía significar cualquier cosa: la derrota, la ruptura, la redivisión del mundo, la destrucción del Partido. Respiró profundamente. Una extraordinaria mezcla de sentimientos —pero no era una mezcla, exactamente; más bien eran capas sucesivas de sentimientos, en las que no se podía decir qué capa era la más profunda— luchaba dentro de él.

El espasmo pasó. Volvió a colocar el caballo blanco en su sitio, pero por el momento no pudo dedicarse a estudiar seriamente el problema de ajedrez. Sus pensamientos volvieron a divagar. Casi inconscientemente trazó con el dedo en el polvo de la mesa:

2+2=5

«No pueden entrar en ti», había dicho ella. Pero sí pueden entrar en ti. «Lo que te ocurre aquí es PARA SIEMPRE», había dicho O'Brien. Era una frase verdadera. Había cosas, tus propios actos, de los que nunca podrías recuperarte. Algo había muerto en tu pecho: quemado, cauterizado.

La había visto; incluso había hablado con ella. No había ningún peligro en ello. Sabía, como por instinto, que ahora casi no se interesaban por sus actos. Podría haber quedado con ella una segunda vez si alguno de ellos hubiera querido. En realidad, se habían encontrado por casualidad. Fue en el Parque, en un día vil y mordaz de marzo, cuando la tierra era como el hierro y toda la hierba parecía muerta y no había ni un brote en ninguna parte, salvo unos pocos crocus que se habían levantado para ser desmembrados por el viento. Iba a toda prisa con las manos heladas y los ojos llorosos cuando la vio a menos de diez metros de él. Enseguida se dio cuenta de que ella había cambiado de alguna manera poco definida. Casi se cruzaron sin hacer una señal, entonces él se volvió y la siguió, sin mucho entusiasmo. Sabía que no había peligro, que nadie se interesaría por él. Ella no habló. Se alejó oblicuamente por la hierba, como si quisiera deshacerse de él, y luego pareció resignarse a tenerlo a su lado. En seguida se encontraron entre un grupo de arbustos desgarrados y sin hojas, inútiles para ocultarse o protegerse del viento. Se detuvieron. Hacía un frío atroz. El viento silbaba entre las ramas y agitaba los ocasionales crocus de aspecto sucio. Él le rodeó la cintura con el brazo.

No había telepantalla, pero debía haber micrófonos ocultos: además, podían ser vistos. No importaba, nada importaba. Podrían haberse tumbado en el suelo y hacer ESO si hubieran querido. Su carne se heló de horror al pensarlo. Ella no respondió en absoluto al apretón de su brazo; ni siquiera intentó soltarse. Ahora él sabía lo que había cambiado en ella. Su rostro estaba más apagado, y había una larga cicatriz, parcialmente oculta por el pelo, que le cruzaba la frente y la sien; pero ése no era el cambio. Era que su cintura se había engrosado y, de forma sorprendente, se había endurecido. Recordó cómo una vez, tras la explosión de un cohete bomba, había ayudado a sacar un cadáver de unas ruinas, y se había asombrado no sólo por el increíble peso de la cosa, sino por su rigidez y su torpeza al manipularla, que la hacían parecer más piedra que carne. Así se sentía su cuerpo. Se le ocurrió que la textura de su piel sería muy diferente de lo que había sido antes.

Él no intentó besarla, ni tampoco hablaron. Mientras volvían a cruzar la hierba, ella le miró directamente por primera vez. Fue sólo una mirada momentánea, llena de desprecio y aversión. Se preguntó si era una aversión que provenía puramente del pasado o si estaba inspirada también por su rostro hinchado y el agua que el viento seguía sacando de sus ojos. Se sentaron en dos sillas de hierro, uno al lado del otro, pero no demasiado cerca. Él vio que ella estaba a punto de hablar. Ella movió su torpe zapato unos centímetros y aplastó deliberadamente una ramita. Sus pies parecían haberse ensanchado, notó él.

«Te traicioné», dijo ella sin rodeos.

«Te traicioné», dijo él.

Ella le dirigió otra rápida mirada de desagrado.

«A veces», dijo ella, «te amenazan con algo, algo que no puedes soportar, ni siquiera puedes pensar. Y entonces dices: "No me lo hagas a mí, hazlo a otro, hazlo a fulano". Y tal vez pretendas, después, que sólo era un truco y que sólo lo dijiste para que se detuvieran y no lo decías en serio. Pero eso no es cierto. En el momento en que ocurre, lo dices en serio. Crees que no hay otra forma de salvarte, y estás dispuesto a salvarte de esa manera. DESEAS que le ocurra a la otra persona. Te importa un bledo lo que sufra. Lo único que te importa eres tú».

«Lo único que te importa eres tú mismo», dijo él.

«Y después de eso, ya no sientes lo mismo hacia la otra persona».

«No», dijo él, «no sientes lo mismo».

No parecía haber nada más que decir. El viento pegaba sus delgados monos contra sus cuerpos. Casi al mismo tiempo se volvió embarazoso estar allí sentada en silencio: además, hacía demasiado frío para quedarse quieto. Ella dijo algo de coger su metro y se levantó para irse.

«Debemos volver a encontrarnos», dijo él.

«Sí», dijo ella, «tenemos que volver a vernos».

Él la siguió irresolutamente durante un trecho, a medio paso detrás de ella. No volvieron a hablar. En realidad, ella no trató de quitárselo de encima, sino que caminó a una velocidad tal que le impidió seguirla. Él había decidido que la acompañaría hasta la estación de metro, pero, de repente, el proceso de seguirla en el frío le pareció inútil e insoportable. Se sintió abrumado por el deseo no tanto de alejarse de Julia como de volver al Café del Castaño, que nunca le había parecido tan atractivo como en ese momento. Tuvo una visión nostálgica de su mesa del rincón, con el periódico y el tablero de ajedrez y la ginebra siempre fluyendo. Por encima de todo, allí estaría templado. Al momento siguiente, no por casualidad, se permitió separarse de ella por un pequeño nudo de gente. Hizo un intento poco entusiasta de alcanzarla, luego redujo la velocidad, giró y se marchó en dirección contraria. Cuando había recorrido cincuenta metros, miró hacia atrás. La calle no estaba abarrotada, pero ya no podía distinguirla. Cualquiera de una docena de figuras apresuradas podría haber sido la suya. Quizá su cuerpo engrosado y rígido ya no era reconocible por detrás.

«En el momento en que ocurre», había dicho ella, «lo dices en serio». Lo había dicho en serio. No sólo lo había dicho, sino que lo había deseado. Había deseado que fuera ella y no él quien se entregara a la...

Algo cambió en la música que salía de la telepantalla. Una nota agrietada y burlona, una nota amarilla, entró en ella. Y entonces —quizás no estaba ocurriendo, quizás sólo era un recuerdo que tomaba la apariencia de un sonido— una voz cantaba:

«Bajo el castaño extendido
Yo te vendí y tú me vendiste...»

Las lágrimas se agolparon en sus ojos. Un camarero que pasaba se dio cuenta de que su vaso estaba vacío y volvió con la botella de ginebra.

Cogió su vaso y lo olió. La cosa se volvía no menos sino más horrible con cada sorbo que bebía. Pero se había convertido en el elemento en el que nadaba. Era su vida, su muerte y su resurrección. Era la ginebra que lo hundía en el estupor cada noche, y la ginebra que lo revivía cada mañana. Cuando se despertaba, rara vez antes de las mil cien, con los párpados engominados y la boca encendida y la espalda que parecía rota, le hubiera sido imposible incluso levantarse de la horizontal si no hubiera sido por la botella y la taza de té colocadas junto a la cama durante la noche. Durante las horas del mediodía estuvo sentado con la cara vidriosa, con la botella a mano, escuchando la telepantalla. Desde las quince hasta la hora de cierre era un personaje fijo en el Castaño. Ya nadie se preocupaba de lo que hacía, ningún silbato le despertaba, ninguna telepantalla le amonestaba. De vez en cuando, quizá dos veces por semana, iba a un despacho polvoriento y de aspecto olvidado del Ministerio de la Verdad y hacía un poco de trabajo, o lo que se llamaba trabajo. Había sido nombrado miembro de un subcomité que había surgido de uno de los innumerables comités que se ocupaban de las pequeñas dificultades que surgían en la compilación de la Undécima Edición del Diccionario de Neolengua. Se dedicaban a elaborar algo llamado Informe Provisional, pero nunca supo qué era lo que informaban en concreto. Tenía que ver con la cuestión de si las comas debían colocarse dentro o fuera de los paréntesis. Había otras cuatro personas en el comité, todas ellas similares a él. Había días en los que se reunían y volvían a dispersarse rápidamente, admitiendo con franqueza que no había realmente nada por hacer. Pero había otros días en los que se ponían a trabajar casi con entusiasmo, haciendo un tremendo alarde de redactar sus actas y redactar largos memorandos que nunca se terminaban, cuando la discusión sobre lo que supuestamente estaban discutiendo se volvía extraordinariamente complicada y abstrusa, con sutiles regateos sobre las definiciones, enormes digresiones, peleas, incluso amenazas de apelar a una autoridad superior. Y entonces, de repente, se les iba la vida y se sentaban alrededor de la mesa mirándose con ojos apagados, como fantasmas que se desvanecen al canto del gallo.

La telepantalla permaneció en silencio durante un momento. Winston volvió a levantar la cabeza. ¡El boletín! Pero no, sólo estaban cambiando la música. Tenía el mapa de África detrás de los párpados. El movimiento de los ejércitos era un diagrama: una flecha negra que se desgarraba verticalmente hacia el sur, y una flecha blanca horizontalmente hacia el este, a través de la cola del primero. Como para tranquilizarse, miró el rostro imperturbable del retrato. ¿Era posible que la segunda flecha ni siquiera existiera?

Su interés volvió a flaquear. Bebió otro trago de ginebra, cogió el caballo blanco e hizo un movimiento tentativo. Jaque. Pero evidentemente no era el movimiento correcto, porque...

Sin llamarlo, un recuerdo flotó en su mente. Vio una habitación iluminada por velas, con una enorme cama de paneles blancos, y a él mismo, un niño de nueve o diez años, sentado en el suelo, agitando una caja de dados y riendo con entusiasmo. Su madre estaba sentada frente a él y también reía.

Debió de pasar cerca de un mes antes de que ella desapareciera. Fue un momento de reconciliación, en el que el hambre persistente de su vientre se olvidó y su anterior afecto por ella revivió temporalmente. Recordaba bien aquel día, un día lluvioso y empapado en el que el agua caía por el cristal de la ventana y la luz interior era demasiado opaca para leer. El aburrimiento de los dos niños en la oscuridad y la estrechez del dormitorio se hizo insoportable. Winston lloriqueaba y se encrespaba, reclamaba inútilmente la comida, andaba por la habitación sacando todo de su sitio y dando patadas al revestimiento de madera hasta que los vecinos golpeaban la pared, mientras el niño más pequeño se lamentaba intermitentemente. Al final su madre le dijo: «Ahora pórtate bien y te compraré un juguete. Un juguete precioso, te encantará»; y luego había salido bajo la lluvia, a una pequeña tienda de comestibles que seguía abierta esporádicamente en las cercanías, y había vuelto con una caja de cartón que contenía un juego de Serpientes y Escaleras. Todavía recordaba el olor del cartón húmedo. Era un conjunto miserable. El tablero estaba agrietado y los diminutos dados de madera estaban tan mal cortados que apenas se apoyaban en sus lados. Winston miraba la cosa con enfado y sin interés. Pero entonces su madre encendió un trozo de vela y se sentaron en el suelo a jugar. Pronto se entusiasmó y gritó de risa mientras las pulgas subían esperanzadas por las escaleras y luego bajaban deslizándose por las serpientes, casi hasta el punto de partida. Jugaron ocho partidas, ganando cuatro cada una. Su pequeña hermana, demasiado joven para entender de qué iba el juego, se había sentado apoyada en un almohadón, riéndose porque los demás se reían. Durante toda una tarde habían sido felices todos juntos, como en su anterior infancia.

Apartó la imagen de su mente. Era un falso recuerdo. De vez en cuando le molestaban los falsos recuerdos. No importaban mientras uno los conociera por lo que eran. Algunas cosas habían sucedido, otras no. Se volvió hacia el tablero de ajedrez y volvió a coger el caballo blanco. Casi en el mismo instante cayó sobre el tablero con estrépito. Se había puesto en marcha como si un alfiler hubiera chocado contra él.

Un estridente toque de trompeta había atravesado el aire. ¡Era el boletín! ¡La victoria! Siempre significaba victoria cuando un toque de trompeta precedía a las noticias. Una especie de taladro eléctrico recorrió el café. Incluso los camareros se pusieron en marcha y aguzaron el oído.

El toque de trompeta había desatado un enorme volumen de ruido. Ya una voz excitada parloteaba desde la telepantalla, pero incluso cuando empezó fue casi ahogada por un estruendo de vítores procedentes del exterior. La noticia había corrido por las calles como por arte de magia. Pudo oír lo suficiente de lo que salía de la telepantalla para darse cuenta de que todo había sucedido, tal y como había previsto; una vasta armada marítima había ensamblado en secreto un golpe repentino en la retaguardia del enemigo, la flecha blanca desgarrando la cola de la negra. Fragmentos de frases triunfales se abrieron paso a través del estruendo: «¡Vasta maniobra estratégica, coordinación perfecta, derrota total, medio millón de prisioneros, desmoralización completa, control de toda África, acercamiento de la guerra a una distancia mensurable de su fin, victoria, la mayor victoria de la historia humana... victoria, victoria, victoria!».

Bajo la mesa, los pies de Winston hacían movimientos convulsos. No se había movido de su asiento, pero en su mente estaba corriendo, corriendo rápidamente, estaba con la multitud de fuera, animándose a sí mismo de forma sorda. Volvió a mirar el retrato del Gran Hermano. ¡El coloso que arrasaba el mundo! ¡La roca contra la que las hordas de Asia se estrellaron en vano! Pensó en cómo hace diez minutos —sí, sólo diez minutos— aún había habido equívocos en su corazón al preguntarse si las noticias del frente serían de victoria o de derrota. Ah, ¡era más que un ejército euroasiático el que había perecido! Muchas cosas habían cambiado en él desde aquel primer día en el Ministerio del Amor, pero el cambio final, indispensable y sanador, no se había producido hasta este momento.

La voz de la telepantalla seguía contando su historia de prisioneros, botines y matanzas, pero los gritos de fuera se habían calmado un poco. Los camareros volvían a su trabajo. Uno de ellos se acercó con la botella de ginebra. Winston, sumido en un sueño dichoso, no prestó atención mientras le llenaban el vaso. Ya no corría ni se animaba. Estaba de vuelta en el Ministerio del Amor, con todo perdonado, su alma blanca como la nieve. Estaba en el banquillo de los acusados, confesando todo, implicando a todo el mundo. Caminaba por el pasillo de baldosas blancas, con la sensación de caminar a la luz del sol, y con un guardia armado a su espalda. La ansiada bala entraba en su cerebro.

Contempló el enorme rostro. Cuarenta años le había costado aprender qué tipo de sonrisa se escondía bajo el oscuro bigote. ¡Oh, cruel e innecesaria incomprensión! ¡Oh, terco y obstinado exilio del pecho amoroso! Dos lágrimas con olor a ginebra se deslizaron por los lados de su nariz. Pero estaba bien, todo estaba bien, la lucha había terminado. Había ganado la victoria sobre sí mismo. Amaba al Gran Hermano.

FIN

APÉNDICE

Los principios de la Neolengua

La Neolengua era la lengua oficial de Oceanía y había sido concebida para satisfacer las necesidades ideológicas del Ingsoc, o Socialismo Inglés. En el año 1984 todavía no había nadie que utilizara la Neolengua como único medio de comunicación, ni en el habla ni en la escritura. Los principales artículos de «The Times» estaban escritos en ella, pero se trataba de un TOUR DE FORCE que sólo podía llevar a cabo un especialista. Se preveía que la Neolengua habría sustituido finalmente a la Viejalengua (o al inglés estándar, como deberíamos llamarlo) hacia el año 2050. Mientras tanto, fue ganando terreno de forma constante, ya que todos los miembros del Partido tendían a utilizar cada vez más palabras neolingüísticas y construcciones gramaticales en su discurso cotidiano. La versión en uso en 1984, y plasmada en la Novena y Décima Ediciones del Diccionario de Neolengua, era provisional, y contenía muchas palabras superfluas y formaciones arcaicas que debían ser suprimidas posteriormente. Es la versión final y perfeccionada, plasmada en la Undécima Edición del Diccionario, la que nos ocupa aquí.

El propósito de la Neolengua no sólo era proporcionar un medio de expresión para la visión del mundo y los hábitos mentales propios de los devotos del Ingsoc, sino hacer imposible cualquier otro modo de pensamiento. Se pretendía que, cuando la Neolengua se hubiera adoptado de una vez por todas y la Viejalengua se hubiera olvidado, un pensamiento herético —es decir, un pensamiento divergente de los principios del Ingsoc— fuera literalmente impensable, al menos en la medida en que el pensamiento depende de las palabras. Su vocabulario se construyó de manera que diera una expresión exacta y a menudo muy sutil a todos los significados que un miembro del Partido pudiera desear expresar adecuadamente, excluyendo al mismo tiempo todos los demás significados y también la posibilidad de llegar a ellos por métodos indirectos. Esto se hizo en parte mediante la invención de nuevas palabras, pero sobre todo eliminando las palabras indeseables y despojando a las que quedaban de los significados heterodoxos y, en la medida de lo posible, de todos los significados secundarios. Para dar un solo ejemplo. La palabra LIBRE seguía existiendo en Neolengua, pero sólo podía utilizarse en frases como «Este perro está libre de piojos» o «Este campo está libre de malas hierbas». No podía utilizarse en su antiguo sentido de «políticamente libre» o «intelectualmente libre», ya que la libertad política e intelectual ya no existían ni siquiera como conceptos, y por tanto carecían necesariamente de nombre. Aparte de la supresión de palabras definitivamente heréticas, la reducción del vocabulario se consideraba un fin en sí mismo, y no se permitía que sobreviviera ninguna palabra de la que se pudiera prescindir. La Neolengua se diseñó no para ampliar, sino para DISMINUIR el alcance del pensamiento, y a este propósito contribuyó indirectamente la reducción de la elección de palabras al mínimo.

La Neolengua se basó en la lengua inglesa tal y como la conocemos ahora, aunque muchas frases de la Neolengua, incluso cuando no contienen palabras de nueva creación, serían apenas inteligibles para un angloparlante de nuestros días. Las palabras neolingüísticas se dividían en tres clases distintas, conocidas como vocabulario A, vocabulario B (también llamadas palabras compuestas) y vocabulario C. Será más sencillo hablar de cada clase por separado, pero las peculiaridades gramaticales de la lengua pueden tratarse en la sección dedicada al vocabulario A, ya que las mismas reglas valen para las tres categorías.

EL VOCABULARIO A. El vocabulario A consistía en las palabras necesarias para los asuntos de la vida cotidiana

—para cosas como comer, beber, trabajar, vestirse, subir y bajar escaleras, montar en vehículos, trabajar en el jardín, cocinar y cosas similares—. Estaba compuesto casi en su totalidad por palabras que nosotros ya poseemos, como GOLPEAR, CORRER, PERRO, ÁRBOL, AZÚCAR, CASA, CAMPO... pero en comparación con el vocabulario inglés actual su número era extremadamente pequeño, mientras que sus significados estaban mucho más rígidamente definidos. Todas las ambigüedades y matices de significado habían sido purgados de ellos. En la medida de lo posible, una palabra neolingüística de esta clase era simplemente un sonido entrecortado que expresaba UN concepto claramente comprendido. Habría sido imposible utilizar el vocabulario A con fines literarios o para la discusión política o filosófica. Sólo estaba destinado a expresar pensamientos sencillos y propositivos, normalmente relacionados con objetos concretos o acciones físicas.

La gramática de la Neolengua tenía dos peculiaridades destacadas. La primera de ellas era la intercambiabilidad casi total entre las distintas partes de la oración. Cualquier palabra de la lengua (en principio esto se aplicaba incluso a palabras muy abstractas como SI o CUANDO) podía usarse como verbo, sustantivo, adjetivo o adverbio. Entre el verbo y la forma sustantiva, cuando eran de la misma raíz, no había nunca ninguna variación, y esta regla implicaba por sí misma la destrucción de muchas formas arcaicas.La palabra PENSAR, por ejemplo, no existía en Neolengua. Su lugar lo ocupaba PENSAR, que hacía las veces de sustantivo y de verbo. Aquí no se siguió ningún principio etimológico: en algunos casos se eligió el sustantivo original para su retención, en otros el verbo. Incluso cuando un sustantivo y un verbo de significado afín no estaban conectados etimológicamente, a menudo se suprimía uno de ellos. Por ejemplo, no existía la palabra CORTAR, ya que su significado estaba suficientemente cubierto por el sustantivo-verbo CUCHILLO. Los adjetivos se formaban añadiendo el sufijo -OSO al sustantivo-verbo, y los adverbios añadiendo -ENTE. Así, por ejemplo, VELOCIDOSO significaba «rápido» y VELOCIDAMENTE significaba «rápidamente». Se mantuvieron algunos de nuestros adjetivos actuales, como BUENO, FUERTE, GRANDE, NEGRO, SUAVE, pero su número total era muy reducido. Eran poco necesarios, ya que se podía llegar a casi cualquier significado adjetivo añadiendo -OSO a un sustantivo-verbo. No se conservó ninguno de los adverbios actuales, salvo unos pocos que ya terminaban en -ENTE: la terminación -ENTE era invariable. La palabra BIEN, por ejemplo, se sustituyó por BIENAMENTE.

Además, cualquier palabra —esto también se aplicaba en principio a todas las palabras de la lengua— podía negativizarse añadiendo el afijo IN-, o podía reforzarse con el afijo MÁS-, o, para mayor énfasis, DOBLEMÁS-. Así, por ejemplo, INFRÍO significaba «caliente», mientras que MÁSFRÍO y DOBLEMÁSFRÍO significaban, respectivamente, «muy frío» y «superlativamente frío». También era posible, como en el inglés actual, modificar el significado de casi cualquier palabra mediante afijos preposicionales como ANTE-, POS-, SOBRE-, BAJO-, etc. Con estos métodos se consiguió una enorme reducción del vocabulario. Por ejemplo, dada la palabra BUENO, no había necesidad de una palabra como MALO, ya que el significado requerido estaba igualmente bien —incluso, mejor— expresado por INBUENO. Lo único que había que hacer, en cualquier caso, cuando dos palabras formaban un par natural de opuestos, era decidir cuál de ellas se suprimía. La OSCURIDAD, por ejemplo, podía sustituirse por la INLUZ, o la LUZ por la INOSCURIDAD, según la preferencia.

El segundo rasgo distintivo de la gramática de la Neolengua era su regularidad. Salvo algunas excepciones que se mencionan a continuación, todas las inflexiones seguían las mismas reglas. Así, en todos los verbos el pretérito y el participio pasado eran iguales y terminaban en -ADO. El pretérito de ROBAR era ROBADO, el pretérito de PENSAR era PENSADO, y así sucesivamente en toda la lengua, quedando abolidas todas las formas como NADABA, DIO, TRAJO, DIJO, TOMO, etc. Todos los plurales se hacían añadiendo -S o -ES según el caso. Los plurales DE HOMBRE, BUEY, VIDA, eran HOMBRES, BUEYES, VIDAS. La comparación de adjetivos se hacía invariablemente añadiendo -ASO, -ÍSIMO (BUENO, BUENASO, BUENÍSIMO), suprimiéndose las formas irregulares y la formación MÁS, MEJOR.

Las únicas clases de palabras a las que se les permitía una flexión irregular eran los pronombres, los relativos, los adjetivos demostrativos y los verbos auxiliares. Todos ellos seguían su uso antiguo, salvo que se había suprimido A QUIEN, por considerarlo innecesario, y que se habían suprimido los tiempos de DEBER y TENER, ya que todos sus usos estaban cubiertos por HABRÁ y HUBIERA. También había ciertas irregularidades en la formación de las palabras, derivadas de la necesidad de hablar con rapidez y facilidad. Una palabra difícil de pronunciar, o que podía ser escuchada incorrectamente, se consideraba ipso facto una mala palabra; por lo tanto, ocasionalmente, en aras de la eufonía, se insertaban letras adicionales en una palabra o se conservaba una formación arcaica. Pero esta necesidad se hizo sentir sobre todo en relación con el vocabulario B. Más adelante se explicará por qué se daba tanta importancia a la facilidad de pronunciación.

EL VOCABULARIO B. El vocabulario B consistía en palabras que habían sido construidas deliberadamente con fines políticos: palabras, es decir, que no sólo tenían en todos los casos una implicación política, sino que pretendían imponer una actitud mental deseable a la persona que las utilizaba. Sin una plena comprensión de los principios del Ingsoc era difícil utilizar estas palabras correctamente. En algunos casos podían traducirse a la Viejalengua, o incluso a palabras tomadas del vocabulario A, pero esto solía exigir una larga paráfrasis y siempre implicaba la pérdida de ciertos matices. Las palabras B eran una especie de taquigrafía verbal, que a menudo reunía toda una serie de ideas en unas pocas sílabas, y al mismo tiempo eran más precisas y contundentes que el lenguaje ordinario.

Las palabras B eran en todos los casos palabras compuestas. [Las palabras compuestas, como HABLAESCRIBE, se encontraban, por supuesto, en el vocabulario A, pero eran meras abreviaturas convenientes y no tenían ningún color ideológico especial]. Consistían en dos o más palabras, o partes de palabras, unidas de forma fácilmente pronunciable. La amalgama resultante era siempre un sustantivo-verbo, y se inflexionaba según las reglas ordinarias. Un ejemplo: la palabra BIENPENSANTE, que significa, a grandes rasgos, «ortodoxia» o, si se considera como verbo, «pensar de forma ortodoxa». Se inflexiona de la siguiente manera: sustantivo-verbo, BIENPENSADOR; tiempo pasado y participio pasado, BIENPENSADO; participio presente, BIENPENSANTE; adjetivo, BIENPENSADO; adverbio, BIENPENSANTE; sustantivo verbal, BIENPENSAR.

Las palabras B no se construían según ningún plan etimológico. Las palabras que las componían podían ser cualquier parte de la oración, y podían colocarse en cualquier orden y mutilarse de cualquier forma que facilitara su pronunciación, indicando al mismo tiempo su derivación. En la palabra CRIMENPENSAR (crimen del pensamiento), por ejemplo, el PENSAR iba en segundo lugar, mientras que en PENSARPOL (policía del pensamiento) iba en primer lugar, y en esta última palabra POLICÍA había perdido sus sílabas siguientes. Debido a la gran dificultad para asegurar la eufonía, las formaciones irregulares eran más comunes en el vocabulario B que en el A. Por ejemplo, las formas adjetivas de MINIVERDAD, MINIPAX y MINIAMOR eran, respectivamente, MINIVERDADERO, MINIPACERO y MINIAMORERO, sencillamente porque -VERÍDICO, -PACENTERO y -AMATORIO eran un poco incómodas de pronunciar. En principio, sin embargo, todas las palabras B podían inflexionar, y todas inflexionaban exactamente de la misma manera.

Algunas de las palabras B tenían significados muy sutilizados, apenas inteligibles para quien no dominara la lengua en su conjunto. Considere, por ejemplo, una frase típica de un artículo principal del «Times» como VIEJOPENSADORES INESTÓMAGOSIENTE INGSOC. La traducción más corta que se podría hacer de esto en Viejalengua sería 'Aquellos cuyas ideas se formaron antes de la Revolución no pueden tener una comprensión emocional completa de los principios del socialismo inglés'. Pero ésta no es una traducción adecuada. Para empezar, para captar el significado completo de la frase de Neolengua citada anteriormente, habría que tener una idea clara de lo que se entiende por INGSOC. Y además, sólo una persona profundamente arraigada en el Ingsoc podría apreciar toda la fuerza de la palabra ESTÓMAGOSIENTE, que implicaba una aceptación ciega y entusiasta difícil de imaginar hoy en día; o de la palabra VIEJOPENSAR, que estaba inextricablemente mezclada con la idea de maldad y decadencia. Pero la función especial de ciertas palabras neolingüísticas, de las que VIEJOPENSAR era una, no era tanto expresar significados como destruirlos. Estas palabras, necesariamente escasas, habían visto ampliados sus significados hasta contener en sí mismas baterías enteras de palabras que, al estar suficientemente cubiertas por un único término global, podían ahora ser desechadas y olvidadas. La mayor dificultad a la que se enfrentaron los compiladores del diccionario de Neolengua no fue inventar nuevas palabras, sino, una vez inventadas, asegurarse de lo que significaban: asegurarse, es decir, de qué rangos de palabras anulaban con su existencia.

Como ya hemos visto en el caso de la palabra LIBRE, las palabras que en su día tuvieron un significado herético se conservaron a veces por conveniencia, pero sólo con los significados indeseables purgados de ellas. Otras innumerables palabras como HONOR, JUSTICIA, MORALIDAD, INTERNACIONALISMO, DEMOCRACIA, CIENCIA y RELIGIÓN simplemente habían dejado de existir. Unas pocas palabras generales las cubrían y, al cubrirlas, las abolían. Todas las palabras que se agrupaban en torno a los conceptos de libertad e igualdad, por ejemplo, estaban contenidas en la única palabra CRIMENPENSAR, mientras que todas las palabras que se agrupaban en torno a los conceptos de objetividad y racionalismo estaban contenidas en la única palabra VIEJOPENSAR. Una mayor precisión habría sido peligrosa. Lo que se requería en un miembro del Partido era una perspectiva similar a la del antiguo hebreo que sabía, sin saber mucho más, que todas las naciones distintas a la suya adoraban a «falsos dioses». No necesitaba saber que esos dioses se llamaban Baal, Osiris, Moloch, Ashtaroth y similares: probablemente cuanto menos supiera de ellos, mejor para su ortodoxia. Conocían a Jehová y los mandamientos de Jehová: sabían, por tanto, que todos los dioses con otros nombres u otros atributos eran dioses falsos. De la misma manera, el miembro del partido sabía lo que constituía una conducta correcta y, en términos muy vagos y generalizados, sabía qué tipos de desviación de la misma eran posibles. Su vida sexual, por ejemplo, estaba totalmente regulada por las dos palabras neolenguísticas SEXOCRIMEN (inmoralidad sexual) y BUENSEXO (castidad). SEXOCRIMEN abarcaba todas las fechorías sexuales, fueran cuales fueran. Abarcaba la fornicación, el adulterio, la homosexualidad y otras perversiones y, además, las relaciones sexuales normales practicadas por sí mismas. No era necesario enumerarlas por separado, ya que todas eran igualmente culpables y, en principio, todas se castigaban con la muerte. En el vocabulario C, compuesto por palabras científicas y técnicas, podía ser necesario dar nombres especializados a ciertas aberraciones sexuales, pero el ciudadano común no los necesitaba. Sabía lo que significaba el BUENSEXO, es decir, el coito normal entre hombre y mujer, con el único fin de engendrar hijos, y sin placer físico por parte de la mujer: todo lo demás era SEXOCRIMEN. En Neolengua rara vez era posible seguir un pensamiento herético más allá de la percepción de que ERA herético: más allá de ese punto las palabras necesarias eran inexistentes.

Ninguna palabra del vocabulario B era ideológicamente neutral. Muchas eran eufemismos. Palabras como, por ejemplo, CAMPOALEGRE (campo de trabajos forzados) o MINIPAX (Ministerio de la Paz, es decir, Ministerio de la Guerra) significaban casi exactamente lo contrario de lo que aparentaban. Algunas palabras, en cambio, mostraban una comprensión franca y despectiva de la naturaleza real de la sociedad oceánica. Un ejemplo era PROLEALIMENTO, que significaba el entretenimiento de pacotilla y las noticias espurias que el Partido entregaba a las masas. Otras palabras, de nuevo, eran ambivalentes, pues tenían la connotación «buena» cuando se aplicaban al Partido y «mala» cuando se aplicaban a sus enemigos. Pero además había un gran número de palabras que a primera vista parecían meras abreviaturas y que derivaban su color ideológico no de su significado, sino de su estructura.

En la medida en que se podía ingeniar, todo lo que tenía o podía tener un significado político de cualquier tipo se incluía en el vocabulario B. El nombre de toda organización, o cuerpo de personas, o doctrina, o país, o institución, o edificio público, era invariablemente recortado en la forma conocida; es decir, una sola palabra fácil de pronunciar con el menor número de sílabas que preservara la derivación original. En el Ministerio de la Verdad, por ejemplo, el Departamento de Registros, en el que trabajaba Winston Smith, se llamaba REGDEP, el Departamento de Ficción se llamaba FICDEP, el Departamento de Teleprogramas se llamaba TELEDEP, etc. Esto no se hizo únicamente con el objetivo de ahorrar tiempo. Incluso en las primeras décadas del siglo XX, las palabras y frases telescópicas habían sido uno de los rasgos característicos del lenguaje político; y se había observado que la tendencia a utilizar abreviaturas de este tipo era más marcada en los países totalitarios y en las organizaciones totalitarias. Algunos ejemplos eran palabras como NAZI, GESTAPO, COMINTERN, INPRECORR, AGITPROP. Al principio la práctica se adoptó como si fuera instintiva, pero en Neolengua se utilizó con un propósito consciente. Se percibió que al abreviar así un nombre se estrechaba y alteraba sutilmente su significado, al cortar la mayoría de las asociaciones que de otro modo se aferrarían a él. Las palabras INTERNACIONAL COMUNISTA, por ejemplo, evocan una imagen compuesta de hermandad humana universal, banderas rojas, barricadas, Karl Marx y la Comuna de París. La palabra COMINTERN, en cambio, sugiere simplemente una organización muy unida y un cuerpo doctrinal bien definido. Se refiere a algo casi tan fácilmente reconocible, y tan limitado en su propósito, como una silla o una mesa. COMINTERN es una palabra que se puede pronunciar casi sin pensar, mientras que INTERNACIONAL COMUNISTA es una frase sobre la que uno está obligado a detenerse al menos momentáneamente. Del mismo modo, las asociaciones convocadas por una palabra como MINIVERDAD son menos y más controlables que las convocadas por MINISTERIO DE LA VERDAD. Esto explica no sólo la costumbre de abreviar siempre que sea posible, sino también el cuidado casi exagerado que se puso en hacer que cada palabra fuera fácilmente pronunciable.

En Neolengua, la eufonía tenía más peso que cualquier otra consideración que no fuera la exactitud del significado. La regularidad de la gramática siempre se sacrificaba a ella cuando parecía necesaria. Y con razón, ya que lo que se requería, sobre todo con fines políticos, eran palabras cortas de significado inequívoco que pudieran pronunciarse rápidamente y que despertaran el mínimo de ecos en la mente del orador. Las palabras del vocabulario B ganaban incluso en fuerza por el hecho de que casi todas eran muy parecidas. Casi invariablemente, estas palabras —BIENPENSANTE, MINIPAX, PROLEALIMENTO, SEXOCRIMEN, CAMPOALEGRE, INGSOC, ESTÓMAGOSIENTE, PENSARPOL, y un sinfín de otras— eran palabras de pocas sílabas, con el acento distribuido por igual. Su uso fomentaba un estilo de habla farfullante, a la vez que staccato y monótono. Y esto era exactamente lo que se pretendía. La intención era hacer que el habla, y especialmente el habla sobre cualquier tema que no fuera ideológicamente neutral, fuera lo más independiente posible de la conciencia. Para los fines de la vida cotidiana era sin duda necesario, o a veces necesario, reflexionar antes de hablar, pero un miembro del Partido llamado a emitir un juicio político o ético debía ser capaz de rociar las opiniones correctas tan automáticamente como una ametralladora rociando balas. Su formación le capacitaba para ello, el idioma le proporcionaba un instrumento casi infalible, y la textura de las palabras, con su sonido áspero y una cierta fealdad intencionada que concordaba con el espíritu de Ingsoc, ayudaba aún más al proceso.

También lo hizo el hecho de tener muy pocas palabras para elegir. En relación con el nuestro, el vocabulario de la Neolengua era minúsculo, y constantemente se ideaban nuevas formas de reducirlo. De hecho, la Neolengua se diferenciaba de la mayoría de las demás lenguas en que su vocabulario se reducía en lugar de aumentar cada año. Cada reducción era una ganancia, ya que cuanto menor era el área de elección, menor era la tentación de pensar. En última instancia, se esperaba conseguir que el habla articulada saliera de la laringe sin implicar en absoluto a los centros cerebrales superiores. Este objetivo se admitió francamente en la palabra neolingüística PATOHABLA, que significa «graznar como un pato». Como varias otras palabras del vocabulario B, PATOHABLA tenía un significado ambivalente. Siempre que las opiniones que se graznaban fueran ortodoxas, no implicaba más que elogios, y cuando «The Times» se refería a uno de los oradores del Partido como un PATOHABLA DOBLEMÁSBUENO estaba haciendo un cálido y apreciado cumplido.

EL VOCABULARIO C. El vocabulario C era complementario a los demás y estaba formado en su totalidad por términos científicos y técnicos. Se parecían a los términos científicos que se utilizan hoy en día y se construían a partir de las mismas raíces, pero se tuvo el cuidado habitual de definirlos de forma rígida y despojarlos de significados indeseables. Seguían las mismas reglas gramaticales que las palabras de los otros dos vocabularios. Muy pocas de las palabras C tenían vigencia en el habla cotidiana o en el discurso político. Cualquier trabajador o técnico científico podía encontrar todas las palabras que necesitaba en la lista dedicada a su propia especialidad, pero rara vez tenía más que un puñado de las palabras que aparecían en las otras listas. Sólo unas pocas palabras eran comunes a todas las listas, y no había un vocabulario que expresara la función de la Ciencia como hábito mental, o como método de pensamiento, independientemente de sus ramas particulares. De hecho, no había ninguna palabra para «Ciencia», ya que cualquier significado que pudiera tener estaba ya suficientemente cubierto por la palabra INGSOC.

Del relato anterior se desprende que en Neolengua la expresión de opiniones heterodoxas, por encima de un nivel muy bajo, era casi imposible. Por supuesto, era posible proferir herejías de un tipo muy burdo, una especie de blasfemia. Hubiera sido posible, por ejemplo, decir que el GRAN HERMANO ES INBUENO. Pero esta afirmación, que para un oído ortodoxo sólo transmitía un absurdo evidente, no habría podido sostenerse con un argumento razonado, porque no se disponía de las palabras necesarias. Las ideas contrarias a Ingsoc sólo podían ser consideradas en una forma vaga y sin palabras, y sólo podían ser nombradas en términos muy amplios que agrupaban y condenaban grupos enteros de herejías sin definirlas al hacerlo. De hecho, sólo se podía utilizar la Neolengua con fines heterodoxos traduciendo ilegítimamente algunas de las palabras a la Viejalengua. Por ejemplo, TODOS LOS HOMBRES SON IGUALES era una frase posible en Neolengua, pero sólo en el mismo sentido en el que TODOS LOS HOMBRES SON PELIRROJOS es una frase posible en Viejalengua. No contenía un error gramatical, pero expresaba una falsedad palpable, es decir, que todos los hombres son de igual tamaño, peso o fuerza. El concepto de igualdad política ya no existía, por lo que este significado secundario había sido purgado de la palabra IGUAL. En 1984, cuando la Viejalengua era todavía el medio de comunicación normal, existía el peligro teórico de que al utilizar las palabras neolingüísticas se recordaran sus significados originales. En la práctica, no era difícil para cualquier persona bien arraigada en el DOBLEPENSAMIENTO evitarlo, pero en un par de generaciones incluso la posibilidad de tal lapsus se habría desvanecido. Una persona que creciera con la Neolengua como único idioma no sabría más que IGUAL había tenido alguna vez el significado secundario de «políticamente igual», o que LIBRE había significado alguna vez «intelectualmente libre», de lo que, por ejemplo, una persona que nunca hubiera oído hablar del ajedrez sería consciente de los significados secundarios que tienen REINA y TORRE. Habría muchos crímenes y errores que estarían fuera de su alcance, simplemente porque no tenían nombre y por lo tanto eran inimaginables. Y era de prever que con el paso del tiempo las características distintivas de la Neolengua serían cada vez más pronunciadas: sus palabras cada vez menos, sus significados cada vez más rígidos y la posibilidad de darles un uso inadecuado cada vez menor.

Cuando la Viejalengua hubiera sido superada de una vez por todas, se habría cortado el último vínculo con el pasado. La historia ya se había reescrito, pero sobrevivían aquí y allá fragmentos de la literatura del pasado, imperfectamente censurados, y mientras se conservara el conocimiento de la Viejalengua era posible leerlos. En el futuro, esos fragmentos, aunque sobrevivieran, serían ininteligibles e intraducibles. Era imposible traducir cualquier pasaje de Viejalengua a Neolengua, a menos que se refiriera a algún proceso técnico o a alguna acción cotidiana muy sencilla, o que fuera ya ortodoxo (BIENPENSANTE sería la expresión en Neolengua) en tendencia. En la práctica, esto significaba que ningún libro escrito antes de 1960 aproximadamente podía ser traducido en su totalidad. La literatura prerrevolucionaria sólo podía ser objeto de una traducción ideológica, es decir, de una alteración tanto del sentido como del lenguaje. Tomemos por ejemplo el conocido pasaje de la Declaración de Independencia:

SOSTENEMOS QUE ESTAS VERDADES SON EVIDENTES POR SÍ MISMAS, QUE TODOS LOS HOMBRES SON CREADOS IGUALES, QUE SON DOTADOS POR SU CREADOR CON CIERTOS DERECHOS INALIENABLES, QUE ENTRE ELLOS ESTÁN LA VIDA, LA LIBERTAD Y LA BÚSQUEDA DE LA FELICIDAD. QUE PARA ASEGURAR ESTOS DERECHOS,

SE INSTITUYEN GOBIERNOS ENTRE LOS HOMBRES, QUE DERIVAN SUS PODERES DEL CONSENTIMIENTO DE LOS GOBERNADOS QUE SIEMPRE QUE CUALQUIER FORMA DE GOBIERNO SE VUELVA DESTRUCTIVA DE ESOS FINES, ES DERECHO DEL PUEBLO ALTERARLA O ABOLIRLA, E INSTITUIR UN NUEVO GOBIERNO...

Habría sido bastante imposible convertir esto en Neolengua manteniendo el sentido del original. Lo más cerca que se podría llegar a hacerlo sería engullir todo el pasaje en la única palabra CRIMENPENSAR. Una traducción completa sólo podría ser una traducción ideológica, por la que las palabras de Jefferson se convertirían en un panegírico del gobierno absoluto.

De hecho, buena parte de la literatura del pasado ya se estaba transformando de este modo. Consideraciones de prestigio hacían deseable preservar la memoria de ciertas figuras históricas y, al mismo tiempo, adecuar sus logros a la filosofía de Ingsoc. Varios escritores, como Shakespeare, Milton, Swift, Byron, Dickens y algunos otros, se encontraban, por tanto, en proceso de traducción: cuando la tarea se hubiera completado, sus escritos originales, con todo lo que sobrevivía de la literatura del pasado, serían destruidos. Estas traducciones eran una empresa lenta y difícil, y no se esperaba que estuvieran terminadas antes de la primera o segunda década del siglo XXI. También había grandes cantidades de literatura meramente utilitaria —manuales técnicos indispensables y similares— que debían ser tratadas de la misma manera. Fue principalmente para dar tiempo al trabajo preliminar de traducción que la adopción final de la Neolengua se había fijado para una fecha tan tardía como el año 2050.

CLUB DEL LIBRO

Esperamos que haya disfrutado esta lectura. ¿Quiere leer otra obra publicada por nuestra editorial?

En nuestro Club del Libro encontrarás artículos relacionados con los libros que publicamos y la literatura en general. ¡Suscríbete en nuestra página web y te ofrecemos un ebook gratis por mes!

Recibe tu copia totalmente gratuita de nuestro *Club del libro* en rosettaedu.com/pages/club-del-libro

www.ingramcontent.com/pod-product-compliance
Lightning Source LLC
Chambersburg PA
CBHW030625310726
48979CB00003B/883

* 9 7 8 1 9 1 6 9 3 9 2 8 8 *